劉鴻澤 장편소설

진시황제 (1)

지성문화사

추천서문

진시황은 6백여 년에 걸친 춘추전국 시대의 혼란을 끝맺고 강력한 왕권을 기반으로 한 한(漢)민족 최초의 통일왕국을 세운 인물이다.

통일국가를 이룩한 진시황은 그에 따른 정치, 경제, 문화 등 사회 전반에 걸친 대개혁을 추진하였다. 그는 주대(周代)의 분봉(分封) 제도를 폐지하고 군현(郡縣) 제도를 기반으로 하는 중앙집권 제도를 수립했으며, 아울러 봉건 영주의 토지소유 제도를 폐지하고 토지사유 제도를 확립했다. 또한 영주들에게 땅을 나누어 주고 후(侯)를 내려 통치하게 하는 열토봉후(裂土封侯) 제도와 혈통에 따라 그 지위와 부를 세습하는 세경세록(世卿世祿)의 용인(用人) 제도를 폐지하고, 그것에 대체하여 인재를 추천받는 새로운 용인 제도를 도입했다. 그는 또한 전국의 도량형 제도와 문자를 통일하였으며 도로와 수로를 개척하기도 했다. 이러한 진시황의 개혁은 중국 2천 년 봉건 역사에 많은 영향을 주었다.

그러나 진시황은 급진적인 정치 개혁, 폭정, 분서갱유, 아방궁 건설로 백성을 도탄에 빠뜨리고, 무덤의 수축에도 국력을 지나치게 낭비하였다. 자신의 사치를 만족시키기 위해 백성의 재물을 수없이 탈취하고 형벌을 가혹하게 집행하였으며, 인명을 너무도 가볍게 처리하였고 양민을 핍박하여 많은 유랑민이 발생하기도 했다.

이처럼 진시황은 공덕과 과오를 함께 지니고 있는 신비하고 복잡한 인물이며, 이 때문에 그에 대한 평가는 극단적으로 나뉘어져 있다. 진시황을 예찬하는 사람들 가운데 이지(李贄)라는 이는 그를 '천고일제(千古一帝)'라 하였고, 장태염(章太炎)은 '한문제, 무제와 겨루어서 그 위이고,

그의 효무(孝武)는 높은 산의 맑은 호수와 같다'고 하였다. 그러나 그를 비난하는 사람들 중에서 가산(賈山)은 '탐심이 많고 포악하여 천하에 악행을 끼쳤으며, 백성을 궁핍하게 만들었다'고 평가하였다. 사실 이런 논쟁은 결론이 나지 않는 문제이다. 다만 여기에서 알 수 있는 것은 진시황이야말로 중국 역사에서 가장 중요한 위치를 차지하는 인물이라는 사실이다.

진시황에 대한 이러한 공과는 일반적으로 학자들의 범주 안에서 논의되는 일이고, 대다수 사람들이 알고 있는 내용은 진시황이 폭군이라는 사실뿐, 수많은 공적을 쌓은 인물이라는 것은 거의 모르고 있다. 그 이유는 진시황의 사적이 대부분 읽기 어려운 전적에 실려 있고, 또 그것만 가지고서는 그의 진면목을 발견하기가 쉽지 않기 때문이다. 과거에도 진시황에 대한 한두 종의 소책자가 나왔지만 너무나 간략하여 볼 만한 내용이 부족했고, 또한 진시황의 진면목을 완전하게 드러내지 못하였다. 그런데 다행히도 최근 유홍택 선생의 소설 〈진시황연의〉가 세상에 나와 독자들은 복잡다단한 진시황의 실상을 이 소설을 통해 엿볼 수 있게 되었다.

〈진시황연의〉는 연의의 형태를 띠고 있는 인물전기 소설로 소설 속에 등장한 역사상 중요한 사건들이 모두 사서에 근거하여 서술되고 있다. 작가는 고대의 많은 전적에 의거하여 논리적인 추리와 전개를 통해 진시황의 진실된 모습을 그려내었다. 세상에 널리 알려진 〈삼국지연의〉나 〈동주열국지〉의 형식을 빌린 이 소설은 70퍼센트의 사실과 30퍼센트의 소설적 허구로 꾸며져 있으며, 대체로 당대의 사회상을 꼼꼼하게 재생시켜 놓았다는 평가를 받고 있다.

이 소설은 진시황은 물론 그 주변 인물들에 대해서도 주관적인 평가를 지양하고 오직 역사에 기록된 사실 그대로 충실히 그려내었다. 즉 진시황은 지략과 풍모가 뛰어나고 총명하되, 포악하고 음험하며 변덕스러운 면모가 함께 나타나 있고, 여불위는 노련하고 사려깊으며, 권력과 애증(愛憎)의 사이에서 고통받는 모습을 보여주고 있다. 또한 진시황의 모후인 주희는 권력의 희생양이 되어 음사와 방황으로 평생을 살아가며, 이사는 교활하고 총명하며 뛰어난 경세가였지만 지나친 과욕으로 참담하게 삶을 마감한다. 또한 진시황의 처남인 조고는 잔혹하고 매서우며 비열하되 올곧게 충성을 다하는 인간상으로 그렸다. 작가는 이 소설에 등장하는 인물들의 개성과 역사적 역할을 아무런 가감없이 오로지 사료에 근거하여 충실하게 서술했다. 이 점은 독자들이 이 소설을 읽으며 판단할 문제일 것이다.

이 소설의 역사적 배경은 기원전 246년 진시황이 황제의 자리에 오르는 과정부터 210년 죽을 때까지 40여 년의 역사이다. 작가는 극적인 역사적 사건을 서술하며, 그 속에 당시 중국 사회의 정치, 경제, 군사, 풍속, 의례 습속 등 여러 방면의 모습을 거의 완벽하게 묘사하였다. 아울러 진시황이 이룩한 위대한 업적 또한 거짓없이 서술하고 있다. 특히 이 시기의 주요 사건들을 통해서 작가는 각양각색의 인물 묘사는 물론, 충신과 간신, 간언과 모략, 애국과 매국, 상호 생사를 건 투쟁을 박진감 넘치게 그려내고 있다.

또한 봉건 제도의 가혹한 통치 아래 쓰러져 가는 충신열사의 말로나, 간신배들의 준동을 통해 백성들이 받는 고통의 쓰라림도 문장 곳곳에 절절이 배어 있다. '교활한 토끼를 잡은 다음에는 사냥개를 구워 먹는다(狡兎死走狗烹)'는 말처럼 수많은 사람들이 정치적인 희생을 당하였다. 작가는 군주와 신하 사이에 얽히고 설킨 권력의 주도권 싸움, 오늘의 친구가 내일의 적이 되는 비정한 정치판, 너를 속이지 못하면 내가 속는 식의 권모술수가 판을 치는 조정의 추악한 면모도 사실대로 드러내었다. 특히 당대에 가장 더러운 사건으로 전해지는 이사(李斯)에 의한 한비자(韓非子)의 죽음에 대한 내막이 속속들이 밝혀져 있다.

'여자는 예쁘든 밉든 궁 안에 들어가면 질투가 생기고, 선비는 어질든 그렇지 않든 조정에 들어가면 모함이 늘어난다'라는 말처럼, 당시의 처절했던 정치적 암투가 역사적 사실과 작가의 뛰어난 상상력으로 소설 속에 거의 완전하게 재현되어 있다. 또한 풍부한 자료와 깊은 통찰력, 박진감 넘치는 전개는 이 소설의 진가를 더욱 높여주었다. 다시 한 번 작가의 성실한 창작 정신에 깊은 경외를 표할 뿐이다.

북경대 역사학과 교수

한국어판을 내면서

진시황에 대한 역사적인 평가들은 천여 년이 넘는 동안 끊이지 않고 제기되어 왔다. 하지만 그 평가들은 대부분이 부정적이었으며, 또한 그 시대의 입장이나 필요에 따라 결정되곤 하였다.

1974년 중국에서는 법가를 찬양하고 유가를 비판하는 사상 운동이 대대적으로 일어났다. 그리고 그때까지 천하의 폭군으로 매도되었던 진시황은 이 시대에서는 하루아침에 법가의 대표자가 되었고 '역사의 발전을 이끈 선진 계급의 지도자', '노동자 계급을 이해한 우수한 지도자'라는 찬사까지 받았다.

당시 스물여섯의 피끓는 나이로 역사에 대한 열정이 남달리 강했던 나는 이렇게 자의적으로 역사를 해석하는 '역사의 왜곡'에 극도의 반감을 가졌다. 나는 이 사건을 계기로 진시황에 대한 장편소설을 역사적 사실에 근거하여 저술하리라 다짐했고, 소설의 형식은 민족적 색채가 풍부한 연의(演義)를 선택하였다.

1974년 여름부터 1979년까지 근 5년 동안, 교사였던 나는 자료 수집을 위해 주로 방학을 이용하여 귀양, 장사, 남녕, 북경 지역을 답사하였으며, 고서적 더미에서 수많은 자료들과 힘겨운 씨름을 하면서 진시황에 대한 역사적 사실을 정리하였다.

그리고 철도중학교에 부임한 1980년부터 수업이 끝나면 골방에 틀어박혀 여름에는 무더위를, 겨울에는 추위를 견디면서 글과의 힘겨운 싸움을 시작하였다. 문학적인 재능을 갖추지 못했던 나는 단어의 선택과 문장의 구성에 가장 애를 먹었는데, 사실 박진감 넘치는 진나라의 역사를 소설에 담아내는 일은 상당히 어려운 작업이었다.

소설이라고는 하지만 역사적 사실을 분명하게 밝히고, 당대의 풍속, 의관, 언어 등 문물 제도를 올바르게 찾아내어 글 속에 스며들도록 노력했다. 그렇게 2년 동안 피를 말렸던 글과의 싸움은 어느덧 서서히 막을 내리게 되었고 초고를 완성한 나는 주변 사람들의 의견을 참조하며 여섯 번의 수정을 거듭한 끝에 마침내 탈고의 기쁨을 맛볼 수 있었다.

그 이후 이 소설은 여러 경로를 거쳐 북경대의 전사배(田士培), 진철부(陳哲夫) 교수의 손으로 넘어갔다. 생면부지인 두 분 교수님께서는 이 소설을 아주 세심하게 읽어주셨고 또 출간될 수 있도록 적극적으로 도와주셨다. 특히 진한사(秦漢史)에 정통한 진철부 선생은 소설의 서문까지 직접 써 주시는 친절과 관심을 보여 주셨다. 책이 출판되자 여러 신문사에서 많은 지면을 할애해 소개하였고, 또 많은 잡지에서도 서평을 실었다.

그러던 차에 이 소설이 한국에서 번역, 출간된다는 소식을 들으니 작가로서 나는 무어라 말할 수 없을 정도로 감격스럽다. 이 기회에 한국의 독자들에게 고마운 마음을 전하면서 더 좋은 작품으로 다시 만나뵙기를 기대한다.

유 홍 택

차례

1

인질로 태어난 아이

유난히 눈이 많은 겨울이었다. 이른 새벽 약초를 캐기 위해 산을 오른 왕충(王忠)은 문득 걸음을 멈추고 산 너머에서 들리는 희미한 노랫가락에 귀를 기울였다. 적막한 산에 울려퍼지는 은은한 그 목소리는 왠지 왕충의 마음을 허허롭게 만들었다. 왕충은 눈 속에 깊이 파묻힌 다리에 힘을 주며 노래가 흘러나오는 쪽으로 눈길을 주었다. 삭풍이 불어오는 산 건너편에서 한 중년 사내가 유유자적하게 내려오고 있었다. 제법 우람한 체격에 양피(羊皮)를 허리에 두른 그는 배나무 지팡이로 눈길을 헤치며 왕충이 서 있는 곳으로 다가왔다.

「실례지만 상당(上黨)으로 가는 길 좀 묻겠소이다. 길을 잘 못 든 건 아니겠지요?」

고향 사투리를 듣고 친구와 적을 가른다는 옛말이 있다. 왕충은 그의 농익은 상당 사투리에 가슴이 설렜다.

「아닙니다. 잘 못 들었을 리가 있겠습니까? 혹여 노형께서는 상당분이 아니신지요?」

「하하하! 그대의 말투를 들어보니 단번에 한 고향 사람이라는 걸 알 수 있겠소이다.」

그도 반가운지 호탕하게 웃었다.

「상당의 토정(土精)과 국화(菊花)는 신선방생을 추구하는 진인(眞人)의 단약(丹藥)보다 낫다는 말처럼 고향이 최고지요. 꿈 속에서도 생각나는 고향이 아니던가요. 아참, 노형의 성함은? 한단에는 어떻게 오셨나요?」

그는 왕충의 물음에 몸을 약간 움찔했다. 그는 원래 조나라 군대에서 교위(校尉)를 지냈던 사람으로 성격이 호방하고 강직하여 부패한 상사(上司)의 부정을 직간하다 미움을 샀고, 결국 군대를 떠나 '제왕의 힘이 어찌 나에게 미치리오' 하는 심정으로 그렇게 야산에 은거하고 있었다.

「이 사람은 양치는 목동으로 이따금씩 사냥도 하며 사는 야인이올시다. 성은 이(李)가이고, 머리가 크다고 해서 남들이 이대퇴(李大堆)라고 부른다오. 방금 며늘아기가 해산을 했다고 해서 급히 집으로 돌아가는 중인데 제때 돌아갈 수 있을는지 모르겠소. 세상이 온통 어지러워서, 언제나 전쟁이 끝날는지. 여기 조나라도 한단성만 번성할 뿐 다른 데는 말이 아니라오. 그런데 형씨는 약초를 캐는 사람 같지는 않은데?」

왕충의 행색을 살펴보던 이대퇴가 고개를 갸우뚱대며 물었다. 실은 왕충의 아내도 이날 새벽 아들을 낳았다. 그런데 아내가 해산 후 기가 몹시 쇠해지는 바람에 약초를 구하러 급히 산에 올랐던 터였다.

「저는 효성왕부(孝成王府)에서 태의(太醫)로 있는 왕충이라고 합니다. 그런 자리에 있는 제 몸은 사실 제 것이라 할 수 없지요. 하물며 임금을 곁에서 모시는 어려움이란 마치 깊은 못에 이른 듯, 살얼음판을 걷는 듯 하답니다.」

「듣자 하니 효성왕부에는 어의(御醫)가 수천에 이른다고 하던데, 수많은 질병을 직접 보고 고칩니까?」

「그것은 단지 소문일 뿐이지요. 궁중에는 대왕마마와 왕자님은 물론이고 태후마마, 왕비마마도 계시고 게다가 수많은 비빈들이 있습니다. 또한 궁중의 시랑(侍郎)이며 황문령(黃門令)도 하나 둘이 아닐진대, 만일 우리 어의가 그들까지 보았다가는 몸이 두세 개라도 남아나지 않을 겁니다. 게다가 요즘에는 거상들마저 돈을 내고 우리를 부르는 지경입니다.」

왕충은 침울한 표정으로 고개를 설레설레 흔들었다. 그 말에 이대퇴도 그만 입을 다물었다.

「무의(巫醫)는 장사치보다 못하다고 하던데 금원(禁苑)에는 들어가 본 적이 있소?」

조용하던 이대퇴가 갑자기 물었다. 왕충은 그에 대해 뭐라고 대답해야 좋을지 몰라 머뭇머뭇했다. 이때 산 아래로 눈길을 돌리던 이대퇴가 중얼거렸다.

「저런, 길에다 말을 풀어놓다니.」

왕충은 이대퇴가 바라보는 곳을 쳐다보았다. 몇 명의 기마병들이 산마루로 올라오고 있었다. 왕충은 가마대의 선두에 있는 사람을 자세히 살펴보다가 이대퇴에게 고개를 돌렸다.

「바로 그 이름도 유명한 양적(陽翟;한나라의 수도)의 대고(大賈)이시군.」

「저기 제일 앞에 있는 사람이 바로 여대고(呂大賈)라 불리는 여불위(呂不韋)라고요? 한 명의 가기(歌伎)를 얻는 데 3천 금을 썼다고 하는 바로 그 사람이군요.」

이대퇴가 입맛을 쩍쩍 다셨다.

「그렇습니다. 천하의 수많은 사람들이 일어섰다 쓰러지는 세상에 누가 앞날을 예측할 수 있겠습니까? 그렇지만 부잣집 아들은 결코 저잣거리에서 죽지 않는다는 말이 있듯, 돈만 있으면 하늘과 통하는 세상입니다.」

왕충 또한 어그러진 세상을 비웃으며 중얼거렸다. 기마병들은 그제서야 왕충을 발견했는지 부지런히 산마루로 말을 몰았다.

「그런데 정말 이상하군. 도대체 무슨 일이 생겼길래 이곳까지 나를 찾아왔을까?」

「집이 있어도 집 같지 않고, 나라가 있어도 나라 같지 않은 세상, 언제 이런 세상이 끝날까.」

이대퇴는 왕충의 곁에서 한숨을 내쉬었다. 두 사람은 갑자기 말문을 닫고 먼 하늘을 올려다보았다. 알 수 없는 비애가 가슴에 솟구쳤다.

잠시 후 기마대에서 한 사람이 언덕으로 올라오며 소리쳤다.

「왕 태의! 빨리 성으로 돌아가십시오. 주희마마께서 해산을 하신답니다!」

왕충은 시위(侍衛)의 다급한 목소리에 매우 급박한 상황임을 느꼈다. 그는 얼른 고개를 돌려 이대퇴에게 작별을 고했다.

「몸 건강히 잘 지내십시오. 다음에 또 뵐 날이 있겠지요.」

이대퇴는 언덕 아래로 급히 내려가는 왕충에게 가볍게 손을 흔들었다.

왕충은 기마대를 따라 도성으로 들어가는 도중에 공자 이인(異人)의 비(妃) 주희(朱姬)가 오랜 진통에 시달리고 있음을 알았다. 공자 이인은 조나라에 인질로 잡혀 와 있는 진나라 공자였다. 왕충은 일찍이 조나라 왕부의 명령으로 이인과 그의 부인을 보살피고 있었다.

집에 들른 왕충은 누워 있는 아내의 얼굴을 쳐다볼 틈도 없이 부리나케 약재를 챙겨 이인의 집으로 뛰어갔다. 이인의 집에 다다를 즈음 갑자기 하늘이 어두워졌다. 북국에서 몰아치는 겨울 바람이 살을 에이는 듯했다. 큰눈은 멈췄지만 삭풍은 어둠을 몰고오면서 그칠 줄을 몰랐다. 거리는 아주 조용했다. 길 옆으로 쭉 늘어선 관가(官家)의 담벼락을 타고 넘은 매화가지만이 추위에 바르르 떨고 있을 뿐이었다. 한참을 가다 보니 멀리 육중한 대문이 눈에 들어왔다.

'얼마나 고통스러울까?'

누구에 대한 마음일까. 왕충은 오늘 아침 일을 생각했다. 자신은 득남을 해서 기분이 날아갈 듯한데, 이곳에 인질로 잡혀 와 자식을 낳는 사람의 심정은 어떠할까? 인질을 감시하는 병사들은 하루도 쉬지 않고 냉랭한 표정으로 문 앞에 줄지어 서 있었다.

회랑을 지나 중당(中堂)에 이르니 공자 이인이 초췌한 모습으로 주위를 서성거리고 있었다. 마치 수십 마리의 사냥개에 둘러싸여 어디로 달아나야 할지 몰라 우왕좌왕하는 한 마리 토끼 같았다. 그러나 비록 다급하고 피로에 지친 모습이었지만 불그스레한 두터운 입술에는 곧 태어날 자식에 대한 기대감이 은은하게 배어 있었다.

평대의 계단에는 여불위가 팔짱을 끼고 우뚝하니 서 있었다. 그는 오관(五官)이 단정하고 몸집이 중후했다. 잔잔한 미소를 머금은 채 사람을 꿰뚫어 보는 듯한 그의 눈빛엔 감히 범접하기 어려운 위엄이 느껴졌다. 그는 심계(心計)가 뛰어나고, 야망 또한 컸다.

젊은 시절 그는 부친에게 경전(耕田)의 이익과 주옥(珠玉)의 이익을 물은 적이 있었다. 경전의 이익은 농사를 말함이요, 주옥의 이익이란 장사를 의미했다. 그의 아버지는 장사꾼답게 장사에 투자하면 그 이익이 원금의 열 배 아니 백 배가 되리라고 대답했다. 그러자 여불위는 임금이 될 수 있는 사람에게 투자를 하면 이익이 얼마가 되겠느냐고 다시 물었다. 이에 그의 부친은 아무런 대답도 하지 못했다.

여불위는 지금 임금이 될 만한 사람에게 투자를 하고 있었다. 그는 조나라에 인질로 잡혀 와 있는 진나라의 공자 이인이야말로 그런 가능성이 있는 사람이라고 생각했다.

진나라 소양왕(昭襄王)의 왕태자인 안국공(安國公)에게는 아들이 이십 명이 넘었는데 이인도 그들 중 한 명이었다. 그러나 이인의 생모인 하희(夏姬)가 안국공의 총애를 잃게 되자 왕부에서 보호를 받지 못한 이인은 조나라의 인질로 보내졌다.

조나라의 핍박과 감시를 받던 이인은 그나마 여불위를 만난 덕분에 공자의 신분에 맞는 차림을 갖출 수 있었다. 여불위는 이인을 지극 정성으로 모셨다. 엄청난 재화를 들여 이인이 많은 친구를 사귀도록 도왔으며, 주변 여러 나라의 문사(文士)들을 초청하여 가르침을 얻도록 하고, 자신이 아끼던 여자를 이인에게 바쳐 그의 정부인으로 삼게 하였다. 그녀가 바로 주희였다. 여불위는 이에 그치지 않고 직접 진나라의 국도인 함양(咸陽)으로 달려가 안국공이 가장 총애하는 화양부인(華陽夫人)의 언니에게 뇌물을 건네 이인이 안국공의 적자(適子)로 책봉될 수 있도록 공작을 폈다.

여불위는 눈을 감고 간절히 기도하였다.

'하늘이시여, 반드시 아들을 낳게 도와 주소서!'

뜨락에는 몸이 왜소한 총관이 여러 명의 하인을 거느리며 분주하게 해산 일을 돕고 있었다.

「왕 태의가 도착하였습니다.」

여불위와 이인은 그 소리에 찌푸렸던 얼굴을 펴고 뜨락으로 내려왔다. 여불위는 왕충에게 산모의 상태를 설명했다. 이인은 곁에서 고개만 끄덕이고 있었다. 그의 초조한 눈빛은 마치 애원을 하는 듯했다. 왕충은 걱정 말라는 뜻으로 가볍게 눈짓을 하면서 방안으로 들어갔다.

잠시 후, 마침내 천지를 진동하는 듯한 울음소리가 두 사람의 귀에 들려왔다. 그리고 이와 동시에 방안에서 기쁨에 넘치는 함성이 터져나왔다.

「공자님이 탄생하셨다!」

그 소리에 여불위는 감격스런 표정으로 두 팔을 하늘 높이 치켜올렸다. 이인 또한 터져나오는 기쁨을 주체할 수 없는지 뜨락을 빙글빙글 돌았다.

왕충은 산모의 진맥을 다시 한 다음, 아무런 이상이 없다고 판단되자 조용히 방을 빠져 나왔다.

「하하하, 소양왕 48년 정월 초닷새라. 정말 좋은 날입니다.」

여불위는 매우 신중하고 조심스런 사람이었다. 이인은 이제껏 여불위가 그렇게 좋아하며 떠드는 모습은 처음이라 약간 당혹스럽기조차 했다. 왕충도 그런 여불위가 의아해 걸음을 멈추고 그의 모습을 바라보았다.

잠시 흥분된 마음을 가라앉힌 여불위가 총관에게 눈짓을 했다. 그러자 도선(圖先)이라는 이름의 그 총관이 미리 준비해 두었던 주칠(朱漆)을 한 옥갑을 계단 위에 조심스럽게 올려놓았다.

「옥갑의 뚜껑을 열게!」

여불위의 명에 따라 도 총관이 옥갑의 뚜껑을 열었다.

옥갑 안에는 아주 커다란 장옥(璋玉)이 찬란한 빛을 내뿜고 있었다.

누가 보아도 기이한 보물이라는 걸 단번에 알 수 있을 만한 보기 드문 장옥이었다. 궁중을 오랫동안 드나든 왕충도 이런 보물은 처음이었다.

사람들의 감탄 어린 시선에 저으기 만족한 듯 여불위가 얼굴 가득 미소를 띄우며 말했다.

「공자, 제후의 예에 따라 아홉 개의 장옥을 준비했사옵니다.」

이 말에 이인은 매우 당황한 표정을 지었다.

「이렇게 막중한 예를 비천한 아이가 어떻게 받을 수...... 」

그러자 여불위가 얼른 이인의 말을 가로막으며 자신만만한 태도로 말했다.

「공자, 이 아기씨는 왕실의 후예이옵니다. 더욱이 태어난 날짜를 헤아려 보면 대단한 기운을 받고 태어나셨음을 알 수 있사옵니다. 비록 삼황오제(三皇五帝)에는 미치지 못하지만 제환공(齊桓公)이나 진문공(晉文公)에는 버금갈 기운이옵니다.」

「그렇게 된다면 얼마나 좋겠습니까?」

이인은 자신의 처지를 생각하며 눈물을 떨구었다.

「이 사람의 운명은 너무나 가혹하여 많은 재난을 당했습니다. 허니 태어난 아이의 이름은 여공(呂公)께서 지어주셨으면 합니다.」

한구석에서 이런 광경을 지켜보던 왕충은 저도 몰래 고개를 가로저었다. 당시에는 사내아이의 이름을 아이가 태어나고 석 달이 지나야 짓는 게 관례였다.

'이인 공자는 무엇이 그리도 다급해서 여불위에게 이름을 지어달라고 애원한단 말인가?'

이인의 부탁을 받은 여불위는 조용히 눈을 감았다. 한동안 침묵이 흘렀다.

「아, 생각났습니다!」

한참 후 여불위가 환하게 웃으며 손뼉을 쳤다.

「위대한 천명(天命)이여! 정월에 태어나시기도 했고, 또 아기씨가 자라 권력을 잡으시라는 의미로 정(政)이라 하면 어떻겠사옵니까?」

「정이라, 영정(嬴政)! 정말 좋습니다. 여공께서는 정말로 훌륭하십니다. 이토록 좋은 이름을 단번에 생각해 내시다니요.」
이인은 여불위에게 감사하는 뜻으로 하인에게 술상을 준비하라고 일렀다.
「여공, 여공의 은혜는 산보다 높고 바다보다도 깊습니다. 오늘 나는 공을 이 아이의 중부(仲父)로 삼으려 합니다.」
「일개 장사치가 어떻게 감히 왕손의 중부가 될 수 있겠사옵니까? 저는 감히 받을 수가 없사옵니다.」
그때였다. 도 총관이 허겁지겁 뛰어들어왔다.
「어르신! 큰일났습니다!」
도 총관이 급히 여불위에게 귓속말을 했다. 안색이 새파랗게 변한 여불위가 이인에게 다시 무어라 속닥였다.
여불위의 말을 들은 이인은 크게 놀란 듯 멍하니 하늘을 우러르며 중얼거렸다.
「주희는 어떻게 하지? 정은?」
「공자! 시간이 없사옵니다.」
여불위는 넋이 나간 듯한 이인의 손을 잡아끌고 마구간으로 달려갔다. 두 사람이 사라지자 왕충은 조용히 이인의 집을 빠져 나왔다. 긴장이 풀어지자 해산 후 몸져 누운 아내 생각에 가슴이 얼어붙는 듯했다. 줄달음을 쳐 왕충이 집으로 돌아왔을 때 아내는 신열을 내며 기절해 있었다. 왕충은 얼른 아내의 맥을 짚어보았다. 그러나 이미 태의인 그로서도 어떻게 손을 써볼 수 없을 정도로 심각한 상태였다. 그 다음날 왕충의 아내는 끝내 숨을 거두고 말았다.
영정이 태어난 날 저녁, 여불위는 이인과 함께 몰래 한단을 빠져 나갔다. 이인은 아들을 얻은 기쁨도 누리지 못하고 여불위의 손에 이끌려 조나라를 탈출하였던 것이다. 여불위는 주도면밀한 사람이었다. 그는 진나라 왕부에 수많은 첩자와 자기 사람을 심어 놓았고, 조나라의 왕부에도 그에게 정보를 전해주는 사람이 많았다.

조나라의 효성왕은 진나라 장수인 백기(白起)가 조나라의 정예 병력 45만을 장평(長平)에서 몰살시켰다는 소식에 분노가 하늘까지 치솟아 인질로 와 있는 이인을 당장 죽이라고 명령했다. 이런 소식을 들은 여불위는 앞뒤 가릴 틈 없이 우선 이인을 피신시켰다. 덕분에 이인은 함양에 무사히 도착했지만 적국의 도성에 남아 있는 아내와 아들을 잊을 수 없었다. 그는 눈만 뜨면 한단에 있는 처자를 생각하며 눈물에 젖곤 하였다.

조나라 경후(敬侯) 원년(BC 386년)에 지어진 한단성은 매우 번화한 성으로, 성곽은 한산(邯山)이 끝나는 자락을 잘라 기초를 다졌고, 저하(渚河)와 필수(泌水)가 성을 관통하여 흘렀다. 이렇게 산과 강이 천연의 방비를 해 주는 한단성은 난공불락의 요새로도 널리 알려져 있었다. 또한 산 높고 물 맑아 살기 좋으며, 남쪽과 북쪽 지방을 연결하는 교통의 요지이기도 했다. 요연(遼燕)으로 통하는 태행고도(太行古道)가 이곳으로 뚫려 있으며, 백여 년에 걸친 경영으로 성내에는 의궁(儀宮)과 동궁(東宮)은 물론이고 총대(叢臺)와 동묘(東廟)도 웅자한 기세로 지어져 있었다. 청동으로 기둥을 받친 진양궁(晉陽宮)과 매화와 오얏나무가 가득한 한단궁(邯鄲宮)은 아름다움과 그 기세로 천하에 널리 알려진 건물이었다. 이 시기에 이미 한단성은 2개의 성곽과 8개의 구역, 13개의 거리가 조성되었고, 성내에 거주하는 백성만도 이미 십만이 훨씬 넘는 성으로 번성하였다.

하지만 조나라의 국도 한단성은 서북 변방에 자리한 진나라와 장평 전투를 벌일 무렵부터 점차 쇠퇴하기 시작했다. 봄이 되면 싹이 트고 여름이면 꽃이 피고 가을이면 열매가 열리고 겨울이 오면 생명이 숨죽이는 자연의 섭리처럼 한단성도 똑같은 운명을 밟고 있었던 것이다.

기원전 250년의 상원절(上元節), 즉 원소절(元宵節)이라고 불리기도 하는 정월 대보름이었다. 상원절이 되면 민가에서는 탕원(湯元)을 먹고 꽃등(燈)을 구경했는데 그런 풍습은 한대(漢代) 이후에 생겨났고, 이 당시에는 채유사(猜痩辭)라고 불리는, 문설주에 거는 등(燈)이나 초롱에 수수께끼를 적어놓고 맞추는 놀이나 복숭아나무를 사람 모양으로 깎아 대문 양쪽에 세워 놓고 잡귀를 물리치는 풍습이 유행하였다. 또한 저잣거리에서는 기예를 겨루거나 노래자랑을 하는 사람들로 떠들썩하였다. 설의 설레임과 즐거움이 채 가시지 않을 즈음 맞이하는 상원절은 설 다음가는 명절로 자리잡아갔다.

상원절 묘시가 되자 굳게 닫혀 있던 한단성의 성문이 활짝 열렸다. 이윽고 진시가 되니 한단의 대북성(大北城)은 사람들의 행렬로 시끌벅적해졌다. 대북성은 일반 백성들의 거주 지역, 상업 지역, 유흥 지역, 수공업 생산 지역이 들어선 곳이라 평소에도 사람의 왕래가 많았지만 이날만큼은 그 어느 때와 비교할 수 없을 정도로 인산인해를 이루었다.

대북성 거리는 온통 진흙밭이었다. 거기에다 며칠 전부터 내린 눈이 햇볕에 녹으면서 더욱 진창을 만들어 길은 마차의 바퀴자국으로 울퉁불퉁 엉망이고, 발목까지 차는 진흙탕으로 걷기조차 불편할 지경이었다. 하지만 사람들은 그런 것과는 상관없이 놀기에 여념이 없었다. 곳곳에 마련된 무대 위에서 예인(藝人)들은 저마다 장기를 선보이며 손님을 끌기에 정신이 없었다. 한쪽에서 투계(鬪鷄)가 벌어지는가 하면 다른 쪽에서는 개 경주[走狗]가 신나게 펼쳐졌다. 뿐만 아니라 앙상한 가지가 하늘 높이 뻗어 있는 버드나무 아래서는 추위에도 아랑곳없이 술내기 바둑이 한창이었다.

이런 엄청난 인파를 헤집으며 건장한 사내 둘이 길을 트자 그 사이로 소년 하나가 튀어나와 정신없이 날뛰어댔다. 소년의 이름은 영정, 9년 전 정월 초닷새에 진나라 왕손 이인의 아들로 세상에 태어난 바로 그 아이였다.

영정은 한단성의 한 초라한 궁중에서 외롭고 고통스럽게 자라났다. 비쩍 마른 몸에 짙푸른 빰이 남다른 그는 같은 또래의 아이들보다 머리가 유달리 컸으며, 눈빛이 차갑고 매서웠다. 영정은 온갖 감시와 멸시 속에서 냉혹하고 침울한 소년으로 자랐다.

영정은 그동안 거의 궁 밖을 나오지 못했다. 그러던 차에 이번 상원절에야 겨우 바깥 출입을 허락받아, 그는 이른 아침부터 새옷으로 갈아입고 미친 듯이 밖으로 뛰어나갔다.

「와! 꼬마 원숭이가 산양을 잡아타고 기사가 되었네!」

거리의 모든 것이 영정에게는 신기하고 재미있었다. 사람들이 빙 둘러서서 무언가를 구경하고 있자 영정은 호기심이 당기는지 그리로 들어가려고 안간힘을 썼다.

「어어어, 어이쿠!」

안으로 비집고 들어가던 영정이 그만 미끄러져 진흙탕에 주저앉았다.

「에이, 가요. 옷이 다 버렸네. 다른 데로 가요. 저기, 저쪽 무대로 가요. 사람들이 많은 데로요.」

키가 큰 가신(家臣)이 영정을 잡아끌었지만, 어린 영정은 막무가내로 사람들을 비집고 다시 안으로 들어가려 했다.

「어쩔 수가 없네그려, 쯧쯧쯧.」

가신 두 사람이 얼굴을 마주보며 고개를 절레절레 흔들었다.

그러나 영정은 금방 싫증을 느꼈는지 다시 빠져 나와 다른 곳으로 내달았다. 그는 뭐가 그리도 신나는지 이곳저곳을 마구 쏘다녔다.

영정은 아버지 이인에 대한 느낌이나 그리움이 없었다. 여불위가 이인을 데리고 떠나자 갓난아기였던 영정은 곧바로 이인 대신 조나라의 인질로 살아야 했다.

영정이 인질이 될 무렵 조나라와 진나라의 전쟁은 더욱 치열해졌고 매번 진나라가 승리했다. 조나라는 전쟁에 질 때마다 영정에게 그에 대한 보복을 가했다. 진나라 명장인 백기가 조나라의 항복병을 모두 땅에 묻어 죽인 사건 이후로 진나라에 대한 조나라의 원망과 복수심은 어린 영정이 감당하기에는 너무도 벅찼다.

그러나 이러한 역경은 오히려 영정에게 커다란 힘을 주었다. 질시와 욕설과 멸시가 퍼부어지면 질수록 영정은 스스로 살아갈 능력을 쌓아갔고, 이를 악물고 참는 인내를 키워나갔다.

하지만 동심(童心)은 어쩔 수 없는 것인지, 명절의 들뜬 분위기에 어린 영정의 가슴은 설레이기만 했다. 영정은 가늘고 긴 눈자위를 굴리며 거리의 이곳저곳을 신기한 듯 훑어보았다. 그러는 사이 차가운 눈빛은 어느덧 온화하게 바뀌어졌다. 영정은 그런 부드러운 눈빛으로 흰눈으로 뒤덮인 한산을 바라보았다. 그리고 구름을 감싸고 도는 벽송의 푸르름을 감상하였다. 울긋불긋 꽃처럼 아름다운 등롱을 요모조모 살펴보고 웃음 가득한 사람들의 얼굴을 쳐다보았다. 이런 그의 모습은 때 하나 묻지 않은 맑고 깨끗한 시냇물 같았다.

「세상이 이처럼 아름답고 멋지다니!」

영정은 곳곳을 두리번거리며 중얼거렸다. 그는 잠시나마 모든 것을 잊을 수 있었다. 매일 자신을 짓누르는 멸시의 눈동자와 욕설을, 그리고 고통으로 하루도 편할 날이 없는 자신의 처지를 잊었다. 억제하기 힘든 분노 또한 잠시 접어둘 수 있었다. 상원절을 맞이한 한단성은 여느 날과는 달랐다. 냉혹함도 원한도 감시도 없는 오로지 즐거움과 따스함과 웃음이 있을 뿐이었다. 영정은 경쾌하게 거리를 뛰어다니며 자유와 즐거움을 만끽했다. 그에게는 진흙뻘이 조금도 문제가 되지 않았다. 모든 거리는 넓게 펼쳐진 초원이었다.

영정이 이리저리 헤매며 상업 지역이 거의 끝나가는 품자형(品字型)의 광장에 이를 무렵이었다. 그곳 역시 사람들로 붐볐지만 다른 곳에서는 볼 수 없는 색다른 광경이 그를 기다리고 있었다. 광장 중앙에 마련된 무대 위에서 아가씨들이 손에 꽃가지를 들고 사뿐사뿐 춤을 추며 노래를 불렀다.

님은 강물, 누이는 꽃,
꽃은 물따라 가도 원망하지 않아요
필수의 물, 흐르면 돌아오지 않으니,
님 그리는 누이, 님과 함께 하늘 끝으로
하늘 끝 어디까지 가더라도
꽃은 물따라 가도 원망하지 않아요

많은 사람들의 사랑을 받던 애절한 민가였다. 님의 사랑을 구하는 노래말에 춤이 어우러지자 사람들은 발길을 멈추고 무대 앞으로 다가갔다. 그리고는 모두들 아가씨들을 따라 박수를 치며 노래를 불렀다. 적막에 휩싸인 한벽한 궁중에 갇혀 살던 영정은 순박하면서 자연스럽게 어울리는 사람들의 모습에 마음 속 깊이 감동을 느꼈다.

'여기에는 자유와 평등이 있다.'

이런 느낌은 영정에게 충격을 주었다.

「이리 오세요, 어린 공자님! 향내 그윽한 술 한 잔 드세요. 몸이 따스해지고 흥이 절로 솟구칠 거에요.」

술 파는 젊은이가 손짓을 하자 영정은 씨익 웃으며 술 한 바가지를 벌컥벌컥 들이켰다. 가신 두 사람도 한 잔씩 받아마시고는 소매에서 열 매의 도폐(刀幣)를 꺼내 술 파는 젊은이의 손에 쥐어주었다.

「이렇게 고마운 분들도 다 있다니.」

젊은이는 몇 번이고 허리를 굽히며 영정 일행에게 감사했다. 시간이 갈수록 광장에는 더 많은 사람들이 몰려들었다. 이때 갑자기 여기저기서 사람들이 웅성거리기 시작했다.

「희씨 망나니가 온다아!」

사람들이 소리치자 무대 위의 아가씨들도 그 소리를 들었는지 노래와 춤을 멈췄다. 영정이 영문을 모른 채 우두커니 서 있자 술 파는 젊은이가 영정에게 귓속말을 했다.

「공자님, 빨리 피하세요. 희씨 망나니놈이에요. 한단성의 골치덩어리라니까요.」

젊은이는 이렇게 말해놓고는 영정이 무어라 말하기도 전에 얼른 술항아리를 짊어지고 쏜살같이 달아나 버렸다. 광장을 빼곡히 메운 사람들이 일순간에 흩어졌다. 마치 태풍이 몰아친 뒤 남겨진 처참한 광경처럼 스산한 분위기가 감돌았다. 영정은 사람들에게 밀리는 바람에 두 가신과 순식간에 헤어지고 말았다. 영정은 분노와 실망이 섞인 표정으로 주위를 두리번거렸다. 복잡한 감정이 물밀듯이 밀려왔다. 더 이상 사람들의 모습을 찾을 수 없자 하는 수 없이 영정도 광장을 벗어나 필수 강변으로 투벅투벅 걸어갔다.

「두두두......」

말발굽 소리가 요란하게 들려왔다. 영정이 고개를 돌리자 갑자기 준마 한 필이 그의 코 앞에 멈춰 서더니 난데없이 질퍽한 진흙덩이가 튀어 영정의 얼굴을 때렸다.

「쉬익!」

얼굴의 진흙을 털어내기도 전에 이번에는 말채찍이 영정의 얼굴을 갈겼다. 미처 피할 틈도 없이 다시 두번째 채찍이 가해지면서 그의 새옷을 부욱 찢었다.

「제기랄! 머저리 같은 놈아, 어르신의 길을 막아? 깔려 죽고 싶은 게로군!」

거친 욕설이 말 탄 이의 입에서 퍼부어졌다.

「나쁜 자식!」

영정이 고개를 치켜들고 이글거리는 눈빛으로 그를 쏘아보았다.

「오, 이제 보니 진나라의 진드기였구만. 나쁜 자식이라고? 하하하, 그동안 얼마나 네 놈을 찾아다녔는데, 이제야 여기에서 만나다니. 오늘 내 말굽에 밟혀죽어 보라구. 하하하......」

난폭하게 말을 몰고 다니는 이 사람은 한단성의 소문난 난봉꾼으로 가문의 권세를 믿고 날뛰는 공자 가운데 하나였다. 이름은 희단(姬丹)이지만 포악하고 잔인하며 색을 지나치게 밝혀 희씨 망나니로 불리웠다. 희단은 독수리 눈에 물수리 이마를 하였고, 얼굴에는 오만한 기운이 가득했다. 그는 특히 진나라를 극도로 미워하는 이들의 우두머리이기도 했다. 희단은 자기 자신을 초인(超人)으로 자부하고 위인이 되기 위한 디딤돌이나 사람들의 주목을 끌기 위한 과녁을 찾아다녔다. 진나라는 바로 그에게 디딤돌이자 과녁이었다. 희단은 그전부터 진나라 인질의 처소에 사람을 풀어 그 동정을 일일이 파악했는데 특히 영정이나 이인의 부인인 주희가 밖으로 나오면 곧바로 자신이 파놓은 함정에 걸리도록 계교를 부렸다. 영정과 주희는 그간 수차례 그에게 곤욕을 치렀으며, 희단의 명성 또한 그와 함께 널리 퍼졌다.

희단은 상원절에, 그것도 거리에서 영정을 만날 줄은 전혀 기대하지 못했다. 그날도 그는 아침부터 영정의 행적을 찾았지만 많은 사람들로 대북성이 붐비는 바람에 찾는 걸 포기하려던 참이었다.

영정은 바짝 긴장하지 않을 수 없었다. 예전에는 가신들이 있어 지나친 모욕은 피할 수 있었으나 이날은 상황이 달랐다. 하지만 영정은 어렸을 때처럼 일방적으로 당할 만큼 나약하거나 두려움이 많지 않았다. 영정은 이제 의젓한 소년이 되었다. 어린 그를 이렇게 어른스럽게 만든 것은 바로 좌절과 모욕과 고통이었다. 영정은 수차례 어머니 주희와 함께 곤욕을 당했지만 그럴 때마다 고통은 순간이므로 우선 자신의 몸을 보존하리라는 생각으로 굴욕을 참으며 위기를 넘겼다. 상대와 힘 겨루기를 할 수 없다면 비록 오늘은 물러나더라도, 다음에는 기필코 힘을 키워 사나이답게 일전을 벌이겠다고 결심하며 끓어오르는 분노를 삭였던 것이다.

그런데 바로 오늘이 기다리던 그런 날이었다. 더 이상 그에게 물러나거나 위축될 수는 없었다. 영정은 처음에는 당황하고 놀라서 어찌할 바를 몰랐지만 시간이 지나면서 마음의 평정을 찾았다. 영정은 눈깜짝할 사이에 길 옆에서 뾰족한 돌을 주워 말머리를 세게 후려치고는 죽기 아니면 살기로 희단에게 대들었다. 돌로 머리를 맞은 말이 처참하게 울어댔다. 희단은 영정이 이렇게 겁없이 달려들 줄 미처 예상하지 못한 터라 잠시 멍해졌다. 그러나 잠시 정신을 가다듬은 희단은 입을 악 다물며 말고삐를 옥죄었다. 말발굽으로 영정을 짓밟을 기세였다. 그러나 영정은 피하기는 커녕 두 눈을 부릅뜬 채 희단을 노려보기만 하였다.

「멈춰라!」

그때였다. 어디선가 우렁찬 고함소리가 들려왔다. 영정은 자신도 모르게 눈을 질끈 감았다.

「퍽!」

눈을 떠보니 영정 앞에 푸른 옷을 입은 청년 한 명이 쓰러져 있었다. 희단은 다시 말고삐를 틀어쥐며 또다시 영정을 공격할 기세였다.

그 순간 영정은 쓰러진 청년의 허리에서 패검(佩劍)을 빼어들고 희단에게 달려들었다. 그런 영정의 모습에 희단은 겁을 먹었는지 말머리를 돌려 달아나기 시작했다. 영정은 그제서야 자신을 구해 준 청년에게 눈길을 돌렸다. 청년을 따르는 몇 명의 가신들이 그를 부축해 일으켰다.

이때였다. 화려한 의관을 갖춘 조나라 대신들이 말을 타고 급히 영정 앞으로 달려오더니 낭랑한 목소리로 조나라 왕부의 명령을 낭독했다.

「대왕마마의 성지가 내려졌소.」

영정에게 성지를 전한 사람은 조나라 상경(上卿)인 곽개(郭開)였다.

그날로 영정의 인질 생활은 끝이 났다. 진나라에 커다란 변화가 있었기 때문이었다. 56년 동안 재위에 있었던 진나라의 소양왕이 별세하고, 태자인 안국공이 효문왕(孝文王)이 되었다. 그에 따라 영정의 아버지 이인이 태자로 책봉되었으며, 조나라는 서북의 강국인 진나라와 전쟁을 그치고 강화를 맺고자 영정과 주희를 진나라로 돌려보내기로 결정하였다. 영정은 조나라를 떠나기 전에 자신을 구해 준 청년 문사의 이름을 수소문하였다. 그 또한 조나라에 인질로 잡혀 와 있던 연(燕)나라의 태자인 단(丹)이었다. 영정은 연 태자 단의 은혜를 언젠가 반드시 갚으리라 다짐했다.

2

한 시대를 여는 사람들

태행산 남쪽에는 말이나 양을 방목하기에 좋은 풀밭이 많았다. 매년 봄이 되면 많은 사람들이 이곳 태행산을 찾아 양이나 말을 풀어놓아 길렀는데 이 해 제일 먼저 그곳을 찾은 사람은 상당에서 온 이대퇴였다.

왕충을 만난 후 아홉 해가 지났지만 이대퇴는 세월이 무색하게 검은머리를 어깨에 드리운 채 더욱 훤칠하고 수려해졌다. 그가 몰고 다니는 양떼는 그리 많지 않았다. 한눈에 보아도 스무 마리가 약간 넘을 정도였다. 게다가 이대퇴 곁에는 어린아이 둘이 함께 양떼를 지키고 있었는데 그래서 그런지 그는 무척 한가로워 보였다. 화섭자로 불을 붙이려던 이대퇴가 눈을 찡그리며 천천히 사방을 둘러보았다. 먼산이 아련하게 푸릇푸릇한 빛을 뿜어내는 가운데 양들이 아주 평화롭게 마음껏 풀을 뜯어먹고 있었다. 양떼를 좇아 신나게 뛰어다니는 두 아이의 모습이 정겨워 이대퇴는 미소를 머금었다. 그는 너른 풀밭에 털썩 드러누워 천천히 흰구름 흘러가는 푸른 하늘을 올려다보았다.

「할아버지, 매에요! 매가 양을 덮치려고 해요!」

은방울이 구르는 듯한 여자아이의 목소리가 다급했다. 이대퇴는 자리에서 벌떡 일어났다. 태행산의 매는 양이나 말을 키우는 사람들에게 가장 두려운 적이었다. 과연 멀리 굶주린 매 두 마리가 하늘을 맴돌고 있었다. 먹이를 찾는 모양이었다. 매는 마침내 그 대상을 찾았는지 꾸욱하고 길게 소리 높여 울음을 토했다. 공중에서 기회를 엿보며 길고도 느리게 커다란 원을 돌던 매가 갑자기 갈색의 날개를 퍼득이며 쇠발톱을 날카롭게 세우고는 쏜살같이 양떼에게 달려들었다. 그러자 양떼의 우두머리로 보이는 숫놈 두 마리가 두 눈을 부라리면서 매에게 대들었다.

풀밭에서 벌떡 일어난 이대퇴는 순간적으로 양과 매의 거리를 헤아렸다. 양을 지키는 사냥개가 요동을 치며 울부짖자 그는 얼른 개를 진정시키고 재빨리 활을 꺼내 화살을 댔다.

「와! 맞았다. 매가 맞았다!」

이대퇴가 활을 쏘기도 전에 여자아이가 소리를 질렀다. 그는 멋쩍은 표정으로 흘깃 여자아이를 보고는 활을 다시 등에 갈무리했다.

「와! 등 오라버니가 맞혔어요!」

화살에 맞아 추락한 매 한 마리가 풀밭에서 버둥거리자 이를 본 사냥개가 시위를 떠난 화살처럼 먹이를 쫓아 내달렸다. 졸지에 짝을 잃은 다른 매는 하늘을 빙빙 돌며 감히 내려올 생각을 하지 못했다. 시간이 흐르자 매의 습격으로 이리저리 흩어졌던 양떼가 점차 평정을 되찾아갔다. 이대퇴는 사내아이의 등을 부드럽게 토닥여 주었다. 사내아이의 이름은 등와(騰蛙)로 열네 살 소년이었지만 어른처럼 체구가 당당하였다.

「잘했다, 등와야. 이제는 뫼에 들어가 멧돼지를 잡아도 되겠구나. 지금처럼 양군(兩軍)이 서로 맞붙어 싸우고 있을 때에는 너처럼 먼저 기선을 제압하는 게 중요하단다. 무슨 말인지 알아듣겠느냐?」

「할아버지, 저희에게 감추시는 게 있지요? 양군이 맞붙어 싸운다는 게 무슨 뜻이에요? 할아버지는 싸운 적이 있으시나요?」

등와가 사냥개의 입에서 매를 낚아채며 물었다.

「아, 아니다. 그럴 리가 있겠느냐?」

이대퇴는 황급히 등와의 질문을 피했다.

「할아버지는 우리를 속이고 있어요. 엄마한테 들었는데 할아버지는 싸움을 아주 잘 하신다던데요, 뭐.」

여자아이가 초롱초롱한 눈망울을 굴리며 앙증스럽게 대꾸했다.

「그만두거라. 이런 난세에 그 누가 군대에 나가지 않을 수 있었겠느냐? 다 지난 일이다. 너희들은 저 매나 잘 감시하거라.」

이대퇴가 이렇게 변명을 하며 말꼬리를 틀자 여자아이가 다시 입을 삐죽였다.

「등 오빠, 이 매 좀 봐! 눈알이 부리부리하고 피빛이 맺혀 있어. 이 놈을 엄마 산소에 바치면 좋겠다.」

여자아이는 무엇이 그리 즐거운지 쉴새없이 재잘거리며 웃음을 터뜨렸다.

「능매(菱妹) 말이 옳다. 가자, 등와야! 네 엄마의 무덤으로 가자꾸나.」

이대퇴가 오누이의 어깨를 다독거리며 앞장을 섰다. 잠시 후 산꼭대기에 먼저 오른 등와가 저쪽 산 너머를 가리키며 소리쳤다.

「할아버지, 저기 보세요! 병사들이 오고 있어요.」

그 말에 이대퇴는 손을 들어 이마에 얹고 멀리 북쪽을 바라보았다.

「많은 수레가 움직이는 것을 보니 필시 무슨 일이 벌어진 모양이구나.」

그는 기마병의 수가 꽤 많으리라 짐작하고 얼른 등와에게 손짓했다.

「등와야, 빨리 양떼를 언덕 한쪽 구석으로 몰아넣거라.」

영정이 진나라로 돌아가는 날은 청명(淸明)으로 결정되었다. 영정이 탄 이날의 수레 대열은 한단성을 떠나 남쪽의 태행고도를 향하고 있었다. 업현(鄴縣)을 지나고 온성(溫城)을 거쳐 빠르게 남서쪽으로 내달리던 영정 일행은 한단을 떠난 지 이미 엿새째가 되어갔다. 이번 여행은 정말 지루한 일정이었다. 거리에 봄날의 따사로운 정경이라고는 눈씻고 찾아볼 수 없었다. 한두 개 겨우 싹을 틔운 나무들이 황량한 벌판 위에 부는 바람과 부딪칠 뿐 한단성에서 보았던 거리에 그득한 수풀을 전혀 기대할 수 없었다. 앙상한 나무가 곳곳에 솟구친 시커먼 바위와 묘한 조화를 이루며 쓸쓸한 벌판을 더욱 허허롭게 만들었다.

영정 일행은 깊은 계곡에서 유숙하기도 하고 벌판에서 잠을 청하기도 하면서 여행을 계속하였다. 영정은 수레 대열의 중간에 앉아 있었다. 투박한 비단으로 덮개를 한 세 칸짜리 마차의 가운데에 앉은 영정은 호기심 어린 눈빛으로 주위를 두리번거렸다. 그가 타고 있는 수레는 전투에 쓰였던 수레 가운데 하나였다. 당시에는 전투에 사용되었던 수레를 귀족의 여행용으로 개조하여 타고 다니곤 했던 것이다. 마부 자리와 객실이 나뉘어진 수레는 먼지와 태양을 막는 덮개와 창이 달려 있어 안쪽에서 밖의 경치를 구경할 수 있었다. 영정은 난생 처음으로 그런 화려한 수레를 타보았다. 그는 연신 밖을 내다보며 낯선 풍경에 감탄사를 연발했다. 그리고 어머니 주희의 팔을 끌며 이것저것 궁금한 것들을 물었다.

「함양은 어때요? 한단성처럼 음산한가요, 냉랭한가요? 할아버님이 다스리시는 진나라는 조나라보다 강한가요?」

스물여섯이 된 주희는 이미 소녀 때의 수줍음을 벗어던지고 완숙한 아름다움을 갖춘 여인으로 변모하였다. 그러나 줄곧 한단성에서 갇혀 살아 그런지 그녀의 얼굴에서는 별다른 표정을 발견할 수 없었다. 사실 주희로서도 처음 가보는 함양성이라 이것저것 물어오는 영정에게 뭐라고 대답해야 좋을지 몰랐다.

「부인, 곽 대인께서 편안하신가 묻습니다. 잠시 쉬었다 가시겠습니까?」

수레의 맨앞에서 말을 타고 가던 수행원이 물었다. 주희는 순간 꿈에서 깨어난 듯 깜짝 놀랐다.

「갈 길이 바쁩니다. 빨리 갔으면 좋겠어요. 혹여 곽 대인께서 피로하신 건 아닌지 여쭙고 싶습니다.」

「어머니, 곽가가 꼬리치는 거에요.」

영정이 주희의 귀에 속삭였다. 그는 조나라 대신인 곽개에게 반감을 가지고 있었다.

「남자란 모두 똑같다니까.」

주희는 영정을 나무라며 남편 이인과 여불위를 퍼뜩 떠올렸다. 그동안 그녀는 인질 생활의 고통으로 미처 이인과 여불위를 생각할 겨를이 없었다. 또 다른 질문을 하기 위해 입을 벌리려던 영정은 냉랭한 주희의 표정에 그만 입을 다물고 말았다. 대신 주렴을 젖히고 바깥 풍경으로 눈을 돌렸다. 멀리 산들이 빠르게 지나가고 있었다.

급히 양떼를 구덩이에 숨겨놓은 이대퇴는 안도의 한숨을 내쉬었다. 잠시 휴식을 취하노라니 두 아이의 모습이 보이지 않았다. 능매는 당나귀가 따라오지 않고 자꾸 뒷걸음질을 치자 얼른 뛰어가 당나귀를 살폈다. 당나귀는 죽은 매를 버리고 갈 수 없는지 연신 주둥이를 씰룩거렸다. 능매는 그런 영리한 당나귀가 기특해 빙그레 웃었다. 양떼를 피신시키느라 미처 매를 생각하지 못했는데 당나귀는 어떻게 기억했는지 신기했다. 이를 본 등와가 얼른 뛰어와 한 손으로 매를 주워들고 다른 한 손으로는 능매의 손을 이끌며 길을 걸었다. 그때 멀리 기마병 몇 명이 그들 앞으로 달려오는 것이 보였다.

「저들이 양떼를 발견하면 안 되니 저 사람들의 시선을 우리 쪽으로 돌리자. 능매야 어서 피리를 불어봐.」

등와의 말에 능매는 얼른 허리에서 갈마(葛麻)로 띠를 두른 단적(短笛)을 꺼내 불기 시작했다. 고요하기 그지없는 벌판에 조악하면서도 청량한 노랫소리가 울려퍼졌다.

아빠는 우리에게 사냥을 나가래요
활을 메고 산으로 올라가요
제후들은 정벌에 나선대요
짐승떼도 무서워 도망가요

엄마는 우리에게 밭을 갈래요
가래를 메고 도랑을 지나요
제후들은 정벌에 나선대요
말발굽에 새싹들이 죽어요

밭에는 싹이 죽고 잡초만 무성해요
횃불은 끊이지 않고 남정네는 죽어가요
정벌은 어느 해나 끝을 맺을까요?
우리 백성은 언제나 따사로운 햇볕을 쬘까요?

영정은 들리다 끊어지고 끊어질 듯 들리는 노랫가락에 따라 저도 모르게 흥얼거렸다. 노래에 담긴 내용이 무언가를 암시하는 듯했는데 그것이 영정의 마음을 끌어당겼다. 내용의 전부를 알 수는 없지만 한자한자가 영정의 머리 속에 깊이 심어졌다. 그러나 수레가 자꾸 덜컹거리는 바람에 조그맣게 들리는 가락을 잃어버리기 일쑤였다. 영정은 창 밖으로 목을 더욱 길게 빼고 노래가 흘러나오는 곳을 찾아 두리번거렸다.

「정아, 너무 방자하구나. 사내대장부는 신중해야 하는 법이다.」

주희가 얼굴을 붉히며 영정을 나무랐다. 하는 수 없이 영정은 자리에 바로 앉으며 중얼거렸다.

「저 노래를 배우고 싶은데......」

「들에서 들리는 저런 가락이 어떻게 노래라고 할 수 있겠느냐?」

주희가 코웃음을 쳤다. 그녀는 본래 가기 출신이라 노래에는 정통했다.

「정아, 함양에 도착하면 궁중에서 좋은 음악을 마음껏 들을 수 있단다.」

주희의 주의에 영정이 뾰로통해 있을 무렵, 앞서 달리던 병사들이 돌아와 곽개에게 보고했다.

「앞쪽 산마루의 흰 무리는 양떼들입니다.」

이 말에 얼른 영정이 물었다.

「양떼 말고 노래 부르는 사람은요?」

「노래 부르는 사람은 양치는 계집아이였습니다.」

「그렇다면 얼른 그 아이를 이리 데려오게.」

영정의 마음을 알았는지 곽개가 부하들에게 명령을 내렸다.

잠시 후 이대퇴와 오누이가 잡혀 와 창을 들고 위풍당당하게 서 있는 병사들을 피해 수레 옆쪽에 나란히 섰다. 영정은 들에 사는 백성들의 차림새를 훑어보았다. 노인은 머리카락을 베로 동여메고 가슴은 반쯤 드러낸 채 한 손으로는 연신 긴 수염을 쓰다듬고 있었다. 딱딱하게 굳은살이 벤 손바닥은 여러 갈래로 갈라져 마치 늙은 소나무의 마른 가지처럼 보였다. 하지만 들을 뛰어다닌 사람답게 두 다리는 아주 튼튼해 보였다. 노인의 왼쪽다리에 몸을 기대고 있는 여자아이는 여덟 살 정도 들어보였다. 비록 삼베옷에 갈옷치마를 입었지만 매우 정결한 모습이었다. 머리에는 들꽃을 꽂아 더욱 앙증스러웠다. 노인의 오른쪽 어깨에 기대어 있는 사내아이는 웃통을 벗고 있었고 허리에는 양가죽을 둘렀는데 건장하게 생겼다. 사내아이는 화살이 꿰어 있는 매를 든 채 다른 한 손으로는 사냥개의 머리털을 쓰다듬고 있었다. 비록 들에 사는 백성들이지만 굳센 의지와 우람한 체격이 영정의 마음을 압도했다.

기위(騎尉)가 노인을 심문하기 시작하였다. 노인은 자신의 이름이 이대퇴이며 조나라 상당 사람이고, 해마다 봄이 되면 이곳에 와서 양떼를 방목한다고 말했다. 지난해 타지에서 만난 등와라는 사내아이는 부모가 죽는 바람에 자신이 거두었다고 했다. 영정 일행을 호송하는 기위는 오래 전에 조나라 군대에서 그 명성을 떨친 이대퇴를 알아보고 지나친 무례는 범하지 않았다. 그는 말에서 내려 등와의 어깨를 치며 미소를 지었다.

「이 매를 네가 쏘았느냐? 정말 대단한 솜씨야. 어르신, 이 아이를 우리에게 주십시오. 값은 후하게 쳐드리겠습니다.」

그러자 이대퇴는 안색이 변하며 손을 내저었다.

「이 아이는 결코 노예가 아니외다. 그러니 남에게 팔 수 없소이다.」

이 말에 기위가 입술을 씰룩거리며 태도를 바꾸었다.

「옛날 체면을 보아 그냥 넘어가려고 했는데, 도저히 못 봐 주겠군. 여봐라! 여기 양 도둑이 있으니 한단성으로 압송하라!」

기위의 이런 행동에 등와가 참지 못하고 단검을 빼어들었다.

「잠깐!」

이때 사람들 틈에서 누군가 소리쳤다. 조나라 효성왕부의 태의 왕충이었다. 그는 아주 오래 전에 한산의 남쪽 언덕에서 이대퇴를 만난 적이 있었다.

「노형, 오랜만에 뵙는구려.」

왕충은 이대퇴를 알아보고 곽개에게 그의 신분을 알렸다. 곽개가 기위에게 눈짓을 보내자 모두들 뒤로 물러섰다. 이때 이런 광경을 지켜보던 영정이 느닷없이 수레에서 뛰어내리더니 등와 앞에 섰다.

「양치는 형, 노래가 아주 좋아요. 노래처럼 나를 따라 세상을 평정하고 싶지 않아요? 백성들에게 하늘의 빛을 던져주고 싶지 않아요?」

영정은 등와가 무슨 말인지 몰라 어리둥절한 표정을 짓자 그의 어깨를 보듬으며 말을 이었다.

「나는 저 사람들과 아무런 관련이 없어요. 저기 조나라 병사들은 우리를 진나라로 호송하는 사람들일 뿐이에요.」

등와는 영정을 뚫어지게 바라보며 생각했다.

'이 아이는 할아버지와 능매가 꿈에도 그리는 하늘의 빛을 함께 얻자고 한다. 이렇게 양을 치면서는 도저히 그런 빛을 얻을 수 없어. 이 아이는 예사 왕손으로 보이지 않아.'

영정이 다시 입을 열었다.

「양치는 형, 무얼 그리 머뭇거려요? 사내대장부는 천하에 뜻을 두어야지, 양이나 치는 무리에 묻혀 살려고 그래요? 함께 가요!」

영정의 말은 등와의 가슴에 웅크리고 있던 웅지(雄志)를 활활 타오르게 만들었다. 사실 목동에 불과한 등와에게 이런 기회는 두 번 다시 오지 않을 터였다. 인연이라면 인연이고, 우연이라면 우연인 숙명적인 만남이었다. 등와는 주먹을 불끈 쥐고 영정의 눈동자를 응시했다.

「좋습니다. 따라가겠습니다.」

등와는 흔쾌하게 대답한 후 고개를 돌려 이대퇴와 능매를 쳐다보았다. 영정의 제의도 빨랐지만 등와의 결정도 이에 못지않았다. 주희는 영정의 성격을 알고 있던 터라 일단 한 번 결정한 일에 대해 뭐라 할 수 없었다. 이대퇴 또한 등와의 기질을 너무나 잘 알고 있어 그의 선택에 이의 없이 쾌히 허락해 주었다.

「그래, 장하다. 이 할아버지도 열다섯 살 때 군문(軍門)에 투신했는데, 너도 어린 나이는 아니지. 기러기의 날개는 높이 날라고 있지 예쁘게 보이라고 있는 게 아니란다. 보검의 칼날을 더욱 날카롭게 갈 수 있기를 이 할애비는 바라느니라.」

이대퇴는 눈가에 맺히는 눈물을 감추며 자신이 어렸을 때부터 애지중지하던 양가죽으로 만든 채찍을 등와에게 건네주었다. 그러나 능매는 갑자기 벌어진 사태에 어떻게 처신해야 좋을지 몰라 눈물만 떨구었다.

「날씨가 어두워진다. 빨리 길을 떠나자!」

기위가 소리쳤다. 멀리 하늘 끝에서 검은 구름이 밀려오기 시작했다. 등와가 앞쪽 수레에 타자 영정은 그의 등을 흐뭇한 표정으로 바라보았다. 그런데 수레가 막 떠나려고 할 때였다. 영정이 갑자기 수레에서 뛰어내리더니 한단에서 가져온 포폐(布幣;조나라의 화폐)를 한 줌 쥐어 이대퇴의 주머니에 찔러넣었다.

「어르신, 염려놓으십시오. 제가 잘 보살피겠습니다.」

곽개는 이런 영정의 모습에 두려움을 느꼈다.

'어린 나이에 저렇게 속이 깊고 사람을 끄는 기운이 있으니, 혹여 호랑이를 산으로 돌려보내는 것은 아닌지 모르겠군.'

곽개는 두 손의 땀을 옷깃에 훔치며 말의 허리를 세게 쳤다. 수레가 서서히 굴러가기 시작하자 등와가 갑자기 생각이 난 듯이 아무런 말도 없이 눈물만 흘리는 능매에게 허리에 차고 있던 죽피리를 건넸다.

「능매야, 이 피리 가져가.」

영정의 호송 행렬은 밤을 세워 진나라로 향했다. 이들은 황하(黃河)를 건너고 낙양(洛陽)을 거쳐 함곡관(函谷關)을 지나 마침내 진나라의 도성인 함양에 이르렀다. 함양의 궁전에서는 각지에서 도착한 국빈(國賓)을 맞기에 여념이 없었다. 제(齊), 초(楚), 연(燕), 한(韓), 위(魏) 같은 대국에서는 소양왕을 문상(問喪)하기 위해 여러 명의 조례사를 진나라로 보냈다.

함양의 밤이 깊어갔다. 그러나 각국의 사신들이 묵고 있는 숙소는 횃불이 활활 타올라 한낮을 방불케 했다. 제례와 손님맞이에 피곤을 이기지 못한 시위들과 심부름꾼, 의원들은 깊은 잠에 빠져들었다. 그 적막 속에서 곽개가 머리를 푹 숙인 채 붉은 불빛 아래 서성이고 있었다. 그는 여불위를 기다리는 중이었다. 고개를 드니 눈 앞이 축축했다. 자시가 넘자 사방에 이슬이 맺기 시작했던 것이다. 오랜 세월 기(氣)를 수련한 곽개이지만 왠지 이날만큼은 초조한 마음을 억누르기 어려웠다. 깊은 생각에 빠져 있을 즈음, 곽개 앞에 여부(呂府)의 총관을 맡고 있는 도선이 총총걸음으로 나타났다. 도 총관은 이미 한단에서 곽개와 여러 차례 만난 적이 있었다. 도 총관은 얼굴 가득 미소를 띤 채 허리를 굽혔다.

「상경께서 연일 수레를 이끌고 오시느라 피곤하시겠습니다.」

실상 곽개가 진나라까지 영정을 호송한 첫번째 이유는 여불위를 만나기 위해서였다. 지난날 여불위는 곽개에게 뒷일을 약속한 적이 있었는데, 그가 이번 기회를 놓칠 리 없었다. 곽개는 답답한 마음을 훌훌 털어버리려는 듯 명랑한 목소리로 도선에게 말했다.

「이보게, 도선! 오랜만에 보게 되는군. 오랫동안 못 본 사이에 입술에 기름기가 진득하구먼그려. 그런데 여공께서는 어째 아직 오시지 않는가?」

곽개의 말이 떨어지기가 무섭게 멀리서 청아한 목소리가 들려왔다.

「곽 상국(相國)께서는 너무 걱정마십시오. 장사치에 불과한 여불위가 감히 대인을 뵙습니다.」

곽개는 얼른 앞으로 달려나가 여불위의 어깨를 감싸 안으며 반가움을 표시했다.

「그런데 어이하여 나를 상국이라 부르십니까? 남들이 들으면 진짜로 알겠습니다.」

여불위가 빙그레 웃으며 대답했다.

「그저 해본 말이 아닙니다. 이 사람은 이미 조의 효성왕부에서는 유명

무실한 존재이지만 상국의 지위로 상경을 대하고 있음을 잘 알고 있습니다. 그래서 미리 기쁜 소식을 전하고 약간의 예물을 준비했습니다. 우선은 경사를 축하하고, 다음은 왕손의 고충을 보살펴 주신 일에 감사를 드립니다. 예물은 여기 있습니다. 번거로우시겠지만 살펴주시기 바랍니다.」

여불위는 품에서 예물의 세목(細目)을 기록한 비단 두루마리를 곽개에게 건네주었다. 곽개는 기쁨을 억누르며 예물의 세목을 훑어보았다. 금관(金罐), 옥두(玉簪), 병대(屛帶), 주관(珠冠)은 물론이고 온갖 이름 모를 금은보화가 나열되어 보는 이로 하여금 입을 다물지 못하게 만들었다.

「소신(小臣)은 공(功)을 세우지 못해 작록(爵祿)을 받지 못했는데, 이런 후한 예물을 받으니 황송하기 그지없습니다. 소왕손께서는 사람을 누르는 위엄이 있고, 사람을 따르게 만드는 덕화가 넘쳐흐릅니다. 그 모습이 길인천상(吉人天相)이며 명대지고(命大志高)입니다. 소신은 단지 약간의 도움을 드렸을 뿐이지요.」

곽개는 더욱 자신을 낮추며 말을 이었다.

「진나라는 병마가 충분하고 백성이 넉넉하니 육국(六國)의 으뜸입니다. 흉금을 털어놓고 말씀드리거니와 옛날에 있었던 두 나라 사이의 틈을 없애주시기를 간청합니다.」

「정말로 좋은 말씀입니다. 상국의 말씀대로 천하의 대세는 우리 진에 있습니다.」

여불위가 큰소리를 치자 곽개는 억지 웃음을 지으며 동의했다.

「그렇습니다. 다른 나라는 진나라에 속하지 않을 수 없습니다.」

「하하하! 정말 기쁩니다. 옛말에 선비는 자신을 알아주는 사람을 위해서 몸을 아끼지 않는다고 했는데, 제가 생각하기에도 그렇습니다. 자신을 감싸주는 사람에게 마음을 열어놓는다는 말도 있지 않습니까? 만일 장사를 두고 말한다면, 가격이 정해졌을 때는 어떻게 사시겠습니까?」

「무슨 뜻입니까?」

곽개가 잠시 생각하다 되물었다.

「산다는 뜻은 무엇이며, 가격은 무슨 뜻입니까?」

「상국께서는 총명하시니 어떤 거리낌도 없이 말씀해 주십시오.」

「자한께서 말씀하시길, 좋은 장사치를 구해 사라고 하였지요. 여공께서는 왕을 재화로 삼아 나라를 사셨습니다. 이전에도 없었고 이후에도 없을 최고의 장사가 아니겠습니까? 이 곽모는 재주가 어줍고 배움이 낮아 감히 의논할 상대가 못 됩니다.」

곽개는 속에 있는 말을 스스럼없이 털어놓았다. 다른 사람에게 직언을 하는 일은 곽개가 평소에도 매우 꺼리는 금기였으나, 이날 밤은 이상하게 들뜬 분위기에서 술술 입을 열고 말았다. 순간 곽개는 후회를 했지만 이미 엎질러진 물이었다.

여불위도 깜짝 놀란 눈빛이었다.

「상국께서 이렇게 자세히 아시다니 굳이 대세를 말씀드리지 않아도 되겠군요. 이제 천하를 놓고 나와 함께 공을 세우지 않으시렵니까?」

「소신은 단지 누추한 옷과 검소한 밥상을 구할 뿐, 결코 다른 생각은 없습니다.」

곽개는 여불위의 속마음을 확연하게 알았으나 일부러 대답을 피하였다. 여불위는 그가 몸을 빼려 하자 언성을 높였다.

「누추한 옷과 검소한 밥상이라! 그런데 어째서 상국께서는 요즈음 그렇게 살이 찌셨습니까? 그걸 일컬어 자하비(子夏肥)라 하지요. 상국께서는 한입에 조나라를 삼킬 수 있는데도 두 눈을 꾹 감고 될대로 되라고 그냥 놔두려 합니까?」

「아, 여공께서는 목소리를 조금 낮추십시오. 이 몸은 여공의 뜻에 따르겠소이다.」

두 사람은 비로소 뜻이 합치되자 곧바로 문을 걸어 잠그고 방 깊숙이 들어가 은밀한 약속을 하기 시작했다. 곽개는 다음날 어떻게 진왕을 배알하고 국서를 올리며 각국의 사절들과 어떻게 교류를 맺어야 하는가에 대해서는 전혀 얘기도 꺼내지 못하고 여불위와 밤새워 밀담을 나누었다.

다음날 아침, 도 총관은 하인들에게 아침을 준비케 한 뒤 손수 삼과양

심탕(參果養心湯)을 공손히 받쳐들고 방으로 들어왔다.
「오늘은 조금 쉬십시오. 내일 빈례(殯禮)는 바쁘기 그지없으리라 예상됩니다.」
그러자 여불위가 그릇을 받으며 중얼거렸다.
「바쁘다는 걸 왜 모르겠나? 하지만 누가 이 사람의 즐거움이 그곳에 있음을 알리오.」
이때 밖에서 외침소리가 들렸다.
「태자마마와 왕손께서 도착하셨습니다!」
여불위는 얼른 자리에서 일어나 정원으로 달려나갔다.
이인은 진나라로 와서 이름을 자초(子楚)로 바꾸었다. 조나라를 탈출하여 진나라로 들어와 이인이 처음으로 화양부인을 만날 때 여불위는 그에게 이름을 바꾸고 초복(楚服)으로 갈아입도록 당부하였다. 진의 효문왕은 초나라 출신의 화양부인을 매우 총애하였는데 여불위는 이 점을 간파하여 화양부인의 환심을 사기 위해 이인에게 선수를 치도록 꾸몄던 것이다.
정원으로 들어서는 자초의 모습엔 왕족의 품위가 넘쳐흘렀다. 그러나 붉은 색 바탕의 꽃무늬에 화충(華蟲)이 수놓아진 조포(朝袍)를 걸친 자초는 눈빛이 탁하고 위엄이 없으며 신색이 불안해 보였다. 여불위는 주희에게 시선을 옮겼다. 주희 또한 마음에 격정이 일어나는 모양인지 애절한 눈빛에 얼굴에는 생기가 돌았으며 온몸이 가느다랗게 떨렸다. 여불위의 마음도 이와 다를 바 없었다. 여불위는 떨리는 가슴을 보듬고, 이번에는 영정에게 시선을 돌렸다. 영정은 여불위가 자신을 뚫어지게 바라보자 맑은 눈동자를 굴리며 여불위를 노려보았다.
'이 아이는 누구를 닮았을까? 이마가 넓은 걸 보면 자초나 주희를 닮지 않고 나를 닮았군.'
「정아, 어서 중부께 인사올리거라.」
자초가 영정에게 여불위를 소개하였다. 영정은 뚜벅뚜벅 앞으로 걸어나가더니 여불위를 불공스런 태도로 올려다보았다. 그러자 주희가 당황해 하며 말했다.
「정아, 중부께 큰절 올리지 않고, 어서 무릎을 꿇고 머리를 조아려야지.」
그러나 영정은 들은 체도 하지 않고 여전히 여불위를 쏘아보았다. 여불위는 얼른 계단 아래로 내려가 영정의 손을 잡으며 감격스러운 어조로 말했다.
「왕손께서는 정말 건장하게 자라셨군요. 듣자 하니 기침이 잦고 몸에 열이 많다고 하시더니 그새 다 나으셨나 보옵니다.」
주희가 미소를 지으며 여불위에게 대답했다.
「여 대인께서 왕 태의를 자주 보내주시어 우리 모자는 큰병없이 잘 지냈습니다. 그렇지 않았다면......」
주희가 눈물을 글썽였다. 인질 시절의 고통이 생각난 모양이었다. 자초가 곁에서 얼른 말을 거들었다.
「그렇소. 여공께서 많이 도와주셨소.」
두 사람의 찬사에 여불위는 얼른 손을 내저었다.
「제가 힘쓴 게 무에 있겠사옵니까? 어디까지나 왕 태의의 인품과 의술이 뛰어났을 뿐이지요.」
「그래도 어쨌든 이 모든 일을 여공께서 꾸며주셨지요.」
주희가 다시 칭찬을 덧붙였다. 이때 도 총관이 앞으로 나서더니 이들을 객청으로 안내했다.
「중당으로 드십시오. 왕비마마와 왕손께서는 금지옥엽의 몸이시니 너무 오래 서 있으시면 아니 되옵니다.」
영정이 계단을 훌쩍 뛰어오르며 붉은 칠을 한 대문을 활짝 열었다. 중당은 매우 화려한 건물이었다. 용조각의 대들보와 그림이 그려진 기둥이 큰 키를 자랑하듯 천정으로 치솟았고 그 한가운데에는 커다란 야명주가 걸려 있었다. 벽마다 정교한 그림이 그려져 있고 금실과 은실로 수를 놓은 주렴이 창의 품격을 높여 주었다. 옥석으로 다듬어 만들어진 의자 위에는 호랑이 가죽이 덮여 있었다. 영정이 벽에 걸린 그림을 가리키며 자초에게 물었다.

「아바마마, 저 벽의 그림은 무엇이옵니까? 무슨 연유가 있사옵니까?」

「오, 저건 말이다 우리의 선조이신 문공(文公)께서 황룡을 얻었다는 이야기를 그림으로 남긴 것이란다. 나는 그 내용을 자세히 모르지만 아마 중부께서는 아실 거다. 네 중부께서는 모르는 게 없는 분이니까.」

자초의 말에 여불위는 빙그레 웃으며 그림에 대해 설명을 하였다.

「그림의 가운데에 위치한 임금은 진문공으로, 지금으로부터 5백여 년 전의 사람이랍니다. 그 분은 부지(鄜地)라는 곳에서 꿈에 황룡이 내려오는 모습을 보았다고 하옵니다.」

「에이, 거짓말! 6백 년 전에 우리 영씨는 주천자(周天子)에게 목마를 위임받은 벼슬아치로서, 오랜 세월이 지나서야 겨우 서쪽의 짜투리땅을 얻어 오랑캐가 되었다고 하던데요. 쓸데없는 거짓말로 사람을 놀리기에요!」

「그만하거라, 계속 듣자꾸나! 중부, 계속하세요.」

주희가 두 눈을 부릅뜨며 영정을 나무랐다. 여불위는 영정이 난데없이 이의를 제기하고 나서자 순간 당황했지만 주희의 공손한 청에 다시 목소리를 가다듬었다.

「저 그림은 진문공께서 진창이라는 곳에서 옥을 얻은 이야기를 그린 것으로 진문공 16년에 일어난 일이었습니다. 어느 날 진창에서 사냥꾼들이 기이한 짐승을 잡았는데 돼지 같기도 하고 호랑이 같기도 하였답니다. 수많은 사람들이 살펴보았지만 그 짐승의 이름이나 내력을 몰랐습니다. 문공께서는 그림을 그려 각지에 붙여 무슨 짐승인지 알아보라고 일렀습니다. 이튿날 저녁에 어린아이 두 명이 그림을 보고 그 짐승의 이름은 미(媦)로 땅굴에 살면서 죽은 사람의 뇌수를 먹는 무시무시한 괴물임을 고했습니다. 이 말을 들은 문공께서는 그 짐승이 사람에게 해를 끼친다고 여겨 곧 죽이려고 하였습니다. 하지만 칼로도 죽이지 못했고, 불에 태워도 죽지를 않았다고 합니다. 이때 다시 그 어린아이들이 말했습니다. 미라는 짐승을 죽이려면 동남쪽 방향으로 뻗어 있는 송백가지를 잘라 그 짐승의 머리 가운데에 있는 작은 구멍에 꽂으면 곧 죽는다고 말입니다.」

여불위는 잠시 숨을 돌린 다음 계속 말을 이었다.

「두 아이의 말이 채 끝나기도 전에 미라는 짐승이 갑자기 황소 같은 울음을 터뜨리며 말하길 '저 두 아이는 산비둘기의 화신으로 수컷을 잡으면 제왕이 되고, 암컷을 잡으면 패자가 된다'고 하였습니다. 이 말에 문공께서 깜짝 놀란 사이 두 아이는 갑자기 산비둘기로 변하여 푸드득 하늘 높이 날아갔습니다. 정신을 차린 문공께서는 급히 산비둘기 두 마리를 따라가라고 명령했습니다.」

「에이, 따라가서 뭐해요? 그냥 화살로 잡았으면 됐을 텐데. 그런데요?」

영정은 안타깝다는 듯이 혀를 끌끌 차며 다음 말을 재촉했다.

「수컷은 먼저 날아가 자취를 감추었고, 암컷은 진창의 북피(北陂)라는 곳에 떨어져서 돌새가 되었답니다. 이에 문공께서는 그곳에 사당을 세워 주었습니다.」

「아깝다! 정말로 아깝다!」

영정이 가슴을 치며 한탄했다.

「이야기가 거기서 끝나는 것이 아닙니다. 잘 들어보십시오. 사당을 세우고 예를 올리는데 삼경이 되자 북피의 사구대(祀鳩臺) 위에 신광(神光)이 쏟아지더니 그 신광이 곧 수컷으로 변하면서 울부짖는 소리가 천지에 진동하였습니다. 이게 바로 암수 두 마리를 모두 잡은 게 아니고 무엇이겠습니까? 진문공께서는 그렇게 지혜를 두루 갖춘 일대의 웅주(雄主)에 부끄럽지 않은 분이셨사옵니다.」

영정은 그래도 무엇이 못마땅한지 입을 삐죽이며 투덜거렸다.

「어차피 잡을 거면 멀리 가도록 놔두지 말아야지, 하필이면 멀리 날아가도록 놔둔담.」

자초가 이런 영정을 꾸짖었다.

「신물(神物)은 핍박하는 게 아니란다.」

「에이, 나 같으면 미라는 짐승을 풀어주고 그 비둘기 두 마리를 잡으라고 했겠네요. 그게 옳은 방법이 아닌가요? 이걸 일컬어 일거양득, 꿩 먹고 알 먹는다고 하잖아요.」

영정은 제풀에 신나 혼자 씩씩거렸다. 그런 영정의 모습에 여불위는 속으로 놀랐다. 영정의 버릇없는 태도에 자초가 더 이상 화를 못 참겠는지 소리를 버럭 질렀다.

「정아, 그 못된 입을 어서 다물지 못하겠느냐? 선조(先祖), 선왕(先王)을 감히 욕되게 하다니 너는 하늘이 두렵지도 않느냐?」

자초의 호통에 여불위가 고개를 끄덕이며 말을 덧붙였다.

「진나라는 하늘의 뜻을 잘 따르고 백성을 긍휼히 여기며 상벌(賞罰)에 믿음이 있고, 신하는 충성스럽고 자식은 효도하며, 인의(仁義)가 세상에 널리 알려져 오늘과 같은 부강한 나라를 이루었사옵니다. 또한 왕손의 증조부께서는 일찍이 동주(東周)를 멸하시고 천하를 다스리는 구주보정(九州寶鼎)을 함양으로 옮기셨사옵니다. 그리고 천 리가 넘는 땅에 남양(南陽), 검중(黔中), 무(巫), 남제군(南諸郡)을 설치하셨사옵니다.」

「이런 걸 천명이라고 하는 거겠지요.」

진나라를 찬탄하는 여불위의 말에 자초가 동의했다. 그러나 두 사람의 말을 영정은 도저히 그대로 받아들일 수 없었다.

「그만들 두세요. 그렇다면 상당군은요, 얻었다가 잃은 땅이 아닌가요? 지금 조나라의 수중에 있는데 그 나라에서 저는 하마터면 죽을 뻔했다고요.」

주희도 영정과 같은 생각인지 신경질적으로 쏘아붙였다.

「상당군 때문에 얼마나 많은 고초를 겪었는지 아세요? 두고 보세요. 제가 반드시 그 땅을 빼앗고 말 테니까요. 조나라도 반드시 멸망시키겠어요.」

영정이 주먹을 불끈 쥐며 입술을 깨물었다. 그 두 눈에서 불꽃이 튀었다. 그런 영정의 모습에 여불위가 웃으며 말했다.

「왕손께서 조나라를 멸망시키겠다고요? 그렇다면 무슨 방책이라도 있으신가요?」

「홍! 장수 백 명에 백만의 군대를 이끌고 조나라 성을 하나씩하나씩 무너뜨리며 초토화시켜 나간다면 결국 한단성에 이르겠지요.」

한단성에서 오랜 고통을 겪은 영정은 그 이름만 들어도 두 눈에서 섬광이 일어났다.

「훌륭하십니다. 하지만 〈손자병법〉에 이르기를 싸우지 않고도 적을 굴복시키는 것이 최고의 병법이라고 하지 않습니까? 왕손께서는 이 말을 명심하옵소서.」

그러나 영정은 여불위의 말에 아무런 대꾸도 하지 않은 채 입술을 부르르 떨었다. 주희는 영정이 복수를 하겠다는 의지를 보이자 우쭐해졌다.

이때 밖에서 궁인 한 사람이 들어와 답청(踏靑)에 쓰일 수레가 준비되었다는 보고를 하자 주희는 함박웃음을 지으며 뛸 듯이 자리에서 일어났다. 주희는 오락을 즐기는 여자였다. 그녀는 영정의 손을 잡고 부지런히 밖으로 나갔다. 그러나 자초와 여불위는 다음날 있을 소양왕의 빈례로 도저히 몸을 뺄 수 없는 형편이었다.

3월 초사흘은 진나라 풍습으로 답청일이었다. 이날 백성들은 부귀빈천(富貴貧賤)을 가리지 않고 모두 강둑으로 나와 계음(戒飮)을 하고 푸른 새싹을 밟았으며, 어떤 사람은 술을 준비해 조상에게 제사를 올리기도 하고 춤으로 제례 의식을 치르기도 했다. 주희의 마음은 온통 답청일에 쏠렸다. 그녀는 곧바로 영정을 데리고 여부를 떠났다. 거리에는 화사한 봄바람이 살랑살랑 뺨을 스치고, 마을은 마냥 평화롭기만 했다. 주희가 탄 수레는 순식간에 위수에 이르렀다. 강물은 너무나도 맑고 푸르렀으며 부드럽게 부는 바람에 물결이 가볍게 주름을 세우곤 했다. 강변 양쪽에는 가느다란 버드나무가 늘어지고 들풀 향기가 천지에 진동했다.

이날까지도 소양왕의 장례는 모두 끝나지 않았지만 답청에 나선 백성들의 수는 적지 않았다. 사람들은 또래끼리 서너 명씩 짝을 이루거나, 노인을 모시고 혹은 아이를 이끌고 가족 모두가 놀러오기도 하였다. 머리에 버드나무 가지를 꽂은 사람이 있는가 하면 수레에 버드나무 가지를 꽂아 멋을 부리기도 했다. 그렇게 수많은 사람들이 버드나무 가지를 들고 유유히 강변으로 향하고 있었다. 그 와중에서도 잇속에 밝은 장사치들은 떡이나 과자를 비롯하여 갖가지 술과 고기를 길가에 펼쳐놓고 팔았다. 곳곳이 이미 조그마한 저잣거리가 되었다. 들녘과 산마루에도 엄청나게 많은 사람들이 나와 저마다 봄을 즐기고 있었다. 주희는 이제껏 이렇게 활기찬 바깥 구경을 해 본 적이 없었다. 그녀는 하염없이 아름다운 광경에 감탄하면서 한단성 시절을 회상하였다. 그리고 그녀는 마침내 억압된 생활에서 벗어나 마음껏 자유롭게 살게 되었음을 실감하였다.

영정 또한 천진난만하게 이곳저곳을 뛰어다녔다. 영정과 등와, 두 아이는 수레 뒤를 따르며 강물에 돌을 던지기도 하고 길가의 버드나무를 꺾으면서 앞서거니뒤서거니 달음질을 쳤다. 수레는 위수를 따라 구불구불하게 놓여 있는 길을 몇 차례 지나 이윽고 넓게 펼쳐진 초원에 멈추었다. 초원의 한가운데에는 헐우정(歇雨亭)이라는 작은 정자가 지어져 있었다. 헐우정은 초가 지붕에 나무를 엮어 만들었지만 누추하거나 더러운 기분이 들지 않았다. 도리어 질박하고 그윽한 느낌을 주기에 충분하였다. 헐우정에서는 이미 청년 공자 몇 명이 자리를 잡고 앉아 곡예를 펼쳐 보이는 곡예사들을 가리키며 낄낄거렸다. 곡예사들은 정자 아래에서 장대를 발목에 걸고 얼굴에는 가면을 쓴 채 서로 밀고 치면서 곡예를 펼치고 있었다.

영정은 걸음을 멈추고 멀리 떨어진 곳에서 주의깊게 곡예사들을 살펴보았다. 음악은 먼 곳에서 들어야 하고 춤은 가까이에서 감상하라는 말이 있듯이 아무래도 곡예를 자세히 보려면 그쪽으로 다가가야 했다. 가까이 가 보니 길고 짧은 장대가 높게 또 낮게 걸렸으며 가면도 여러 색깔로 울긋불긋하게 그려져 있었다. 곡예사들의 기예는 정말 출중했다.

영정은 한단성에서도 장대를 발목에 걸고 노는 기예를 본 적이 있었지만 고천무투(高踐舞鬪)라고 불리는 이 싸움춤은 처음 보았다. 언제 왔는지 등와도 영정 곁에서 아무런 말 없이 장대 싸움을 구경하였다. 영정은 눈 한 번 껌벅이는 일 없이 구경에 몰두했다. 그 눈동자가 장대 싸움에 흠뻑 취한 듯했다.

어딘가에서 징소리가 울리자 곡예사들이 순식간에 물러나고 갑자기 주변에 정적이 찾아왔다. 구경꾼들은 다음에 등장할 장면을 잔뜩 기대하는 눈치였다. 이윽고 북소리가 다시 울리기 시작했다. 북소리는 처음에는 천천히 울리다 갈수록 급하게 울리더니 마침내 소나기가 내리는 듯한 소리를 내며 듣는 이들의 가슴을 쿵쾅쿵쾅 뛰게 만들었다. 구경꾼들의 심장 박동까지 빠르게 만들던 북소리가 최고조에 이르렀을 때 갑자기 그 소리가 뚝 멈췄다. 잠시 적막이 흘렀다. 그러나 사람들의 눈은 일제히 중앙으로 집중되었다.

드디어 푸른 깃털옷을 걸친 곡예사가 다섯 척이나 되는 장대를 짚고 푸른 얼굴에 괴기스런 이빨을 드러낸 역귀(疫鬼)의 가면을 쓴 채 세 개의 등나무 고리를 돌리며 무대에 나타났다. 그는 학처럼 허리를 굽혔다 닭벼슬처럼 벌떡 일어서기도 하고, 바람에 날리는 가랑잎처럼 휘청거리기도 하였다. 갖가지 곡예를 하는 와중에도 손은 등나무 고리를 쉬지 않고 돌렸다. 세 개에서 하나 둘 늘리기 시작하여 어느덧 아홉 개로 늘어난 등나무 고리는 무지개처럼 아름다웠다. 사람들은 숨을 죽이고 손에 땀을 쥔 채 그의 동작 하나하나를 주시했다. 곁에서 쉬고 있는 곡예사들의 이마에도 긴장감으로 땀방울이 비오듯 쏟아졌다.

영정과 등와는 너무나도 신기하고 재미있어 함성을 지르며 박수를 쳤다. 그런데 두 사람이 내지른 함성이 사람들의 시선을 끌었다. 그럴 수밖에 없던 것이 곡예사의 재주로 주위는 너무도 고요했었다. 헐우정 안에서 공자들의 수좌(首座)로 보이는 사람 하나가 손을 들어 공연을 중지시켰다. 곡예사가 자리에서 물러나자 그가 성큼성큼 영정에게 다가오며 소리질렀다.

「어디에서 온 미친 놈들이기에 감히 흥취를 깨느냐?」

주희 또한 한참 재미있게 구경하던 터라 영정의 고함이 맹랑하다고 생각하며 막 자리에서 일어서려는데 곁에 있던 궁인이 젊은 공자를 가리키며 속삭였다.

「저기 키가 작은 공자는 창평군(昌平君)이고, 키 큰 공자는 창문군(昌文君)이옵니다. 두 공자는 화양부인의 조카들이지요. 함양에서 첫째 둘째로 꼽히는 수재들이옵니다. 저기 뒤에 서 있는 작달막한 장사가 호랑이 아들로 소문난 몽무(蒙武)입니다.」

공자들의 신분을 알자 주희는 불안해지기 시작했다. 자초가 태자로 책봉되는 데 제일 공을 많이 세운 사람이 바로 화양부인이었다. 그녀의 친척들과는 가능한 한 시비가 붙지 않는 게 영정으로서는 좋았다.

난데없는 호통에 영정은 무슨 영문인지 몰라 주위를 두리번거렸다.

「야, 미친 꼬마 놈아! 귀가 먹었느냐? 무엇 때문에 우리 답청 의식을 깨느냔 말이다!」

「뭐라고요? 답청 의식이라니?」

영정이 놀라는 표정으로 되물었다.

「저런, 무식장이 같으니라고!」

창문군이 영정에게 소리쳤다. 그는 영정을 비웃으며 동료들에게 말했다.

「저 놈은 답청 의식도 모르는 촌놈이야!」

그러자 창평군이 손을 내저으며 그를 말렸다.

「이보게나, 그만두게. 아직 어린아이가 아닌가?」

「물론 용서는 해 주겠지만 적어도 머리를 조아리고 제가 진 죄는 빌어야지요.」

창문군이 영정을 보며 히죽히죽 웃었다.

「무어라고, 촌놈?」

영정은 자신이 비웃음의 과녁이 되자 갑자기 한단에서 당한 치욕들이 되살아났다. 이제 함양에 돌아와서야 비로소 왕손으로 대접을 받는다고 생각했는데 뜻밖에도 이런 곳에서 치욕을 당하자 분을 참을 수 없었다. 영정은 창문군을 가리키며 소리질렀다.

「머리를 조아리고 죄를 빌라고? 흥! 눈깔 삔 놈아! 도리어 네 놈이 와서 나한테 머리를 조아리고 용서를 빌어라!」

영정이 악을 썼다. 가슴 깊숙이 쌓인 그동안의 분노와 치욕과 복수심이 일거에 폭발하는 듯했다.

「이 꼬마 놈이 간덩이가 부었군!」

창문군이 어처구니없어 혀를 끌끌 찼다. 공자 체면에 직접 나서서 어린아이를 공격할 수도 없고 그렇다고 물러날 수도 없는 판국이었다. 그는 주위를 둘러보다 데리고 온 가신에게 영정을 잡으라는 눈짓을 보냈다.

이때 잠자코 사태를 지켜보던 등와가 갑자기 앞으로 뛰쳐나가더니 양가죽 채찍으로 창문군의 가신을 공격하였다. 그들이 미처 등와의 공격을 막아내지 못하고 뺨과 손등에 채찍을 맞자 창문군의 얼굴이 흉악하게 일그러졌다. 곁에서 공자들을 호위하는 수십여 명의 병사들이 영정과 등와를 노려보며 명령만을 기다리고 있었다. 화가 머리 끝까지 난 창문군이 주희가 타고 있는 수레를 엎어버리고 영정과 등와를 잡으라고 손짓하자 기다렸다는 듯이 병사들이 우르르 몰려들었다.

사태가 위급해지자 주희를 모시고 있던 궁인이 밖으로 뛰쳐나가 이들을 가로막았다.

「무엄하도다!」

궁인의 목소리에 잠시 멈칫한 창문군과 창평군이 그를 자세히 살펴보았다. 두 사람은 그 늙은 궁인을 궁전에서 본 적이 있었다. 병사들도 달려들다 말고 걸음을 멈췄다. 주희가 수레의 주렴을 걷고 밖으로 몸을 드러냈다. 진나라의 명장으로 이름이 널리 알려진 몽오(蒙驁)의 아들인 몽무가 그녀를 제일 먼저 알아보았다. 그는 병사들에게 고개를 돌려 호통을 쳤다.

「이 밥통들아, 감히 태자비마마께 죄를 범하려 들다니!」

두 공자들도 뜻밖의 사태에 뒷걸음질을 쳤다. 병사들이 황급히 무릎을 꿇고 머리를 땅에 대자 홀로 곡예를 하던 그 곡예사도 가면을 벗고 허리를 조아렸다. 문득 곡예사의 눈에 아름답기 그지없는 태자의 얼굴이 들어왔다. 주희 또한 곡예사의 눈길을 의식했는지 그를 힐끗 바라보다가 깜짝 놀라 급히 몸을 가마에 실었다. 그렇게 답청일의 소동은 끝이 났다.

영정은 수레를 타고 궁으로 돌아오는 내내 머리를 떨군 채 깊은 생각에 빠져들었다. 그는 함양에 희씨 망나니와 같은 불량배가 있을 줄은 꿈에도 생각하지 못했다.

주희가 탄 수레가 멀리 사라지자 곡예사는 무엇에 홀린 듯 멍하니 하늘만 바라보았다. 창문군이 그 모습을 보더니 소리를 버럭 질렀다.

「노애, 간덩이가 부었구나!」

창문군의 호통에 그제서야 노애는 정신을 차린 듯 동료들이 있는 쪽으로 부지런히 걸음을 옮겼다.

화양부인은 주희가 답청에 나섰다가 봉변을 당했다는 소식을 듣고 곧 창평군 형제를 궁중으로 불러 사죄토록 하였다.

다음날 이른 아침, 여불위는 소양왕의 장례를 치르기 위해 서둘러 궁으로 들어갔다. 도 총관은 여불위의 수레가 시선에서 사라질 때까지 바라보며 천천히 지난날을 회상해 보았다.

'여공께서는 한단에서 이인 공자를 알고 난 이후 목숨을 바쳐 그를 도왔다. 이번 소양왕의 장례만 하더라도 겉으로는 태자가 주재한 듯 보이지만 실상은 모두 공이 하지 않았는가. 무사(巫師)가 복(復) 자를 외칠 때부터 소렴(小斂)과 대렴(大斂)은 물론이고, 관을 만드는 일, 번잡한 호상(護喪)의 일에까지 모두 공의 차지가 아니었던가?'

도 총관 자신은 총관의 신분이라 심부름만 제대로 하면 별 어려움이 없었지만 여불위의 행동에는 이해할 수 없는 부분이 많았다.

'오늘 빈례도 공이 맡아 하지 않는가? 몸이 열 개라도 아마 버텨내기 어려울 거야. 공 곁에서 일을 도울 만한 신동(神童)을 한 명 추천해야겠어.'

얼마 후 함양궁에서 슬픈 가락의 종소리가 은은하게 퍼졌다. 도 총관은 다섯 살 난 아이를 안고 성의 서쪽 지역에 있는 옥천주루(玉泉酒樓)에 올라 창가 탁자를 차지하고 앉았다. 이곳처럼 누대가 있는 술집이 함양에서는 얼마 전부터 들어서기 시작했다. 사람들은 전망 좋은 창가 자리를 차지하기 위해 오백 전의 원폐를 선불로 예약하기도 하였다.

도 총관의 품에서 다섯 살 난 꼬마 신동은 신기한 듯 여기저기를 두리번거렸다. 빈례의 행렬은 내궁의 침문(寢門)에서 출발하여 고문(庫門)에 이른 다음에 문무백관과 각국 사신들의 송례(送禮)를 받고, 함양궁의 고문(皐門)을 나와 관서구(官署區), 전사구(傳舍區)를 거쳐 종실(宗室)과 대신들이 사는 주택구(住宅區)를 통해 도총관이 앉아 있는 주루의 서시구(西市區)에 도달하면 마지막으로 영구는 서문 밖으로 나가 왕릉에 묻히게 되었다. 거의 준공이 끝난 소양왕의 수혈(壽穴)은 관의 도착만을 기다리고 있었다. 의식은 하관이 끝나면 모두 종결되었다. 왕궁에서 능묘까지의 거리는 무려 40여 리였다.

도 총관은 꼬마 신동을 다시 한 번 자세히 살펴보았다. 키는 탁자 높이보다 약간 크고 머리는 헝클어져 엉망이었지만 살구씨 같은 두 눈동자가 초롱초롱하여 총명해 보였다. 아직 젖을 떼지 않은 그 얼굴에는 천진난만함이 가득하였다. 이 아이는 웬만한 경전은 모두 탐독하여 줄줄이 외우고 다녔다. 이름은 감라(甘羅)로, 그의 조부는 승상을 지낸 바 있는 감무(甘茂)였다. 감무는 느지막한 나이에 진왕에게 죄를 짓고 홀로 제나라로 달아나 그동안 쌓아온 명예를 잃었다. 그 바람에 가문은 몰락하였으나 감라는 태어나서부터 글을 읽을 줄 알았고, 세 살 때 진율(秦律)을 썼으며, 네 살 때에는 경전의 구절을 들어 학자들과 토론을 벌였다. 그리고 다섯 살 때에는 지혜로 삼노(三老)를 이기기도 하였다. 자연히 감라는 뭇사람에게 신동이니 재인이니 하고 칭송을 받았다. 널리 현사들과 교분을 맺었던 여불위는 이런 감라를 아무런 주저없이 받아들였다.

「와, 방상씨(方相氏)가 왔구나. 인혼번(引魂幡)의 그림은 정말로 잘 그렸어.」

창 밖을 바라보던 감라가 갑자기 소리쳤다. 아이의 모습을 바라보며 생각에 잠겨 있던 도 총관이 목을 길게 빼고 밖을 내다보았다. 과연 영구를 실은 마차가 가까이 다가오고 있었다. 행렬 앞에는 흰 옷을 입은 금궁(禁宮)이 무리지어 오고 그 뒤를 네대의 인번거(引幡車)가 따랐다.

도 총관이 감라를 시험하기 위해 슬쩍 물었다.

「얘야, 인번거에는 무얼 꽂느냐? 너무나 알록달록하구나.」

「앞에는 청룡과 주작을 꽂고, 뒤쪽에는 백호와 현무번을 꽂는데 이게 바로 사령(四靈)이며, 사방을 다스리는 영물을 나타내지요. 가운데에 꽂는 인번거는 위쪽 막대를 가로지르고 아래막대를 똑바로 세우는데 위쪽에는 해, 달, 별 그림을 그리고, 중앙의 신룡(神龍)은 소양왕의 혼령을 이끌고 천궁(天宮)으로 모셔가는 영물이지요. 그리고 곁에는 잡귀를 쫓는 방상씨가 호송을 하지요. 아래에는 현학(玄鶴)과 비렴(飛廉)이 있는데 모두 동반자의 하나에요. 수레가 멈췄어요. 방상씨를 잘 보세요. 머리에는 투구를 뒤집어쓰고 손바닥은 갈색의 곰가죽 같으며 방패와 검을 들고 있는 저 모습, 너무나 위엄있어 보이지 않나요?」

도 총관은 꼬마 신동의 식견에 감탄하지 않을 수 없었다. 조금 지나자 48장의 소백견당(素白絹幢)이 지나가고, 그 뒤를 이어 영구를 실은 수레가 뒤쫓았다. 감라가 또 참지 못하고 소리쳤다.

「예순네 필의 말이 영구를 끄네. 저건 육가대례(六駕大禮)라고 해서 천자만이 배향할 수 있는데......」

「이봐, 꼬마 신동! 소양왕은 동주를 멸망시켰으니 천자가 아니냐? 관곽(棺槨)도 그래서 3관 4곽으로 맞추었어. 보아라, 뒤에 있는 게 내관인데 바로 저곳에 소양왕의 유체를 염했단다. 그러면 수레를 끄는 사람들은?」

「누가 그걸 모르겠어요? 천자의 예에 따라 좌우에 각기 150명씩 배치하잖아요.」

감라가 얼른 도 총관의 질문에 답했다.

「맞았어. 바로 그렇지.」

도 총관은 감라의 영특함에 마음 속 깊이 탄복했다.

잠시 후, 소양왕의 유해가 지나고 뒤를 이어 소양왕비의 영구를 실은 수레가 뒤따랐다. 그녀는 이미 선화(仙化)한 지 오래되었지만 이날 소양왕과 합장하기 때문에 그렇게 예를 갖추게 된 것이었다. 그 뒤를 그릇과

의복, 식품을 실은 수레와 마차가 이어졌다. 잠시 조용하던 감라가 놀라 소리질렀다.

「오늘에야 비로소 〈주례(周禮)〉에서 말하는 물품의 내용을 알았어요. 종(鍾), 형(磬), 사죽(絲竹), 부극(斧戟), 도검(刀劍), 오곡(五穀), 육축(六畜)도 빠짐없이 갖추었군요. 필요한 물품이 저렇게 많을 줄이야.」

「무엇을 천자의 위용이라 하겠느냐? 바로 이를 두고 하는 말이지.」

도 총관도 중얼거리며 고개를 끄덕였다.

「그럼 열두 번째 수레에 타고 있는 아름다운 처녀도 함께 매장되나요?」

감라가 수레에 타고 있는 한 여인을 가리켰다.

「그렇단다. 저 처녀의 이름은 한희(韓姬)라 하는데 천상으로 가는 소양왕의 동반자가 되지. 여공께서 소양왕을 위해 3천 금을 주고 산 여인이란다. 다른 수레에 타고 있는 궁녀와 환관도 매장의 운명에서 벗어날 수가 없느니라.」

「너무나 잔혹하군요. 하늘이 용서하지 않을 거에요.」

어린 감라의 입에서 저주의 말이 튀어나왔다.

「하기야 진목공은 매장자가 170여 명으로 대신들도 매장을 면치 못했다고 하던데, 오늘은 단지 수명에 불과하니 이것만 해도 세상이 좋아졌다는 징조라 하겠지요. 아, 제가 시를 읊을 수 있다면 오늘 새롭게 황조(黃鳥)를 지을 수 있을 텐데요.」

도 총관이 갑자기 손을 들어 감라의 말을 막았다.

「드디어 모두들 오는군.」

그러자 감라가 목을 길게 빼고 중얼거렸다.

「임금, 태자, 춘신군(春申君) 황헐(黃歇), 조나라 상경 곽개 등등 천하의 군웅들이 오늘 모두 이곳에 모였군요.」

장례 행렬의 끄트머리가 친척이 탄 수레였다. 제일 앞의 수레 가운데에 효문왕, 왼쪽에 태자 자초, 오른쪽에 한나라 한혜왕과 아홉 살 된 왕손 영정이 탔다. 영정은 머리를 묶고 상복을 입었는데 훤칠한 이마가 돋

보이는 그의 얼굴에는 슬픈 기색이라고는 전혀 보이지 않았다. 영정은 고개를 들어 주위를 둘러보곤 했는데 그 위풍이 너무도 당당했다.

「꼬마 신동, 수레에 탄 사람의 인물 좀 평해 보아라.」

도 총관은 감라의 통찰력을 다시 시험하고 싶었다. 그러자 감라는 가슴을 펴고 사람들을 뚫어지게 바라보았다.

「효문왕마마는 허기(虛氣)가 차고 신색(神色)이 좋지 않으시니 병이 뼛속까지 파고들어 갔으며, 태자마마는 나라를 다스리기에는 기도(氣度)가 부족하고, 한왕(韓王)은 마치 주인을 모시는 노예의 상이니 제왕이 되기는 틀렸어요.」

감라는 거리낌없이 제나름대로 왕족들을 평가했다.

「단지 왕손마마만이 이마가 넓고 코가 우뚝하며 눈이 예리하고 얼굴빛이 강직한 것이 아마 가슴에 깊은 뜻을 품고 있을 거에요. 하늘과 땅을 자신의 띠집에 놓아둘 수 있고, 세상 만물을 자기의 소유로 만들 수 있는 배짱이 든든해 한세상을 풍미할 군왕의 상이에요. 소문에 왕손마마는 밤마다 글을 읽으면서도 성격은 삐뚤어졌다고 하던데, 실은 붉은 주렴이 황제의 상을 덮고 군왕의 상만 드러내 주기 때문이지요.」

「그래? 왕손마마는 다른 데가 있군. 그렇다면 두번째 수레에 타고 계신 여공은 어떠냐?」

「묻지 않으시는 게 차라리 좋겠어요. 저도 말은 않지만 마음 속으로 놀라고 있거든요.」

도 총관은 감라의 말을 이해할 수 없었다. 그가 다시 한 번 묻자 감라가 마지못해 입을 열었다.

「여공은 아직 어떠한 직책도 받지 못했지만 조만간 승상(丞相)의 직위를 받을 천기(天氣)를 타고났습니다. 하지만 사마귀 앞에 놓인 참새처럼 위험합니다. 진무왕(秦武王;BC 310~308)이 붕어하자 계발(季發)이 반란을 일으키고, 소양왕이 친정(親政)을 하자 사귀역모(四貴逆謀)라는 반란이 있었듯이 지금 함양의 공기는 달무리 속에서 밝은 빛이 나오는 형상입니다. 여공은 그런 위기 상황에 놓여 있습니다.」

도 총관은 감라의 말에 혀를 내두르며 이 아이를 여불위에게 천거하기로 마음을 굳혔다.

3

여불위의 야심

소양왕의 친상(親喪)이 끝나자 함양은 예전과 마찬가지로 시끌벅적하면서도 평안한 나날이 이어졌다. 하지만 나이가 들고 기력이 쇠약한 효문왕은 병세가 더욱 악화되어 정사를 제대로 돌볼 수가 없었다. 그는 모든 국사(國事)를 태자인 자초에게 물려주기로 결정했다. 그해 말 우유부단한 자초가 효문왕의 뒤를 이어 장양왕(庄襄王)에 올라 진나라가 왕을 칭한 이래 다섯번째 군주가 되었다.

자초는 성격이 유약하고 정신이 맑지 못했는데, 특히 한단에서의 핍박받던 인질 생활로 인해 그는 모든 일에 겁을 먹고 소극적으로 대처했다. 오로지 눈앞에 있는 부귀와 영화를 누리기에 여념이 없던 자초는 골치 아픈 조정의 일이 고역일 뿐이었다. 보좌에 앉아 빛나는 관(冠)과 면(冕), 포(袍)와 홀(笏)을 드날리는 문무대신을 마주하면 왠지 불편하고 괴로웠다. 유창한 언사로 지시를 내리고 대신들의 의견을 받아들여 조정의 일을 집행하는 임금의 일이 여간 귀찮은 게 아니었다. 그는 자연을 좋아했으며 구속받지 않고 어디든지 자유롭게 나다니는 생활을 즐겼다. 늙어 죽을 때까지 즐거움만을 탐닉하면서 한세상을 살고 싶은 자초에게 낯선 함양궁은 그야말로 감옥이었다. 그는 대신들의 공경 또한 거짓이라고 여겼다. 굽신거리는 신하들을 보면 저도 모르게 비웃음과 반감이 교차되었다. 자초가 믿고 의지하고 싶은 사람은 이 세상에 단 한 사람, 그동안 자신을 보살펴 주고 왕으로까지 밀어준 여불위 하나뿐이었다.

장양왕이 여불위를 우승상(右丞相)으로 임명한다는 조서를 내리자 조야(朝野)가 들끓기 시작했다. 일개 장사치가 한 나라의 국정을 통솔한다는 것은 보통 충격이 아니었다. 이 사건은 곧바로 공경대부(公卿大夫)들의 집단적인 반발을 일으켰다. 그들은 연일 궁정에 나아가 그 부당함을 상주하였고 군현(郡縣)의 관리도 이에 가세하여 상소를 올리며 간언했다. 그러나 장양왕은 신하들이 그러면 그럴수록 더욱더 이들을 외면하고 정사를 소홀히 했다. 그는 날마다 주희와 더불어 오락에 빠졌고 그러다 무슨 일이 생기면 여불위에게 위임했다. 사람들은 장양왕이 혼미와 용렬함에서 헤어나지 못하자 그 화살을 여불위에게 돌렸다. 평소 여불위와 가까이 지냈던 사람들이 하나 둘 그 곁을 떠났고, 교분이 없던 사람들은 글을 올려 통렬하게 비난했다. 심지어 길에 나섰다가 검을 빼어들고 달려드는 사람 때문에 혼쭐이 난 적도 있었다. 함양성은 이 일로 한동안 시끌거렸다. 여불위는 이번 사태에 인생을 걸었다. 만일 쉽게 물러난다면 그의 미래는 곧바로 진흙탕일 터였다. 여불위는 그 특유의 승부 근성을 살려 권력을 서서히 장악하면서 함양의 구관(舊官)들과 일대 격전을 치르기 시작했다.

진나라는 중원의 서쪽에 치우쳐 있어 이웃 나라들에게 오랑캐라는 업신여김을 받았지만 백성들은 검소하고 질박하여 중원의 음란한 기풍에 오염되지 않았다. 그러나 여불위가 함양에 온 이후로 민풍(民風)이 급속도로 변하기 시작했다. 오늘 비단이 쏟아지면 내일은 주옥이 흘러들어오는 등 매일같이 천하의 신기한 물품들이 함양성에 속속 나타났다. 그리고 수많은 사람들이 여불위의 집에 들락거리며 시정(市井)의 잡일에서 천하가 돌아가는 이야기까지 함양성에 퍼뜨렸다. 하지만 여부가 평안하고 활기찰수록 함양성 귀족들의 원한과 질시는 더욱 깊어만 갔다.

여불위가 함양궁 바로 옆에 자리한 우승상부로 거처를 옮긴 다음날,

함양성의 모든 귀인들이 한 명도 빠짐없이 우승상의 집들이에 초대되었다. 들리는 소문에 의하면 여불위는 수많은 금은보화를 들여 우승상부를 신선들이 사는 선경(仙境)으로 꾸며놓았다고 하였다. 초대를 받은 귀족들은 오만과 편견, 그리고 호기심이 발동하여 너도나도 초대에 응했다. 더욱이 이번 집들이에는 장양왕도 친히 참석한다고 전해졌다.

연회는 새로 옮긴 여부의 후원에 자리한 비하각(飛霞閣)에서 열렸다. 이 누각은 일찍이 진무왕이 당시 상국이었던 감무에게 하사한 건물이었다. 소양왕 연대에 감무가 죄를 짓고 제나라로 달아난 뒤부터 이 곳은 폐쇄되어 점차 황폐해져 갔다. 그러던 차에 여불위가 함양에 건너와 수천 금을 주고 이 저택을 사들여 모든 건물과 정원을 새롭게 꾸몄다. 후원의 넓이는 오십 무(畝)에 가까웠다. 정자와 누대가 이곳저곳에 우뚝 들어섰고, 맑은 호수가 그윽한 정취를 불러일으켰다. 시인 묵객들은 너도나도 할 것없이 정원의 아름다움에 넋이 빠졌다. 시나 노래를 읊을 수조차 없었다. 도저히 말이나 그림으로는 그 아름다움을 표현할 수가 없었기 때문이었다.

해가 서산으로 기울고 황혼이 서서히 밀려왔다. 비하각의 종소리가 사방으로 은은하게 울려퍼지면서 연회의 분위기도 무르익어 갔다. 개인이 마련한 연회였기에 사람들은 예법에 그다지 구속받지 않으며 마음대로 정원을 거닐며 담소를 나누었고, 무대에서 펼쳐지는 가기들과 무희(舞姬)들의 솜씨를 감상하였다.

이윽고 장양왕과 왕비 주희가 등장해 상좌를 차지하자 연회가 정식으로 시작되었다. 여불위는 얼굴 가득히 웃음을 지으며 손님들에게 깍듯이 인사를 하였다. 태후가 된 화양부인의 조카 창문군과 창평군 형제도 연회에 참석하였다. 강성군(剛成君) 채택(蔡澤), 대장 몽오, 왕흘(王齕), 장당(張唐)은 물론, 대부장 왕관(王綰)을 비롯해 조정의 문무백관들이 모두 자리하였다. 귀빈석의 맨끝에는 꼬마 신동으로 소문난 감라가 여불위의 모사(謀士)로 초청되었다. 이들 가운데 제일 바쁜 사람은 역시 도 총관이었다. 그는 하인들에게 여러 가지 일을 지시하고 일일이 손님을 맞이하여 좌석으로 안내하였다.

잠시 후, 어둠이 짙게 깔리기 시작하자 누각에는 향목수지촉(香木獸脂燭)이 대낮처럼 불을 밝혔다. 노랫가락이 은은하게 퍼지고 요염한 무희들이 교태 어린 춤을 추었다. 사람들은 시끌벅적하게 이야기를 나누면서 제각기 즐거움을 탐닉하는 데 여념이 없었다. 이때 도 총관이 박수를 세 번 치자 하인들이 나타나 눈깜짝할 사이에 탁자에 있는 음식을 새 것으로 바꾸었다. 참으로 모든 것이 일사천리로 진행되는 완벽한 연회였다. 사람들은 여불위의 철저한 준비와 성의에 놀라지 않을 수 없었다.

연회가 절정에 이르렀을 즈음 북소리가 둥둥 울리자 붉은 옷을 입은 한 사내가 무대로 뛰어올라왔다. 본격적인 여흥이 시작되는 모양이었다. 그는 제비돌기를 하였다. 북소리가 점점 빨라지자 붉은 옷의 사내도 더욱 빨리 회전하여 멀리서 보면 붉은 화염이 빙글빙글 도는 것 같았다. 사람들은 두 눈을 휘둥그레 뜨고 넋을 잃었다. 좌중은 너무도 조용했다. 마침내 북소리가 그치자 사내는 곡예를 마치고 두 손을 들어 사람들에게 인사를 하였다.

「저 놈 대단하군, 단숨에 180번은 돌았을 거야.」

대부 채택이 눈을 동그랗게 뜬 채 감탄했다.

「아니, 280번은 돌았을 겁니다.」

그와 어깨를 나란히 하고 앉아 있던 창문군이 입을 삐죽이며 대꾸했다.

「저 자가 대체 누구요?」

「대인, 저 자가 바로 함양에서는 누구도 모르는 사람이 없다고 하는 곡예사 노애입니다. 바람둥이라고도 하지요.」

「아, 저 자가 노애라구요? 바람둥이가 정말로 뛰어난 기술을 갖고 있군.」

노애의 연기는 이미 끝났지만 사람들의 박수소리는 그칠 줄을 몰랐다. 장양왕은 주희의 품에 기대어 흐릿한 눈으로 좌중을 둘러보았다. 노애가 물러가자 사람들은 다시 끼리끼리 모여 앉아 호들갑스럽게 이야기꽃을 피웠다.

비하각의 밤은 점점 깊어갔다. 고기 굽는 냄새와 술향기가 바람을 타고 멀리멀리 날아갔다. 연회가 끝날 무렵이 되자 사람들은 술에 취해 횡설수설 정신을 못 차리고, 심지어 어떤 사람은 상에 엎어지기까지 했다. 그러나 술 한 모금 입에 대지 않고 이들을 구경하던 감라는 매우 침울한 얼굴이었다. 이를 본 여불위가 웃으며 물었다.

「동자는 어찌하여 그리 우울하오?」

「은상(恩相)!」

감라가 죄스런 표정으로 말했다.

「어떤 물건을 보니 마음이 상해서 그렇습니다.」

「아?」

여불위는 그제서야 자신이 감라의 마음을 상하게 했음을 깨달았다. 그는 순간적으로 상앙(商鞅)이 백성의 인심을 얻기 위해 꾸몄던 '입목건신(入木建信)'의 고사가 떠올랐다. 그러자 여불위는 곧바로 무대 중앙으로 걸어나가 사방에 대고 소리쳤다.

「귀빈 여러분, 잠깐만 조용히 해 주시기 바랍니다. 이 여모가 여러분께 드릴 말씀이 있습니다. 만일 여기 제 곁에 있는 신동 감라가 석 잔의 권주(勸酒)를 받아마셔도 취하지 않고, 이 여모가 내는 수수께끼를 맞춘다면 이곳 비하각과 후원은 물론이고 딸린 하인들까지 모두 원래의 주인이자 감무공의 적손인 감라 공자에게 돌려드리기로 약속합니다.」

「비하각을 원래의 주인에게 되돌려 준다고?」

여불위의 말에 연회에 참석한 사람들이 모두 깜짝 놀랐다. 주희도 눈이 둥그레져서 여불위를 쳐다보았다. 사람들은 믿기지 않는다는 듯 웅성거렸는데 몇몇 사람들은 여불위가 취했을 거라고 쑤근대기도 했다.

하지만 감라는 여불위의 속뜻을 알아차리고 앞으로 나아가 도 총관이 건네는 권주를 한 방울도 흘리지 않고 모두 마셨다. 그러자 사람들이 환호성을 지르며 박수를 쳤다. 이런 광경을 지켜보던 여불위가 수염을 쓰다듬으며 말했다.

「좋습니다. 그럼 이번에는 수수께끼를 하나 내겠습니다. 잘 듣게나. '눈이 튀어나오다. 배가 불룩하다. 싸움에 져도 다시 한다.' 이게 무슨 뜻인가?」

감라가 주저없이 대답했다.

「〈좌전〉에 나오는 구절로 송화원(宋華元)이 전쟁에 지고도 되돌아 도망온 이야기를 말함이지요.」

감라의 명쾌한 답에 여불위는 고개를 끄덕이더니 도 총관에게 눈짓을 보냈다. 도 총관이 곧 비하각의 문서를 담은 옥합을 가지고 와 감라에게 건네주었다.

「축하하오. 감라 동자!」

그것을 받아든 감라의 손이 떨렸다.

「은공께서 입목건신하는 일에 비한다면 제가 얻은 건 아주 미미합니다.」

감라가 여불위에게 속삭였다. 하지만 옛집을 찾은 기쁨은 차마 감출 수 없는지 좌중을 향해 크게 소리쳤다.

「대왕마마, 왕비마마 그리고 여러 대신들께서 이곳 비하각을 방문해 주신 일은 제게 과분한 영광이옵니다. 제가 한 잔 올리겠사옵니다.」

여불위가 감라에게 비하각을 건네주면서 보여준 믿음의 효과는 매우 컸다. 한 달도 되지 않아 여불위에게 쏟아지던 멸시와 음모의 기세가 저절로 수그러들었다. 여불위가 전권을 장악하는 데 걸림돌이 있다면 이제 오로지 소양왕의 원로 대신들뿐이었다. 그들은 양천군(陽泉君)을 영수로 삼고 하나로 똘똘 뭉쳤다. 양천군은 화양부인의 오라버니로 창평군과 창문군의 외숙이었다. 그는 소양왕으로부터 양천의 땅을 봉지로 받았기 때문에 양천군이라 불리웠다. 그는 평시에도 항상 호위병을 대동하고, 무리를 모아 사당(私黨)을 맺어 권세가 대단하였다. 여불위가 일찍이 자초를 태자로 책봉시키기 위해 공작을 펼 때 그는 여불위에게 매수를 당하여 효문왕 앞에서 자초의 칭찬을 늘어놓은 적이 있었다. 때문에 그는 자신도 자초를 장양왕으로 옹립하는 데 공이 크다고 자부하였다. 그러던 차에 여불위가 우승상으로 임명되자 양천군은 심각한 위기감을 느꼈다.
그러던 어느 날 양천군이 밀실로 두 조카를 불러들였다.
「여씨가 조정을 장악하자 수많은 백성들이 분노하고 있다. 혼군(昏君)이 궁궐에 들어앉아 정사를 돌보지 않으니 나라꼴이 엉망이구나. 내 기회를 봐서 죽음을 무릅쓰고라도 간언을 하려는데, 만약 받아들이지 않으면 왕을 폐할 생각이다.」
이 말에 창평군이 깜짝 놀라 양천군을 극구 말렸다.
「그렇게 하시면 아니 됩니다. 우리 진나라는 몇 해 사이에 두 임금을 잃어 민심이 흉흉합니다. 그리고 우리 가문은 세세로 임금의 은혜를 입었는데 어찌 난신적자의 행동을 할 수 있겠습니까?」
그러나 창평군의 말은 양천군을 더욱 분노케 할 뿐이었다.
「자초는 서자이다. 본래 내세워서는 안 될 인물이었어. 오로지 내 힘으로 임금이 되었을 뿐이야. 지금 국왕의 어리석음이 극에 달해 장사치를 승상으로 중용해서 조상을 욕되게 만들고 나라를 어지럽히고 있다. 내가 세웠으니 다시 내가 폐위시키겠다. 그게 어째서 역모란 말이냐? 간언해서 듣지 않으면 반드시 폐위시켜 내쫓고 말겠다!」
양천군의 굳은 결의에 창문군과 창평군은 더 이상 말릴 엄두를 내지 못했다. 이미 양천군은 만반의 준비를 끝낸 것처럼 보였다.
며칠 후 장양왕과 주희는 상림원(上林園)으로 나들이를 나섰다. 이 일은 곧바로 양천군에게 알려졌다. 그는 필요한 인마(人馬)를 요소요소에 배치한 후 직접 수레를 끌고 상림원으로 달려갔다. 상림원은 위수의 북쪽 강변에 있는 함양궁과는 그리 멀지 않은 거리에 있었다. 이곳은 왕이 사냥을 하면서 쉬는 숲으로 훗날의 일이지만 진시황은 이곳에 대규모 토목공사를 일으켜 아방궁을 지었다.
자초는 주희와 함께 상림원에 도착했다. 맑은 공기에 가슴이 시원해졌다. 오랜 세월을 살아온 듯한 동백나무가 울창하게 뻗어올라 하늘을 가리고 곳곳에서 꾀꼬리 울음소리가 애잔하게 들려왔다. 햇빛이 가려진 숲에서 뿜어내는 음울한 들풀 향내가 상념에 젖게 했다. 자초와 주희는 손을 맞잡고 위수가에 지은 정자로 들어섰다. 두 사람은 난간에 몸을 기대고 바람에 살랑이는 물결을 감상하였다. 멀리 기러기떼가 강변으로 날아내렸다. 그런 정경을 보던 주희가 손뼉을 치며 즐거워 했다.

「마마, 이 정자의 이름이 아직 없는 줄 아옵니다. 비홍(飛鴻)이라 지으면 어떨까요?」

그 말에 장양왕은 흡족한 미소를 지었다.

「아주 좋은 이름이오. 기러기가 날아드는 정자라! 이처럼 멋진 곳에 음악과 춤이 없다니 참으로 안타까운 일이오.」

장양왕의 말을 들은 신하가 궁중 가기와 무희들을 정자 안으로 들여보냈다. 아악(雅樂)이 울리고 무희들이 춤을 추자 흥이 난 주희도 함께 어울렸다. 주희는 자초의 손을 이끌고 무희들 사이로 들어가 어깨를 들썩이며 춤을 추었다.

「이렇게 아름다운 왕후의 모습을 그 옛날 한단의 여 승상 저택에서 본 적이 있소. 비록 세월이 흐르고 얼굴에는 주름이 늘었지만 왕후의 자태는 조금도 변함이 없구려.」

주희와 자초가 유희에 흠뻑 빠져 있을 때 궁인이 달려와 급히 보고를 올렸다.

「양천군이 대왕마마를 알현코자 왔사옵니다.」

「괴이한 일이로군. 양천군은 들어서지 못하는 곳이 없구나. 하지만 오늘은 그 누구와도 만나지 않겠다고 전하거라.」

막 흥이 오르던 참에 춤을 멈춰야 했던 장양왕은 분노로 몸을 씩씩거렸다. 그러나 양천군은 이미 정자에 도착하여 그 앞에 무릎을 꿇었다.

「대왕마마를 알현하옵니다.」

「무슨 급한 일이라도 있는 게요? 상림원까지 나를 찾아오다니.」

장양왕이 불쾌한 듯 쏘아붙였다.

「매우 시급한 일이옵기에 죽음을 무릅쓰고 직언을 올릴까 하옵니다.」

흐뜨러진 장양왕의 모습을 힐끗 쳐다본 양천군은 고개를 빳빳이 들었다. 주희가 참다못해 앞으로 걸어나오며 말했다.

「무슨 직간을 하신단 말입니까? 여 승상과 관련된 일이라면 말씀도 꺼내지 마세요. 여 승상은 강직하고 국사의 처리에도 유능하지 않습니까? 모든 사람들이 그를 우러러 존경하고 있으니 더 이상 거론하지 말아주세요.」

주희가 끼어들자 양천군은 매우 화가 났다. 그녀가 처음에 함양성으로 왔을 때에는 자주 자신을 찾아와 가르침을 청하더니 왕후가 되자 안하무인격으로 매번 자신의 일을 가로막고 나서는 것이었다. 양천군은 노기 띤 음성으로 주희에게 충고했다.

「왕후께서는 자중하십시오. 우리 진나라는 역대로 여자가 정사에 끼어든 적이 없습니다. 만일 정사에 참견하면 극형에 처하게 된다는 사실을 모르시옵니까?」

「흥, 대감의 동생이신 화양부인께서는 정사에 참여하지 않았나요? 태자마마를 책봉한 일만 해도 정사에 참견한 게 아니던가요? 그런데 어째서 화양부인을 극형에 처했다는 말이 아직 없지요?」

주희의 말은 칼날이 되어 양천군의 가슴을 마구 찔렀다. 분위기가 험악해지자 장양왕이 헛기침을 하며 주희의 말을 막았다.

「경은 '상의의국(上醫醫國)'이라는 말도 들어보지 못하였소? 훌륭한 의원은 나라의 병을 잘 고친다고 하오. 여 승상은 짐의 상의이오. 더 이상 그와 관련된 이야기는 그만하시기를 바라오. 경도 이제는 현실을 있는 그대로 받아들이고 나를 괴롭히지 마시오.」

양천군은 장양왕과 주희가 동시에 자신을 배척하자 자리에서 벌떡 일어나 소리쳤다.

「이 늙은이가 그동안 눈이 삐었어!」

양천군은 몸을 돌려 미리 숨겨놓은 병사들을 불렀다. 그러나 잠시 후 그곳에 들이닥친 사람들은 뜻밖에도 여불위와 영정, 그리고 창평군이었다. 양천군은 가슴이 섬짓하고 다리가 후들거렸다. 여불위는 장양왕에게 예를 올린 후 양천군의 역모를 상세하게 보고했다. 장양왕은 믿지 못하겠다는 듯 고개를 가로젓더니 곧이어 눈을 부릅뜨고 양천군에게 말했다.

「여 승상이 지금 한 말을 경도 모두 들었으리라. 짐은 경을 그렇게 대하지 않았는데, 어떻게 그런 일을 꾸밀 수가?」

그러자 양천군은 머리를 조아리며 다급하게 변명했다.

「여 승상은 심계가 깊고 예측하기 어려운 사람이옵니다. 더욱이 잇속에 밝은 장사꾼인 그를 대왕마마께서는 어찌하여 그렇게 믿사옵니까?」

여불위가 양천군을 비웃으며 말했다.

「행동이 의롭지 못하면 반드시 목숨을 버려야 하오이다. 그대가 역모를 꾸민 사실은 창평군이 이미 실토하였소. 변명의 여지가 없소이다.」

곧이어 여불위는 장양왕에게 주청했다.

「양천군이 반역을 꾸민 것이 밝혀지고 상림원 곳곳에 숨겨놓은 병사들은 대장군 장당에 의해 모두 토벌되었으니 이제 대왕마마의 명령만이 남았사옵니다. 창평군은 사전에 역모를 막는 데 공을 세웠으므로 그를 좌승상으로 제수하시옵고, 나머지 잔당들은 모두 엄벌에 처하도록 하시옵소서.」

양천군은 자신의 계획이 돌이킬 수 없는 실패로 돌아가자 창평군에게 욕설을 퍼부었다.

「짐승보다 못한 놈! 반드시 하늘의 벌이 내려지리라!」

결국 분을 참지 못한 양천군은 패검을 빼어들어 자신의 목을 힘차게 찔렀다.

창평군은 외숙인 양천군이 스스로 목숨을 끊자 그 시신 앞에 엎드려 목놓아 울었다. 장양왕은 그런 모습에 더욱 화가 치밀었다. 이런 광경을 지켜보던 여불위가 장양왕에게 조용히 말했다.

「창평군은 덕이 있는 군자이옵니다. 먼저 모반을 고변하였으니 대의멸친(大義滅親)을 실천하였고, 외숙의 죽음에 이르러서는 혈육의 정을 잊지 못하고 시신을 부여잡으며 울었으니 은덕(恩德)을 잊지 못함이옵니다. 이런 현자(賢者)는 나라에서 거두어 큰일을 맡겨야 옳사옵니다.」

그제서야 장양왕은 여불위의 설복에 화를 풀고 고개를 끄덕였다.

그날 등와는 영정을 따라 상림원에 갔다가 양천군의 죽음을 목격하고,

또한 그의 목이 효수되어 저잣거리에 걸리자 불안한 마음을 떨쳐버릴 수 없었다.

'언제나 즐거움 뒤에는 이런 피비린내나는 살육이 있고, 죽음 뒤에 시신이 또다시 욕을 당하니 이러다가 어느 세월에 제후를 정벌하고 하늘의 빛을 백성에게 내릴 수 있겠는가?'

이날 이후 등와는 더욱 침울하게 변해갔다. 홀로 궁원(宮苑)을 지키던 등와는 문득 웅장한 궁궐을 바라보았다. 그러나 하늘 높은 줄 모르고 치솟아 있는 태행산과 비교하면 감히 그 장엄(莊嚴)을 거론할 수조차 없었다. 궁궐이 아무리 넓다한들 드넓게 펼쳐져 있는 초원에는 미치지 못했다.

「후후후, 이 얼마나 가소로운 일인가?」

등와는 바위에 걸터앉아 쓴웃음을 지었다.

「이봐, 등와!」

상념에 빠져 있던 등와는 자신을 부르는 소리에 깜짝 놀라 자리에서 일어났다. 태자 영정이 다가오고 있었다.

태자가 되기 전에 영정은 등와와 친구처럼 다정하게 뛰어놀곤 했지만, 이제는 처지가 완전히 바뀐지라 이전처럼 등와를 대할 수도 없고, 호칭도 딱딱하게 변하였다. 등와는 아무런 말 없이 멀리 하늘 끝에 걸려 있는 검은 점 하나를 응시했다. 영정이 등와의 시선을 좇아보니 매 한 마리가 허공을 날고 있었다. 그는 비로소 등와가 무슨 생각을 하는지 알았다. 수년 전 등와를 처음 만났던 그날이 생각났다. 등와는 이런 답답한 궁궐에 쳐박혀 살 수 있는 사람이 아님을 누구보다 영정 자신이 잘 알고 있었다. 그는 광활한 들판을 달리는 준마의 등에 올라탔을 때가 가장 활기찼다. 영정은 숨막힐 듯한 궁궐에서 제대로 적응하지 못하는 등와의 처지가 자신과 똑같다고 생각했다. 그 또한 궁궐의 생활에 너무도 싫증이 나 어떻게든 벗어나고 싶었지만 뜻대로 되지 않았다. 비홍정에서 있었던 피비린내나는 살육의 광경이 뇌리에서 좀처럼 떠나지 않았다.

'어디에 은덕이 있고 의리가 있으며 천하의 공도(公道)가 있었던가?'

영정은 그런 문제가 단지 어른들의 세계에 국한되어 나타난다고 생각하지 않았다. 자신이 처한 상황에서도 얼마든지 일어날 수 있는 일이었다. 이런 생각이 들자 궁궐 안의 모든 일이 싫어지고 어디론가 떠나고만 싶었다.

등와는 여전히 시무룩하게 고개를 푹 숙이고 있었다.

「사내대장부가 계집아이처럼 눈물을 다 흘려?」

「누가 눈물을 흘린다고 그러시옵니까? 눈에 띠끌이 묻었을 뿐이옵니다.」

등와는 남들이 자신을 사내대장부로 보지 않으면 버럭 화를 내곤 했다.

「그러시는 태자마마께서는 매일 저녁 간서(簡書;임금의 명령)를 받들고 한숨을 짓거나 가슴을 치시던데 그건 어떤 연유이시온지요?」

자신의 약점이 지적되자 갑자기 영정이 등와에게 소리쳤다.

「등와는 계집아이다! 등와는 계집아이다!」

「그러시는 태자마마는...... 응...... 태자마마는, 히히히.」

등와는 차마 말을 잇지 못하고 혼자 낄낄거리며 웃었다.

「뭐라고 그랬어? 지금 나에게 무어라 그랬지?」

영정이 얼굴을 붉히며 다그쳤다.

「저는 지금부터 입을 다물겠사옵니다.」

두 사람이 서로의 신분을 잠시 잊고 격의없이 놀고 있을 즈음 도 총관이 상부의 명령을 받들고 후원에 나타났다. 그는 등와가 군신(君臣)의 관계를 망각하고 영정을 방자하게 대하는 모습에 노발대발했다. 도 총관은 영정에게 태자로서 갖추어야 할 덕목에 관해 몇 마디 충고를 한 다음, 등와에게 태자를 급히 국화원(菊花園)으로 모시라고 일렀다. 등와는 입을 삐죽이며 영정과 함께 국화원으로 걸음을 옮겼다. 그런데 국화원으로 가던 두 사람이 서로 귓속말을 속닥이나 싶더니 갑자기 샛길로 빠져 멀리 달아나고 말았다. 급히 발걸음을 옮기던 도 총관은 어쩔 줄 모르고 한동안 두 사람을 기다렸지만 그들은 기어이 나타나지 않았다.

「태자의 몸으로 명을 그렇게 가볍게 여기다니 이제부터 철저하게 감시를 해야겠어. 그리고 그 놈, 양치기 놈부터 혼쭐을 내야지.」

도 총관은 태자가 그렇게 날뛰고 돌아다니는 것이 모두 등와에게 배운 습성이라고 생각했다. 그날도 도 총관은 영정을 국화원으로 데리고 가 장양왕과 함께 국화를 감상하며 궁중의 예법을 익히게 하리라 생각했는데 그만 놓쳐버린 것이었다. 도 총관은 씩씩거리며 궁중을 샅샅이 뒤지기 시작했다.

도 총관을 떼어버린 영정과 등와는 조어대(釣魚臺)로 달아났다. 조어대는 연못가에 위치한 누대로 그 양쪽에는 버드나무가 흐드러지게 그늘을 만들고 있어 두 사람이 몸을 숨기기에 안성맞춤이었다. 영정이 누대에 자리를 깔고 앉자 등와는 얼른 버드나무 사이에 숨겨놓은 낚싯대를 꺼내 그에게 건네주었다. 두 사람은 무엇이 그리도 즐거운지 머리를 맞대고 계속 깔깔거렸다. 등와는 다시 품에서 대나무통을 꺼내 지렁이 두 마리를 골라내어 낚시 바늘에 꿰었다. 힘차게 낚싯대를 연못에 드리운 두 사람은 호기심 어린 표정으로 낚시찌가 움직이기를 조용히 기다렸다. 그러나 아무리 기다려도 낚시찌가 움직일 기미는 전혀 보이지 않았다. 그 이유를 잠시 생각하던 영정이 겨우 깨달은 듯 등와의 어깨를 치면서 말했다.

「빨리 엎드려! 우리 그림자가 물 속에 비치니까 물고기가 모여들지를 않잖아.」

영정과 등와는 조어대에 바짝 엎드렸다. 그런지 얼마 지나지 않아 두 사람은 붉은 잉어를 두 마리나 낚을 수 있었다. 영정과 등와는 도 총관의 존재는 까맣게 잊고 신나게 떠들었다. 그때 마침 궁중의 화원을 지나 조어대 근처를 걷던 도 총관이 그 소리를 들었다.

「낚시하기 쉽구나. 어, 잡은 고기를 왜 놔 줘? 계집아이처럼 마음이 약해 가지고.」

「이렇게 예쁜 금붕어를 태자마마는 속여서 잡았잖아요. 사람은 정직하고 자비심을 가져야 하옵니다.」

「그래, 네 말이 옳구나. 우리가 잡은 고기는 너무나 작아. 저기 동쪽 끝에 가면 백 장이 넘는 고래를 잡을 수 있다고 하던데.」

「예? 백 장이 넘는 고래가 있다고요? 얼마나 살았길래 그렇게 크대요? 아마 우리 할아버지도 그것은 못 봤을 거에요.」

「네 할아버지는 힘없는 백성이야. 견문이 넓으면 얼마나 넓겠느냐?」

「태자마마, 우리 할아버지는 무술이 뛰어나고 포진(布陣)을 펼칠 수 있으며, 곰도 쏘아잡고 사슴도 길들일 줄 알고, 또 조와 기장을 심고 국화를 키울 줄도 안답니다. 누가 이런 우리 할아버지에 비할 수 있겠어요?」

「하하하, 국화를 키우고 박을 심는 일은 이 몸도 할 줄 아옵니다.」

두 사람은 난데없는 목소리에 깜짝 놀랐다. 뒤돌아보니 바로 뒤에 도 총관이 팔짱을 끼고 서 있었다.

「태자마마, 어찌하여 신을 속이셨사옵니까? 대왕마마와 왕비마마께서는 국화원에서 태자마마를 기다리시다 지쳐 그냥 돌아가셨사옵니다.」

도 총관은 영정에게 간곡히 충고를 한 다음, 눈길을 등와에게 돌렸다.

「이 놈 양치기야! 오늘 네가 저지른 행동은 임금의 눈을 속이고 어지럽힌 중죄이니라. 만일 대왕마마께 이 사실을 이실직고하면 너는 죽음을 면치 못하리라!」

도 총관의 노여움이 모두 등와 한몸에 쏟아졌다.

「경전에 분명히 나와 있듯 사람의 도리는 충서(忠恕)에 있을 따름이다. 충이란 무엇이냐? 그건 신하가 주군에게 대하는 진실된 마음이다. 그리고 주군이 신하를 보살피고 용서하는 마음이 서이니라.」

짜증스런 얼굴로 고개를 숙이고 있던 등와는 도 총관의 등 뒤에서 눈짓을 보내는 영정을 보았다. 도 총관을 들어 연못에 빠뜨리자는 영전의 제안이었다. 등와는 눈을 찡그리며 고개를 가볍게 가로저었다. 그러자 영정이 소리나지 않게 입을 크게 벌리며 말했다.

'내-말-안-들-으-면-너-를-쫓-아-낼-거-야.'

어쩔 수 없었다. 등와는 고개를 끄덕이는 동시에 도 총관에게 달려들었다. 아무런 방비도 없이 등와를 나무라고 있던 도 총관은 두 사람에게 팔과 다리를 잡혀 공중에 들려졌다.

「으랏차!」

영정과 등와가 도 총관을 힘껏 연못에 내던졌다.

「풍덩!」

졸지에 연못에 빠져 허우적거리던 도 총관은 물도 몇 모금 마셨다. 다행히 연못은 그리 깊지가 않았다. 그는 연못가에 올라 누대를 바라보다 고개를 절레절레 흔들며 조어대를 떠났다. 누대에 올라 있던 영정과 등와는 도 총관이 씩씩거리며 올라올 줄 알았는데 그냥 사라져 버리자 안도의 숨을 내쉬었다.

「등와, 어쩌지? 다음에 도 총관을 만나면 큰일날 텐데.」

등와가 피식 웃으며 대답했다.

「잘 됐지요. 매일 궁에만 틀어박혀 있으니 답답하기가 연못의 잉어 같았다고요. 차라리 쫓겨났으면 좋겠어요.」

「바보, 매사를 그렇게 빠르게 결정하지 마.」

영정이 입술을 지그시 깨물며 말했다.

「백 장이 넘는 고래를 잡으려면 인내심이 필요해. 급하게 하다가는 엉덩방아를 찧는다구. 내일부터는 너에게 글을 배우고 책을 읽게 하는 대신 활을 쏘게 해 주지, 어때?」

「좋습니다. 반드시 약속을 지켜야 하옵니다.」

두 사람은 다정히 마주보며 웃었다.

영정은 도 총관을 골탕먹인 이후 중부인 여불위의 호통을 기다렸다. 그러나 며칠이 지나도 아무 소식이 없었다. 도 총관마저도 그림자조차 얼씬거리지 않았다. 영정과 등와는 걱정을 떨쳐버리고 함께 밖으로 나갈 궁리를 하며 틈틈이 무술을 연마했다.

진나라는 내정(內政)이 안정되고 농사도 풍년이 들어 점차 예전의 힘을 다시 찾기 시작했다. 영정은 여 승상의 마음이 바다와 같이 넓다는 사실을 깨달았다. 작은 일에 연연하지 않는 호방함이 마음에 들었다. 그런 한편 영정은 자신의 학식이 다른 사람에 비해 형편없다는 사실을 알고 더욱 정진하였다. 어느 정도 학식을 갖추어야만 여불위의 호통도 피하고 멸시도 이겨낼 수 있기 때문이었다. 영정의 손에서는 〈시경(詩經)〉〈좌전(左傳)〉〈국어(國語)〉〈서경(書經)〉이 떠나지를 않았으며, 오후가 되면 등와에게서 활쏘기와 말타기를 배웠다.

그렇게 이 년이라는 세월이 흘렀다. 그동안 영정은 유약하고 장난기 많은 소년에서 듬직하고 영특한 소년으로 자라났다. 어깨가 넓어지고 가슴이 벌어졌으며 반듯한 이마는 훤히 빛났다.

그러던 어느 날, 그날도 영정은 밤늦도록 순황(筍況)이 지은 〈비십이자(非十二子)〉를 읽었다. 읽으면 읽을수록 가슴이 벅차오는 문장이었다.

「군자의 모습은 관(冠)을 쓰고(士君子之容其冠進)……」

영정은 앞으로 쓰게 될 높은 관과 면을 상상했다. 그 당시에는 남자가 치인(治人)의 지위에 오르려면 관을 쓸 수 있는 나이인 스물이 되어야 했다. 언제 그날이 올지, 영정은 길게 탄식하며 계속 문장을 읽어내려갔다.

「그 옷이 헤어져야 하고(其衣縫), 그 얼굴이 밝아야 하며(其容良)……」

그런데 영정은 이 구절을 이해하기가 어려웠다. 어떤 모습을 해야 얼굴이 밝게 되는지 알 수 없었다. 이리저리 곰곰이 생각하던 영정은 신경질적으로 등와를 불렀다. 등와 또한 매일같이 바위들기를 하고 도검을 휘날리며 무술을 연마한 탓인지 그간 몸집이 훨씬 커졌다. 문 앞에서 쉬고 있던 등와가 영정의 부름에 한걸음에 달려왔다.

「등와, 네가 보기에 내 얼굴이 화평하고 온화해 보여?」

등와는 영정이 늦은 밤까지 잠을 이루지 못한 채 자신을 부르는 이유를 몰랐다.

「태자마마, 갑자기 얼굴을 보아 달라니요?」

「아아, 스승이 없으니 경전을 이해하기 어렵구나.」

영정은 한숨을 내쉬며 거울에 비친 자신의 모습을 들여다보았다.

「선비는 이야기하기를 좋아하는 사람들이랍니다. 마마, 그냥 일찌감치 주무세요.」

까닭모를 영정의 탄식에 둥와는 얼른 그를 위로했다.

「둥와, 순황이란 사람은 공자나 맹자와는 달라. 그 사람은 법이 있고 그 다음에 왕이 있다고 말해. 주장하는 말 하나하나가 모두 쓰임새가 있어. 결코 헛말을 하는 사람이 아니야.」

「너무 늦은 시각이라 그런지 마마의 말씀이 귀에 잘 들어오지 않사옵니다. 내일 아침 해가 밝으면 맑은 정신으로 대령할 터이니 어서 주무시옵소서.」

둥와는 영정을 침상에 눕히고 촛불을 껐다. 그러나 영정은 자리에 누운 채 임금이 지녀야 할 언행에 대해 깊이 생각했다. 밤은 점점 깊어만 갔다. 그때 멀리서 은은한 노랫소리가 들려왔다.

들판에 덩굴풀 이슬이 방울방울 맺혔네
아름다운 아가씨, 맑고 이쁘기도 해라
뜻밖에 서로 만나니 내 소원이 맞았네

영정은 귀를 쫑긋 세웠다. 노래는 그리 멀지 않은 곳에서 흘러나오고 있었다. 바람에 실려오듯, 나뭇가지에 걸려 끊어지듯 실낱같이 들려왔다. 노래는 달콤한 술처럼 영정을 취하게 만들고 잔잔한 가슴에 조용한 파문을 일으켰다.

「누가 노래를 부르지?」

영정은 노래의 가사를 생각했다. 누군가 〈시경〉에 나오는 '들판의 덩굴풀'이라는 시를 정감 어린 가락에 담아 멀리멀리 날려보내고 있었다.

'누굴까? 어쩌면 가락이 시정(詩情)과 저렇게도 들어맞을까? 저 사람은 틀림없이 군자의 얼굴을 하고 있을 거야. 선비의 모습이 어떤가 보고 싶구나.'

영정의 마음은 벌써 창문을 넘어 훨훨 허공을 날았다. 수많은 궁궐의 누각과 지붕을 타고 들려오는 노랫소리에 그는 자리에서 일어나 밖으로 뛰어나갔다. 짙은 안개가 하늘과 땅을 온통 뒤덮고 있는 것이 마치 수많은 정령들이 밤 하늘 아래 모두 모인 듯했다. 땅바닥을 자세히 보니 사람의 발자국이 희미하게 나타났다. 영정은 그 발자국을 따라가 보기로 결심했다. 발자국은 구불구불한 길을 따라 끝없이 이어져 어디가 끝인지 짐작할 수 없었다. 영정은 빨리 걸었다. 그러자 노랫소리가 점점 크게 들리기 시작했다. 자욱한 안개가 숨막힐 듯 밀집된 숲속을 걷던 영정이 잠시 후 눈 앞이 탁 트인 곳에 이르니 시원한 바람이 부는 호수가 나타났다. 그리고 그 맞은편에 아름답고 웅장한 건물이 자기 그림자를 호수에 비추고 있었다. 노랫소리는 바로 그 건물에서 흘러나왔다.

'이곳이 어디일까? 낯설기도 하고 언젠가 한 번쯤 온 곳 같기도 하고......'

영정은 두리번거리며 돌다리를 건넜다.

들판에 덩굴풀 이슬에 흔건히 젖었네
아름다운 아가씨, 맑고 이쁘기도 해라
뜻밖에 서로 만나니 우리 모두 좋은 짝일세

은은히 흘러나오는 노래를 들으며 그곳으로 다가간 영정은 길이 끝나는 지점에서 동백나무로 만든 나룻배를 보았다. 뱃머리에 한 노인이 앉아 구성지게 노래를 부르고, 배꼬리에는 동자 한 명이 유유히 노를 젓고 있었다.

'아, 군자의 모습이란 바로 저렇구나!'

영정은 노인의 모습에 가슴이 쿵쿵 뛰기 시작했다.

'저 사람은 높은 관을 쓰고 넓은 포를 걸쳤다. 은빛수염에 백설 같은 머리털하며, 저 웃음은 얼마나 은은한가. 경전에서 말하는 위엄 있고 건장하며 단정하다는 모습이 저게 아니고 무엇이겠는가?'

감격에 찬 영정이 예를 표하려는데 노인이 영정을 알아보고는 미끄러지듯 급히 반대편으로 사라졌다. 어찌된 영문인지 몰라 영정은 멍하니 서서 나룻배가 사라진 곳을 쳐다보았다. 이때 멀리서 사람들의 발자국 소리가 요란하게 들려왔다.

「아니, 태자마마께서 궁궐을 떠나시면 어떡하시옵니까? 얼마나 찾았는지 모르옵니다.」

영정이 고개를 돌리니 도 총관이 헐떡이며 뛰어왔다.

'아니, 내가 여기 있는 걸 어떻게 알았지?'

도 총관이 영정의 마음을 읽은 듯 빙그레 웃으며 말했다.

「태자마마를 보호하는 중책이 제게 있사옵니다. 태자마마께서 하늘로 올라가셨다 해도 궁으로 모시고 내려올 수 있지요.」

도 총관은 몸을 돌리더니 호수 맞은편으로 사라진 노인을 향해 욕설을 퍼부었다.

「망할 놈의 시골 영감탱이 같으니라고. 어디서 감히 태자마마를 유혹해!」

노인은 보이지 않았지만 뜻밖에도 그의 노랫소리가 들려왔다.

들판에 덩굴풀 이슬이 방울방울 맺혔네
아름다운 아가씨, 맑고 이쁘기도 해라
뜻밖에 서로 만나니 내 소원이 맞았네

들판에 덩굴풀 이슬에 흔건히 젖었네
아름다운 아가씨, 맑고 이쁘기도 해라
뜻밖에 서로 만나니 우리 모두 좋은 짝일세

영정은 등와를 불러 밉살스런 도 총관을 호수로 밀어넣으려 했다. 그러나 도 총관은 영정의 공격을 미리 눈치챘는지 슬쩍 몸을 피하며 웃었다.

「태자마마께서 또다시 양치기 꼬마와 함께 저를 호수에 빠뜨리려고 그러시지요. 하지만 이번에는 태자마마께서 호수에 빠져 물 몇 모금 드셔

보시지요.」

도 총관이 뒤에서 영정을 붙잡고 호수로 던지려 하였다. 영정은 등와가 보이지 않자 도 총관에게 소리질렀다.

「이 놈, 방자하구나! 누구의 지시를 받았지?」

이때 숲에서 중후한 목소리가 흘러나왔다.

「선생께서 말씀하셨다. 나라는 예의로써 다스려야 하느니라. 또한 말씀하셨다. 삶에 잣대가 없으면 똑바른 행동을 이룰 수 없다. 그래서 아이는 마땅히 예의를 배우고 예의를 알고 예의를 지켜야 하며 예의에 벗어난 행동을 해서는 아니 되느니라. 이 말을 명심하소서.」

숲에서 걸어나오는 사람은 영정의 중부인 여불위였다.

영정은 너무 놀라 온몸에 식은땀을 흘리며 잠에서 깨어났다. 영정은 한참이 지난 후에야 겨우 정신을 차렸다. 어느새 등와가 들어와 머리맡에 앉아 있었다.

「너를 그렇게도 불렀는데 이제야 오면 어떻게 해!」

영정은 자리에서 일어나며 마구 화를 냈다. 그러나 등와는 그 말에는 아무런 대답없이 심각한 얼굴로 입을 열었다.

「마마, 당직을 서는 황문령이 급보를 가져왔사옵니다. 중대한 일이 발생했답니다.」

영정은 등와로부터 놀라운 소식을 들었다. 동쪽에 있는 오국(五國)이 연합하여 진나라를 공격한다는 전언이었다. 영정은 정신이 번쩍 났다.

「누가 대장이래?」

「신릉군(信陵君)이라고 하옵니다.」

영정은 신릉군이란 말에 급히 의관을 챙기고 의사청으로 달려갔다. 그곳에는 벌써 많은 사람들이 모여 대책을 의논하고 있는 중이었다.

오국합종(五國合縱)을 맺은 다섯 나라가 진나라의 서방을 공격해 왔던 것이다. 영정은 초조함을 감추지 못하고 의사청 앞에서 줄곧 서성거렸다.

「태자마마께서는 너무 걱정하지 마시옵소서. 여 승상께서 이미 몽오 장군을 급파하셨다니 적군은 분명 출정을 후회할 것이옵니다.」

등와의 말에 영정은 그제서야 약간 안심이 되는지 자리를 잡고 앉았다.

오국이 연합하여 진나라를 공격한 데에는 깊은 연원이 있었다. 여불위가 '입목건신'의 계책으로 진의 국정을 장악하자, 진나라는 나날이 발전하였다. 이런 진나라의 급성장에 다른 나라들이 위협을 느끼던 차에 지난해에 몽오가 위나라의 고도(高都;산서 진성)를 공격, 십여 개나 되는 성을 빼앗는 사건이 발생하였다. 이에 위나라 안이왕은 절부구조(竊符救趙) 사건으로 한단에 피신 중인 신릉군을 떠올렸다.

절부구조 사건은 십 년 전에 일어났었다. 당시 진나라가 조나라의 한단을 공격하자 조나라는 급히 위나라에게 구원을 요청했다. 안이왕은 한참을 주저하다 마지못해 병력을 파견했지만 진나라 군대와 교전은 하지 못했다. 한편 안이왕의 동생인 신릉군은 왕부(王符)를 이용하여 장군 진비(晉鄙)의 목을 벤 후 직접 군사를 이끌고 진군을 공격, 한단에서 물러나게끔 하였다. 이때 신릉군은 왕부를 멋대로 훔친 죄로 미움을 사 고국으로 돌아가지 못하고 한단으로 몸을 피하는 처지가 되었다. 신릉군은 지략이 뛰어나고 용병술에 능했으며 인품이 중후하여 문객이 수천에 이르렀다. 그 당시 그는 뭇사람들이 추앙하던 4군자의 으뜸으로 널리 존경을 받았다.

위나라 안이왕은 진나라의 공격으로 국가의 사직이 존망에 처하자 어쩔 수 없이 신릉군을 다시 위나라로 불러들였다. 새로이 신임을 얻은 신릉군은 그 기세를 타고 이번 기회에 다섯 나라와 동맹해 진나라를 칠 전략을 세웠다. 이들 다섯 나라는 모두 진나라의 공격으로 위협을 느끼고 있던 터라 쉽게 합종하였다. 그들은 능력 있고 신망이 높은 신릉군이 추진하는 합종책에 전혀 이의를 달지 않았다. 이렇게 오국합종은 각국의 이해가 하나로 합치된 시점에서 제기되었고, 당시 진나라는 이들 나라보다 월등하게 국력이 앞서 있었기 때문에 두 세력의 격돌은 피할 수 없는 대세였다.

진군과 오국합종군은 국경을 사이에 두고 팽팽하게 맞섰지만 아직은 이렇다 할 전투가 벌어지지 않은 상황이었다. 함양성은 여느때와 마찬가지로 활기차고 평화로웠다. 밤이 깊어가자 성은 쥐죽은 듯이 고요했다. 그러나 북피에 있는 여승상의 저택만은 그렇지 못했다. 매일같이 수많은 사람들이 들락거리며 나라의 대사를 의논하던 이곳은 이날도 많은 사람들이 모여 전황(戰況)을 분석하고 대책을 강구하기에 여념이 없었다. 밤이 점점 깊어감에 따라 달은 더욱 밝게 빛났다.

밝은 달빛 아래 두 마리 말이 끄는 수레 한 대가 승상부령(丞相府令)을 지닌 채 급히 동성문으로 내달렸다. 승상부령을 확인한 병사들이 문을 열자 수레는 쏜살같이 승상부로 향해 달렸다. 수레에 타고 있는 사람은 도 총관이었다. 그는 수레에서 내리자마자 나는 듯이 승상부 의정당으로 뛰어갔다. 의정당 탁자 위에는 진나라 국경이 세밀히 그려진 지도가 어지럽게 흩어져 있었다. 의정당 문을 연 도선은 초조하게 자신을 기다리는 여불위의 모습을 보았다. 그는 여불위의 심정을 너무도 잘 알았다. 지금 진나라 20만 대군의 운명은 바람 앞의 촛불과도 같았다. 그러기에 도선은 숨이 턱에 닿도록 뛰어 멀고 험한 함곡관까지 다녀왔던 것이다.

「어째서 아직 도착하지 않는가?」

여불위가 불안한 듯 중얼거렸다. 도선이 여불위 앞으로 걸어가 공손하게 옥갑을 내려놓자 사람들의 눈길이 온통 거기에 쏠렸다. 여불위가 옥갑에서 밀서를 꺼내들고 읽더니 실성한 듯 소리쳤다.

「이런! 몽오 장군이 과연 병법을 아는지 모르겠군! 어째서 험지를 버리고 평양도(平陽道)에 나아가 적군을 맞이하려 드는가?」

도선이 여불위의 안색을 살피며 조심스럽게 입을 열었다.

「몽 장군께서 말씀하시기를 '우리 진나라 영토는 장수와 병사들이 피땀 흘려 개척하였으므로 한 걸음도 뒤로 물러나지 않고 싸우겠다'고 하셨습니다.」

「양군이 정면으로 대치하고 있을 때 자칫 작은 이익을 좇다가는 큰 걸

놓치기 쉽습니다, 승상 대인!」

강성군 채택이 소리쳤다. 그 말에 여불위가 불쾌한 표정을 지었다.

「저의 직언을 용서하십시오. 지금 적군은 많고 아군은 적으며, 적군은 사기 충천하고 아군은 피로에 지쳐 있습니다. 장수가 병법에 의거하지 않고 단지 혈기를 믿고 나섰다가는 그 결과는 불을 보듯 뻔합니다.」

그러자 대부장 왕관이 채택의 말을 가로막았다.

「우리 진나라의 호랑이 같은 군사들이 어찌 오국의 강아지 같은 군사들을 맞아 승리하지 않겠습니까? 합종책은 일찍이 소진(蘇秦)이 제기했지만 쓸데없이 세월만 지났고, 우리 진나라를 어쩌지 못했습니다. 승상께서도 아시다시피 우리는 동주를 누르고 삼천군(三川郡)을 설치했으며, 또한 잃었던 상당군을 회수하여 태원군을 설치했습니다. 오랜 세월 문치와 무력이 날로 뻗어나가 여러 나라가 굴복했습니다. 신릉군은 도망자에 불과한 필부로 지금 천명을 거역하며 날뛰고 있을 뿐입니다. 마치 솔개 앞의 참새처럼 말입니다.」

이렇게 호언장담하고 있는 왕관은 진나라의 명문귀족 출신으로 위인됨이 강직하여 많은 사람들의 존경을 받고 있었다.

왕관의 말에 채택이 냉소를 보냈다.

「함양의 군 중에 어리석은 장군이 등장했는데, 조정에도 설마 미친 대부가 나타난 건 아니겠지요?」

채택의 독설에 모두들 깜짝 놀랐다. 채택은 아무렇지도 않은 표정으로 제 할 말을 계속했다.

「그 어리석은 장군은 지도를 보는 안목까지 잃었습니다. 무얼 믿고 20만 대군 운운하고 있습니까? 이곳 함곡관을 보십시오. 빽빽히 들어선 산, 좁고 길게 뻗은 길, 이곳은 하늘이 우리 진나라에 주신 천혜의 방어벽입니다. 몽오 장군은 이런 곳을 버리고 도대체 어디에서 적군을 맞겠다고 합니까? 만일 함곡관이 뚫린다면 적어도 우리 진나라 20만 대군은 장평 전투에서 위나라 45만 대군이 당했던 치욕만큼 위기에 처하게 될 것입니다.」

채택은 소양왕 시절 수개월 동안 승상을 지낸 사람으로 지혜가 뛰어나고 언사가 물 흐르듯 유창했다. 무작정 낙관만 하던 왕관도 채택의 말에 그만 승복을 하고 굳게 입을 다물었다. 의정당이 일시에 조용해지며 분위기가 침울하게 가라앉았다. 좌중을 둘러보던 여불위가 천천히 일어났다.

「몽오는 결코 어리석은 장군이 아니오. 다만 지나친 승리감과 자만심으로 잠시 군영의 설치에 실수했을 뿐이오. 이 점만 깨우쳐 준다면 틀림없이 적군을 맞아 훌륭한 전과를 올릴 수 있으리라 보오. 설사 적군을 가볍게 보았더라도 침착하게 대응만 하면 큰 문제는 없소. 옛말에 뛰어난 장수는 어려움에 처해도 결코 놀라지 않는다고 했소. 그리고......」

여불위의 말이 채 끝나기도 전에 밖에서 큰소리가 들려왔다.

「몽 공자께서 도착하셨습니다!」

잠시 후 몽오의 아들인 몽무가 의정당으로 들어왔다. 그는 전장에서 방금 도착해서인지 얼굴이 검게 그을렸고, 갑옷을 그대로 걸친 채였다. 몽무는 무릎을 꿇고 여불위에게 인사를 한 다음 품에서 죽간을 꺼내 올렸다. 죽간을 받는 여불위의 손이 가볍게 떨렸다. 사람들의 시선이 죽간에 쏠렸다. 여불위가 몽무에게 그동안의 노고를 치하하며 그만 물러가라고 이르자 잔뜩 긴장하고 있던 몽무는 천만다행이라는 표정으로 재빨리 의정당을 빠져 나갔다. 여불위의 예상대로 진나라군은 초전에서 패했다. 그나마 다행인 것이 몽오가 미리 대비책을 세우고 출정했기 때문에 수만의 병사만 잃고 함곡관으로 물러날 수 있었다는 보고였다.

「몽오 장군은 병마의 지휘권을 부장에게 위임하고 죄를 청하였소.」

여불위는 죽간을 내려놓으며 중얼거렸다. 그러자 사람들은 적군이 함곡관을 넘지 않은 것만도 잘된 일이라고 입을 모았다.

「강성군의 선견지명이 맞았습니다.」

여불위는 길게 탄식하며 채택을 쳐다보았다.

「신릉군은 두 차례에 걸쳐 우리 진나라의 위풍을 꺾었소. 이 수치를 반드시 갚아야 하오!」

여불위의 결의에 모두들 고개를 끄덕이며 주먹을 쥐었다. 십 년 전에 이어 또다시 진나라는 신릉군에게 무참히 패했지만 사람들은 뾰족한 계책을 세우지 못하고 서로 얼굴만 바라볼 뿐이었다. 여불위는 조정의 고관 대신들이 계책 하나 제대로 내지 못하는 데 몹시 실망했다.

이때 침묵을 깨뜨리고 꼬마 신동 감라가 입을 열었다. 아홉 살이 된 감라는 이제 제법 의젓했다. 그는 비하각에서 열린 연회에서 세상을 놀라게 한 이후 거의 모습을 드러내지 않았다. 그간 감라는 묵묵히 학문에 정진하며 뒤에서 여불위를 도와왔는데 이렇게 당장 나라의 사직이 위급한 지경에 이르자 사람들 앞에 나서지 않을 수 없었다.

「승상께서는 소생이 두어 마디 정도 말할 수 있는 시간을 내어주십시오. 만일 허락하신다면 승상께 불구(不龜)라는 약을 선사하지요.」

여불위는 귀가 솔깃하여 감라의 소매를 잡아끌었다.

「〈손자〉에 이르길 싸움은 장사처럼 하라고 했습니다. 싸우지 않고 이겨야 가장 이득이 남는 장사가 아니겠습니까? 승상께서는 약간의 돈을 써서 적군의 장수를 진나라로 불러들이십시오.」

여불위는 감라의 말에 고개를 끄덕였다. 그런 모습에 감라는 신이 났다.

「이번 몽오 장군의 패배는 필연입니다. 원인은 다섯 나라가 하나로 굳게 뭉쳤기 때문이지요. 연합군의 수뇌가 누구입니까?」

「신릉군이네.」

여불위가 신음하듯 대답했다.

「적군을 이기려면 적장을 사로잡으라는 금적금왕(擒賊擒王)의 계책이 있습니다. 우선 신릉군이 관직을 잃게 만들고, 그 다음에 말단한직으로 내쫓아......」

「이보게, 꼬마 친구. 그를 너무 얕보시는군.」

채택이 웃으며 끼어들자 감라는 그를 흘겨보며 입을 비쭉거렸다.

「강성군 할아버지, 사람은 늙더라도 마음만은 늙지 말아야지요.」

어린 감라가 이미 고희(古稀)에 가까운 채택을 훈계하며 일사천리로 자신의 논리를 펴자 사람들은 입을 벌리며 감탄했다.

「세상은 모두 상대적입니다. 강성군 할아버지도 매섭지만, 가장 두려워하는 게 손녀가 아닌가요? 물론 신릉군도 대단한 사람이지만 그는 약점이 많은 사람이에요. 그는 이미 십여 년 동안 타국에서 방랑 생활을 했고, 또한 돌아갈 집도......」

이번에는 왕관이 감라의 말을 끊었다.

「그건 위나라 안이왕이 그를 내쫓았기 때문이고, 지금은 오히려......」

「지금은 어쨌다는 거에요?」

감라가 눈을 부릅뜨고 되물었다. 그러자 채택이 대신 대답했다.

「위왕은 많은 보물과 정성을 들여 신릉군을 다시 초청하였네. 그런데 어찌하여 그를 말단한직으로 내쫓겠는가?」

그 말에 감라가 피식 웃었다.

「노대인의 말씀은 틀렸습니다. 신릉군은 위왕의 친형제이고 오국합종군의 수뇌입니다. 이번 싸움으로 그의 명성은 하늘 높이 치솟고 있습니다. 위왕이 어찌 그걸 질투하지 않겠습니까?」

말없이 이야기를 듣고 있던 여불위가 그제서야 가볍게 고개를 끄덕였다. 그의 머리 속에는 이미 계략이 줄줄 엮어지기 시작했다.

「그래, 신릉군을 제거했다고 치자. 그러면 다섯 나라는 어떻게 하지?」

「옛말에 있잖아요. 원교근공(遠交近功)이라고, 먼 나라와는 외교를 수립하고 가까운 나라는 쳐서 없애면 됩니다. 마침 강성군 할아버지는 고향이 연나라이시니 승상께 청해서 우호사절로 고향땅을 밟으며 아름다운 경치를 즐기시는 게 어때요?」

감라의 논리는 조리 있고 분명했다. 채택은 농담이 진담된다는 말을 생각하며 급히 중얼거렸다.

「이 사람은 식견이 짧고 늙어서 우호사절로는 적합하지가 않다네.」

채택의 궁색한 변명에 사람들이 한바탕 시원스럽게 웃었다.

「할아버지, 너무 성급히 말씀하지 마세요. 때가 되어야 박도 따는 게 아니겠어요? 가셔서 기다리면 소식이 있겠지요.」

감라의 말은 사람들을 더욱 웃겼다. 후의 일이지만 여불위는 감라의 말을 받아들여 채택을 연나라에 보냈다. 또한 위나라 사람을 매수하여 신릉군이 야심이 많다는 거짓 소문을 퍼뜨렸다. 그러자 위왕은 신릉군이 군대의 힘을 빌려 역모를 꾸미려 한다는 거짓에 속아 신릉군의 직위를 박탈하였다. 그 후 이 사건으로 인해 오국합종군은 지리멸렬해졌고 그 틈을 타 진나라는 위나라의 도성인 대량(大梁)을 함락시켰다.

이날 밤 여불위는 아주 기분이 좋았다. 감라의 계책이 너무나 주도면밀하고 확실했기 때문이었다. 그는 가신에게 주안상을 마련하라고 일렀다. 모두들 자리를 잡고 술을 들려는데 궁중에서 급보가 날아들었다. 도 총관이 급히 의정당으로 뛰어들어오며 급보를 읽었다.

「주군께서 붕어하시었습니다. 왕후께서 빨리 입궁하시라는 분부입니다.」

여불위는 뛰는 가슴을 진정시키고 조복(朝服)을 준비시켰다. 이제 장양왕이 세상을 떠났으니 어린 군부를 옹립하여 국정을 장악하는 일은 시간 문제였다. 그의 오랜 꿈인 기화가거(奇貨可居)의 이상이 실현되려는 순간이었다.

부왕의 붕어를 맞이한 태자 영정은 눈물을 떨구며 자기 방에서 꼼짝도 하지 않았고 동궁의 시위장으로 승격한 등와가 궁문을 지키며 사람의 출입을 금지시켰다. 등와는 일단 명령을 받으면 결코 한 걸음도 양보하지 않는 우직한 면이 있었다. 왕후가 파견한 궁인도, 여불위가 보낸 심부름꾼도 모두 등와에게 저지당해 되돌아갔다. 모든 국정 대사와 상례(喪禮)의 절차를 지시한 여불위는 태자에게 보낸 도 총관의 소식을 기다렸다. 동궁의 입구에서 등와에게 저지를 당한 도 총관이 역시 들어가지 못한 다른 궁인들과 함께 되돌아왔다.

「도저히 안 되겠습니다.」

도 총관의 보고를 받은 여불위는 몸을 일으켜 직접 동궁으로 향했다. 이때 등와는 내궁의 뜰에서 흙을 북돋아주며 벌레를 잡고 있었다. 빠른 발자국 소리와 함께 여불위와 도 총관이 나타나자 등와는 냅다 소리쳤다.
「걸음을 멈추시오!」
등와가 꽃밭에서 뛰어나와 두 사람의 앞길을 막아서자 도 총관이 얼른 그의 손목을 낚아채려 했다. 그러나 이번에도 등와가 빨랐다. 등와는 재빨리 옆으로 피해 거꾸로 도 총관을 뒤에서 꼼짝못하게 잡았다. 도 총관이 등와의 팔을 부여잡으며 버럭 소리를 질렀다.
「이 팔을 풀지 못하겠느냐?」
「들어갈 수 없습니다!」
두 사람이 아옹다옹하는 틈을 타 여불위가 부지런히 태자의 침실로 다가갔다. 그것을 본 등와는 도 총관을 바닥에 내동댕이치고 단숨에 뛰어가 여불위의 앞을 막아섰다.
「태자마마의 명령입니다. 어느 누구도 들어갈 수 없습니다.」
그러나 여불위는 아무런 표정없이 계속 앞으로 걸어갔다. 등와 또한 물러서지 않고 버텼다. 두 사람은 얼굴이 맞닿을 정도로 가까이 다가서서 한 치의 양보도 없이 버텼다. 이때 도 총관이 바닥에서 일어나 등와에게 달려들자 등와는 살짝 피해 더욱 세차게 그를 내던졌다. 그런 등와의 모습에 여불위는 내심 놀랐다. 그저 양치는 꼬마 정도로 생각했는데 그게 아니었다. 태자의 시위장으로 손색없는 무예 솜씨였다.
「너는 내가 누구인지 모르느냐?」
「누군지 그런 건 중요하지 않습니다.」
「허허허, 맹랑한 놈이로구나.」
「태자마마의 명령이라 누구도 들여보낼 수 없습니다.」
「허허허, 승상도 몰라본단 말이냐?」
「알고 있습니다. 설사 문신후(文信侯) 나으리께서 힘으로 밀어붙인다 해도 안 됩니다. 아무리 권세가 높다 할지라도 승상 대인이나 저는 모두 태자마마의 신하입니다. 제 머리를 깨부순다 할지라도 물러설 수 없습니다.」
여불위는 등와의 위풍에 눌려 할 말을 잃었다. 도 총관이 화를 내며 등와를 욕했다.

「이 시골뜨기 촌놈 같으니라구. 지난번에 연못에 빠뜨렸을 때는 그냥 용서해 주었다만 오늘은 사생결단을 내야겠다!」

영정은 밖이 시끌시끌하자 문틈으로 그 광경을 모두 보았다. 그는 등와의 충성심과 배짱에 감탄하면서도 당장 뛰어나가 그에게 큰상을 내릴 수 없는 자신의 처지가 괴로웠다.

영정은 부왕이 붕어하자 희비가 엇갈렸다. 왕위가 자신의 손 안에 들어왔다는 것은 기쁜 일이었다. 수년 동안 생각하고 다짐했던 꿈을 마침내 실현시킬 수 있게 된 것이었다. 그러나 자신의 나이가 아직 어려 국정을 다스릴 자격이 없다는 사실이 괴로웠다. 영정은 일찍이 병환 중인 부왕 앞에서 어머니인 주희의 생각을 알아본 적이 있었다. 주희는 영정이 아직 어리므로 만일 부왕이 붕어하면 조정의 일은 당분간 중부인 여불위에게 맡기는 것이 옳다고 말했다. 영정의 병은 바로 여기에서 비롯되었다. 장양왕이 붕어한 후 이틀 동안 영정은 어떻게 처신해야 좋을지 골똘히 생각했지만 묘책이 떠오르지 않았다. 한동안 궁리 끝에 영정은 한 가지 방법을 생각해 냈다.

'그래, 그렇게 일을 추진하는 거야.'

그러나 어느 누구에게도 말할 수 없는 비밀은 그 스스로를 우울하고 쓸쓸하게 만들었다. 여불위와 등와가 벌이는 소동에 영정은 왠지 통쾌함을 느꼈다. 자신이 하지 못하는 일을 등와가 너무나 당당하게 맡아 하고 있기 때문이었다.

「네 이놈, 도저히 용서할 수가 없구나. 내가 너를 참수하고야 말겠다!」

여불위가 드디어 화를 참지 못하고 소리를 질렀다.

「사람을 핍박하지 마십시오.」

등와는 서 있는 자리에서 조금도 움직이지 않은 채 가슴을 떠억 벌리며 말했다.

「나를 통과하십시오. 이곳에는 나 이외의 문이 없습니다.」

「어른을 무시하는 네 놈의 목을 오늘 기어코 자르고 말겠노라!」

여불위가 허리춤에 찬 패검을 뽑았다.

「승상 대인, 절대로 용서하지 마십시오. 저 놈은 죽어 마땅합니다.」

도 총관이 옆에서 여불위를 부추겼다. 영정은 더 이상 그대로 지켜볼 수가 없었다. 여불위는 아직 어린 자신이 어쩌지 못하는 중부이자 실권자이기 때문이었다. 그는 황급히 문을 열면서 소리쳤다.

「등 시위장, 어째 그리 밖이 소란스러우냐?」

영정이 나타나자 여불위는 등와를 베기 위해 들었던 검을 황급히 거두었다.

승상부로 돌아온 여불위는 그날 일어난 일을 곰곰이 생각해 보았다. 아무리 생각해도 보통 심각한 문제가 아니었다. 그동안 영정이 자신의 일거수일투족을 감시하고 있었다는 확신이 들었다.

'겨우 열세 살의 어린 나이인데 설마?'

하지만 등 시위장을 생각하니 그런 생각이 더욱 확고해졌다.

'비록 나이는 어리지만 양천군보다 열 배는 상대하기 어려운 인물이야. 일찌감치 길들여 놓지 않으면 훗날 무슨 화를 당할지 모르겠구나.'

이런 생각이 들자 여불위는 승상부에 그대로 눌러앉아 있을 수가 없었다. 그는 급히 함양궁의 왕태후전으로 달려갔다.

4

이사의 출현

진나라 소양왕 44년에 초나라에서는 고열왕(考烈王)이 임금에 올랐다. 고열왕은 널리 유세객과 인재를 불러들였는데 특히 천하에 이름을 날리던 4대 공자 중 한 사람인 춘신군 황헐을 초빙하여 상국에 해당하는 영윤(令尹;문관의 최고 벼슬)이라는 벼슬을 내리고 그에게 부국강병의 전권을 맡겼다. 춘신군은 이름에 걸맞게 비범한 능력을 나타냈다. 그는 일대종사(一代宗師)로 존경을 받고 있던 순황에게 사자를 파견하여 학문을 구하였으며, 그를 초나라로 초빙해 조정의 개혁과 부국강병의 비책을 얻고자 하였다.

순황은 열다섯 살 때 제나라에서 학문을 익힌 후 학술의 도성으로 소문이 자자한 임치성 서문에 있는 직하의 학궁(學宮)에서 세 차례나 영수(領首)를 지냈다. 그는 치학(治學)에도 정통하였고, 변론에도 뛰어났다. 순황은 일찍이 조나라 효성왕과 용병(用兵)에 관해 토론을 벌였고, 진나라 소양왕과 상권치국(商權治國)의 방략(方略)에 대해 열띤 논쟁을 편 바 있었다. 순황의 학식과 저술은 연성벽옥(連城璧玉)이라고 불렸으며, 가치를 환산할 수 없는 보물로 취급되었다. 순황이 스스로 자신의 제자라고 칭한 사람은 없었지만 그의 문하에는 황하로 흐르는 강물처럼 수

많은 사람들이 모여들었다. 그는 국가간의 경쟁이 치열한 당시에 가장 필요한 인물이었다.

상채성(上蔡城)은 순황이 초나라로 들어가는 데 반드시 지나게 되는 북군(北郡)의 치소가 있는 성이었다. 북군의 군수는 매일 술단지에 묻혀 살았는데 가끔씩은 일찍 일어나 거리의 청소 상태며 담장의 보수를 감독하기도 했다.

그날도 가장 분주한 시간에 군수는 술에 취해 부하들에게 몇 마디 지시를 내리고는 슬그머니 사라져 버렸다. 군수가 그러하니 관청 청소는 어느새 줄이 끊어진 활처럼 흐지부지해졌다. 그런데 젊은이 하나가 온통 먼지를 뒤집어쓴 채 사다리를 타고 열심히 청소하고 있었다. 안에서 놀고 있던 노인이 문을 열며 소리쳤다.

「이보게, 이사(李斯)! 그만 내려오게. 천한 우리들이 공을 세운들 무엇하나?」

그러나 이사라는 젊은이는 아무런 대답도 하지 않고 여전히 제 일만을 했다. 그러다 먼지가 아래로 떨어져 머리에 쏟아지자 노인은 화를 참지 못해 사다리를 힘껏 걷어찼다.

「꽈당!」

이사는 그만 바닥에 나동그라졌다. 한동안 노인을 흘겨보던 그는 다시 사다리를 세우고 위로 올라갔다. 노인이 사다리를 흔들며 소리쳤다.

「이보게! 예전에 자네가 책만 읽고 글을 쓸 때 내가 무어라고 하던가? 그런데 이 며칠 동안 더럽고 힘든 일을 스스로 하는 이유가 무언가? 봉급이 오르는 것도 아니고, 하면 할수록 뼈마디가 쑤시는 일을 악착같이 하는 연유가 과연 무언가? 무슨 꿍꿍이속이란 말이야?」

「그걸 알고 싶습니까? 순황 선생님을 존경하기 때문입니다.」

이사의 대답에 노인은 기막힌지 크게 웃었다.

「하하하, 재작년에 자네가 아문(衙門)에 추천되어 왔을 때 일은 하지 않고 법을 내세워 군수에게 기어올랐지. 흥, 대낮에 꿈꾸지 말아라. 오늘 보니 더욱더 미쳤구나. 무어, 순황 선생님이 어쩌구저쩌구? 사람은 분수를 알아야지. 고관(高官)이 될 사람은 자고로 관상(官相)을 타고 나야지, 자네 같은 몰골로는 어림도 없어. 꿈은 일찍 깨는 게 좋다구. 쯧쯧쯧.」

「그런 소리 하지 마십시오. 어찌 참새가 대붕의 뜻을 알겠습니까?」

「흥, 놀고 있군. 경전에 이런 말이 있지. '삶과 죽음에는 천명이 있고, 부와 귀에는 천운(天運)이 있다.'」

계속되는 노인의 비아냥에 이사는 화가 났다.

「아둔한 사람은 영원히 남의 우두머리가 될 수 없지.」

「자네처럼 미치면 무슨 짓을 못하겠는가?」

노인은 더 이상 이사처럼 덜 떨어진 자와 상대하고 싶지 않은지 혀를 끌끌 차며 자리를 피했다. 이사는 노인마저도 자신을 무시하고 비웃자 은근히 부아가 치밀었다. 그는 그동안 당했던 무시와 고통과 좌절을 모두 모아 노인의 등 뒤로 쏟아부었다.

「왕씨 늙은이야, 뒤뜰 뒷간에 있는 쥐를 본 적이 있지? 똥을 먹다가도 사람이 오면 놀래 달아나지. 그렇지만 앞뜰 곳간에 있는 쥐는 쌀을 먹고 그곳에서 잠을 자며 사람이 와도 놀라 달아나지 않아. 똑같은 쥐인데 운명은 이렇게 다른 거야. 이게 바로 환경이 다른 데서 오는 연유란 말이지. 사람도 이와 다를 바 없어. 아무리 열심히 밭을 갈아도 수확을 하지 못하면 소용없고, 아무리 뛰어난 선비도 기회를 얻지 못하면 허탕이지. 옛날에 내가 어째서 그렇게 열심히 책을 읽었는지 알아? 바로 기회를 얻기 위해서야. 사람은 기회를 만나면 환경이 달라지는 법! 흥, 나는 승상은 못 되더라도 적어도 이런 작은 마을의 군수로는 만족하지 못해!」

노인은 이사의 한맺힌 넋두리를 들으며 그가 더위를 먹어 약간 머리가 돌았다고 생각했다.

그 이튿날 이른 아침, 순황이 상채성으로 온다는 소식이 있자 이곳의 백성들이 모두 동원되어 수십 리 길을 청소하고 길가의 잡초를 뽑았다. 이사는 얼른 목이 좋은 곳을 골라 자리를 잡고 순황이 오기를 기다렸다.

「순황 선생이 오신다아!」

진시가 되었을 때 멀리서 순황이 탄 수레가 서서히 그 모습을 보이기 시작했다.

「맨앞 수레에 타고 계신 분이 순황 선생이신가 보구나.」

「과연 선생의 용모는 온화하고 겸손하시군. 학문이 깊으면 깊을수록 저런 모습인가 봐. 얘들아, 저 풍모를 보거라.」

자식을 가진 사람들은 아이들을 앞세워 순황에게 나아갔다.

「선생 곁에 있는 젊은이는 누구랍니까? 나이도 젊은데 세상을 주유하며 학문을 쌓다니 참으로 훌륭한 사람일세.」

사람들은 순황을 보면서 제각기 한마디씩 던졌다. 그 사이를 헤집고 이사가 미친 듯이 앞으로 뛰쳐나갔다. 수레는 사람들이 있는 곳으로 점점 더 다가왔다. 수레가 가까워질수록 이사의 몸이 격정적으로 떨려왔다. 드디어 평생 소원인 순황을 만나는 순간이었다. 이사는 인파를 뚫고 부병(府兵)의 경계선을 넘어 순황이 탄 수레 앞으로 달려가 두 손으로 수레를 막았다. 그 바람에 수레는 더 이상 앞으로 나갈 수 없었다.

「어떤 놈이야!」

수레에서 뛰어내린 병사들이 이사를 발견하고는 그를 들어 내동댕이쳤다. 그러나 이사는 아픔을 참고 다시 일어나 병사들의 손을 뿌리치며 수레 앞에 무릎을 꿇고 소리쳤다.

「선생님, 저를 제자로 거두어 주십시오. 선생님의 제자가 되는 게 평생의 소원이옵니다. 부디 커다란 은혜를 베풀어 주십시오.」

순황은 이런 일을 한두 번 겪은 게 아니었다. 그래서인지 그는 별로 놀라지 않았다. 순황은 무릎을 꿇고 애원하는 젊은이를 자세히 뜯어보았다. 짧은 갈삼(褐衫)을 입고 역시 삼으로 짠 신을 신었지만 두 눈은 총명하게 빛났고 얼굴도 수려했다. 그러나 제대로 먹지를 못했는지 몸은 깡 말라 있었다. 순황은 그의 인상에서 숱한 고난과 역경을 이기고 굳건하게 살아온 이력을 읽었다. 순황은 그의 용모와 간절한 태도에 마음이 이끌렸다.

'이름없는 백성으로 배움을 얻는다는 게 얼마나 어려운 일이더냐.'

순황은 얼굴 가득히 미소를 머금으며 조용히 입을 열었다.

「젊은이, 자리에서 일어나 자네의 내력을 말해 보게나.」

병사들은 순황이 그에게 관심을 보이자 더 이상 막지 않고 뒤로 물러섰다. 이사는 순황이 자신의 이름과 내력을 묻자 너무도 감격해 눈물을 흘렸다.

「후생(後生)은 이사라 하오며, 이곳 상채 사람이옵니다. 지금은 북군의 군청에서 창고지기로 일하고 있는데, 꿈에서도 오로지 선생님을 뵙기를 고대하였사옵니다. 일찍이 선생님께서 지으신 〈권학(勸學)〉과 〈수신(修身)〉을 읽고 마음으로부터 일어나는 존경심을 억누를 수 없었사옵니다. 그때부터 저는 밤마다 맹세했사옵니다. 선생님을 만나 배움을 얻으면 죽어도 원이 없겠다고. 저는 오래 전부터 조금씩 돈을 저축하여 언젠가 날을 잡아 북쪽으로 선생님을 찾아가려고 결심했습니다만, 뜻밖에도 이곳 상채에 광림하신다기에 하늘이 저를 도운다고 확신하였사옵니다.」

순황은 묵묵히 이사를 바라보았다. 이때 순황의 곁에 있던 젊은이가 입을 열었다.

「선, 선생님! 하, 하나를 구, 구하기도 어, 어려운데, 저, 저렇게 지, 지성이 극, 극진하니 거, 거두어 주, 주십시오.」

그 젊은이는 말이 매우 어눌했다. 그는 순황이 가장 아끼는 제자로 한나라 공자 한비(韓非)였다. 그는 창백한 얼굴에 몸이 왜소했으며 말도 더듬고 목소리도 여자 같았다. 하지만 생김새와는 달리 그는 문장이 예리하고 엄격하며 논리가 정연하여 감히 그에 대적할 사람이 없었다. 이사는 한비의 말에 더욱 자신감을 갖고 읍소했다.

「선생님, 저를 거두어 주십시오. 저는 일찍 부모를 여의고 일가친척 피붙이도 하나 없사옵니다. 오로지 선생님을 모시고 평생 동안 배움을 구하고 수신하면서 살겠사옵니다.」

순황은 평생 수많은 사람을 만나 논쟁하며 천하를 주유한 사람이었다. 그는 한눈에 이사의 재주를 알아챘다. 특히 고난을 겪은 이사의 얼굴이 인상적이었다. 언뜻 보아도 이사는 기지가 흘러넘치고 말솜씨가 뛰어나며 군센 의지까지 돋보이는 인물이었다. 그의 꺾이지 않는 기개와 격정적인 애원이 마침내 순황의 마음을 움직였다.

「이, 이보게, 어, 어서 인, 인사를, 올리지 않, 않고……」

한비가 이렇게 귀띔을 하자 이사는 얼른 자리에서 일어나 순황에게 큰절을 올렸다. 이렇게 해서 이사는 순황의 정식 제자가 되었다. 그와 함께 한비와 이사의 운명적인 만남도 시작되었다.

그로부터 몇 년의 세월이 흘렀다. 한비와 이사는 순황과 함께 난능(蘭陵)에서 학문을 닦으며 열심히 그의 저술을 도왔다.

난능은 본래 송(宋)나라 영토였는데 당시는 초나라에 속해 있었다. 송나라는 은나라의 유신(遺臣)이었던 미자(微子)가 주(周)나라로부터 봉국(封國)을 받아 세운 고국(古國)이었다. 서주(西周) 이왕(夷王) 11년(BC 859년)에 후(侯)를 제수받아 사직을 연 지 6백여 년 만에 송나라는 제, 초, 위나라에 의해 멸망하였는데 그때가 진나라 소양왕 21년(BC 286년), 초나라 경양왕 13년, 위나라 소왕 10년이었다. 난능은 초나라에 귀속되면서 북방의 변경을 지키는 중요한 요새로 탈바꿈하였다. 이곳은 교통이 편리하고 물산이 풍부하지만 중앙의 통치권이 제대로 미치지 못한 탓으로 온갖 병폐가 이곳저곳에서 쑥대처럼 자라고 있었다.

춘신군은 처음에 순황을 초나라의 도성인 정도로 불러들여 부국강병을 꾀하려 했지만, 조정 구신들이 완강히 거부하는 바람에 뜻을 이루지 못하였다. 조정의 대신들이 초왕의 면전에서 노골적으로 순황을 비방하며 면담을 거부토록 만들었기 때문이었다. 춘신군은 어쩔 수 없이 순황을 난능령(蘭陵令)으로 위촉하고, 이곳 난능에서 그의 개혁을 시험해 보도록 배려했다. 순황은 대신들의 반대로 결국은 개혁이 이루어질 수 없다는 것을 잘 알고 있었지만, 춘신군의 성의도 있고 또 몸이 노쇠하여 더 이상 세상을 주유하기가 어려운 터라 난능에 남기로 하였다. 그러나 지방관의 직책에 몸이 얽매이다 보니 순황은 매일같이 바쁜 일과에 시달렸다.

한비는 매일 아침 일찍 일어나 책을 읽은 다음 집안 안팎을 구석구석 청소했다. 새벽 맑은 공기는 언제나 마음을 상쾌하게 했다. 한비가 이렇게 규칙적인 생활을 하는데 비해 이사는 매사가 제멋대로였다. 그는 아무때나 잠을 자고 아무때나 일어났다.

「사형, 저기 죽간을 보십시오. 저걸 만드느라 한숨도 못 잤습니다. 계속 잘 테니 내일 깨워주십시오.」

「이, 이사, 너는 잠, 잠이, 너, 너무 많아. 밖에 나와 해, 해를 보라구.」

난능은 경치 좋고 물 맑고 하늘이 높은 곳이었다. 대지에서 피어오른 안개가 서서히 하늘로 오르면 그 색이 점점 붉어져 푸르렀던 산이 갑자기 붉게 변하곤 했다.

「와, 너, 너무나 아름다운 자, 자연이야!」

한비가 아침 해를 바라보며 감탄사를 연발했다.

「세, 세상에 자연보다 위, 위대하고 장, 장엄하게 사, 사나이의 야, 야망을 불, 불태우게 만드는 것은, 이, 이 세상에 없을 거야.」

「해가 뜨는군. 사형, 우리의 미래도 저 뜨는 해와 같을거야.」

어느새 이사가 일어났는지 한비 곁으로 다가와 중얼거렸다. 한비는 조용히 이사의 어깨를 잡으며 먼 하늘을 우러러보았다.

아침을 먹고 나면 두 사람은 다정하게 어깨동무를 하고 관도(官道)를 따라 교외(郊外)의 강당(講堂)에 나가 학자들과 학문을 논했다. 길가에는 살구나무 흰 꽃이 피었고 뽕나무의 붉은 열매가 탐스럽게 익어갔으며, 푸른 들풀이 소담스레 자란 너른 들판에서는 농부들이 밭을 갈기에 여념이 없었다. 기름기 흐르는 대지는 생기가 넘쳐흘렀다. 들을 가로질러 불어오는 바람에 두 사람의 머리카락이 흩날렸다.

「두 해 동안 난능은 참으로 많이 변했어요.」

이사가 들녘을 보며 말했다. 한비도 고개를 끄덕였다.

「선, 선생님께서, 현령으로 부, 부임하셔서, 법, 법령을 공포하시고. 민, 민풍을 개혁하시니 그 결과가 부, 분명하게 나타나는 거, 거겠지.」

「선생님은 너무 연로하셔서 이미 기력이 쇠하셨어요. 언제나 우리를 데리고 세상에 나가 큰일을 하실지......」

이사는 하루빨리 좁은 난능을 벗어나 넓은 세상에서 일하고 싶었다.

「뜻을 이, 이루려면 말로는 쉽지만, 사, 사실은 인연이 닿아야 하, 하고, 더, 더욱이 의기가 투합되어야, 비, 비로소 힘을 기울일 수 있게 되지. 그렇지 않으면, 공, 공부자(孔夫子)나 맹, 맹자(孟子)보다 학문이 뛰, 뛰어나더라도 천하만 주, 주유하다 일생을 끝, 끝마치지.」

한비는 오랜 세월 경서를 읽고 천하의 형세를 연구하여 그 학식이 상당한 수준에 올라 있었다. 이사가 답답한 마음을 이기지 못하고 또다시 입을 열었다.

「그럼, 선생님은요?」

「선, 선생님은 아직 기회를 맞지, 맞지 못하셨어.」

「춘신군은 선생님의 지기(知己)가 아니신가요?」

이사가 물었다.

「황헐, 그, 그 사람을 선생님에 비할 수는 없지. 그, 그는 한 사람의 신하로서 주, 주군의 통제를 받, 받는 몸이고, 선, 선생님은 갇, 갇혀서, 이곳 난능에 갇, 갇혀서 아무런 일도 하, 하지 못하시는 거야.」

「아?」

이사는 놀란 눈으로 한비를 다시 바라보았다.

'요조숙녀 같으신 사형께서 이처럼 예리한 판단을 하고 계시다니……'

어느덧 두 사람은 교외의 강당에 도착하였다. 이곳 강당은 송나라의 종사(宗祠)였던 건물이었으나 후에 병란을 맞아 폐허가 되었다. 그런 것을 3년 전 순황은 직하의 학궁(學宮)을 본떠 이 건물을 새로 단장하고 강당으로 사용토록 하였다. 강당은 2백여 명이 한꺼번에 앉을 수 있는 매우 넓은 공간으로 바닥은 황토를 개어 판판하게 다지고 그 위에 대나무 자리를 깔았다. 다른 지역에 있는 강당과 비교해도 결코 떨어지지 않는 시설이었다.

두 사람이 도착했을 때 강당은 이미 사람들로 꽉 들어차 있었다. 강당 중앙에서는 어떤 키 큰 노인이 독특한 논리로 자기의 주장을 펴는 중이었다.

「지금 세상에는 많은 바보들이 천지를 우롱하고 있습니다. 위대하고 위대한 하늘을 어찌 범인이 비방할 수 있겠습니까?」

노인은 일장 연설을 하며 자기 앞에 무릎을 꿇고 있는 한 청년의 어깨를 짓눌렀다. 그 청년은 상의를 거의 걸치지 않은 채 아주 초췌한 몰골로 죄인처럼 떨고 있었다. 이사와 한비는 옆 사람에게 어떻게 된 영문인지 물었다.

무릎을 꿇고 있는 청년의 이름은 만량(萬良)으로, 난능에 사는 소작농이었다. 지난해 흉년으로 만량은 전조(田租)를 내지 못했고 그 때문에 그의 어머니가 팔려갈 신세가 되었다. 그런데 만량의 어머니가 절대로 고향을 떠나지 않겠다고 버티다 전주(田主)에게 지독히 두들겨 맞아 세상을 떠났고, 그는 그곳을 탈출한 후 고향 사람들의 도움으로 원수를 찾아 복수하기 위해 이곳에까지 이르렀다는 것이다. 그러나 어찌된 일인지 악독한 전주는 용서가 되고 도리어 만량이 수많은 사람들이 보는 가운데 이렇게 모욕을 당하고 있다는 이야기였다.

한비와 이사, 두 사람은 노기 띤 눈으로 연설을 하고 있는 노인을 바라보았다. 비쩍 마른 체구에 이마가 튀어나온 그는 수염이 듬성듬성한 것이 매우 깐깐해 보였다.

「소인은 천명을 알기 어려운 법이다. 천명이란 이르지 않는 곳이 없고 받지 않는 사물이 없다. 길흉화복과 부귀빈천도 모두 천명에 의해 미리 정해지는 법이다. 하늘이 노하면 곧바로 별을 떨어뜨리고 나무를 울리고 재앙이 연이어 일어난다. 백성들은 오로지 가난을 천명으로 여기며 열심히 살면 하늘의……」

노인의 연설을 듣고 있던 한비가 참지 못하고 마침내 일어섰다.

「어, 어르신께 묻겠습니다. 어, 어르신께서 말씀하시는 지, 지고무상(至高無上)한 하늘이란 게 도, 도대체 어떤 것을 가리킵니까?」

「하늘이라, 하늘은……」

갑작스런 한비의 질문에 노인은 당황하여 미처 대답하지 못했다. 그러자 여기저기에서 사람들이 웅성거렸다. 고개를 숙인 채 훈계를 듣고 있던 만량도 무슨 일인가 싶어 머리를 들어 한비를 쳐다보았다.

「하늘이 곧 신명(神明)이고, 지고무상한 천제(天帝)이로다.」

잠시 후 생각을 정리한 노인이 자신 있게 대답했다. 한비가 이사에게 귓속말로 속삭였다.

「천, 천명설(天命說)을 무너뜨리지 못하면 법, 법치군주권(法治君主權)을 세울 수가 없어. 네가 말해. 너는 언변이 유창하니 학설을 마, 마음껏 발휘해 봐.」

이사는 고개를 끄덕이며 자리에서 일어나 만량에게 다가갔다. 노인은 그가 아주 어려보이고 게다가 누추한 옷을 입었으며, 체구 또한 허약해 보이자 냉정을 찾고 가볍게 웃었다. 이사는 노인이 자신을 비웃으며 여유를 보이자 은근히 화가 치밀었다.

「어르신은 방금 하늘이 신이라 하셨는데, 비를 내리기도 하고 바람을 일으키기도 하며 맑았다가 흐리고 어떤 때는 더운 날이 한 달이고, 어떤 때는 시원한 날이 한 달이니, 도대체 어르신이 말씀하시는 하늘은 무엇입니까? 맑은 하늘을 상제(上帝)라고 칭하시는 겁니까, 아니면 흐린 하늘을 말씀하시는 겁니까?」

「흥!」

노인이 코웃음을 쳤다.

「하늘은 신이다. 태양(太陽)도 태음(太陰)도 모두 신이다. 바람에는 풍백(風伯)이 있고 번개에는 뇌공(雷公)이 있으며 비에는 우사(雨師)가 있다. 만일 하늘에 그런 신이 없다면 어떻게 하우(夏禹)가 때에 맞추어 세상을 다스리고, 걸주(桀紂)가 때에 이르러 멸망했겠는가? 이는 하늘이 세상에 자신의 뜻을 보여준 게 아니고 무엇이던가? 오늘의 세태도 그대와 같이 하늘을 불신하고 천명을 부정하는 사람들 때문에 어지러운 거야. 하늘의 노여움이 두렵지 않은가?」

「어르신께 다시 묻습니다. 그렇다면 하우와 걸주 시대의 태양과 태음은 똑같은 생김새였습니까?」

「당연히 똑같은 하늘이었지. 하늘은 영원불변하니까.」

노인이 우물쭈물 대답했다.

「그럼 하우와 걸주 때에도 봄에는 씨를 뿌리고 여름에는 가꾸고 가을에는 거두고 겨울에는 저장하는 일이 똑같았습니까?」

「모두 똑같았지.」

노인은 한비와 이사를 번갈아 보며 단호하게 대답했다.

「땅도 농사꾼도 하우와 걸주 때에 같았습니까?」

이사가 또다시 물었다.

「똑같았지.」

이사와 노인이 논쟁을 하는 동안 강당에는 더욱더 많은 사람들이 모여들었다. 사람들은 숨을 죽이고 두 사람이 어떻게 변론을 전개하는지 지켜보았다. 이때 이사가 갑자기 언성을 높였다.

「어르신께서는 일월성신(日月星辰)이 불변이라고 하였는데, 그렇다면 하우의 평화와 걸주의 어지러움은 하늘과 어떤 관계입니까?」

「그건……」

「이미 말씀드렸듯이 봄에 씨를 뿌리고 여름에 가꾸고 가을에 거두고 겨울에 저장하는 일은 하우 때에도 그렇고 걸주 때에도 똑같이 계절의 변화에 따라 이루어진 일입니다. 다시 여쭙겠습니다. 하우 때의 평화와 걸주 때의 어지러움은 하늘과 무슨 관계입니까?」

「그건……」

노인은 이사의 날카로운 질문에 말문이 막혔다.

「자연의 변화는 인간에게 때로 도움을 주기도 하지만 해를 입히기도 합니다. 이는 또한 소나 말, 초목에도 모두 똑같이 적용되는 법입니다. 어르신은 박학하시면서 어찌하여 어지러이 사물을 보고 들으려 하십니까? 그리고 어째서 흑백을 뒤집어엎으려 하십니까? 설마 백성을 업신여기는 마음이 있어서 그러시는 건 아닙니까?」

「이 젊은이가 헛소리를 하고 있군. 그건 하늘이 하우를 아끼고 걸주를 미워하기 때문이야.」

노인이 이사에게 마구 손가락질을 하며 소리쳤다.

「옛책에 보면 하우의 아버지 곤(鯤)은 치수(治水)에 실패하여 극형에 처해졌습니다. 그래서 하우는 아버지의 뜻에 따라 13년 동안 물을 다스렸고, 세 번이나 자기 집 앞을 지났는데도 안으로 들어가지 않았습니다. 그렇다면 그러한 고통도 하늘이 하우를 편애해서 그런 겁니까? 어르신, 그러므로 마땅히 이렇게 말해야지요. 하늘에는 그 나름대로 일정한 질서가 있는 것이지 하우, 요순을 특별히 아꼈던 것도, 걸주를 미워했던 것도 아니다.」

노인은 이사의 말에 대답할 근거를 잃고 어찌할 바를 몰랐다. 이사가 만량을 일으켜 세웠다.

「이 사람의 어머니는 무고하게 해를 입었습니다. 이 사람이 자식이면서도 오히려 그걸 그냥 두어야 바로 천명을 알고 하늘을 공경하는 사람이 됩니까? 한쪽에서는 무고하게 사람을 죽이고 탐욕스럽게 남의 재산을 빼앗으며, 다른 쪽에서는 그걸 숙명으로 알고 고개를 숙이며 복종하는 게 과연 어르신이 말씀하시는 천명입니까? 그런 천명은 편벽되고 어지러운 천명입니다.」

사람들은 고개를 끄덕이며 모두들 이사의 말이 옳다고 말했다. 그러자 만량은 이사를 바라보며 굵은 눈물을 떨구었다.

「저 놈을 잡아라! 저 놈을 잡아라! 만량, 저 놈은 나의 전호(田戶)란 말이다. 나의 노예란 말이다!」

이때 전주가 가신들을 이끌고 강당에 나타났다. 만량은 한비와 이사에게 고맙다는 인사를 올린 다음 번개처럼 달아났다. 노인도 사람들의 시선을 피해 슬그머니 강당을 빠져 나갔다.

이날 밤, 한비와 이사로부터 그 일을 전해 들은 순황은 몹시 기뻐했다.

「오늘 변론에서 선생님께서 말씀하신 〈천론(天論)〉의 위력을 확인하였사옵니다. 강궁(强弓)은 호랑이를 잡고 날랜 검은 용을 잡는다는 말이 있듯, 제가 보기에 지금이야말로 선생님의 가르침이 필요할 때라고 생각됩니다. 서쪽에 위치한 진나라는 제왕을 칭하고 법치를 주장하고 있사옵니다. 바로 선생님의 가르침이 필요한 나라이옵니다.」

순황은 이런 말을 하는 이사의 마음을 훤히 꿰뚫고 있었다.

「그래, 너희 청년들은 할 일을 찾고 뜻을 세워 개혁을 해야 한다. 나는 기력이 쇠하여 이제 다시 천하를 주유하기 어렵게 되었지만, 진나라에서 이루어질 대업을 볼 수는 있을 것 같구나. 십여 년 전에 나는 진나라에 들러 이것저것 살펴본 적이 있다. 진나라는 법치가 엄명(嚴明)하고 민풍이 순박하며 지세가 험준하고 병마가 튼튼하니 대국이라고 보기에 부족함이 없다. 진실로 그 나라는 내 학문의 이상이 꽃피울 수 있는 곳이로다.」

그러자 한비도 흥분하여 말했다.

「천, 천하의 대세란 나, 나뉘면 반드시 합, 합해지고, 합, 합해지면 또다시 나, 나뉘어지는 법이 아, 아닙니까? 7국의 성, 성쇠는 이미 드러났고, 그, 그 가운데에서 진, 진나라가 천하의 제, 제왕으로 우뚝 서, 서리라 봅니다」

「저도 그렇게 생각합니다. 진나라의 장양왕 밑에서라면 뜻을 이룰 수가 있을 것이옵니다.」

이사가 조심스럽게 자신의 생각을 드러냈다. 순황은 묵묵히 한비와 이사의 말을 들으며 스스로를 자책했다.

'나는 젊은 날을 너무 쉽게 살았어. 이처럼 활기차고 야망 있는 생활을 해야 했는데.....'

그러나 순황은 한비와 이사를 번갈아 보며 흐뭇한 마음을 숨길 수 없었다. 이들 두 명의 제자는 똑똑하고 의지가 굳세며 활기찼다. 순황은 자리에서 일어나 서재로 걸어나가며 지나가는 말처럼 중얼거렸다.

「인생은 등산과 같다. 노력하지 않으면 절대로 꼭대기에 오를 수가 없어. 너희 둘은 나를 떠나 진나라로 가거라.」

순황이 마침내 출사(出師)를 허락한 것이다. 한비와 이사는 뛸 듯이 기뻤다. 드디어 세상에 나가 자신들의 포부를 펼칠 수 있게 되었기 때문이었다. 이사가 한비의 손을 잡고 자리에서 일어났다. 하지만 한비는 스승의 눈가에 맺힌 눈물을 보자 생각이 바뀌었다.

「이, 이사, 나, 나에게 숨은 뜻이 있으니 이, 이번 뜻은 자네만 이루도록 하게. 어, 어떤가?」

이사는 한비의 마음을 알아채고 고개를 끄덕였다.

「사형, 너무 걱정하지 마십시오. 대붕은 날개를 펼 때 아주 조심한다고 들었습니다.」

한비는 난능에 남아 순황의 저술을 돕기로 결심했다. 그는 이사에게 진나라 장양왕을 만나 마음껏 스승의 배움을 펼치라고 당부하였고, 이사는 한비의 깊은 뜻을 헤아려 쾌히 응낙하였다. 그로부터 며칠 후 이사는 순황의 천거를 받아 진나라로 떠났다. 그리고 한비는 순황의 곁에서 저술을 도와 역사에 길이 남을 〈순자(荀子)〉를 탄생시켰다.

마침내 영정이 왕위에 올랐다. 그날 함양궁의 모든 거리는 갖가지 색깔의 깃발로 출렁거렸다. 검극(劍戟)이 시퍼런 날을 번득이고, 종소리가 아침부터 은은하게 울려퍼졌다. 이윽고 정편(淨鞭)이 세 번 울리자 모든 대신들이 숙연한 표정으로 줄을 맞추었다. 단(壇) 위의 보좌에는 영정이 단정하게 앉아 있고, 그 뒤로 주렴이 드리워져 있었다. 태부(太傅)가 한 걸음 앞으로 걸어나와 성지를 낭독했다.

「장양왕께서 붕어하신 후, 어린 주군을 받들고 왕태후께서 오늘부터 수렴청정(垂簾聽政)을 시작하오니 일이 있으면 나와서 주청하시오.」

이날 처음으로 영정은 어좌에 앉아 정사를 돌보기 시작하였다. 그는 천명이 자신에게 부여되었다는 기대감과 중압감으로 조용히 자리에 앉아 있었다. 영정의 귀에는 오로지 전전태부(殿前太傅)의 낭랑한 음성만이 들릴 뿐이었다. 태부의 낭독이 끝나자 문반의 우승상 여불위가 앞으로 나와 주청을 했다.

「마마, 오늘부터 촉군(蜀郡)의 양곡을 수송하는 잔도(棧道)를 수리해야 하오며 농서군의 재해 긍휼미를 내려야 하옵고 연, 제, 초, 조나라로 나아가는 행인(行人;외교사무관)을 인선해야 하오며, 북군과 상당군의 주둔병을 교체해야 하옵고……」

「여 승상, 잠깐 멈추세요.」

주렴 뒤에서 왕태후의 목소리가 흘러나왔다.

「국사가 이렇게 복잡하게 얽혀 있는지 몰랐어요. 저는 여자의 몸이니 그 많은 일을 어떻게 처리할 수 있겠어요?」

왕태후는 이렇게 탄식을 한 다음 다시 말을 이었다.

「어린 임금께서 빨리 성장해 관례를 치르고 직접 정사를 돌볼 때까지 기다려야 합니다. 지금은 삼공(三公)의 신분과 업무가 나뉘어 있어 정사를 돌보는 데 어려움이 많아요. 이 시각부터 여 승상께서 어린 임금의 중부 자격으로 섭정을 해주시길 부탁드립니다. 그러니 잡다한 업무는 경이 모두 알아서 처리해 주세요.」

「왕태후마마, 결코 그렇게 할 수 없사옵니다. 미신(微臣)은 재주가 천박하고 위엄이 없어 섭정이 불가하옵니다. 다시 한 번 생각해 주옵소서.」

여불위는 간곡하게 사양을 했다. 이때 좌승상 창평군이 입을 열었다.

「왕태후마마의 지시는 지당하시옵니다. 여 승상은 겸허하고 신중한 군자로서 재주가 뛰어나고 덕화(德化)가 넘쳐 충분히 대임을 맡을 수 있사옵니다. 반드시 국가의 창성(昌盛)을 가져올 수 있을 것이옵니다.」

그 뒤를 이어 약속이나 한 듯 장군 장당, 몽오, 왕흘, 왕관, 채택이 나아가 주청을 올렸다.

「여 승상이 정사를 돌봄은 지당한 처사이며, 신들도 바라는 바이옵니다.」

왕태후는 반대하는 사람이 한 명도 없다는 걸 확인하고는 무척 기뻐했다. 그녀는 여불위의 자리를 영정의 오른쪽에 두고 섭정을 하도록 지시했다.

조회(朝會)가 끝나자 영정은 곧장 궁으로 돌아왔다. 등와는 피곤한 기색이 역력한 영정을 의아하게 바라보았다.

'조회에 나간 지 한 시간도 되지 않아 저렇게 녹초가 되었다면, 틀림없이 머리가 터질 만큼 복잡한 일이 일어났을 거야.'

등와는 영정의 기분을 풀어주기 위해 화미조가 있는 새장을 가져왔다. 평소 그렇게도 화미조를 좋아하던 영정이었건만 그날은 거들떠보지도 않았다. 등와는 다시 밖으로 나가 이번에는 목연(木鳶)을 가지고 들어왔다. 이 목연은 제나라의 특사가 얼마 전 여불위에게 보내온 선물로 어젯밤 영정은 여불위에게 그걸 받고 너무나 신기해 하면서 이리 뜯어보고 저리 뜯어보며 그 정교함에 탄복했었다. 그러다 우연히 배 밑의 단추를 누르자 목연은 날개를 퍼득이며 공중으로 날아올랐다. 그러던 영정이 웬일인지 등와가 건네주는 목연을 받아들고는 아무 말도 없이 물끄러미 바라만 보았다. 등와가 단추를 누르자 목연이 '빌릴리리' 울면서 공중으로 날아올랐다. 그런데 조용히 목연을 바라보던 영정이 갑자기 벌떡 일어나더니 등와에게서 목연을 낚아채 세차게 내던졌다. 정교하지만 매우 약한 목연은 단번에 산산조각이 나버렸다. 등와가 눈을 둥그렇게 뜨고 영정을 바라보았다. 영정은 그것으로도 성이 차지 않는지 목연을 마구 짓이겼다. 마치 원수를 대하는 듯했다.

'저렇게 화를 낸 적을 한 번도 본 적이 없는데, 내가 무엇을 잘못한 것일까. 아, 내 할 일도 못하면서 임금의 마음을 어지럽게만 하니 차라리 태행산으로 돌아갈까 보다.'

등와는 이렇게 자책하며 영정 앞에 무릎을 꿇었다.

「마마, 이곳을 떠날까 하옵니다. 마마께서 직접 말을 끌어다 주시면 가볍게 떠날 수가 있겠사옵니다.」

영정은 등와의 말에 잠시 움찔하더니 뚜벅뚜벅 밖으로 나갔다. 조금 지나 영정은 뜻밖에도 준마 두 필을 끌고 왔다. 그는 아무런 말 없이 말고삐 하나를 등와에게 건네주고 등을 돌렸다.

「부끄럽지도 않느냐? 큰일이 아직 시작되지도 않았고, 큰 공도 이루지 못한 채 무슨 낯으로 고향에 돌아가니?」

영정의 말은 그동안 쌓였던 등와의 설움과 불만을 폭발시켰다.

「무엇이 큰일이고, 어떤 것이 큰 공이옵니까? 하루종일 말궁둥이만 쫓아다니는 일이 큰일이고 큰 공이란 말이옵니까?」

그러자 영정도 지지 않고 소리쳤다.

「네가 내 마누라라도 된다고 바가지를 긁니? 아무 소리 하지 말고 오늘은 활쏘기를 연습하지 않았으니 빨리 활이나 가져와!」

영정의 호통에 등와는 하는 수 없이 안으로 뛰어들어가 활과 과녁을 가지고 나왔다. 말을 타고 숲으로 들어간 영정이 활을 쏘면서 중얼거렸다.

「화살에 맞은 과녁은 나라를 도둑질한 간웅(奸雄)의 몸이야.」

그제서야 등와는 영정이 그렇게 화를 낸 이유를 어렴풋이 알 수 있었다. 그는 영정이 미워하는 그 간웅이 여불위일 거라고 짐작했다.

한편 순황에게 출사를 허락받은 이사는 한비의 적극적인 도움에 힘입어 진나라로 떠날 수 있었다. 난능을 떠난 지 얼마 되지 않아 그는 오국 합종군과 진나라군의 치열한 전투를 목격하였다. 이사는 진나라로 들어가는 지름길인 효산의 승곡관(丞谷關)으로 가는 길을 포기하고, 우회하여 위나라와 한나라를 거쳐 무관(武關)을 지나 여수(驪水)와 활하(滑河)를 건너 함양에 도착하였다. 그는 그렇게 여러 지역을 지나면서 많은 견문을 쌓을 수 있었다. 가난하고 궁핍한 한나라와 위나라 백성들의 삶을 체험했고, 전란과 부역에 시달리는 백성들의 고통을 바로 곁에서 지켜볼 수 있었다.

그러나 진나라의 국경에 들어서자 사정은 확연히 달라보였다. 국경의 수비병은 군기가 완벽했고 들에는 곡식이 풍성하게 자라고 있었다. 마을마다 개와 닭의 울음소리가 끊이지 않았고, 백성들은 평안하고 즐거워 보였다. 여러 나라를 지나며 경험한 것들은 이사의 안목을 한층 높여 주었고 자신감을 북돋았다. 함양의 소남문(小南門)에 이르렀을 때 그는 마침 장양왕의 빈례 행렬과 마주쳤다. 성 안의 모든 사람들이 매우 슬픈 표정으로 지정된 자기 자리에서 장양왕의 영구를 실은 수레에 예를 올렸다. 이런 사정을 몰랐던 이사는 바삐 위수 남쪽으로 달려갔다. 부교(浮橋)를 지나 성으로 들어가니 소복을 걸친 금군(禁軍)이 깃발을 들고 길게 줄을 지어 수레의 행렬을 뒤따르고 있었다.

「어느 분의 장례입니까?」

이사가 곁에 서 있던 사람에게 물었다.

「아니 이 사람아, 어린아이도 아는 일인데 모르고 있다니. 대왕께서 붕어하셨다네.」

이 말에 놀란 이사의 입이 다물어지지 않았다.

「무얼 그리 놀라나? 오늘이 바로 대왕의 빈례가 있는 날이네. 겨우 나이 서른다섯에 큰뜻을 이루지 못하고 세상을 떠나시다니, 쯧쯧.」

「그럼 어느 분이 임금의 자리에?」

「겨우 열셋에 불과한 어린 태자가 보위에 올랐다네. 아무리 임금이라고 하지만 어린애에 불과하거늘......」

「이 사람아, 그래도 여 승상이 계시잖아?」

그 옆에 있던 사람이 참견을 했다.

「모르는 소리 마라. 저길 보라고, 얼마나 매섭고 당차게 생긴 소년 임금이신가?」

「그래도 여 승상의 손아귀를 벗어나지는 못할 거야.」

「하지만......」

「무어가 하지만이야. 권력은 여 승상이 쥐고 흔들 거야. 다만 걱정이라면 산 하나에 두 마리 호랑이가 있어서는 안 되듯 한 집안에도 두 명의 주인이 필요없다는 것이지.」

「어이, 우리 같은 백성이야 하늘이 무너진들 살아갈 수 없겠나? 쓸데없는 걱정은 하지 말자구.」

이사는 두 사람의 대화를 곰곰 생각하며 걷다가 옥기점 앞에서 귀에 익은 이름을 들었다.

「도 총관 나으리, 어려운 걸음을 하셨군요. 지난번에 주문하신 옥그릇은 모두 완성되었습니다. 언제 승상부로 보내드릴까요?」

옥기점 주인이 문 밖으로 나오며 도 총관에게 인사를 했다. 이사는 도 총관이 안으로 들어가자 뒤따르던 하인에게 물었다.

「방금 저 안으로 들어가신 분이 승상부의 도 총관 어른이신가요?」

밖에서 기다리던 하인이 그렇다고 고개를 끄덕였다. 이사는 일이 너무 쉽게 풀린다고 생각하며 품에서 죽간을 꺼내 하인에게 보여주었다. 그러나 그것을 받은 하인은 여전히 이상한 눈으로 이사를 쏘아볼 뿐이었다.

그런 하인에게 이사는 난능을 떠날 때 한비가 선물로 준 백옥패(白玉佩)를 얼른 건네주었다. 그것이 이렇게 뇌물로 쓰일 줄은 몰랐다. 아무튼 이사는 하인에게 도 총관을 만날 수 있게 해달라고 애원했다. 보물을 받은 하인은 미소를 띠며 고개를 끄덕였다. 이사는 하인 옆에서 도 총관이 나오기를 기다렸다.

한참이 지나서야 도 총관이 주인의 환대를 받으며 밖으로 나왔다. 이사는 이때다 싶어 얼른 도 총관 앞으로 뛰어나가 머리를 바닥까지 굽히며 정중하게 인사를 했다.

「총관 나으리, 처음 뵙습니다. 그동안 인연이 닿지 않아 이제야 만나뵙게 된 것이 유감일 뿐입니다. 저의 선생님께서 이 편지를 승상 대인께 전해달라고 부탁하셨습니다. 총관 나으리께서 수고를 맡아주신다면 그 은혜 평생 잊지 않겠습니다.」

도 총관은 그간 수많은 사람들에게 이런 부탁을 받아온지라 별 반응이 없었다. 그냥 그 자리를 떠나려는데 문득 이사의 말에 남국의 정취가 배어 있음을 느꼈다. 걸음을 멈추고 행색을 살펴보니 그는 초나라 복장을 하고 있었다. 역시 초나라 사람인 도 총관은 가까운 친척을 만난 듯 반가웠다. 그의 태도가 달라지자 이사는 다시 고개 숙여 간절하게 부탁을 하였다.

「저의 선생님의 함자는 순(筍)자, 황(況)자이십니다. 일찍이 임치에 계셨을 때 여 승상과 교분이 있었다고 합니다. 그래서……」

「아, 순황 선생님!」

순황이라는 말에 도 총관의 태도가 순식간에 바뀌었다. 도 총관은 여불위가 순황을 매우 존경한다는 사실을 알고 있었다. 바로 눈 앞에 그가 가장 존경하는 순황이 보낸 사람이 서 있다는 사실 하나만으로도 도 총관은 자신의 일처럼 기뻤다.

「저를 따라오십시오, 공자.」

이사는 도 총관을 따라 승상부로 들어갔다. 그 다음날 여불위는 이사에게서 순황이 보낸 죽간을 받아보았다. 죽간에는 제자를 잘 보살펴 달라는 내용과 자신은 결코 함양에 올 뜻이 없음을 밝히고 있었다. 사실 이사 정도는 여불위에게 그다지 쓸모 있는 인물이 아니었다. 하지만 여불위는 순황의 명성을 생각하여 이사를 환대했다. 여불위는 도 총관을 불러 승상부의 광현객사(廣賢客舍) 이등칸에 이사가 머물 수 있도록 지시했다.

이사는 진나라에 발을 디딘 바로 그날 우연히 도 총관을 만나고, 또 이렇게 쉽게 승상부에 머물게 되자 너무 기뻐 하늘을 날 듯했다. 이사는 성급하게 자신의 목적을 추구할 생각은 하지 않았다. 기회는 언젠가 올 테고 그때 비로소 자신의 진가를 발휘하는 것이 현명하리라 생각했던 것이다.

한편 영정은 첫날 어좌에 앉아 조회를 본 이후로 한 번도 조회에 참석하지 않았다. 이날도 역시 영정은 감천궁으로 사람을 보내 왕태후에게 일이 있어 조회에 참석할 수 없다고 통고했다. 이 소식을 전해 들은 왕태후는 먼저 영정에게 탕약을 보낸 다음, 궁인을 시켜 가무를 준비토록 하였다. 그녀는 노래듣기와 춤추기를 좋아하는 영정이 임금이 되고 나서는 행동이 자유롭지 못해 마음의 병이 났다고 지레짐작하였다.

「가무가 준비되었사오니 감천궁으로 드시라는 태후마마의 전갈이옵니다.」

왕태후의 사절이 탕약을 바치며 이렇게 말하자 영정은 손짓으로 물러가라는 표시를 했다. 그런 다음 의자에 몸을 기댄 채 서책을 뒤적였다. 사절이 나갈 수도 없고 그대로 앉아 있을 수도 없어 안절부절하자 보다 못한 등와가 나섰다.

「마마, 감천궁으로 행차하시지요. 그곳에서 무료를 달래소서.」

그제서야 영정은 의자에서 몸을 일으키며 크게 기지개를 켰다. 그는 궁중의 무료함에 빠져 안일과 나태에서 헤어나지 못하는 귀족의 자제들을 닮아가는 것 같았다. 등 시위장은 다시금 영정에게 감천궁으로 바람을 쐬러가라고 재촉하였다. 영정은 지겹다는 듯 다시 하품을 하며 그에게 나설 준비를 하도록 눈짓했다. 유유자적한 걸음으로 영정이 감천궁에 이르자 내시와 궁녀들이 궁문에서 재빨리 영정을 맞이하였다. 궁으로 들어선 영정은 왕태후에게 예를 올리고, 호피의(虎皮椅)에 몸을 기댔다. 기대기에 편안하고 푹신한 호피의자는 영정을 더욱 노곤하게 만들었다. 정신을 차리지 못하는 영정을 바라보며 주희는 안쓰러움을 감추지 못했다.

잠시 후 편종이 울리고 옥경(玉磬)이 반주를 맞추었다. 동시에 슬축(瑟筑)이 쟁쟁거리고 생적(笙笛)이 비리리리 울렸다. 실내는 어느덧 음악의 바다로 변하였다. 수십여 명의 예쁜 무희들이 가락에 맞추어 한들한들 춤을 추자 주희도 그 박자에 맞추어 가볍게 무릎을 치면서 흥얼거렸다. 음악이 흐르는 동안 내내 짜증스러운 얼굴을 하던 영정이 갑자기 의자에서 벌떡 일어나며 소리를 질렀다.

「그만! 과인은 갈천씨(葛天氏)의 음악을 듣고 싶도다!」

영정의 호통소리에 악사들은 재빨리 편종의 좌측에 있는 커다란 북을 두드리기 시작했다. 가락은 울부짖는 듯, 호령하는 듯, 채찍을 휘두르는 듯, 여러 가지 소리가 하나로 어우러지면서 점점 귀를 자극했다. 조금 전 실내를 가득 메웠던 부드럽고 간드러진 음악은 어느새 사라지고 사나이의 가슴을 쿵쾅쿵쾅 울리게 하는 호쾌한 음악이 실내를 가득 채웠다. 얼마 후 북소리가 점점 작아지면서 편종이 함께 울리기 시작했다.

72개의 편종은 3층으로 나뉘어져 각기 지렛대에 걸려 있었다. 지렛대의 높이는 두 사람의 키보다도 높은 것이 석 장은 족히 넘어 보였다. 가운데 층의 종소리는 맑고 깨끗하여 듣는 이의 귀를 즐겁게 했다. 그 소리는 마치 사냥을 할 때 부는 호각이나, 사냥꾼의 풀피리 소리, 사냥개의 울부짖음과 비슷했다. 반면 아래층의 종소리는 깊고 은은했다. 탁 트인 초원의 바람소리 같기도 하고 먼 곳에서 울리는 천둥소리로도 들렸으며 호랑이의 포효를 생각나게도 했다. 그 중 가장 특이한 소리는 아래층의 종들 가운데 가장 큰 종에서 나는 소리였다. 그 소리는 심산유곡을 가로질러 울려퍼지는 메아리처럼 낮고 길게 오랫동안 그치지 않았다. 들릴 듯 하면서도 들리지 않고, 안 들리는 듯 하면서도 들리는 그 그윽함은 모든 소리 가운데 으뜸이었다. 그 소리를 들으면 마치 자신이 깊은 산

속에 있는 것 같았다. 구름의 바다를 발 아래 거느리고 파도처럼 달아나는 산들을 굽어보는 그런 장중하면서 잔잔하고, 무게 있는 소리에 사람들은 모두 넋을 빼앗겼다. 또한 편종의 지렛대에 그려져 있는 여섯 마리의 기이한 짐승과 구름 무늬와 여섯 명의 금동무사는 마치 음악이 주는 생명력을 받아 가락에 맞추어 춤을 추면서 사냥노래와 일체가 되는 듯했다.

32개로 이루어진 석경이 서서히 소리를 내며 7개의 슬축이 내는 장중하면서 부드럽고 번쩍거리며 몰아치는 소리와 합세하자 사냥노래는 사냥감을 발견한 사냥꾼이 말을 내달리며 활을 쏘고 격투하고, 마지막으로 모두 잡아 유유히 집으로 돌아가듯이 끝을 맺었다.

영정은 장중하고 기개 있는 음악에 흠뻑 취해 버렸다. 갸날프고 여리고 가벼운 향기의 노래는 그의 취향에 맞지 않았다. 영정은 음악이 연주되는 실내가 마치 드넓은 초원인 것처럼 느껴졌다. 활을 들고 말을 탄 사냥꾼을 지휘하는 영정은 음악에 맞추어 신나게 사냥감을 쫓고 잡았다.

「정말 기분 좋구나!」

영정이 매우 만족스러운 듯 소리를 질렀다.

「하하하, 이 사냥노래는 정말 호방하고 멋있습니다. 마마께서도 몸소 그 멋을 맛보실 수 있을 것이옵니다.」

멀리서 중후한 목소리가 들려왔다. 고개를 들어보니 여불위가 유유히 다가오고 있었다.

「사냥? 과인에게는 그런 복이 없어요. 오늘 아침에도 게으름을 피우고 귀찮은 일은 모두 승상에게 떠맡겼잖아요.」

「아무려면 어떻습니까?」

여불위가 빙그레 웃었다.

「마마께서는 아직 어리시니 오로지 즐거운 일만 생각하시면 되옵니다. 노신은 어떤 괴로움도 달갑게 받아들일 수 있사옵니다. 하고 싶은 일을 모두 하시며 인생의 즐거움을 맛보신다면 그 즐거움도 끝이 없을 것이옵니다.」

여불위는 주희의 불길 같은 눈빛을 느끼며 그녀에게 부드러운 미소를 보냈다. 영정은 중부의 신분으로 사사건건 자신의 지위를 넘나드는 여불위의 말에 냉랭하게 대답했다.

「인생의 모든 즐거움이 사냥에 있는 건 아니에요.」

순간 여불위는 영정의 가슴에 숨어 있는 불만의 덩어리를 느낄 수 있었다. 그는 급히 오만한 자세를 고치고 얼굴빛을 부드럽게 하면서 공손히 말했다.

「임금의 웅지는 드넓은 산하에 펼쳐야 하옵니다. 호수같이 맑은 뜻도 밝혀야 하옵니다. 어찌 부드럽고 간드러진 음악만 들을 수 있겠사옵니까?」

「흥, 호수같이 맑은 뜻을 밝혀요?」

곁에서 이야기를 듣고 있던 왕태후가 버럭 소리를 질렀다.

「매일 칼자루나 잡고 창으로 사람이나 찌르는 연습을 하는데 언제 호수같이 맑은 뜻을 밝히겠어요?」

여불위는 험한 말로 영정을 훈계하고 질책하는 주희의 행동이 지나친 것 같아 얼른 말을 바꾸었다.

「임금은 웅지를 천하에 두어야 가히 존경받을 수 있사옵니다. 마마께서는 아직 관례를 치르지 않았으니 청산의 기세처럼 심지(心志)를 굳게 세우시고 성정(性情)을 맑게 닦으시옵소서.」

「저 아이에게 어디 그런 구석이 있겠어요? 날이 갈수록 더욱 날뛸 뿐이지요.」

주희는 신경질적으로 눈썹을 찌푸리며 여불위를 노려보았다. 무언가 갈망하면서도 원망이 섞인 그런 눈빛이었다. 영정은 두 사람의 대화를 한 귀로 흘려버리면서 문득 어머니 주희의 눈빛을 보았다. 그 눈빛에는 이해할 수 없지만 뭔가 비밀스러운 것이 담겨져 있었다. 그러나 아무리 생각해도 답답하고 석연치 않은 느낌만 남을 뿐 영정으로서는 도저히 알 수 없었다.

'여씨와 태후는 어딘가 이상해. 무슨 사연이 있는 게 분명해.'

영정은 여불위의 속마음이 과연 어떤지 혼자 추측해 보았다.

'옛말에 천하가 아무리 소란스러워도 또 아무리 태평스러워도 사람이란 모두 제 이익을 좇는다고 했어. 그런데 하물며 장사꾼인 여불위가 가만 있겠어? 여씨는 부왕을 도와 왕위에 오르도록 했고, 지금은 가장 권세가 높은 신하로, 왕의 중부로 존경까지 받고 있는데 그가 그걸로 만족할까? 혹시 권세를 영원히 가지려고 하는 건 아닐까?'

깊은 생각에 잠겨 있는 영정의 모습에 여불위는 왠지 섬뜩한 기분을 떨쳐버릴 수 없었다. 그런 기분이 들 때마다 그는 그 자리에서 영정의 마음을 떠보곤 하였다.

「마마의 기색이 좋지 않사옵니다. 화원에 나가 우울한 기분을 푸시지요.」

「승상께서 마음쓸 것 없어요. 매일같이 일어나기만 하면 화를 내고, 앉으면 정신이 오락가락하니 그 모습에 어디 군주의 상이 있겠어요?」

주희의 말은 영정의 아픈 가슴을 또 한번 찔렀다. 영정은 꿈에서 깨어난 사람처럼 왕태후에게 빙그레 웃으며 말했다.

「어마마마와 승상께 과인이 혼미할 때 배운 노래를 하나 선사할 테니 한번 들어보세요.」

그 말에 주희는 낯빛이 창백해지면서 영정을 뚫어지게 바라보았다. 여불위는 그저 웃기만 했다. 영정은 궁인을 시켜 등 시위장을 불러오도록 했다. 대령한 등 시위장은 영정과 왕태후와 여 승상에게 절을 한 다음 영정의 명을 기다렸다. 지난날 동궁에서 등와에게 길을 가로막혀 낭패를 당했던 여불위는 그때의 치욕을 되살리며 언젠가는 반드시 그를 궁 밖으로 내쫓고 말겠다고 다짐했다. 영정은 여불위의 얼굴이 울그락불그락하는 모습이 통쾌한 듯 속으로 낄낄거렸다.

영정이 등와를 가까이 부르더니 뭐라고 귓속말을 했다. 그러자 등와는 고개를 끄덕이며 주머니에서 피리를 꺼내 불기 시작했다. 잠시 후 구슬픈 가락이 사람들의 마음을 차분히 가라앉히자 등와가 애절하고 잔잔한 목소리로 민가를 부르기 시작했다.

아빠는 우리에게 사냥을 나가래요
활을 메고 산으로 올라가요
제후들은 정벌에 나선대요
짐승떼도 무서워 도망가요

엄마는 우리에게 밭을 갈래요
가래를 메고 도랑을 지나요
제후들은 정벌에 나선대요
말발굽에 새싹들이 죽어요

밭에는 싹이 죽고 잡초만 무성해요
횃불은 끊이지 않고 남정네는 죽어가요
정벌은 어느 해나 끝을 맺을까요?
우리 백성은 언제나 따사로운 햇볕을 쬘까요?

주희가 노래를 듣다 말고 버럭 소리를 질렀다.
「들으면 들을수록 귀가 아파!」
그러나 영정은 아무렇지도 않은 듯 히히덕거리며 힐끗 여불위의 표정을 살폈다. 여불위는 조금도 동요되지 않은 모습으로 등와의 노래를 다 듣고는 감탄사를 연발했다.
「정말 훌륭한 노래야. 등 시위장, 그 노래는 어디에서 배웠는가?」
「할아버지한테서 배웠습니다. 그때 누이동생과 저는 할아버지와 양을 치고 있었지요.」
등와는 지난날 태행산 산록에서 마음껏 뛰어놀던 추억을 회상하며 대답했다. 여불위가 등와의 표정을 살피며 말했다.
「보아하니 어렸을 때 고향을 떠나 그곳이 그리운가 보군? 떠난 지 몇 년이 되었는가?」

「4년이 조금 지났습니다.」

「안 됐군. 가족들이 눈이 빠지게 자네를 기다리고 있겠어. 등 시위장, 이렇게 하면 어떨까? 승상부에서 말 네 필과 선물을 내릴 테니 집에 한 번 다녀오는게.」

「집에 다녀오라고 하셨습니까?」

여불위의 말에 등와의 가슴이 쿵쾅거리기 시작했다. 그의 눈에 어느덧 눈물이 괴었다. 마음 같아서는 당장이라도 하직 인사를 하고 궁 밖으로 나가고 싶은 심정이었다. 등와는 눈을 돌려 영정을 보았다. 영정은 몹시 슬픈 얼굴을 하고 있었다. 이때 주희가 답답하다는 듯 등와에게 말했다.

「애야, 오늘 저녁까지 기다릴 필요없이 지금 당장에 짐을 꾸려 떠나거라.」

「하지만, 마마의 성지가, 성지가 없으면 저는 떠날 수가 없사옵니다.」

등와가 영정을 바라보며 안타깝게 말했다.

「태후마마의 명대로 지금 당장 준비하거라. 이 노신(老臣)이 말했으니 어리신 마마께서도 반대하시지 않을 게다.」

여불위는 영정이 반대하지 못하도록 선수를 쳤다. 그는 지금 등와를 영정에게서 떼어놓지 않으면 다시는 이런 기회가 찾아오지 않는다는 사실을 너무나 잘 알고 있었다. 영정에게 절대로 충성하는 등와만 제거하면 어린 임금을 제어하기는 식은 죽 먹기였다. 실제로 등와는 영정에게서 없어서는 안 될 오른팔과 같은 존재였다.

「잠깐!」

영정이 걸음을 옮기려는 등와를 불러세웠다. 그는 여불위를 매섭게 쏘아보며 입을 열었다.

「어마마마 그리고 승상! 등와가 제 곁에서 저를 따른 지 이미 다섯 해가 가까워 옵니다. 그동안 등와는 궁을 떠난 적이 한 번도 없습니다. 등 시위장이 집을 찾아나선다 할지라도 어떻게, 어디에서 집을 찾을 수 있겠습니까? 그러니 먼저 사람을 보내 이 모든 것을 확인한 다음에 보내도 늦지 않을 겁니다.」

영정의 시선이 다시 등와에게 돌려졌다.

「등와, 네가 떠난다면 그건 맹세를 저버린 배신이야!」

차가운 영정의 목소리에 등와는 얼굴을 붉히며 부끄러워 어쩔 줄 몰라 했다. 한참 뒤 등와는 뛰는 가슴을 진정시키고 왕태후와 여불위에게 허리를 굽히며 말했다.

「태후마마, 승상 대인, 소신은 고향에 갈 수가 없사옵니다. 마마를 모시는 게 지금 소신이 할 일 같사옵니다.」

「흥, 시위장에 불과한 꼬마가 이처럼 어른을 놀리다니. 언제는 떠난다고 했다가 곧바로 말을 바꿔?」

주희가 씩씩거리며 등와를 질책하자, 영정이 얼른 나서서 그녀를 다독거렸다.

「어마마마, 이 일은 등 시위장의 잘못이 아니에요. 과인은 한 나라의 주인인데, 제 시위장에 관련된 일 하나도 주관하지 못해서야 되겠어요?」

영정은 다시 등와에게 일렀다.

「등와, 왕궁의 시위장으로 너의 이름 하나 없다는 게 말이 되지 않는다. 과인이 오늘 너에게 이름을 하나 내리겠다. 모든 일에 승리하라는 의미에서 등승(藤勝)이라 부르겠노라.」

뜻밖에 이름까지 하사받은 등와는 머리를 조아리며 감격해 했다. 영정에게 무시당했다고 생각한 주희는 분함을 참지 못하고 가슴을 내리쳤다.

「아이고, 하느님! 저는 어찌 이다지도 복이 없을까요.」

등와에게 승이라는 이름을 내린 영정은 주희와 여불위는 거들떠보지도 않은 채 곧바로 그 자리를 떴다. 그런 영정의 뒷모습을 보며 주희가 여불위에게 신경질적으로 대들었다.

「당신은 바로 영정의……」

무슨 말인가 꺼내려던 주희가 순간 실수를 깨닫고 얼른 말을 바꿨다.

「당신은 영정의 중부이면서도 그 이름이 아깝지 않나요? 선왕께서 중부의 자격을 내리셨을 때에는 거리낌없이 영정을 훈계하고 바른 길로 인도하라는 의미였지 이렇게 맥없이 지켜보라고 하신 게 아니에요.」

그러나 여불위는 아무 대꾸 없이 그저 하늘만 올려다보고 있었다. 주희는 그런 여불위를 보자 더욱 화가 났다.

「저는 모든 권한을 승상에게 넘겼는데 승상은 제게 아무것도 말해주지 않는군요. 사람들이 그래요. 승상은 고기를 얻자 망태기를 버렸다고. 제 처소를 자주 찾아보지도 않으시니, 설마 절 잊으신 건 아니겠죠?」

「……」

여불위는 무엇이 그리 답답한지 얼굴을 씰룩거리며 한동안 깊은 생각에 잠겨 있었다. 얼마 후 생각에서 깨어난 여불위가 은근한 목소리로 주희에게 말했다.

「태후, 노여움을 푸시오. 모든 게 노신의 잘못입니다. 무조건 태후의 가르침대로 따르죠.」

「그럼?」

그제서야 주희는 여불위의 마음을 알아채고 미소를 지었다. 여불위는 고혹한 주희의 미소를 보며 머리를 끄덕였다.

5

음모의 시작

여불위는 영정으로 인해 자신의 계획이 서너 차례 꺾이자 깊은 고민에 빠졌다. 점점 자라나는 영정을 보면서 그는 처음에 우려하던 일이 서서히, 그리고 확실하게 다가오는 것을 느꼈다. 등 시위장을 영정에게서 떼어내지 못한 여불위는 영정의 시중을 드는 여러 시위들 중에 자신의 심복을 심어놓으려는 음모를 꾸몄다. 하지만 그런 임무를 제대로 수행할 만한 사람을 찾기란 수월치 않았다. 도 총관은 여불위의 명을 받아 수많은 문객(門客)들 중에서 적당한 인물을 구했다. 보름 동안의 심사숙고 끝에 그는 마침내 이사를 점찍었다. 넌지시 이사를 불러낸 도 총관은 그를 여불위에게 데려갔다. 두 사람이 여불위를 찾아갔을 때 그는 마침 꼬마 신동 감라를 전송하고 있었다.

「승상 대인, 이제 걱정을 마십시오. 소생이 바로 장당 장군을 찾아뵙고 제 세 치 혀로 그 마음을 돌려놓겠습니다.」.

감라가 이렇게 자신만만하게 큰소리치며 돌아갔다. 그 말이 무슨 소린지 이사가 이해할 수 없다는 표정을 짓자 도 총관이 얼른 설명해 주었다.

「채택 노대부 어르신께서 연나라에 가셨는데 그 임기가 곧 끝난다오.

그래서 승상께서는 그 일을 장당 장군에게 맡기려 하시는데, 장 장군께서는 진나라와 연나라와의 사이가 좋지 않으므로 갈 수 없다고 버티고 계시지요. 승상 대인께서도 억지로는 보낼 수 없기 때문에 감라에게 장군을 설득해 달라고 부탁하셨소. 감라는 워낙 재주가 뛰어나고 언변이 유창하여 장군을 분명 설복시키리라 믿어 의심치 않소.」

진나라에 들어온 이래 이사는 귀가 따가울 정도로 감라의 재주에 대해 들었다. 이사는 대문을 막 나서는 감라를 보며 생각했다.

'감라는 지리(地理)의 이점을 충분히 살리고 있군.'

여불위는 감라를 전송한 뒤 도 총관과 이사를 방으로 불러들였다. 이사는 머리 숙여 여불위에게 예의를 갖췄다.

「제가 진나라에 들어온 지 벌써 두 해가 되었습니다. 그동안 승상 대인께서 어린마마를 모시고 국정을 처리하는 모습을 죽 보아왔습니다. 오국연맹을 와해시키시니 천하의 민심이 진나라로 쏠렸으며, 또한 도강언(都江堰)을 마무리하고 함양성을 넓히시니 정사는 안녕하고 무공은 사방에 혁혁합니다. 승상 대인께서는 백관(百官)의 으뜸이요, 사욕을 버리고 공도(公道)에 충실한 현상(賢相)이십니다. 진나라는 승상 대인으로 말미암아 기둥이 섰으니 천하 통일은 곧 이루어지리라 생각됩니다. 소생은 일찍이 승상 대인을 존경하고 흠모해 왔습니다. 청컨대 소생의 절을 다시 받으십시오.」

이사의 말은 심기가 불편했던 여불위의 마음을 밝고 기분 좋게 만들었다. 여불위는 조금 전까지의 답답한 마음을 열어제치고 한바탕 웃음을 터뜨렸다.

「역시 이생(李生)은 소년 영웅의 풍모를 지녔소. 도 총관이 수차례 이생에 대해 이야기해 만나보기를 갈망했으나 조정의 일이 워낙 다망하여 그런 기회를 갖지 못했소이다. 옛말에 산에 나무가 있으니 목공은 그것을 헤아려 목재로 쓰고, 문객에 예의가 있으면 주인은 가려서 뽑는다고 했소. 이생의 재주는 가히 대부(大夫)로 천거해야 마땅하지만, 특별히 뜻한 바가 있어 왕궁의 어전 시위로 천거할까 하는데 그대의 생각은 어떤지 모르겠소.」

「저를 왕궁 시위로 천거하신다는 말씀입니까?」

이사가 깜짝 놀라며 여불위를 다시 보았다. 초나라 땅에서 창고지기로 일하면서 이사는 숨은 꿈을 이루기 위해 숱한 노력을 해 왔다. 마침내 목표의 첫걸음이 이루어지려는 순간이었다. 진나라에 들어온 지 불과 두 해 만에 그는 권력의 가장자리에 이르게 된 것이었다. 비록 고관대작이나 대부와 같은 높은 벼슬은 아니지만 시위 자리를 마다할 이유가 없었다. 이사는 단지 자신이 가야 할 목적지에 첫발을 내딛는다는 생각뿐이었다.

「이랑, 어서 승상 대인께 감사드리시오. 그리고 승상께서 긴히 하실 말씀이 있다십니다.」

이사는 자신의 앞길을 터준 여불위를 감격스럽게 바라보았다. 여불위는 흐뭇한 표정으로 이사를 내려보며 도 총관에게 눈짓을 했다. 그러자 도 총관이 준비한 예물함을 탁자에 올려놓고 뚜껑을 열어젖혔다. 함에는 주옥, 금대와 같은 진기한 예물이 가득했다.

「이생에게 주는 나의 성의 표시이니 받으시오.」

이사는 너무나 감격해서 할 말을 잃었다.

「어린마마를 보살피는 일은 매우 중요한 사안이라 도 총관이 특별히 이생을 천거하였소. 이생은 궁중에 들어가 마마를 성의껏 보살펴 주시오. 나에겐 그때그때의 상황을 보고만 하면 되오. 보고할 사항은 도 총관이 말해줄 것이오.」

곁에 있던 도 총관이 얼른 여불위의 말을 받았다.

「보고할 내용은 마마께서 무슨 서책을 읽으시고, 어떤 사람을 주로 만나시는지 하는 일따위요. 사흘에 한 번씩만 보고하면 되오이다.」

여불위는 이사의 눈치를 살피며, 그가 혹 의심을 품지는 않을까 걱정하여 설명을 보충했다.

「이 몸은 어린마마의 중부로서 선왕이 부탁하신 일을 충실히 이행해야 한다오. 그래야 승상으로서, 중부로서 제 할 일을 했다고 말할 수 있지 않겠소? 이게 모두 부모된 도리겠지.」

이사는 무슨 말인지 알겠다는 듯 고개를 끄덕였다. 이때 밖에서 감라와 장당 장군이 도착했다는 보고가 들어왔다. 여불위의 얼굴에 기쁨이 넘쳐흘렀다.

「감라는 정말 대단해. 떠난 지 얼마나 되었다고 벌써 장군을 설복시켰을까? 감라는 내 복덩어리야.」

이사는 도 총관을 따라나가면서 여불위가 침이 마르게 칭찬하는 감라의 얼굴을 떠올렸다.

'두고보라구. 나 이사가 얼마나 무서운 사람인지. 반드시 이 나라의 최고가 될 거야.'

문을 나선 이사는 멀리서 걸어오는 감라와 장당을 뚫어지게 바라보며 주먹을 불끈 쥐었다.

다음날 함양궁으로 향하는 수레에 몸을 실은 이사는 누추한 옷을 벗어던지고 화려한 궁복을 입고 있었다. 머리에는 시위모(侍衛帽)를 쓴 채 우뚝 솟은 함양궁을 바라보는 이사의 입가에 회심의 미소가 떠올랐다. 궁 앞에 도착하자 이사는 여불위가 서명한 부패(符牌)를 궁위(宮尉)인 갈(竭) 대인에게 건넸다. 비쩍 마른 체구의 갈 대인이 이사를 뚫어지게 바라보며 웃었다.

「승상부에서 왔다고 들었네. 삼가 행동을 조심하고 맡은 바 임무를 충실히 하길 바라네.」

갈 대인은 마차에서 내린 이사를 데리고 궁 안으로 들어갔다. 두 사람은 긴 회랑을 지나 몇 칸의 대전을 거쳐 마침내 내원(內苑)에 이르렀다. 궁 안에 처음 들어와 보는 이사는 이따금씩 발걸음을 멈추고 내전의 아름다움에 흠뻑 빠져들었다.

'참으로 장관이로다. 구불구불한 회랑하며 수목을 뚫고 치솟은 건물, 마음껏 뛰놀고 있는 짐승들......'

이사는 선경(仙境)이 따로 없다고 생각했다.

'기암괴석과 푸른 초목이 가득하고 지천에 꽃들이 아름답게 피어 있

는 곳이 바로 선경이 아니고 무엇이랴.'

이사는 갈 대인의 뒤를 좇아 내원 깊숙한 곳으로 빠르게 걸음을 옮겼다. 멀리서 흘러나오는 웃음소리가 궁중의 아름다움에 넋을 놓은 이사를 일깨웠다. 숲을 지나자 드넓은 초지가 펼쳐졌다. 그곳에서 이사는 초지의 북쪽에 있는 화개(華蓋;옛날 궁중에서 임금이 쓰던 햇볕 가리개) 아래 의자에 몸을 기대고 앉아 있는 어린 소년을 발견했다. 소년은 권문세가의 자제들이 벌이는 씨름을 구경하며 소리내어 웃고 있었다. 이사는 걸음을 멈추었다.

마침 사람들의 갈채를 받으며 씨름장에 들어서는 노란 옷을 입은 청년이 보였다. 씨름장 한가운데에 우뚝 선 그 젊은이는 매우 건장하게 생긴 청년 군관이었다. 그는 득의만만한 미소를 지으며 박수를 보내는 사람들에게 인사를 하고 상대를 기다렸다. 이사는 그 청년의 풍모와 기세에 완전히 빠져들었다. 청년은 예의와 용맹과 기지가 넘쳐흐르고, 위엄과 겸손이 몸에 배인 듯했다. 잠시 후 북소리가 세 번 울리자 검은 옷을 입은 세 명의 청년들이 씨름장으로 들어섰다. 청년 군관은 한 번에 세 명을 상대로 겨루려는 모양이었다. 청년 세 명이 좌우, 정면에서 청년 군관과 마주섰다.

「시작하라!」

청년 군관이 소리쳤다. 그러자 앞에 서 있던 청년이 군관의 어깨를 잡으며 다리를 걸었다. 나머지 둘도 달려들어 그의 허리춤을 부여잡았다. 청년 군관은 앞에서 공격하는 청년을 번쩍 들더니 공중에서 두어 번 돌려 바닥에 내던졌다. 이 틈을 타 허리춤을 잡고 있던 두 명의 청년이 군관을 들어올리려 했다. 하지만 청년 군관은 재빨리 발에 힘을 주며 이들의 공격을 막아냈다.

'저게 바로 태산을 뽑아올린다는 힘이군. 대단해.'

이사는 혀를 차며 청년 군관의 힘에 감탄했다.

두 사람이 다시 공격해 들어오자 청년 군관은 오른손으로 공격하는 청년의 어깨를 부여잡고, 왼발로는 왼쪽을 공격하는 청년의 발을 걸었다.

밀고 밀리는 힘 겨루기는 좀체 승부가 나지 않았다. 이들은 비오듯 땀을 쏟으며 서로 엉켜붙었다. 그때 갑자기 청년 군관이 고함을 지르며 왼발에 힘을 가했다.

「어이쿠!」

왼쪽에서 공격하던 청년이 벌렁 넘어지는가 싶더니 청년 군관은 재빨리 오른쪽에 있던 청년마저 어깨 위로 메어쳤다. 이렇게 해서 단숨에 승부를 결정지은 청년 군관은 허리를 굽히며 소년에게 예를 올렸다.

'대단한 사람이군. 틀림없이 장수가 될 재목이야.'

이사는 다시 한 번 감탄했다.

「북을 울려라! 다시 싸운다!」

사람들이 깜짝 놀라며 소리나는 쪽으로 고개를 돌렸다.

「마마께서 직접 나서신다!」

이 말에 사람들이 환호성을 질렀다.

'어린마마의 용맹이 대단하구나. 힘 겨루기를 즐겨했다는 진무왕이 다시 환생한 것 같군.'

이사는 옛날 진무왕의 이야기를 떠올렸다. 진무왕은 매우 용맹한 군주로 그는 평시에도 신하들과 힘 겨루기를 즐겨했는데, 특히 장군 임비(任鄙), 오악(烏嶽), 맹열(孟說)이 그의 상대였다. 진무왕은 그때 맹열과 더불어 정(鼎)을 들어올리는 시합을 하다가 정의 무게에 눌려죽었다고 한다.

화개 밑에서 씨름을 구경하던 소년이 뚜벅뚜벅 장내로 걸어나왔다. 소년은 머리에 금관을 쓰고 몸에는 자색의 단괘를 걸쳤으며 거무틱틱한 얼굴이 인상적이었다. 가는 눈썹에 그리 크지 않은 키였지만 건장하고 영민해 보였다. 바로 어린 군왕 영정이었다. 영정은 배고픈 호랑이가 전력을 다해 먹이를 잡는 듯한 자세로 청년 군관의 허리춤을 잡았다. 청년 군관 또한 교활한 토끼는 도망칠 굴을 세 개나 준비한다는 마음으로 조심스럽게 영정과의 씨름에 응했다. 두 사람은 손을 맞잡고 발을 건 채 허리를 비틀며 한데 뒤엉켜 힘을 겨루었다. 이사는 임금과 신하가 씨름을 하는 모습이 신기하고 놀라워 벌린 입을 다물지 못했다.

영정이 청년 군관의 발을 걸고 힘차게 밀어젖히자 그가 재빨리 몸을 돌리며 역공을 가하려 했다. 그러는 바람에 두 사람이 동시에 바닥에 넘어졌다.

「비겼습니다!」

대장군 몽오의 손자인 몽의가 외쳤다. 먼저 일어난 영정이 청년 군관의 손을 잡고 일으켜 세웠다. 그러자 몽의가 앞으로 나아가 청년 군관을 소개했다.

「마마, 이 청년 군관은 왕전(王翦)이라 하오며, 빈양현(頻陽縣;섬서성 부평현) 출신으로 군문에 몸을 담고 있사옵니다. 문무를 겸비한 청년 군관이옵니다.」

영정은 왕전의 손등을 가볍게 치면서 흡족한 표정을 지었다.

「시간을 내서 과인의 처소로 한번 오도록 하오.」

갈 대인이 멍청하게 이 광경을 지켜보고 있는 이사를 보며 생각했다.

'여 승상께서는 이번에도 뜻을 이루지 못하시겠어. 천거한 시위가 저렇게 멍청하니 원!'

잠시 후 씨름판이 정리되자 갈 대인이 영정 앞으로 나아가 부복하며 말했다.

「새로운 시위를 데리고 왔사옵니다.」

영정은 옥좌에 앉아 예리한 눈빛으로 이사를 훑어보았다.

「네가 바로 여 승상이 천거한 시위냐?」

「그러하옵니다.」

이사는 매우 어눌한 목소리로 대답했다.

「그럼 네가 초나라에서 온 이사인가?」

곁에 서 있던 몽의가 물었다.

「그렇사옵니다. 소신 이사는 대왕마마를 위해 충성을 다해 명령을 받들겠사옵니다.」

「충성을 다해 명령을 받든다? 하하하, 여 승상이 나에게 쏟는 정성이 참으로 눈물겹군. 아침에는 선왕유훈(先王遺訓) 어쩌구하더니, 이제는 시위를 보내 지성봉명(至誠奉命)이라?」

이사는 영정의 웃음 속에 숨은 분노와 비탄을 읽을 수 있었다.

「너는 진정 이곳에서 일하기가 얼마나 힘든지 아느냐? 열 중에 아홉은 버텨내지 못하고 나갔지. 너도 아마 그들과......」

영정이 갑자기 하던 말을 멈추더니 갈 대인을 가리키며 이사에게 말했다.

「저 이를 따라가 차라리 금위나 하거라.」

영정은 등 시위장과 몽의를 바라보며 웃기 시작했다. 이사는 다시 한 번 영정의 가슴에 담긴 고뇌를 읽을 수 있었다. 이사는 지금이야말로 자신이 꿈꾸어 온 이상을 향해 걸어가는 중요한 순간임을 직감적으로 느꼈다. 그는 한비가 길을 떠나는 자신에게 들려준 말을 생각했다.

'먼 길을 함께 갈 사람을 만나라.'

이사는 눈 앞에 있는 영정이야말로 자신과 함께 먼 길을 갈 사람이라고 판단했다.

'영척(寧戚)이 제환공의 신임을 얻기 위해 썼던 행가(行歌)의 방법은 이때 필요한 거야.'

이사는 승상부에서 눈물을 떨구며 감격하던 일은 어차피 지난 일이고, 이제 영정을 만났으니 그의 눈에 들기 위한 방법을 모색하리라 다짐했다.

'그래, 먼 길을 가는 사람에게는 첫걸음이 중요해. 먼저 이익을 중시하고 그 다음이 의리야.'

이사는 주위를 둘러보았다. 여불위가 천거했다는 이유 하나만으로 자신을 비웃고 있는 영정의 모습이 눈에 들어왔다. 멀리 떨어져 자신을 쏘아보고 있는 갈 대인도 보였다. 초나라 사람이라고 쏘아붙이던 몽의 또한 눈살을 찌푸리며 서 있었다. 이사는 다시 한 번 마음을 굳게 다져먹었다. 내 상부가 한세상 살면서 이런 기회를 놓치면 다시는 붙잡을 수 없을 것이다. 영정이 이사의 앞길을 가로막는 둑이라면 기어서라도 올라가야 했다. 비굴하게 물러서서 소인이라는 손가락질을 당하기보다는 당당하게 소신을 밝혀두는 게 앞날을 위해서라도 떳떳했다. 이렇게 마음을 다잡은 이사는 영정 앞에서 고개를 빳빳하게 들었다.

「영명하기로 소문난 진효성왕의 후예께서 인재를 이렇게 가볍게 여기실 줄은 몰랐사옵니다. 실망을 감출 수 없사옵니다.」

이사의 말에 모두들 눈을 둥그렇게 떴다. 난데없는 일침에 영정의 얼굴 또한 붉어졌다.

「너는 누구의 위세를 믿고 방자하게 과인을 비방하는가?」

영정의 호통에 이사는 당당한 얼굴로 탄식했다.

「내 마음 거울 아니어서 남이 알아줄 리 없고, 형제가 있다 해도 믿을 수가 없네. 가만히 생각하니 훨훨 하늘을 날고 싶었는데.」

영정은 〈시경〉의 시구를 끌어다 자신의 심정을 나타내고 있는 이사를 물끄러미 바라보았다. 이사가 자신의 심정을 비유한 시구는 〈시경〉에 나오는 '잣나무배(栢舟)'였다. 이 시는 어질고 똑똑하면서도 등용되지 못하는 자신의 처지를 한탄하면서 부르는 노래로 널리 알려져 있었다. 영정은 등승과 몽의를 비롯하여 몇 명의 심복들만 남게 하고 나머지는 물러가라고 손짓했다. 그런 영정의 태도에 이사는 더욱 자신감을 가졌다.

「지난날 효공께서 상앙을 모셔다 변법(變法)을 시행하여 진나라는 강국이 되었사옵니다. 효공께서는 위세를 기사(騎士)로, 법령을 채찍으로, 국가를 수레로 삼아 7국의 맹주가 되셨사옵니다. 하지만 천하가 진나라에 의지함은 효공의 위세 때문이 아니라 진의 도성에 있는 공경대부들 때문이었사옵니다. 천리 먼 길에서 진나라에 달려온 현사들은 많았지만 결코 진의 조정에 충성하지는 않았사옵니다. 그들은 돈 많고 권력 있는 공경대부에게 자신을 던졌지요. 따라서 효공께서는 허명(虛名)만 가지셨을 뿐 실권은 없었사옵니다. 마마께서는 '사귀위란(四貴爲亂)'의 교훈을 잊어서는 절대로 아니 되옵니다.」

영정의 표정이 비웃음에서 점점 감탄과 경외로 변하였다. 이사의 말은 영정이 평소 품고 있던 제왕의 패도(霸道)에 관한 이야기였다. 이사는 더욱 열을 올리며 말했다.

「지금 이 시기는 제후를 군현(郡縣)으로 삼는 일이 중요하옵니다. 진나라의 국력과 대왕의 지혜로 제후를 멸하고 제왕의 패도를 세우셔야 하옵니다. 부뚜막의 회토를 깨끗이 청소하듯 천하 통일을 실현하기 위해서는 지금처럼 좋은 때가 없는 줄 아옵니다. 만일 태만하여 시급히 취하지 않고 칼을 휘둘러 자르지 않으면 비록 황제(黃帝)가 환생한다 해도 결코 제후를 병탄할 수 없을 것이옵니다.」

영정은 이사의 막힘없는 논리에 입술을 지그시 깨물었다.

'오늘 정녕 하늘이 나에게 복을 내려주시려는가? 조금 전에는 왕전을 알게 되고 지금은 이사를 만나니 오늘은 정말 기분 좋은 날이로다.'

영정은 숨을 크게 내쉬며 이사에게 물었다.

「이생은 순황 선생과 한비 선생의 글을 읽어본 적이 있소?」

그 말을 듣는 순간 이사는 가슴이 쿵쾅쿵쾅 뛰었다. 자신을 부르는 영정의 호칭이 바뀌었을 뿐만 아니라 순황과 한비의 일을 물었기 때문이었다.

「대왕마마, 순황 선생은 신의 스승이옵고, 한비는 동문수학한 사형제이옵니다.」

「아, 어쩐지……」

이사의 대답에 영정의 눈빛이 밝게 빛났다.

'상왕을 모셨던 범수(范雎)를 다시 보는 느낌이야. 이런 인재를 이제야 만나다니.'

영정은 의자에서 일어나 이사의 어깨를 잡으며 내실로 들어갔다. 이사를 밀실로 불러들인 영정은 그의 고견을 들었다. 이사는 달변이었고 똑똑했으며 견문과 학식이 남달랐다. 영정은 너무나도 흡족하였다.

「하하하, 오늘은 정말 좋은 날이오. 문사로는 이생을 만나고, 무사로는 왕전을 얻었으니 하늘이 과인을 도와주는구려.」

영정은 이사를 만난 후 비로소 현사의 소중함을 깨달았다.

여불위는 이사를 궁중으로 보낸 후 곧바로 왕태후의 부름을 받았다.

심야에 입궁하여 조정의 정사를 의논하자는 전갈이었다. 영정이 등극한 이후 여불위와 왕태후의 심야논정(深夜論政)은 수시로 이루어졌다.

이날 밤에도 여불위는 야행복으로 갈아입고 궁위 갈 대인의 안내를 받으며 홀로 함양궁의 남쪽에 위치한 감천궁에 들어섰다. 연(輦)이 궁문 앞에 서자 두 명의 궁녀가 여불위를 맞이했다. 뜰을 지나고 회랑을 거쳐 여불위는 태후의 침궁에 이르렀다. 그곳까지 이르는 길은 미로처럼 복잡했지만 여불위는 눈을 감고도 찾아올 수 있을 정도였다. 하지만 이런 극히 비밀스러운 만남은 마치 늦봄의 꽃샘 추위처럼 등골을 오싹하게 만들었다.

'나 여불위는 이제 옛날의 장사꾼이 아니야. 오랜 세월을 고독하게 보낸 주희도 더 이상 묘령의 소녀가 아니고. 이런 위험하기 짝이없는 밀회를 계속할 만큼 나에게는 열정도 시간도 없어. 게다가 나는 임금의 중부이고, 주희는 태후가 아닌가? 잘못하다가는 이제껏 쌓은 공든 탑이 하루아침에 무너져 내릴 수도 있어. 어서 빨리 다른 방법을 찾아야 하는데……'

여불위는 이런저런 생각을 하며 내실 앞에 당도했다. 여불위를 이곳까지 안내한 궁녀 두 명이 미끄러지듯 어둠 속으로 사라져 버렸다. 문 앞에서 한동안 생각에 잠겨 있던 여불위는 마침내 문을 밀치고 안으로 들어갔다. 어두운 내실은 노란 촛불만이 실내를 희미하게 비추고 있었다. 태양 무늬의 벽돌이 바닥에 깔려 있고, 흰 벽에는 두 폭의 그림이 걸려 있었다. 그 중 한 폭은 견우와 직녀가 칠월칠석에 은하수에서 만나는 장면을 그린 '견우직녀도'였고, 다른 하나는 항아(嫦娥)가 옥토끼를 끌어안고 달에서 노니는 '항아분월도'였다. 두 폭의 그림은 붉은색, 황금색, 녹색, 푸른색, 남색, 보라색, 분홍색이 조화롭게 배합되어 그림 속의 인물이 마치 살아움직이는 듯 아름다웠다.

실내의 북쪽에는 우아하고 화려한 침상이 자리하고 있었는데 붉고 푸른 주렴이 바닥까지 드리워져 침상을 살짝 가려 주었다. 여불위는 천천히 침상 쪽으로 걸어갔다. 침상 앞에는 예쁘장한 비단 꽃신이 가지런히 놓여 있었다. 한눈에 주희의 꽃신임을 알 수 있었다. 침상 옆에는 주희가 애지중지하는 화장대가 보이고 그 위에 갖가지 색깔의 분갑이 어지러져 있었다.

「보기 드문 비운단(飛雲丹)과 만춘고(萬春膏)로군.」

화장대 위로 눈길을 멈춘 여불위가 중얼거렸다. 비운단은 동주(東周)의 후궁들이 사용하는 분이었고, 만춘고는 제나라 왕실에서만 쓰는 분이었다. 화장대 옆의 탁자에는 동경(銅鏡)이 놓였는데, 그 동경 앞에 궁녀가 화로를 받드는 모양이 새겨진 동등(銅燈)이 보였다. 구리로 만든 이 등잔은 한 번에 여섯 개의 초를 꽂을 수 있었다.

「후!」

침상에 누워 있던 주희가 길게 한숨을 내쉬었다. 그 소리에 여불위는 얼른 침상 앞으로 걸어갔다. 그러자 주희가 침상의 주렴을 걷으며 소리쳤다.

「바보! 이렇게 늦게 오려면 차라리 오지를 말지.」

주희의 투정에 여불위는 묵묵히 침상 머리맡에 걸터앉았다. 주희가 살며시 여불위의 가슴에 안겼다. 여불위는 주희의 뜨거운 욕망을 어떻게 잠재울까 고민스러웠다. 꿀을 몽땅 빨아들인 나비는 다시 그 꽃잎을 생각하지 않는 법, 여불위의 처지가 바로 그러했다.

주희는 여불위가 자신의 열정을 받아들이지 않고 있음을 느꼈다. 여불위의 난감해 하는 표정을 보자 주희는 순간 화가 치밀었다. 자신은 태후의 자존심도 버리고 열렬하고 뜨겁게 감정을 표현했는데 여불위는 그렇지가 않은 것이다. 주희는 갑자기 자신의 처지가 서럽고 슬퍼 도저히 눈물을 참을 수가 없었다. 주희가 흐느끼기 시작하자 여불위는 당황하여 재빠르게 그녀의 손목을 어루만졌다.

「태후, 노여움을 푸시오. 내가 어찌 그때의 맹세를 잊었겠소? 다만 다른 사람들의 눈이 있기에……」

여불위의 위로에 주희의 마음이 점차 가라앉았다. 부드러운 향기가 실내에 은은하게 퍼지기 시작했다.

「전 당신이 다른 사람들의 눈이 두려워서 이러신다고는 믿지 않아요. 마음이 변했다면 그렇다고 하세요. 만일 그렇지 않다면 지금 이 향기를 기억해 보세요. 기억을 하면 용서해 주겠어요.」

「태후, 나를 시험하는 거요? 이 향기는 학정향(鶴頂香)이 아니오? 한단성에서의 일을 어찌 잊을 수 있겠소.」

「그때 저의 나이는 겨우 열여덟이었지요.」

주희가 눈물을 훔치며 뾰로통하게 말했다.

「그날 당신은 학정향을 피워 저를 불태웠잖아요. 그러면서 학정향이 탈 때는 백학(白鶴)이 날개를 펼치며 춤을 춘다고 하셨지요. 그때를 기억하세요?」

「기억 못할 리가 있겠소. 마치 우리 두 사람의 사랑이 영원히 불타오르듯 했던 것을.」

여불위는 주희의 어깨를 감싸 안으며 조용히 눈을 감고 그때 일을 생각했다.

그날은 여불위가 함양성에서 화양부인을 만나고 한단으로 돌아온 날이었다. 훈향에 목욕을 한 여불위는 한단에서 가져온 선물 꾸러미를 가지고 주희의 방으로 걸음을 옮겼다. 주희는 본래 조나라의 부유한 집안 출신이었는데 가세가 기울어지자 노래와 춤을 팔며 살아가고 있었다. 어느 날 여불위는 우연히 주루에서 그녀를 발견하고는 수천 금을 아낌없이 내고 그녀를 집으로 데려왔다. 만일 여불위가 기화가거의 계책을 꾸미지만 않았다면 그녀는 여불위의 품을 떠나지 않았을 것이다. 그날 주희는 여불위의 품 속에 안기며 아기를 가졌다고 고백했다. 여불위는 뛸 듯이 기뻤다. 하지만 기쁨도 잠시, 그는 또다시 무서운 계책을 꾸몄다. 자신의 아이를 이인의 아이로 만드는 대담한 계획이었다. 주희에게 이 계책을 말하자 그녀는 선뜻 여불위의 제의에 동의했다.

「아이, 왜 그렇게 넋을 놓고 계셔요?」

주희가 고개를 들며 말했다.

「그때의 일을 생각하고 있었소.」

「이미 다 지나간 일이에요. 그날 밤 당신이 신첩을 보냈을 때 이미 그 때의 주희는 죽었어요. 오늘은 태후일 뿐이에요.」

주희는 이렇게 말하고는 여불위의 품을 더욱더 파고들었다.

'향기로웠던 그때의 주희는 어디 가고, 지금은 구역질나는 주희만 있더냐.'

욕망에 물든 주희의 얼굴을 바라보며 여불위는 속으로 한탄했다.

「뭘 하고 있어요? 빨리 자리에 누워요. 두 시간만 지나면 날이 밝아올 거에요.」

이윽고 침상에 오른 여불위와 태후는 서로의 몸을 탐하며 욕정을 불태웠다.

진나라의 국력이 부강해지면서 중국 대륙의 질서는 크게 변하였다. 전국(戰國)의 형세는 초기에 강했던 동쪽에서 점점 서쪽으로 옮겨가는 중이었다. 그 증거는 연나라 태자 단의 처지를 보면 알 수 있었다. 영정과 함께 조나라에 인질로 잡혀 있던 단이 진나라로 옮겨온 것이다. 그가 함양성에 인질로 들어온 지도 벌써 수일이 지났다. 단은 진나라로 옮겨온 이튿날부터 여불위를 만나고 싶어했지만 그는 몇 번이고 바쁘다는 이유를 들어 그를 피했다. 그런데 이날 아침, 단은 뜻밖에도 영정으로부터 만나자는 전갈을 받았다.

자신의 역량에 무력함을 느끼면서 우울증에 빠져 있던 영정은 등승으로부터 연나라 태자 단이 함양성에 인질로 와 있다는 이야기를 들었다. 그는 한단성에서 자신을 구해준 단을 한번 만나고 싶었다.

영정의 초청을 받은 단은 수년 전에 만나보았던 영정을 생각했다. 며칠 전에 함양성의 저잣거리에 나간 그는 사람들이 영정의 지혜와 총명함을 칭찬하는 소리를 들었다. 영정이 현사를 어떻게 대우하고 어떤 서책을 즐겨 읽으며 나라의 부강을 위해 얼마나 고심하고 있는가 하는 얘기들이었다. 단은 영정에 대한 호기심이 더욱 일어났다.

단은 의관을 갖추고 출타 준비를 했다. 그는 한눈에 보아도 매우 총명하고 의젓하며 사나이다운 기상이 넘쳐흘렀다. 조나라의 한단에 인질로 있으면서도 그의 명성과 기상은 그 누구보다 높았다. 그러던 것이 풍속이 질박하고 검소한 진나라에 오자 그는 단연코 군계일학으로 떠올랐다. 하지만 안타깝게도 그는 어디까지나 잡혀 온 인질일 뿐이었다. 당시 연나라는 7국 중에서 가장 약소국으로 단은 연나라 희왕의 태자였지만 십수 년을 타국에서 인질 노릇을 해 오고 있었다. 그는 인질 생활을 하면서도 유유자적한 표정을 짓고 다녔지만, 내심은 그렇지 않았다. 어떻게든 빨리 이 생활을 마무리하고 조국으로 돌아가야겠다는 생각에 초조하고 불안한 나날을 보내고 있었던 것이다.

잠시 후 영정이 보낸 수레가 문 앞에 도착하였다. 수레는 중위교(中謂橋)를 지나 남려산(南驪山)을 거쳐 상림원으로 달렸다. 상림원에 다다르니 영정이 벌써 도착해 그를 기다리고 있었다. 영정은 수년 전의 일을 떠올리며 감격스럽게 단을 맞이했다.

「과인이 어려움에 처했을 때 태자가 몸을 내던져 구해준 일을 늘 생각하고 있었소.」

단은 공손하게 허리를 굽혀 영정에게 예를 올렸다.

「대왕마마께서 은원을 분명히 알고 계시니 신은 단지 감격스러울 따름이옵니다. 하지만 저는 단지 어떤 분의 부탁을 받고 도왔을 뿐이옵니다.」

영정은 깜짝 놀랐다. 단의 뒤에서 자신을 도와준 사람이 있다는 소리는 그날 처음 들었다.

「그런 일이 있었소? 그렇다면 나를 구해 준 진짜 은인은 누구요?」

「대왕마마의 중부이신 여 승상이옵니다. 여 승상께서는 대왕마마와 선왕을 뒤에서 도와준 진짜 은인이옵지요.」

단이 아주 감격에 찬 목소리로 대답했다. 아직 그는 영정과 여불위 사이에 벌어지고 있는 암투를 모르고 있었다. 놀란 영정의 모습에 더욱 신이 난 그는 비밀스런 이야기까지 모두 털어놓았다.

「그 당시 여공께서는 제게 대왕마마와 왕태후마마의 신변을 보호하라는 서신을 비밀리에 보내시곤 하였사옵니다. 게다가 감시하는 병사를 매수하여 두 분의 안전을 지켜드렸지요. 만일 그렇지 않았다면 신이 어떻게 대왕마마의 행선지를 알고 그런 일을 할 수 있었겠사옵니까?」

단의 실토에 영정은 그만 실망하고 말았다. 수년 전에 있었던 그 일을 두고 얼마나 감격해 했던가? 영정은 태자 단을 생각할 때마다 은혜를 갚을 날을 손꼽아 기다렸었다.

'정말로 무서운 사람이야. 여불위, 당신은 정말로 무서운 사람이야. 그 때 당신은 함양성에 있으면서도 나의 행적을 손금 보듯 알고 있었군. 정말로 무서운 사람이야.'

영정은 단을 조용히 내려다보았다. 영민하고 다정해 보였던 그의 모습이 갑자기 추하게 느껴졌다.

'태자 단, 그대가 여불위의 무서움을 나에게 가르쳐 준 것은 고맙게 생각하겠노라. 하지만 그대는 결국 여불위의 사람, 내가 얼마나 무섭게 대하는지 지켜보라구.'

갑자기 등 시위장을 부른 영정은 배가 아파 측간에 가야겠다고 하면서 자리를 떴다. 아무 명도 없이 영정이 훌쩍 떠나자 단은 그 자리에서 나가지도 못하고 영정이 다시 나타나기만을 기다렸다. 하지만 아무리 기다려도 그는 나타나지 않았다. 궁인들의 모습도 전혀 보이지 않았다. 두어 시간이 지나서야 겨우 화복(華服)을 걸친 궁인이 나타났다.

「대왕마마께서 모셔오라는 분부입니다. 저를 따라오십시오.」

드넓은 상림원 곳곳에 창칼을 세운 금위무사들의 모습이 눈에 띄었다. 구불구불한 오솔길을 따라 숲 가운데에 이르자 아담하고 소박한 정자가 나타났는데 그곳에서는 한참 주연이 벌어지고 있었다. 청년 공자 몇몇이 취기에 널부러져 정신을 못 차리고 있었으나, 영정의 모습은 보이지 않았다. 단을 정자로 안내한 궁인은 어느새 연기처럼 사라져 버리고 없었다. 술이 취한 공자들은 여전히 술잔을 기울이고 있었으며, 그 곁에서 가기들이 교태 어린 몸짓으로 술을 따르고 노래를 불렀다.

농사꾼은 기술자만 못해요
기술자는 장사꾼만 못해요

자수를 놓으면 무엇해요
비단을 짜면 무엇해요
글을 읽으면 무엇해요
저자의 장사가 으뜸이에요

단은 이 노래를 잘 알고 있었다. 그즈음 농부들이 저잣거리의 장사꾼들이 천박하다면서 부르던 노래 가운데 하나였다. 무엇보다 단을 놀라게 한 것은 궁녀들을 가슴에 품고 술을 마시는 청년들의 모습이었다. 그들은 진나라의 고관대작이나 거상들의 자제들로 보였다.

'천박하고 음란하다는 한단성이나 임치성의 주루에서도 보기 드문 광경이야. 그런데 어떻게 진나라 수도인 함양성에서, 그것도 왕의 휴식처인 상림원에서 이런 일이 벌어질 수 있단 말인가? 내가 잘못 보았을까?'

단은 떨리는 가슴을 진정시키려 애를 썼다.

'영정은 대체 어디에 있지? 갑자기 사라졌다가 나를 다시 이곳에 불러놓고 또 어디로 갔을까?'

단이 정자 계단에서 올라가지도 못하고 내려가지도 못한 채 우물쭈물하고 있는데, 술에 취해 바닥에 쓰러졌던 사람이 부시시 몸을 일으켰다.

'맙소사, 영정이잖아!'

단은 너무도 놀라 멍한 눈으로 영정을 내려다보았다. 영정의 얼굴은 취기로 검붉었다. 영명하고 똑똑한, 나라의 장래를 걱정한다는 군주의 모습이 아니었다. 영정은 취한 눈을 껌벅이며 궁녀 두 명을 가슴에 품더니 그녀들의 얼굴을 마구 부비고 가슴을 만지며 다리를 더듬었다.

'저잣거리에서 들었던 말은 모두 거짓이었구나. 영정은 나라를 망칠 임금이군.'

단은 머리가 혼란스러웠다. 이때 영정이 소리쳤다.

「거기 온 사람은 누군가?」

영정은 단의 대답을 미처 기다리지도 않고 또다시 소리쳤다.

「어이, 그대도 이곳으로 오라구. 마음대로 마시고 더듬고 빼앗으라구.

양다리도 뜯고 술도 마시고, 꽃도 따고. 자, 마시자! 통쾌하게 마시자구!」
이때 등 시위장이 단의 팔을 붙잡으며 나지막하게 말했다.
「대왕마마께서는 어젯밤부터 주연을 베풀었습니다. 그런데 갑자기 오늘 아침에 단 공자를 뵙겠다고 하셨지요. 대왕마마께서는 취기가 오르면 모든 일을 즉흥적으로 결정하시곤 하오니 오늘 이 일은 마음에 두지 마십시오.」
단은 천천히 정자에 오르며 영정을 자세히 살펴보았다. 자신을 속이기 위한 연극이 아닐까 의심이 들기도 했지만 눈 앞에 벌어지고 있는 광경을 믿지 않을 수 없었다. 영정이 손을 들어 단을 불렀다.
「자, 이곳에 앉아 과인의 술을 받으시오. 지난날을 생각하면서 술잔을 기울여......」
영정의 말이 끝나기도 전에 발자국 소리가 요란하게 들려왔다.
「대왕마마, 태후마마께서 급히 상의할 일이 있어 입궁하시라는 분부이시옵니다.」
정자 안으로 올라온 사람은 태후의 궁인이었다. 등 시위장이 영정에게 다가가 이 말을 전하자 영정은 궁인에게 버럭 소리를 내질렀다.
「과인의 흥취를 더 이상 깨뜨리지 말고 그냥 물러가라!」
「마마, 아니 되옵니다. 태후마마께서는 지금 환후가 심하옵니다.」
「하하하, 몸이 아프다고? 매일 나를 괴롭히더니, 빨리 먼세상으로 가시라고 전하거라.」
영정의 말에 궁인은 어찌할 바를 몰라 쩔쩔맸다. 곁에 서 있던 단 또한 그의 무례함에 정신이 아득할 정도였다.
「그리고 등 시위장! 저기 저 사람은 그냥 돌아가라고 전하거라. 같이 있다가는 술맛이 떨어지겠다!」
영정이 단을 가리키며 소리쳤다.
정자를 나오는 단의 입가에는 회심의 미소가 떠올랐다.
'진나라도 얼마 안 가서 끝이 나겠군.'
이때 등승이 얼른 단을 따라나오면서 당부의 말을 건넸다.

「공자, 오늘 본 일은 없었던 것으로 생각하십시오. 그냥 아무런 생각없이 잊어주십시오. 절대로 외부에 발설해서는 아니 됩니다.」

단은 고개를 끄덕이며 수레에 올랐다. 그러나 그의 가슴에는 새로운 희망이 솟구쳤다.

'진나라도 별것 아냐. 어린 군주가 저렇게 용렬한데, 사람들은 그것도 모르고, 후후후, 영명하다고, 지혜롭다고?'

향락에 빠진 영정의 모습을 눈으로 직접 확인한 단은 두 주먹을 불끈 쥐었다. 사람들은 겉만 보고 진나라가 강대하다고 말하지만, 이날 단은 직접 그 내면의 실상을 확인한 것이었다. 이런 영정이 임금으로 있는 한 진나라는 지는 태양에 불과했다. 단은 비록 인질로 각국을 떠돌아다니는 몸이었지만 가슴에는 남다른 야망을 품고 있었다. 가장 강하다는 진나라의 임금이 황음에 빠져 있는 모습을 본 후 그의 야망은 더욱 불타올랐다. 그러나 단은 그것이 영정의 계략이었음은 상상도 하지 못했다. 그는 여불위와 한바탕 싸움을 준비하고 있는 영정의 속임수에 넘어갔을 뿐이었다.

이렇게 단을 속인 영정은 그 후로도 여불위의 눈을 피해가며 왕태후에게 몸이 아프다는 핑계를 들어 조회에 나가지 않았다. 왕태후 주희는 영정의 병이 점점 더 깊어가는 것으로 알고 걱정이 태산 같았다. 태의를 불러 진맥을 하고, 갖은 약재를 달여 먹여도 영정은 매일 아프다고만 했다. 마침내 주희는 무당을 불러 푸닥거리를 벌였다.

훠이 훠이, 떠다니는 원귀야,
사방에 떠다니는 원귀야,
들에 있는 원귀야,
사당에 노니는 원귀야

천신, 지신, 선영신, 부엌신이여,
원귀를 집으로 돌려보내소서

우리 주군, 맑은 정신 돌아오게 하소서

굿판 한구석에서 푸닥거리를 지켜보고 있던 궁녀 하나가 지루하고 지쳤는지 하품을 하면서 중얼거렸다.

「에이, 저렇게 해서 마마의 정신이 돌아오시겠다. 설사 돌아오신다 해도 저 사람들을 보면 놀라 다시 정신이 달아나시겠는걸.」

「추아(秋娥) 이것아, 입 닥치지 못할래. 그런 말은 아예 입에도 담지 마. 넌 궁에 들어온 지 얼마되지 않아 모르겠지만, 태의의 말씀에 따르면 마마는 병이 드신 게 아니래. 단지 무언가 마음에 상처를 입으셨기 때문이란다.」

「언니, 언니는 궁에 들어온 지 얼마나 되었길래 그런 것을 다 알아요?」

「꼭 5년째야.」

「와, 5년! 나는 두 달밖에 안 됐는데도 지루해 죽겠어. 지금쯤 바깥 거리는 떠들썩할 텐데. 감도 익고 벼도 익고……」

「네 심정은 알겠다만 이곳에 사는 한 더 이상 그런 재미있는 추제(秋祭)는 구경할 수 없을 거야.」

「그럼 궁중에서는 재밌는 일이 없는 건가요?」

「뭐라 대답해야 좋을지 모르겠다. 윗사람은 즐겁고 아랫사람은 괴로운 데가 이곳이야. 추아야, 너 궁중 씨름 본 적 없지?」

「여기에도 씨름이 있어요?」

「있으면 뭐하니. 재미가 하나도 없어. 민간에서는 얼마나 재미있니. 이겨도, 져도 사람들이 모두 둘러싸고 박수치며 환호하는데 여기서는 그런 화끈함이 없어. 윗사람이 눈을 껌벅이면 아랫사람은 풀썩 엎어지는 그런 씨름이야. 장대싸움은 또 어떻구. 사람수도 제한하고 키도 제한하고, 이것도 제한하고 저것도 제한하니 무슨 재미가 있겠니? 민간에서야 어디 그러니. 키 큰 사람, 작은 사람 가릴 것 없이 수십 명, 수백 명씩 어울려서 마당을 가득 메운 채 부딪치고, 엎어지고…… 아참, 함양성에 노애라는 곡예사가 있다던데 재주가 아주 뛰어나다며? 너 본 적 있니?」

「노애라구요? 승상부에서 궁으로 들어올 때 들어본 이름인데요.」

「너 그 사람을 아는구나?」

「장대싸움을 잘 하는 사람인데, 별명이 뭐라더라? 아, 맞아, 왕, 왕물건!」

「추아, 이 계집애. 다시는 그런 엉터리 소리하지 마.」

「너희들 이리 좀 오너라!」

어린 궁녀 둘이 정신없이 재잘거리고 있는데 뒤에서 날카로운 목소리가 들려왔다. 두 사람은 깜짝 놀라 서로의 얼굴을 바라보며 부들부들 떨었다. 왕태후의 목소리가 들렸기 때문이었다. 왕태후 주희는 궁중의 비빈들과 궁녀들이 자신을 비방하고 험담을 늘어놓으며 무시한다고 생각했기 때문에 궁녀들이 사사로이 잡담을 나누는 것을 발견하면 궁중의 질서를 바로잡는다는 명목으로 엄한 벌을 내렸다. 두 궁녀가 사시나무 떨듯 벌벌 떨며 주희의 앞으로 나아갔다. 그런데 어찌된 일인지 주희는 몇 마디 주의만 주고 그대로 돌려보냈다. 두 사람은 고개를 갸우뚱하면서 재빨리 그 자리를 떠났다.

헐우정에서 처음으로 곡예사 노애를 본 주희는 그 후 비하각에서 그를 다시 보았다. 그녀는 노애의 사내다운 매력에 흠뻑 빠져 있었다. 건장하고 대담하며 재주 있고 힘이 뛰어난 그의 우람한 모습이 그녀의 머리 속을 혼란케 했다. 노애의 모습은 주희의 가슴에 진드기처럼 달라붙어 아무리 떼어버리려고 애를 써도 떨어지지가 않았다. 주희는 이런 자기 자신이 난감하기만 했다. 여불위를 부르는 데도 힘이 드는데, 하물며 노애는 시장잡배가 아니던가. 그런데 뜻밖에도 조금 전 어린 궁녀들의 입에서 노애의 이름이 튀어나왔고, 게다가 추아라는 아이는 그의 이름을 승상부에서 들었다고 했다. 주희는 침소로 돌아오자마자 곧바로 추아를 불러들였다. 추아가 들어오자 그녀는 태후라는 신분을 잊은 듯 다정한 언니처럼 추아의 손을 잡았다.

「추아야, 내가 너를 아껴주면 어떻겠느냐?」

난데없는 주희의 호의에 추아는 갑자기 말문이 막혔다. 하지만 그녀는 아주 영리했다.

「태후마마께서 소첩을 아껴주신다면 그 은혜는 태산과 같을 것이옵니다.」

「그래, 그렇다면 내 말 똑똑히 듣고 대답하거라. 잘만 하면 큰 상을 내릴 것이다.」

주희는 추아를 침상 머리맡에 앉히며 물었다.

「여 승상이 노애를 불러다 기예를 펼친다는 말을 들은 적이 있느냐?」

「들었사옵니다. 도 총관 나으리가 승상 대인께 이번에 궁으로 노애를 초청하여 기예를 펼치면 어떻겠느냐고 간청하였는데, 대인께서는 추하고 비루한 시정잡배는 궁으로 들일 수 없다고 하셨답니다. 그래서 노애는 이번 추제절에 궁의 서문 밖 무대에서 새로운 기예를 펼친다고 들었사옵니다.」

「뭐? 새로운 기예?」

「소첩은 그것밖에는 모르옵니다.」

「궁중에서 기예를 펼치는 일을 여 승상이 반대했다고?」

「소첩은 다만 들은 얘기를……」

「흥, 노애가 추하고 뭐 비루하다고? 그런 자기는 깨끗한가?」

주희는 궁중에서 노애의 기예를 볼 수 있는 기회를 여불위가 막았다고 생각하자 속이 부글부글 끓어오르며 분노의 화살이 온통 여불위에게 쏠렸다. 주희의 심사를 재빨리 알아차린 추아가 얼른 입을 열었다.

「태후마마, 걱정을 놓으시옵소서. 노애가 궁으로 들어올 수 없다면 추제절에 태후마마께서 잠시 궁을 나가 구경하시면 되지 않겠사옵니까?」

「쉿, 조용하거라, 남이 들으면 큰일날 소리를.」

주희가 얼른 추아의 입을 막았다. 그러나 마음은 새로운 희망으로 밝아져 있었다.

「넌 앞으로 승상부에서 무슨 말을 들으면 나에게 한 마디도 빠뜨리지 말고 고해야 하느니라. 그렇게만 한다면 너에게 섭섭치 않게 해 주겠노

라. 알겠느냐?」

추아는 씽긋 웃으며 고개를 끄덕였다.

곧 추제절이 돌아왔다. 추제절은 진나라의 큰 명절 가운데 하나로 매년 농사를 마치면 조상에게 감사의 제사를 올리고, 다음해의 풍년을 기원하였다. 이런 추제절의 풍습은 사흘 동안 성대하게 벌어졌으며 함양성의 모든 거리와 사당은 백성들이 마음껏 놀 수 있도록 개방되었다. 추제절이 되면 많은 사람들이 마치 자석에 끌린 것처럼 함양성으로 몰려들었다. 변방에 수자리를 나갔다 공을 세우고 돌아오는 사람, 멀리 장사를 떠나 큰돈을 벌어 돌아오는 사람, 소문을 듣고 기예를 구경하러 모여드는 사람들로 함양성은 시끌벅적했다.

이날 성 안의 악사들과 곡예사들, 춤꾼들은 그동안 닦고 키운 기예를 마음껏 뽐냈다. 특히 기예가 뛰어난 사람은 관부에서 골라 큰 상을 내리기도 하였다. 때문에 재주꾼들은 더욱 재미 있고 뛰어난 기예를 선보이기 위해 숱한 노력과 준비를 했다.

추제절은 그 마지막 날이 가장 볼 만 했다. 첫날과 둘째날은 기예대회에 참가한 이들이 예선을 치르느라 그다지 뛰어난 솜씨를 발휘하지 않지만 셋째날은 예선을 통과한 사람들이 궁의 서쪽 광장에서 마지막으로 기예를 겨루기 때문이었다.

마침내 추제절의 세번째 날이 밝아왔다. 무대가 마련된 서문에는 벌써 사람들이 꾸역꾸역 모여들기 시작하였다. 무대에는 생(笙)과 슬(瑟)의 연주에 맞춰 남녀 두 조로 짜여진 춤꾼들이 힘차게 손발을 휘저으며 풍년을 찬양하였다. 잠시 후 창하는 사람이 무대 좌측에서 등장하더니 장엄한 목소리로 수신곡(酬神曲)을 부르기 시작하였다.

풍년일세, 풍년일세
어서 어서 벼를 거두세
한 되, 두 되, 기쁨도 늘어가네
누르고 누른 곡식, 술을 담그세

가장 잘 익은 술, 신령님 받으소서
튼튼하게 살찐 돼지, 기쁘게 받으소서
날렵한 사냥감, 미쁘게 받으소서
아, 아, 아, 아, 아, 아, 아……
우리는 충성스런 대지의 아들
예를 갖추어 찬미하세
신령님, 신령님, 복을 내리소서
내년에도 누른 곡식 맘껏 내려주소서

수신곡이 끝나자 드디어 기예 겨루기가 시작되었다. 무대 아래 어두컴컴한 구석자리에서 왕태후 주희가 기예 시합을 기다리고 있었다. 저잣거리에서 흔히 볼 수 있는 작은 수레를 탄 그녀는 숨을 죽이고 노애가 나타나기만을 학수고대했다.

「나와라! 꽃지네 나와라!」

사람들이 입을 맞춘 듯 꽃지네를 불렀다.

「이봐요, 사람들이 꽃지네를 부르는데 그게 무슨 뜻이지요?」

주희가 수레 옆에 서 있는 노인한테 물었다.

「꽃지네요? 하하하, 그 사람은 기예도 뛰어나지만 색을 무척 밝힌다오. 그 뛰어난 물건으로 많은 처자를 낚아챘다고 하여 사람들이 다리 많은 지네에 빗대 그를 꽃지네라고 부른답니다. 별명이 또 있는데 뭐더라? 그래, 왕물건!」

「그럼, 꽃지네가 바로?」

주희는 노인에게 다시 물으려 하다 얼른 입을 다물었다. 장내가 갑자기 조용해졌기 때문이었다. 마침내 노애가 무대 위에 나타났다. 푸른 색 옷에 허리춤에는 누런 견대(絹帶)를 두른 그가 나타나자 사람들이 다시 웅성거리기 시작했다. 사람들은 그의 뛰어난 기예를 칭찬하기도 했고, 지나친 호색을 비난하기도 했다.

「백학이 날개를 폈군!」

「내가 세어봤는데 한 번에 서른여섯 바퀴를 돌더라구.」
「이번에는 뭘까? 수레 위를 날아가는 기술인가?」
「아니, 수레바퀴에 깔리는 기술일지도 몰라.」
「왕물건이라는데 도대체 얼마나 크길래?」

주희는 사람들이 떠드는 소리에 귀를 기울이며 노애를 뚫어지게 바라보았다. 그는 백성들의 선망이었고 질투의 대상이었으며 동경의 인물이었다. 노애의 얼굴에는 춘풍이 흘러넘쳤다. 넋을 잃고 노애를 바라보던 주희는 가슴에 솟구치는 춘심(春心)을 도무지 억제할 수 없었다.

이날 밤 여불위는 주희의 밀보를 받고 감천궁으로 달려와 뜨겁게 사랑을 나누었다. 일이 끝나자 주희가 슬그머니 노애의 얘기를 끄집어냈다. 여불위는 뜨끔했다. 이미 그는 주희가 노애를 마음 속에 품고 있다는 사실을 알고 있었다.

「오늘 서문에 있었던 기예 대회에서는 새로운 기술이 많이 나왔나요? 어떠했어요? 불쌍한 저에게 말씀 좀 해보세요. 매일 궁에만 있으니 답답해 죽겠어요.」

여불위의 품에 안긴 주희가 어리광을 피우며 물었다. 그날 여불위는 대낮부터 밤늦게까지 성 안을 돌며 시정(市井)을 둘러보았는데 그러다 보니 자연히 서문에 있었던 기예 대회도 알게 되었다.

「참으로 많은 기예들이 선보였는데, 노신이 우둔하여 모두 기억이 나지는 않습니다.」

여불위가 뜸을 들였다.

「오늘 제가 밖으로 나갈 수만 있었다면 당신처럼 그렇게 여기저기 돌아다니지 않았을 텐데.」

여불위는 속으로 피식 웃었다. 그녀가 무슨 말을 하고 싶은지 짐작이 갔다.

「민간의 기예나 향리의 속악은 너무 비천하고 난잡하여 태후의 눈을 더럽히기 십상이오. 그러나 궁중의 기예는 우아하고......」

「흥, 마음에도 없는 말 하지 마세요. 궁에만 틀어박혀 있어도 알 건 다

안다고요.」

주희는 자신의 심정을 몰라주는 여불위가 야속해 심통을 부렸다. 여불위는 여름날의 청개구리처럼 변덕스러운 주희를 보면서 속으로 비웃었다.

'지겨운 할망구 같으니라구. 태후의 신분만 아니었으면 그냥 두지 않을 텐데.'

하지만 여불위는 이런 속마음을 꾹 눌러 참으며 부드럽게 말했다.

「태후, 노여움을 푸시오. 오늘 펼쳐진 기예를 생각나는 데까지 말씀드리겠소. 오늘 결전에 오른 기예는 투우(鬪牛), 학춤, 탄쟁(彈箏) 겨루기, 그리고……」

「보잘것없는 기예말고 새로운 기예를 말해줘요.」

「새로운 기예라. 아, 개가 불구덩이를 뛰어넘는 재주도 있었고, 사람이 몇 대의 수레를 뛰어넘는 재주도 있었고, 또 뭐가 있었더라?」

「수레를 뛰어넘는 게 무슨 새로운 기예라고.」

주희는 여불위의 입에서 얼른 자신이 생각하고 있는 이름이 나오기를 기다렸다. 그런 마음을 알고 있는 여불위는 어쩔 수 없이 다시 입을 열었다.

「이게 새로운 기예인지는 모르겠으나, 함양성에서 바람둥이로 소문이 난 노애라는 곡예사가 나왔는데 달리는 수레 밑에 깔리는 기예를 선보였소이다.」

「와, 무시무시하군요. 정말 새롭고 충격적인 기예네요.」

주희가 좋아라 하며 손뼉을 쳤다.

「궁에는 수많은 곡예사가 있지만 그렇게 엄청난 기예는 할 줄 몰라요. 아, 불쌍한 이 몸은 복이 없어 그런 구경도 못하고……」

「태후, 대체 어떻게 하겠다는 말씀이오?」

「저는 단지 그 곡예사를 궁으로 불러들여 한두 차례 기예를 보면 소원이 없겠어요.」

주희가 드디어 본심을 드러냈다.

「태후께서 그렇게 생각하셨다면 진작 말씀을 하셨어야지. 좀더 일찍 알았다면 신이 조치를 취할 수 있었을 텐데.」

여불위의 대답에 주희의 얼굴은 열망과 욕망이 뒤섞인 표정으로 바뀌었다.

「될까요? 너무 어려운 일이라서.」

여불위는 이미 이 기회를 자신이 주희의 품에서 벗어나는 계기로 삼겠다고 결심했다. 왕태후 주희와의 밀회는 너무나 위험했고, 남자로서도 그녀와 사랑 나누기가 지겨웠던 터였다.

「어려움이 뭐 있겠습니까? 태후, 여기 노신이 있지 않소. 태후가 별을 따다 달라면 따다 드릴 수도 있소. 하물며 한 사람쯤이야.」

「정말요? 아이, 좋아라.」

음심이 발동한 주희는 부끄러움도 잊고 직설적으로 말했다.

「승상께서는 저와 노애를 딱 한 번만 만나게 해 주시면 됩니다. 소첩은 오로지……」

여불위가 얼른 손가락으로 주희의 입술을 막았다.

「태후, 딱 한 번이 아니라 평생을 모시고 살도록 만들겠습니다.」

「예? 평생을?」

주희는 너무나 놀랐다. 그런 일은 감히 상상도 못한 일이었다. 하지만 그녀는 여불위의 능력을 믿었다. 여불위는 지금까지 자신이 목표로 하는 일은 무엇이든 반드시 이루었던 것이다.

여불위가 떨리는 가슴을 진정시키지 못하고 있는 태후의 귀에 입술을 대고 자신의 계책을 설명했다. 들으면 들을수록 주희는 여불위에게 감탄하지 않을 수 없었다. 곧이어 태후의 얼굴에는 밝은 미소가 떠올랐다.

「태후, 염려마시오. 노애는 환관으로 가장해서 들어옵니다. 하지만 막대기는 떼지 않고 들어오니 다른 걱정은 하실 필요가 없소이다.」

여불위는 주희를 이렇게 안심시키고 급히 감천궁을 빠져 나왔다. 그는 곧바로 사람을 시켜 노애를 불러 환관처럼 꾸미게 하고 태후의 시위로 궁중에 들여보냈다. 그러자 주희는 여불위가 사심없이 국정을 처리하고 민심을 안정시킨 공로가 크다는 이유를 달아 연나라로부터 할양받은 하간(河間;하북성 일대)의 성 열 개를 봉읍으로 내렸다.

6

왕태후의 음사(淫邪)

왕태후 주희는 노애와 밀회를 즐기기 위해 오랫동안 곁에서 시중을 들어온 궁아라는 궁녀를 다른 곳으로 보내고 열여섯이 된 추아를 불러들였다.

추아는 출신이 빈천한 백성의 딸로 난리를 피해 진나라로 흘러들어온 유랑민의 후예였다. 당시 이웃 일곱 나라 가운데 가장 국력이 강했던 진나라는 국외에서 들어온 유랑민을 매우 관대하게 받아들여 생업에 종사할 수 있도록 배려하였다. 조정에서는 새로 정착하는 이주민들에게 약간의 토지와 거주할 집을 마련해 주었다. 추아의 가족도 처음에는 조정의 혜택을 입어 별 어려움 없이 살았다. 그런데 그녀의 아버지가 갑자기 병이 들어 죽는 바람에 가세가 기울기 시작했고, 농사를 짓기에 힘이 부친 어머니가 남몰래 몸을 팔아 생계를 유지해 나갔다. 그러던 중 추아가 열다섯 살 되던 해 어머니마저 병을 얻어 세상을 떠나자 오갈 데 없어진 그녀는 홀홀단신으로 함양성에 들어오게 되었다. 다행히 추아는 예쁘장하게 생긴 외모 덕분에 길 가던 궁인의 눈에 띄어 궁녀가 될 수 있었다.

추아는 주희 곁에서 잔심부름을 하면서 그녀의 불타는 춘정을 목격했다. 묵(墨)에 가까이 있으면 검어지고, 주사를 가까이 하면 붉어진다는 말처럼 추아의 마음 속에도 어느덧 음심이 자라기 시작했다. 단지 그녀의 곁에는 궁녀나 늙은 태감들뿐 젊은 남자가 없었기 때문에 미처 젊음을 발산할 기회가 생기지 않았을 따름이었다. 그녀가 접할 수 있는 청년은 오로지 등승 하나였다. 태후의 심부름으로 영정에게 서신을 전할 때나 갖가지 약재와 과자를 보낼 때 짧은 시간이지만 그녀는 늠름한 등승을 만날 수 있었다. 등승은 과묵하고 침착하며 일체 말이 없었다. 아무리 예쁜 궁녀가 지나가도 눈 하나 깜빡하지 않았다. 호시탐탐 등승을 유혹할 기회를 엿보던 추아는 어느 날 그 뜻을 이루게 되었다.

그날도 태후가 보낸 약재를 영정에게 건네고 돌아가던 추아는 뜰에서 혼자 생각에 잠겨 있는 등승을 발견하였다. 그녀는 뛰는 가슴을 진정시키며 태후가 하던 대로 '후' 하면서 긴 탄식을 내뱉었다. 이 소리에 등승이 고개를 돌리자, 그녀는 다리가 아픈 척하면서 땅바닥에 고꾸라졌다. 이를 본 등승이 깜짝 놀라 그녀를 부축했다. 추아는 기회다 싶어 등승에게 간절하게 사랑을 구했지만 등승의 반응은 너무도 냉혹했다. 추아의 팔을 세차게 뿌리친 등승은 분노에 찬 목소리로 그녀의 품행을 질책하였다. 그런 일이 있고 난 후 추아는 수개월 동안 등승이 무서워 영정의 침소에는 얼씬거리지도 못했다.

그러나 사랑하는 사람을 오랫동안 만나지 못하면 그만큼 그리움이 깊어지는 것일까. 등승이 그리워 잠 못 이루던 추아는 어느 날 마음을 굳게 다져먹고 영정의 후원으로 발걸음을 옮겼다. 높고 웅장한 침궁이 달빛에 우뚝 서 있었다. 그런데 그녀는 그곳에서 뜻밖의 남자를 만났다.

이날 마침 당직을 서고 있던 이사는 불현듯 나타난 추아를 보고 한눈에 반해 버렸다. 그녀는 달덩어리처럼 예쁘고 귀여웠다.

「무슨 일로 오시었소?」

「태후마마께서 보내 왔습니다. 대왕마마의 안부를 묻습니다.」

「대왕마마께서는 늦게까지 서책을 보시고 방금 잠이 드셨습니다. 늦었으니 빨리 돌아가십시오.」

얼굴이 빨개진 추아가 얼른 몸을 돌렸다. 이튿날 이사는 지난밤에 다녀갔던 소녀가 왕태후를 가장 가까이에서 모시는 추아라는 궁녀임을 알아냈다.

'태후마마를 곁에서 모신다면 앞으로 잘 보여야겠군.'

한편 추아는 추아대로 새로운 기분에 들떠 있었다. 예의바르고 언행이 단정한 이사의 풍모는 등승과는 또 다르게 그녀의 가슴에 와닿았다. 추아 또한 그 다음날 이사의 신상에 대해 자세히 알게 되었다. 등승이 차지했던 그녀의 가슴에는 어느덧 그 주인공이 이사로 바뀌었다. 추아는 밤마다 꿈 속에서 이사를 만나 사랑을 나누었다. 이사의 품 안에 안겨 열렬하고 대담하게 자신의 감정을 표현했다. 그러나 실제로 현실과 꿈 사이의 간격은 너무도 깊었고, 그 때문에 추아는 춘정을 달래지 못해 가슴앓이를 하였다.

이런 추아의 수심 가득한 모습이 왕태후 주희의 눈에 붙잡혔다. 주희는 며칠새 달라진 추아의 안색을 알아보고 의심하기 시작했다.

'저 아이가 요즘 이상하단 말이야. 영정에게 붙잡혀 남녀의 즐거움을 배운 걸까? 아니면 영정을 연모하여 저러는 것일까?'

주희는 상황이 어떻게 되든간에 영정이 주색에 빠져 모후인 자신의 품행을 돌볼 겨를이 없기를 기대했다. 그래서 그녀는 아예 하루에 한 번씩 추아를 영정에게 보냈다. 추아는 영정의 처소에 갈 때마다 이사를 찾아보았지만 좀체로 그를 만날 수 없었다. 이사가 매일 당직을 서지는 않기 때문이었다. 이사를 만나지 못하고 돌아서는 그녀는 안타까움으로 발을 동동 굴렀다.

이사를 처음 만난 지 열흘이 지났다. 춘정은 불과 같다고 했다. 마침내 추아는 마음을 굳게 먹고 이사가 묵고 있는 시위방으로 걸음을 옮겼다. 그녀의 행동은 자기 자신도 놀랄 만큼 대담해져 있었다. 시위방으로 가는 길은 너무도 조용했다. 너무 긴장한 탓인지 추아의 이마에는 땀이 송글송글 맺혔다. 이윽고 추아의 발길이 이사의 방 앞에서 멈춰지자 어스름한 달빛이 구름을 뚫고 창백한 추아의 얼굴을 비추었다.

올망졸망 마름풀, 이리저리 헤치며 찾았어라
자나깨나 그리는 아리따운 아가씨 생각
자나깨나 생각해도 아가씨는 얻지 못해
가이없어 가이없어 이리 뒤척 저리 뒤척

뜻밖에도 이사의 방에서 가느다란 목소리가 흘러나왔다. 그 소리에 귀를 기울이던 추아는 그것이 언젠가 왕태후가 읊은 적이 있었던 시였음을 기억해냈다. 〈시경〉에 있는 '물수리'라는 시였다. 하지만 왕태후가 그 시를 읊었을 때와 지금과는 분위기가 너무 달랐다. 왕태후는 달콤하고 애절하고 유혹적으로 시를 노래했지만, 이사의 방에서 들리는 시는 단조롭고 애처롭고 허무하게 느껴졌다. 추아는 부끄러움을 억누르고 목에 힘을 주어 조그맣게 이사를 불렀다.

「이랑! 이랑!」

중얼거리며 시를 읽던 이사는 자신을 부르는 소리에 깜짝 놀랐다. 꿈에도 그리워 하는 추아의 목소리가 아닌가. 그러나 이사는 꿈결이려니 하며 다시 눈을 감았다.

「이랑, 안에 있어요?」

이사는 눈을 번쩍 떴다.

'그녀다. 그녀가 오다니!'

이사는 문을 벌컥 열어제쳤다. 바로 눈 앞에 사랑하는 추아가 부끄러운 듯 다소곳이 서 있는 것이 아닌가. 이사는 한걸음에 뛰어나가 추아를 부둥켜 안았다.

추아는 이날 늦게 감천궁으로 돌아왔다. 주희는 추아의 행동을 유심히 살피면서 그녀를 매일 영정에게 보냈다. 그녀는 자신이 영정에게 추아를 자주 탐할 수 있는 기회를 주고 있다고 생각했다. 추아와 이사는 사흘에 한 번씩 감천궁의 후원에서 만나기로 약속했다. 두 사람은 매일같이 서로를 원했지만 궁중의 예법은 너무나 엄격했고, 두 사람이 하나가 될 수 있는 장소를 찾기란 쉽지 않았다.

이사와 추아가 한참 사랑을 불태우고 있을 즈음 마침내 노애가 환관으로 가장하여 감천궁에 들어왔다. 그토록 노애를 원하던 주희는 비로소 마음껏 육체적 쾌락에 흠뻑 빠져들 수 있었다. 늙고 힘없는 여불위와는 비교할 수조차 없는 노애를 그녀는 보물처럼 애지중지하였다. 두 사람은 낮과 밤이 없이, 침상에서 방바닥에서 뜨락에서 기회가 나는 대로 한데 엉켜붙었다.

이런 왕태후의 열정에 추아의 가슴은 더욱 불타올랐다. 하지만 그녀는 노애가 온 뒤로는 태후의 침소를 지키느라 이사를 만날 시간이 없었다. 그러던 어느 날 추아는 해가 중천에 뜬 한낮이 되어서야 겨우 시간을 내 후원으로 달려갔다. 다행히 이사는 후원의 바위에 걸터앉아 깊은 생각에 잠겨 있었다.

「이랑!」

추아의 목소리에 이사가 고개를 돌렸다. 그의 눈은 원망으로 가득차 있었다.

「벌써 나를 잊었소?」

이사의 말에 추아는 길게 한숨을 쉬었다.

「그것이 아니에요. 태후마마께서 요즘 무척 바쁘셔서 몸을 빼내기가 너무나 어려웠어요. 오늘에야 겨우 시간이 나서 이랑에게 올 수 있었답니다.」

이사는 예리한 사람이었다. 그는 직감적으로 태후에게 뭔가 중대한 일이 일어나고 있음을 알아차렸다. 추아에게 자세한 내막을 물어보아야겠다고 생각하고 있는데 그녀가 서둘러 자리에서 일어났다.

「빨리 돌아가야 해요. 태후마마께서 깨어나셔서 저를 찾을지도 몰라요. 하고 싶은 말이 있으면 오늘 밤 삼경에 그때 그 자리에서 만나 다시 얘기해요.」

추아의 말에 그는 하는 수 없이 고개를 끄덕였다. 이사는 안타까운 눈빛으로 뛰어가는 추아의 뒷모습을 바라보았다.

하룻일을 마친 이사는 자기 처소로 돌아와 목욕을 하고 옷을 갈아입었다. 그는 초조한 마음으로 삼경을 기다렸다가 그 시각이 되자 은밀하게 감천궁으로 들어갔다. 암문(暗門) 앞에서 추아가 다소곳이 이사를 기다리고 있었다.

「왕태후마마가 홀로 되신 지 수년이 지났는데 지금은 누구와 즐거움을 나누고 있소?」

추아는 만나자마자 이사가 직설적으로 태후의 일을 묻자 겁이 덜컥 났다.

「그런 말 마세요. 태후마마의 일은 절대로 물어서는 아니 돼요.」

그녀는 이사의 표정을 살피며 계속 말을 이었다.

「우리 둘은 그저 모른 척하고 지내요. 이 일이 누설되면 용의 비늘을 건드리는 꼴이 될 거에요.」

이사는 그녀에게 뭔가 말 못할 비밀이 있음을 느꼈다.

「알면 어때서 그래요? 굳게 입을 다물고 있으면 되지.」

「안 돼요. 세상에 어떤 사람이 누구누구와 그렇고 그런 일을 벌였다면 이야깃거리가 되겠지만, 태후마마의 일만큼은 한 마디도 누설할 수가 없어요. 만일 일이 알려지면 저와 이랑의 목은 쥐도 새도 모르게 달아날 거에요.」

이사는 단호한 그녀의 표정에 더 이상 묻기를 단념했다. 계속 추궁한다면 틀림없이 들을 수 있는 사실까지 듣지 못할 수도 있기 때문이었다. 이사가 기분을 바꿔 가만히 추아를 품에 안자 추아 또한 다소곳이 그의 가슴에 머리를 기댔다. 두 사람은 달콤한 미래를 약속하며 날이 새는 줄 모르게 사랑을 나누었다.

「윽!」

추아를 안고 있던 이사가 갑자기 앞으로 고꾸라졌다.

「무슨 일이에요, 이랑?」

이사는 얼굴을 찡그린 채 고통스럽게 말했다.

「어릴 때부터 심병이 있었는데 다시 도졌는가 봐요.」

달빛에 드러난 이사의 얼굴은 말할 수 없이 창백했다. 추아는 등골이 오싹했다. 자신의 희망이고 생명인 이사가 고통으로 쓰러져 곧 죽을 것 같았다.

「잠깐만 참아요.」

추아는 문득 여불위가 왕태후에게 선사한 소흑환이 생각났다. 그녀는 단숨에 태후의 침소로 들어가 약궤에서 소흑환 한 알을 꺼내 급히 이사에게 달려왔다. 이사는 여전히 신음을 하며 바닥에 누워 있었다.

「이 약을 드세요. 승상 대인께서 태후마마께 보낸 귀한 약이에요.」

그녀는 떨리는 손으로 이사에게 약을 건넸다. 잠시 후 이사는 고통이 멈췄는지 천천히 몸을 일으켰다.

「추아, 당신은 내 생명의 은인이오. 더구나 신약(神藥)까지 구해 주다니.」

추아는 그제서야 안심이 되는지 미소를 지으며 이사를 바라보았다.

「알면 됐어요. 절대로 이 일을 잊지 말아요.」

「추아, 잊지 않겠소. 그런데 이렇게 귀한 약을 내게 주었다가 들통이라도 나면 어쩌지요?」

「당신은 제 생명이에요. 그 일은 제가 알아서 처리할께요.」

추아는 아무런 문제가 없다고 이사를 안심시켰지만 내심 걱정이 되었다. 만일 왕태후가 약이 없어진 걸 알게 된다면 자신이 벌을 받을 게 틀림없었다.

「이 신약은 태후마마에게 많이 있는 거요?」

이사의 물음에 추아는 고개를 가로저었다.

「태후마마께서 그러시는데 이 약은 선인이 반하(半夏), 계심(桂心), 행인(杏人), 생강(生羌)을 벌꿀에 다져 만든 신약이래요.」

「그럼 많지 않겠군.」

「그럼요. 태후마마께서도 긴히 필요할 때가 아니면 입에 대지 않아요.」

「믿어지지가 않는구료. 궁중에 태의가 수없이 많은데 이런 약쯤 만들지 못하겠소?」

「이랑, 태의들은 이 약을 절대로 만들지 못해요. 여기에는 말 못할 사연이 있어요.」

「말 못할 사연? 나는 시위로 있으면서 궁중에 일어나는 숱한 이야기를 들었어요. 하지만 이 약에 대해서는 들어본 적이 없는걸.」

추아는 자신의 말을 믿지 못하는 이사가 답답하여 자신도 모르게 그만 비밀을 털어놓고 말았다.

「이랑, 그 약은 여 승상께서 태후마마를 위해 특별히 만들어서 보내 준 거에요.」

「여 승상께서 보내 준 약이라고? 그런데 그게 뭐가 그리 특별한가요?」

「궁중의 일은 마구간의 여물과 같아요. 겉은 깨끗하지만 속을 들여다보면 더럽기 한량없지요. 승상 대인이 태후마마께 다른 마음이 없다면 이런 약을 보냈겠어요? 답답하셔라.」

이사는 추아의 입에서 충격적인 말이 나오자 움찔하였다.

「그럼 승상 대인은 어떤 병에 쓰라고 태후마마께 이 약을 갖다주었을까요?」

「이랑, 이 일을 알게 되면 죽음을 면치 못해요.」

추아가 그만 입을 다물려 하자 이사는 그녀의 손목을 잡으며 결연하게 말했다.

「추아, 나를 믿어요? 그렇다면 나에게 얘기해도 괜찮아요. 저 달님께 맹서하건대 절대로 비밀을 누설하지 않겠어요.」

추아는 진지하게 맹서까지 하는 이사에게 그만 감격했다. 이렇게 해서 이사는 추아로부터 태후와 여불위의 밀회는 물론, 노애라는 환관과 벌이는 추잡한 음행도 모두 듣게 되었다. 이사는 궁중에서 벌어지고 있는 추악한 모습에 놀라지 않을 수 없었다.

한편 추아는 이사의 표정을 보며 이처럼 순진하고 착한 남자는 이 세상에 다시 없으리라고 생각하며, 이런 남자의 사랑을 얻은 자신이 너무나도 대견스러웠다. 그녀는 웃으며 이사에게 말했다.

「이랑, 날이 새기 전에 빨리 돌아가세요.」

추아의 목소리에 이사는 퍼뜩 정신을 차렸다. 그의 얼굴에는 아직도 도저히 믿을 수 없다는 표정이 역력했다.

주희는 노애를 궁중으로 불러들인 후 물고기가 물을 만난 듯 하루하루 생활이 즐거웠다. 하지만 매일 침소에 노애를 끌어들여 욕망을 불태울수록 그녀는 매사에 절제를 잃어버리고 판단이 흐려졌다. 이날도 역시 두 사람은 대낮부터 침상에 뒤엉켜 있었다. 운우(雲雨)가 극치에 이르렀을 즈음 난데없이 추아가 침실로 뛰어들어왔다. 주희의 얼굴이 분노로 이글거렸다.

「태, 태후마마! 대, 대왕마마께서 왕, 왕림을 하, 하……」

주희와 노애는 더듬거리는 추아의 말 속에서 재빨리 사태를 파악했다. 주희는 노애의 품에서 벗어나 얼른 겉옷을 걸치고 흐트러진 머리를 매만졌다. 그리고 노애는 급히 침상 밑으로 기어들어가 몸을 숨겼다. 눈치 빠른 추아가 경대를 끌어다 태후에게 보여주었다.

「태후마마, 어서 몸단장을 하옵소서. 제가 대왕마마를 대청으로 모시겠사옵니다.」

주희는 영민한 추아가 대견스러웠다.

「어린것이 참으로 똑똑하구나. 후에 너에게 특별한 상을 내려주겠다. 추아야, 어서 나가 대왕마마를 모시거라.」

주희는 경대 앞에서 급한 대로 대충 옷매무새를 고친 다음, 대청 의자에 자리를 잡고 영정을 기다렸다. 곧 영정이 추아의 뒤를 따라 대청 위로 올라왔다. 영정의 인사를 받은 주희가 먼저 입을 열었다.

「조회에도 나오시지 않던 임금께서 이곳에는 어쩐 일이세요?」

영정은 그 말에는 대꾸도 하지 않은 채 주희를 아래 위로 훑어보며 중얼거렸다.

「머리는 흐트러지고 비녀는 삐뚤게 꽂혀 있으며 옷차림도 엉망이시군.」

주희는 뜨끔했다. 그러나 그녀는 어머니로서의 체모를 내세우며 다시 영정을 다그쳤다.

「조회에는 나오지 않더니 이곳은 어쩐 일로 오셨느냐고 묻지 않아요?」

「오늘이 절기로 상강(霜降)이오라 어마마마께 인사를 올리러 들렀습니다. 그런데 나이 드신 어마마마께서 차가운 날씨에 그렇게 얇은 옷을 걸치셨으니 소자는 혹 감기라도 드시지는 않을까 걱정입니다.」

영정의 말 한마디한마디는 예리한 비수가 되어 주희의 가슴을 마구 찔렀다. 그녀는 영정이 자신의 건강을 염려해 주자 뭐라고 변명을 해야 할지 난감했다. 멋적은 표정으로 손을 비비고 발을 꼬던 주희는 순간 자신이 맨발로 앉아 있음을 깨달았다.

'아뿔싸, 이런, 너무 급해서 맨발로 나왔잖아.'

주희는 얼른 발을 치마 속으로 감추며 영정의 눈치를 살폈다. 영정은 아직 주희가 맨발이라는 사실을 알아채지 못한 것 같았다.

「어마마마께서 수렴청정을 하시니, 제가 조회에 나가서 할 일이 없지 않아요?」

그제서야 영정은 주희가 묻던 말에 대답했다.

「어린 임금께서는 그런 말씀을 해서는 아니 돼요. 군왕은 삼가 조종과 선왕의 뜻을 가다듬고 널리 백성과 신하에게 근면함을 보이셔야 합니다.」

겨우 마음을 가다듬은 주희가 영정에게 훈계했다.

「이 어미는 단지 여자일 뿐이에요. 수렴청정은 어쩔 수 없이 하고 있을 뿐, 어린 임금께서 관례를 마치면 조정의 권병(權柄;권력을 의미)이 누구에게 가겠어요. 그런데 그렇게 조회에 참석하지 않으니 어떻게 선왕과 조종의 영전 앞에 얼굴을 들 수 있으며, 어떻게 만백성을 구제할 수 있겠습니까?」

「어마마마의 말씀을 명심하겠습니다. 하지만 지금 어마마마께서는 청정을 하지 않으시고 저 또한 친정을 하지 않고 있으니, 그렇다면 누가 국사를 맡아 처리하고 있는 건가요?」

영정의 칼날 같은 질문에 주희는 가슴이 덜컹 내려앉았다.

「작은 일은 여 승상이 맡아 하고 있으며, 큰일은 내가 처리하고 있지요.」

이 말에 영정이 갑자기 언성을 높였다.

「큰일은 어마마마께서 처리하신다고 하셨습니까? 그런 어마마마께서는 지난 두 달 동안 조회에 나가시지 않았잖습니까?」

이 말에 안색이 납빛으로 변한 주희는 뭐라 변명할 말을 생각했지만 얼른 떠오르지가 않았다. 영정은 주희에게 변명의 틈을 주지 않으려는 듯 질풍처럼 다음 말을 쏟아부었다.

「풍문에 듣자 하니 어마마마께서 새로이 환관 한 명을 들이셨더군요. 그 놈이 함양에서 소문난 바람둥이로 별명이 꽂지네라고 하던데 설마 감천궁에 머물고 있는 건 아니겠지요?」

영정의 말에 주희는 수치심과 분노로 온몸이 달아올랐다. 주희는 왕태후로서, 영정의 어머니로서 영정의 빈정거림을 인내심 있게 참았지만, 침상 밑에 숨어 두 사람의 대화를 듣고 있던 노애는 불 같은 성격을 이기지 못하고 그만 대청으로 뛰어들어왔다. 갑자기 눈 앞에 나타난 노애를 영정은 물끄러미 바라보았다. 어느 해인가 답청일에 한 번 본 적이 있어서 그런지 낯이 익었다. 노애는 꽃이 수놓아진 황포(黃袍)를 걸치고 손에는 채찍을 든 채 두 사람 앞에 무릎을 꿇었다.

「태후마마, 시간이 다 되었는데 어찌하여 아직 나오지 않으시옵니까? 수레가 이미 준비되었사옵니다.」

노애의 등장에 주희는 난감하여 어찌할 바를 몰랐다. 그녀는 말없이 노애를 쏘아보기만 했다. 그녀의 눈빛에 자신의 실수를 깨달은 노애가 그제서야 영정을 발견한 듯 읍소했다.

「대왕마마, 이곳에 왕림하신 줄 미처 몰라뵙고 소란을 피웠사옵니다. 죽을 죄를 지었사오니 한 번만 용서하옵소서.」

영정은 날카로운 눈으로 조용히 노애를 바라보았다.

「대왕마마, 신은 노애라고 하오며 그동안 함양성에서 기예를 팔며 목숨을 이어갔사옵니다. 그러던 중 얼마 전에야 궁으로 들어와 영광스럽게도 태후마마를 모시게 되었사옵니다.」

「그래, 너는 무슨 재주가 있길래 과인이 이곳에서 다시 보게 된 것이냐?」

영정이 싸늘한 어조로 노애에게 물었다.

영정의 질문에 노애는 그 자리에서 벌떡 일어나 배에 힘을 주며 왼손에 들고 있던 채찍을 공중으로 높이 치켜올렸다. 채찍이 일직선으로 공중에 뜨자 노애는 오른손 식지 위에 채찍의 끝을 가볍게 얹었다. 긴 막대를 손가락 끝에 세우기도 힘이 드는데 노애는 뱀처럼 흐물흐물한 채찍을 똑바로 세우고는 득의만만한 표정을 지었다. 십여 년은 연마해야 가능한 기술이었다.

그러나 노애의 곡예를 본 영정은 가소롭다는 표정을 지었다.

「황문령이 되려면 첫째 고서에 밝고 진율(秦律)을 알아야 한다. 둘째는 덕이 있어야 하며 품행이 단정해야 한다. 기예는 그 다음이다. 알겠느냐?」

영정에게 완전히 무시를 당한 노애의 얼굴이 시뻘개졌다.

「신은 약간의 글은 읽었으며, 행동은 예의에 벗어나지 않으려고 노력하고 있사옵니다. 게다가 기예로 말하자면 천하에서 어떨는지는 모르겠으나 적어도 함양에서는 제일이라고 생각되옵니다.」

끝까지 고개를 숙이지 않는 노애의 태도에 영정이 버럭 화를 내었다.

「그런 말뚱구리 같은 재주는 누구도 할 수 있느니라. 등 시위장, 이 자 앞에서 대장부의 기예를 한번 보이거라.」

명령을 받은 등와가 대청 위로 올라왔다. 그의 손에는 양가죽으로 만든 여덟 장 길이의 채찍이 들려져 있었다. 등승은 채찍을 흔들다 갑자기 공중으로 들어올리며 마치 나무기둥처럼 그것을 오른손 엄지 위에 똑바로 세우더니 다시 왼쪽 손가락 위로 채찍을 옮겼다. 노애의 곡예와 다름없는 재주였다. 이를 지켜본 시위와 문사들이 박수갈채를 보냈다. 그러자 노애는 승복할 수 없다는 듯 다시 채찍을 손에 쥐었다.

「너는 함양성에서 소문난 바람둥이라고 하던데 어떻게 궁으로 들어왔느냐?」

이 소리에 노애가 깜짝 놀라 뒤를 돌아보았다. 군관 차림을 한 몽의가 눈에 불을 켜고 노애를 삼킬 듯 노려보고 있었다. 그의 명성을 익히 듣고 있던 노애는 얼굴빛이 새파래지며 어떻게 해야 할지 쩔쩔맸다. 몽의가 한 번 더 다그치자 노애가 벌벌 떨며 겨우 입을 열었다.

「신의 입궁은 승상 대인의 천거가 있었기 때문이옵니다. 황문령의 형(刑)과 시험을 거쳐 겨우 입궁하였습니다. 어린마마께서는 소인의 나쁜 소문을 믿지 마옵소서. 소인은 그저 기예를 펼쳐보여 어린마마와 태후마마께서 즐거워 하시면 그만이옵니다.」

영정은 그가 계속 자신을 어린마마라고 부르자 소름이 끼쳤다. 영정은 입술을 지그시 깨물며 등 시위장에게 손짓했다. 성큼 앞으로 걸어나간 등승이 갑자기 노애의 어깨를 붙잡고 바닥에 고꾸라뜨리자 노애는 아픔을 참지 못해 비명을 질렀다. 눈 앞에는 천하에 용맹하기로 소문난 몽의가 칼자루를 쥐고 언제든지 빼낼 기세로 노애를 노려보고 있었다. 등승이 노애의 팔을 비틀며 밖으로 끌고 나가자 주희는 그제서야 퍼뜩 정신이 났다. 만일 저대로 끌려가면 목이 달아날 게 틀림없었다. 그녀는 얼른 손을 들어 등승을 막았다.

「저 사람에 대해 나쁜 소문이 있는 건 알지만, 실은 심성이 곱고 행동거지가 단정하답니다. 대왕마마께서 그 옛날 거두신 양치기와 다를 바 없지요.」

「그렇습니까?」

주희를 힐끗 바라보는 영정의 입가에 비웃음이 흘렀다.

「어마마마께서 혹 사람을 잘못 보지 않으셨는지 걱정이 되옵니다.」

주희는 자식에게 훈계를 듣는 입장이 되자 화가 불끈 솟았다.

「나를 걱정해 주시니 퍽 고맙네요. 궁 안에 내가 있으면 어린마마께서 불편하실 테니 수일 내로 옹성(雍城)에 거처를 마련하고 떠나겠어요.」

왕태후 주희는 영정에게 모욕을 당한 후 사흘만에 노애와 시비 천여 명을 이끌고 옹성에 있는 대정궁(大鄭宮)으로 거처를 옮겼다.

주희가 옹성으로 떠나자 잠 못 이루는 사람이 둘이 있었다. 그 중 한 사람이 여불위였다. 그는 매사에 꼼꼼하고 빈틈이 없어 사소한 일이라도 앞뒤를 재고 문제점을 점검하곤 하였다. 쉽게 처리할 수도 있는 계획도 비밀을 지키고, 진행에 일체의 허점을 보이지 않았다. 그러나 노애를 감천궁에 보낸 일은 그가 어쩔 수 없이 추진한 계획으로 결코 상책(上策)이라고는 볼 수 없었다. 여불위는 방자한 노애와 음란한 태후의 소문이 도성에 은밀하게 퍼질수록 몸을 도사렸다. 잘못하다가는 화가 자신에게 미칠지도 모를 일이었다.

여불위 다음으로 잠 못 이루는 사람은 영정이었다. 그는 궁중에서 벌어지고 있는 음란한 소문을 알고 나서 더욱 심하게 위기감을 느꼈다. 이전에는 여불위만 대처하면 되었지만 지금은 주희와 노애가 새로운 적으로 나타난 것이었다. 그는 모후의 음행이 폭로될까 걱정이 되었다. 만일 모후의 음행이 적나라하게 발각되면, 세력 기반이 약한 자신을 사생아라고 매도하며 공격하는 무리가 틀림없이 생길 것이기 때문이었다. 자칫하다가는 왕위마저 위험할지 몰랐다. 모후의 음행과 더불어 노애를 어떻게 처치하는가도 문제였다. 가장 효과적인 방법은 음적으로 몰아쳐 꼼짝없이 죽여야 하는데 그런 기회를 잡기가 어려웠다.

영정은 그즈음 자신의 주변에서 일고 있는 심상치 않은 기운을 감지했다. 자신을 공손하게 받들던 왕제(王弟)들이 서서히 무리를 지으며 반기를 들기 시작했고, 특히 창평군과 창문군은 노골적으로 자신의 세력을 키우려는 움직임을 보였다. 영정은 이러한 모든 사태가 모후의 음란한 행동에서 비롯되었다고 믿었다.

한편 여불위는 주희를 염탐하기 위해 옹성에 사절을 파견하였으나 정문에서 거부를 당했다. 옹성의 대정궁은 삼엄한 경비를 펼치며 어느 누구의 접근도 허락하지 않았다. 이 일로 여불위의 감정이 무척 상했다. 이전에는 왕태후가 무슨 일이 생기면 자신에게 먼저 상의를 하고 자문을 구했는데, 이제는 옹성의 대정궁에 틀어박혀 꼼짝을 하지 않았다. 도저히 주희에게 접근할 방법이 없었다. 여불위가 이 문제로 고심하자 도 총관이 이사를 이용하면 어떻겠느냐고 제의를 하였다.

도 총관의 통보를 받은 이사는 즉시 승상부로 달려왔다. 여불위는 반갑게 이사를 맞이하며 대정궁에 들어가 태후의 동정을 파악하는 문제를 상의하였다. 이에 이사는 흔쾌히 응답을 하였다.

「승상께서 밀서를 한 통 써주시면 틀림없이 태후마마를 알현하겠습니다.」

「허허, 이 시위는 들어갈 묘책이라도 있는가 보지?」

이사가 자신 있게 말했다.

「승상 대인, 아무 염려마십시오. 만일 궁중에서 가장 아끼는 몇 갑의 학정향을 가져간다면 태후마마는 틀림없이 소신을 부를 겁니다.」

여불위는 이사의 입에서 학정향이라는 말이 나오자 가슴이 뜨끔했다.

'학정향은 나와 주희만이 아는 비밀인데 이 시위가 그걸 어떻게 알았을까?'

여불위는 이사의 얼굴을 뚫어지게 바라보았다. 하지만 이사의 얼굴에서는 의심스러운 구석을 발견할 수 없었다.

'이사는 초나라 사람이니 그곳에서 들었을 수도 있겠지. 괜히 자라 보고 놀란 가슴, 솥뚜껑 보고 놀라지는 말아야지.'

이사는 여불위에게 대정궁에 들어갈 수 있는 비책을 설명하기 시작했다. 그의 말을 들으며 여불위는 연신 고개를 끄덕였다.

이날 자시가 되어서야 이사는 궁으로 돌아왔다. 멀리 영정의 방에서 불빛이 새어 나오고 있었다. 가까이 가서 보니 영정이 용봉안(龍鳳案)에 앉아 서책을 읽고 있었는데 유난히 그의 미간이 초췌하고 얼굴빛이 어두워 보였다. 이사는 그러한 영정의 심사를 읽고 조용히 시 한 수를 읊었다.

높은 언덕은 골짜기가 되었고,
깊은 골짜기는 언덕이 되었거늘,
슬프다, 지금의 관리들은
어찌하여 정신 차리지 않을까?

이 소리에 영정은 책을 덮고 방문을 열었다. 이사가 달을 보며 시를 읊고 있었는데 시로써 영정에게 무슨 이야긴가 하려는 듯했다.

「이 시위는 어찌하여 〈시경〉에 나오는 '시월 초하루'라는 시를 읊고 있는가?」

영정의 말에 이사가 두리번거리며 먼저 주변에 인적이 없음을 확인하였다.

「대왕마마께서 매일 시름에 젖어 계신 모습이 마치 '남산은 높다란데 숫여우 어슬렁거리네'라는 시구와 같아 보이시옵니다. 그래서 소신은 시경의 '남산'을 빗대어 '시월 초하루'라는 시구를 읊었사옵니다.」

이사는 영정의 눈치를 살피며 말을 이었다.

「소신은 이제 죽음을 무릅쓰고 옹성에 들어가 궁궐에 나도는 나쁜 소문의 진상을 밝혀내어 왕실의 체통을 세우고 조정의 기강을 바로 하는데 이 한몸 기꺼이 바치려 하옵니다.」

이사의 말에 영정은 가슴이 벅차올랐다. 그는 임금이면서도 왕태후 주희와 간부(姦夫) 노애가 옹성에 들어가 무슨 음모를 꾸미고 있는지조차 파악하지 못하고 있었다. 만일 이사가 대정궁에 들어가 역모의 징후나 음란한 행위의 증거를 찾는다면 영정은 자신이 꾸민 원대한 계책을 수월하게 이룰 수가 있을 터였다.

영정은 이사가 믿음직스럽기만 했다.

「이 시위의 충심을 익히 알고 있었소. 하지만 옹성에 들어가기는 하늘의 별을 따기보다 어렵다는데 그리고 요행히 들어간다 해도 이 시위의 얼굴을 아는 사람이 많아 행동하기가 쉽지 않을 것이오.」

이사는 빙그레 웃으며 승상부에서 여불위에게 받은 서신을 품 속에서 꺼내 영정에게 건네주었다. 영정은 그것을 읽는 동안 얼굴빛이 수차례 변했다.

「이 시위, 어찌된 연유로 이런 서신을 지니게 되었는지 그 경위를 소상하게 말하시오.」

이사는 영정에게 조금 전 승상부에서 있었던 일을 자세히 설명했다.

「여 승상 대인께서 친히 소신한테 써준 서신이옵니다. 향후 유력한 물증이 될 터이니 대왕마마께서 거두어 주십시오. 소신은 초나라 분장수로 변장하여 대정궁의 궁문을 열겠사옵니다.」

「오, 이 시위!」

영정이 감탄스러운 눈빛으로 이사를 바라보았다.

왕태후와 노애는 옹성으로 거처를 옮긴 후 궁문을 철저하게 지키도록 하였다. 두 사람은 방해자가 없는 대정궁에서 곡예사와 시정잡배는 물론이고 성 안의 권문세족을 불러들여 사흘에 한 번씩 연회를 베풀었다.

이날도 대정궁에서는 어김없이 화려한 연회가 벌어지고 있었다. 대정궁 명당(明堂)에는 등불이 밝게 빛을 발하고, 웃음소리가 끊이지 않았다. 술기운을 이기지 못해 쓰러진 주희가 궁녀들에 의해 침실로 옮겨졌고, 잔뜩 취한 노애 또한 눈이 발갛게 충혈된 채 온갖 욕설과 음담패설을 늘어놓았다.

「하하하, 자 마시자구. 우리의 앞날은 순풍에 돛단배야. 걱정 말고 어서 마시자니까.」

「이보시게, 아무리 마셔도 황하의 물은 어쩌지를 못하는 게 인간사라네. 그만 마시자구.」

노애의 옛 곡예단 친구가 걱정하는 빛으로 말했다.

「너, 그 입 다물지 못하겠니. 너는 그냥 있으면 돼. 자, 마시자. 어이, 계집애야, 이리 와서 술 좀 따르거라.」

노애가 부른 궁녀는 지난날 태후를 모셨던 궁아였다. 노애는 머뭇거리는 궁아를 끌어다 곁에 앉히고 가느다란 허리를 감싸 안았다.

「하하하, 이 계집애 좀 보라구. 나긋나긋한 게 먹음직스럽지 않은가?」

궁아는 움찔하며 노애의 품에서 바둥거렸다.

「걱정하지 말아라. 이 오빠가 이뻐해 줄 테니.」

노애는 그녀의 허리를 더욱 바싹 끌어 안으며 손을 치마 밑으로 집어넣었다.

「어머, 안 돼요!」

궁아가 발버둥을 치며 노애에게서 벗어났다.

「얘야, 숨지 말아라. 너에게 운우의 즐거움이 어떤 건지 가르쳐 주려는 거야. 몇 번 하고 나면 그곳이 근질거린다니까.」

노애의 음탕한 말에 모두들 낄낄거리며 웃었다.

「노 대인! 연회를 계속하실 겁니까, 아니면 당장에 그칠 겁니까?」

노애는 귀를 찢는 듯한 고함에 정신이 번쩍 들었다. 고개를 들어보니 옹성의 사무를 주관하는 중대부령(中大夫令) 제강(齊江)이 서 있었다. 그는 노애가 수천 금을 주고 온갖 노력을 들여 자신의 심복으로 키운 조정의 벼슬아치였다. 노애는 남을 깔보고 무시하는 위인이었지만 제강만큼은 존중해 주었다. 조정의 일을 모르는 자신이 이곳에서 버텨나가기 위해서는 제강의 도움이 절대로 필요했기 때문이었다. 만일 장래에 조정의 권력을 장악하게 된다면 제강과 같이 지혜로운 심복이 있어야 했다.

제강의 호통에 노애는 얼른 몸가짐을 다시 했다.

「제 대인, 술이 너무 과해 이 사람이 실수를 했나 보오. 잘못된 점이 있으면 따끔하게 질책해 주시오.」

「노 대인, 이런 생활을 계속하시려면 먼저 모범을 보여야 합니다. 규칙과 예의를 지켜야 하오며, 하찮은 계집종이라도 함부로 멸시해서는 안 됩니다. 어른을 몰라보고 아랫사람을 아낄 줄 모르는 사람은 남을 다스릴 수가 없는 법이지요.」

「그렇소, 제 대인의 말씀이 맞소이다. 마땅히 예의를 지켜야 하고 규칙을 따라야지요.」

노애는 제강의 말에 고개를 끄덕였다.

「그러면 어떻게 예의를 지키고 규칙을 따라야 하는지 제 대인께서 가르침을 내려주시오.」

중대부령 제강은 우선 사람들을 물리고 연회를 끝내도록 하였다. 잠시 후 노애와 단둘이 남게 된 제강이 말을 이었다.

「제가 보기에 노 대인께서는 우선 '예를 알고 예를 지키는 태도(知禮守禮)'가 필요합니다.」

「예를 알고 예를 지키라니, 그게 무슨 뜻이오?」

「정나라 장공(莊公;BC 743-701년)께서는 예를 알고서야 패업(霸業)을 이루었습니다. 이를 두고 사람들은 '덕을 바탕으로 세상을 다스리고, 자신의 힘을 헤아려 행하였다'라고 말하지요.」

「그렇다면?」

노애가 눈을 껌벅이며 제강의 다음 말을 기다렸다.

「자신을 굽히고 남을 높여야 세상을 다스릴 수가 있는 법입니다.」

「아, 알겠소. 제 대인.」

그제서야 노애는 제강의 말을 이해했는지 고개를 끄덕였다.

「대인이라면 마땅히 예의로써 선비를 대하고, 자기 자신을 굽혀 인심을 얻어 지위를 튼튼히 하고 나라를 다스릴 역량을 갖추라는 뜻이군요.」

노애의 명쾌한 대답에 제강은 깜짝 놀랐다. 글자 하나 제대로 읽을 줄 모르는 노애의 지혜가 의외로 뛰어났기 때문이었다.

「그렇습니다. 대인께서는 문신후 여 승상을 만나지 않았습니까? 그는 문객만 3천을 키우며, 국가의 정사를 승상부로 옮겨놓았습니다. 조정의 일을 제 마음대로 주무르고 있지요.」

「나는 여 승상에 비할 바가 못 되지요. 그는……」

노애가 갑자기 풀이 죽어 말꼬리를 흐렸다.

「아닙니다. 노 대인만이 지금의 여 승상을 막아낼 수 있습니다. 다만 대인의 굳은 결심이 필요할 따름입니다.」

노애는 제강의 말에 한동안 생각에 잠겼다.

'좋아, 사내가 한번 칼을 뽑았으면 끝장을 보아야지. 정상은 쫓기는 입장이고, 그 아래는 쫓는다는 말도 있지 않은가.'

노애는 제강을 새삼스럽게 바라보며 그의 식견과 지혜에 탄복했다.

「하지만 어린마마는 어쩌지요? 그는 명분상 이 나라의 임금이 아니오. 그가 우리를 짓누르면 어떻게 맞설 수가 있겠소.」

이 말에 제강은 빙그레 웃으며 걱정없다는 얼굴을 하였다.

「어린마마가 영특하다지만, 어디까지나 어린아이가 아니겠습니까? 만약 태후마마께서 젖을 뗀다면 그는 꼼짝없이 왕관을 벗어야 할 입장입니다. 또한 관례를 치르려면 아직도 멀었지 않습니까?」

제강의 말에 노애는 안심이 되는지 다시 편안한 자세로 앉았다.

「제가 보기에는 얼마 안 있어 어린마마와 승상의 싸움이 벌어질 것 같습니다. 그때 노 대인께서는 앉아서 어부지리를 얻게 될 것입니다.」

「하하하 제대인, 과연 묘책이오!」

노애는 제강의 상황 분석과 판단에 매료되었다.

「제 대인은 나의 기둥이고 대들보요. 나 노애에게 없어서는 아니 될 참모입니다. 내일 3천 금을 내릴 테니 현사들을 모아주시오.」

「예, 알아서 처리하겠습니다.」

이날 밤에 벌어진 제강과 노애의 밀담은 권력을 사이에 둔 또 다른 암투를 예고하고 있었다.

한편 술에 취해 침실로 옮겨간 주희는 침상에 눕자마자 잠에 곯아떨어졌다. 주희의 머리맡에서 시중을 들고 있던 추아는 그녀가 완전히 잠든 것을 거듭 확인한 후 슬그머니 제 방으로 물러가 화장을 하기 시작했다. 추아가 태후를 따라 감천궁에서 대정궁으로 옮긴 지도 벌써 석 달이 지났다. 그녀는 그동안 한순간도 이사를 생각하지 않은 적이 없었다. 추아는 사랑하는 이사와 자신을 떼어놓은 주희와 노애가 미웠다. 두 사람의 음행 때문에 이사와 맺어진 연분이 허공으로 사라질 판이었다.

그날도 추아는 하루 종일 이사만을 생각했다. 그런데 정오가 조금 지났을 즈음 늙은 태감이 그녀에게 분갑 하나를 건네주며 밖에 초나라 사람으로 보이는 장사꾼이 태후가 좋아하는 분을 가지고 왔다고 말했다. 추아는 초나라 사람으로 보이는 분갑장수라는 말에 이상한 생각이 들어 재빨리 분갑을 열어 보았다. 분갑에는 구슬이 한 개 들어 있었다. 그 구슬은 원래 두 개였는데 추아가 이사와 사랑을 맹서하면서 하나는 그녀가 갖고 다른 하나는 그에게 정표로 준 물건이었다. 구슬을 본 그녀는 날 듯이 궁문으로 달려갔다. 아니나다를까 이사가 분갑장수로 변장한 채 궁문에서 그녀를 기다리고 있었다. 두 사람은 애끓는 마음을 잠시 억누르고 삼경에 후원에서 다시 만나기로 약속했다.

마침내 삼경이 가까워 오자 추아는 태후가 잠에서 깨어난 것은 아닌지 다시 한 번 확인하러 그녀의 침실로 달려갔다. 문 앞에 이르렀을 때 덩치 큰 사내 하나가 땅바닥에 고꾸라져 있는 것이 보였다.

「님, 님이 나를 기다리네. 꿈, 꿈 많은 아가씨, 애, 애간장을 녹이는 얼굴, 사, 사랑을 하고 싶어라.」

노애가 술이 잔뜩 취해 혼자 중얼거리고 있었다.

「어, 누구야?」

노애가 추아의 발자국 소리에 머리를 들었다. 추아는 깜짝 놀랐다. 이 위기를 벗어나지 못하면 다시는 이사를 만날 수 없을 것 같았다. 그 순간 추아는 얼른 재치를 발휘했다.

「대인 어른, 태후마마께서 기다리고 계십니다. 빨리 들어가 보셔요.」

노애는 태후라는 말에 정신이 번쩍 들어 엉금엉금 기다시피 해서 태후의 침실로 들어갔다. 추아는 그가 태후의 곁에까지 제대로 가는지 확인을 하고 난 뒤 급히 후원으로 달려갔다.

후원에서 초조하게 추아를 기다리던 이사는 삼경이 조금 지나서야 추아가 뛰어오는 것을 보았다. 두 사람은 만나자마자 아무 말 없이 서로를 부둥켜 안고 그렇게 밤새도록 사랑을 나누었다. 어느덧 동쪽 하늘이 희끗희끗해져 왔다. 추아는 이사의 품에서 빠져나오며 눈물을 글썽였다.

「이랑, 너무 걱정하지 말아요. 여기까지 들어왔으니 틀림없이 뜻을 이루고 나갈 수 있을 거에요.」

이사는 고개를 끄덕이며 돌아가는 추아의 뒷모습을 물끄러미 바라보았다.

해가 동쪽 산마루에 올랐을 즈음에야 주희는 겨우 잠에서 깨어났다. 그녀는 경대 앞에 앉아 '복숭아 나무'라는 시를 흥얼거렸다.

싱싱한 복숭아 나무, 불긋불긋 꽃이 피었네
시집가는 아가씨, 그 집안을 일으키네

싱싱한 복숭아 나무, 탐스런 열매 열렸네
시집가는 아가씨, 그 집안을 일으키네
싱싱한 복숭아 나무, 푸릇푸릇 잎새가 무성하네
시집가는 아가씨, 그 집안을 일으키네

거울 앞에 선 주희는 자신의 몸매를 앞뒤로 비추어 보았다.
「휴, 세월은 사람을 기다려 주지 않는구나.」
주희는 자신이 늙어가고 있음을 느끼는지 한숨을 내쉬었다. 이때 탁자 아래에서 잠자던 노애가 갑자기 중얼거리기 시작했다.
「오늘은 너무 예쁘구나, 너무 예뻐 보이는구나.」
노애는 탁자의 다리를 꼭 끌어안고 웅얼거리다 제 소리에 잠이 깼는지 부시시 눈을 비비며 일어났다. 그는 주희가 자신을 곱지 않은 눈으로 바라보고 있자 퍼뜩 정신을 차렸다.
「흥, 누가 예쁘다고?」
노애는 문득 어젯밤에 추아의 부축을 받은 일이 떠올랐지만 그 이후는 생각나지 않았다.
「아, 태후마마께옵서 너무 예쁘시다고! 그 눈, 입술, 코, 이마, 어디 예쁘지 않은 데가 없지 않아요?」
노애가 침이 마르게 주희의 미모를 예찬하자 그녀는 무엇에 홀린 것처럼 그를 바라보았다. 그 눈빛에서 주희의 마음을 읽어 낸 노애는 얼른 그녀에게 달려가 어깨를 감싸 안았다.
「태후마마는 너무나도 아름다우시지. 이렇게 안고만 싶으니.」
「아이참!」
주희가 황홀한 표정을 지었다. 곧이어 두 사람은 서로의 몸을 탐하며 정신없이 침상에서 뒹굴었다.
「태후마마, 당신은 부평초 부부가 되고 싶어, 아니면 받침돌 부부가 되고 싶어?」
「부평초 부부는 무엇이고, 받침돌 부부는 뭐야? 만일 나를 버린다면 그냥 두지 않을 거야.」

「태후마마, 우리는 받침돌 부부야. 검은머리가 파뿌리가 되도록 영원히 함께하는 거야.」

노애는 주희가 좋아할 말만 입에 담으며 주희의 몸을 애무했다.

'당신은 활짝 핀 복숭아꽃이야. 나는 결코 당신을 버릴 수가 없어. 당신이 있어야 이 강산을 나의 강산으로 돌릴 수 있지.'

노애는 주희의 귓불을 잘근잘근 깨물며 이렇게 생각했다.

「태후마마, 우리가 힘을 합쳐야 두 명의 적을 쫓아낼 수 있지.」

「두 명의 적이라니?」

「여불위, 여 승상하고 어린마마, 영정을 두고 하는 말이야. 그들은 태후마마가 두려워 나를 잠시 살려두었을 뿐이야. 그러나 언젠가는 태후마마도 당할 거야. 멀리 걱정할 것 없이 가까운 데부터 걱정하라는 말도 있잖아. 미리 준비를 해두지 않으면 크게 당할 거야.」

주희는 노애의 말이 그럴 듯하다고 생각했다. 그전 날 영정에게 호되게 질책을 당한 이후로 주희는 가끔씩 불안하고 걱정이 되었다. 그러나 그 해결책이 노애의 머리에서 나올 리가 없었기에 내색을 하지 않았다. 노애는 다만 그녀의 음심을 풀어주는 동반자일 뿐, 국정에는 아는 게 없는 문외한이기 때문이었다. 그런 노애가 여불위와 영정의 문제를 끄집어낸 것은 의외였다.

「그렇다면 네 생각은?」

주희가 노애를 믿지 못하겠다는 표정으로 물었다.

「태후마마, 어린마마가 관례를 치르기 전까지는 수렴청정을 할 수 있는 구실이 있잖아. 먼저 어린마마를 설득하여 나를 후(侯)로 봉하게 하고 성을 받으면 그것이 우리의 터전이 되고, 뿌리가 되지.」

「무슨 후로 봉하면 되지?」

「여불위는 문신후이니까, 그를 누른다는 의미에서 장신후(長信侯)가 어떨까?」

노애는 참모 제강의 지시에 따라 반은 애원조로, 그리고 반은 협박조로 주희를 설득하기 시작했다.

「남자들은 남을 누르는 게 좋은가 봐. 그리고 봉후가 그리 쉬운 일인 줄 알아? 전공(戰功)이 없는데 어떻게 후를 받을 수 있어?」

주희가 고개를 가로저었다. 진나라는 상앙의 변법 이래 군공이 특별히 뛰어난 사람에게만 후를 봉할 수 있었다. 그러자 노애는 다시 제강이 가르쳐준 대로 주희에게 말했다.

「태후마마, 관례를 깨는 일이 어려운 줄은 알아. 하지만 멀리도 말고 가까운 데를 살펴봐. 여불위가 있지 않아? 그는 진나라 사람도 아니고, 양적의 장사꾼으로 군공이 없는데도 후를 받았잖아. 하지만 나는 당당한 진나라 사람이야. 조상의 묘가 엄연히 함양에 있으니 여불위보다 못할 게 없지. 어쨌든 태후마마가 힘을 쓰면 될 거야.」

주희는 노애가 여불위를 예로 들며 자신을 설득하려 들자 속으로 피식 웃었다.

'이 밥통아, 그는 선왕을 임금으로 앉혔고, 또 어린마마의......'

그러나 주희는 노애가 계속 애원을 하자 어쩔 수 없다는 듯 혀를 끌끌 차며 대답했다.

「그래, 그대의 일을 내가 외면할 수야 없지. 하지만 사람들에게 어떤 명분을 내세우지?」

이때 갑자기 노애가 벌떡 일어나더니 방문을 활짝 열어제쳤다.

「엿듣는 사람이 누구냐!」

「추, 추아이옵니다.」

추아가 문 밖에 서 있었다. 자신의 행동을 들켜버린 그녀는 두려움으로 온몸을 덜덜 떨었다.

「누가 너를 불렀니?」

주희가 매섭게 눈을 흘겼다.

「초나라 땅에서 분을 팔러 장사꾼이 왔는데 태후마마께서 좋아하시는 학정향이 있다고 하길래, 정전(正殿)에서 기다리게 했사옵니다.」

주희는 학정향이라는 말에 귀가 번쩍 뜨였다. 그녀는 곧바로 노애의 품에서 벗어나 정전으로 발걸음을 옮겼다.

7

개에게 물어뜯긴 사마공

등승이 함양궁의 시위장을 맡은 지도 벌써 수년이 흘렀다. 그의 임무는 매일 아침 저녁, 그리고 야간에 궁중의 대(臺), 정(亭), 각(閣), 화원, 호수, 석림(石林)을 둘러보고, 특히 큰 명절이나 경축일이 오면 순찰을 더욱 강화하여 경계와 방어 태세를 철저히 하는 일이었다.

등승은 이날도 평시와 마찬가지로 야간 순찰을 돌고 있었다. 그가 금위군 몇 명과 함께 궁 안팎의 이상유무를 확인하며 석림에 이르렀을 즈음 어디선가 돌무더기 무너지는 소리가 들려왔다. 후원 뒤편에 있는 석림은 바위가 숲을 이루고 있는 지역이었다.

등승은 재빨리 석림으로 들어갔다. 그가 석림의 끝에 다다랐을 때 마침 소리난 쪽에서 태감 두 명이 황급히 뛰어왔다.

「무슨 일입니까?」

등승의 물음에 늙은 태감이 선대왕' 시절에 있었던 기이한 사건을 이야기해 주었다.

「선대왕이신 소양왕께서는 하늘을 날고 늙지 않는다는 신선술을 연마하고자 널리 선단(仙丹)을 구하셨지요. 그래서 대왕께서는 궁중에 연단로(煉丹爐)를 설치하시고 다년간 선단을 제조하셨는데 그때 숱한 황금,

백은, 주사가 소비되었지요. 하지만 대왕께서는 붕어하시기 바로 직전까지도 선단을 만들어 내지 못하셨습니다. 대왕께서는 붕어하시면서 선단로와 방사(方士)를 후원 뒤의 석림에 영원히 가두어 놓으라고 유명(遺命)을 내리셨습니다. 벌써 스무 해 전의 일이었는데, 오늘 뜻밖에도 동굴 입구가 무너져 내린 것입니다.」

그러자 곁에 있던 다른 태감이 떨리는 목소리로 소리쳤다.

「아, 그런데 우리 두 사람이 그곳으로 달려가니 그때 갇혀 있던 방사가 아직 살아 있지 뭡니까?」

「앗, 그가 나타났습니다!」

태감들은 너무도 두려운 나머지 그 자리에 털썩 주저앉고 말았다. 등승은 힘차게 패검을 뽑아들고 방사 앞으로 걸어갔다. 달빛을 등지고 서 있는 방사는 은발에 낡은 장삼을 걸쳤는데 어둠 속에서도 두 눈동자가 형형했다. 평온한 얼굴로 아무 말 없이 등승을 바라보고 있는 방사의 위엄이 자못 힘 있어 보였는데 그런 방사의 모습에서 그는 얼핏 할아버지 이대퇴와 비슷한 기운을 느꼈다. 등승은 금위군과 태감을 뒤로 물러나라 손짓하고 그에게 공손한 태도로 물었다.

「어르신의 성함은 어떻게 되십니까?」

그러나 늙은 방사는 계속 침묵만 지킬 뿐이었다. 단지 등승을 노려보는 두 눈만이 번갯불 같은 빛을 쏟으며 번쩍거리고 있었다. 등승은 이제까지 그런 눈빛을 본 적이 없었다. 시간이 흐르면서 늙은 방사의 눈동자가 붉은색에서 푸른색으로 변하기 시작했다. 등승은 등골이 오싹해졌지만 다시 한 걸음 앞으로 나아가 정중하게 물었다.

「삼가 묻사온대 무엇을 구하고자 심야에 나타나셨습니까?」

「음……」

늙은 방사가 가볍게 손을 내젓더니 마침내 입을 열었다.

「자유로운 삶이 얽매였도다. 무엇하러 이곳에 와서 번뇌를 자초하는가?」

그의 뜻하지 않은 대답에 등승은 어리둥절했다.

「이곳에 와서 번뇌를 자초하다니, 그게 무슨 뜻입니까? 저는 진왕을 보좌하여 천하를 평정하고 창생을 구제하고자 이곳에 왔습니다.」

「허허허, 천하평정, 창생구제라. 천하가 나뉘어지면 전쟁이 빈번하고, 천하가 평정되면 백성이 신음하지. 모든 게 다 헛된 욕심이야.」

잠시 마음을 진정시킨 등승이 그의 말에 반박했다.

「어르신의 말씀은 틀렸습니다. 천하가 분할되어 백성들은 오랫동안 전쟁에 시달려 왔습니다. 지금은 통일이 필요한 시대입니다. 너무 오랫동안 동굴에 계시더니 세상 돌아가는 이치를 잊으셨나 봅니다.」

늙은 방사가 웃으며 대꾸했다.

「대도(大道)는 형(形)이 없고, 대음(大音)은 소리(聲)가 없지.」

등승은 방사의 말에 담긴 뜻을 헤아리지 못하고 한참 동안 그의 얼굴만 바라보았다.

잠시 후 등승은 늙은 방사를 화양부인이 예전에 거처하던 곳으로 안내했다. 그곳은 이미 폐쇄되어 인적이 드문 지역이었다. 등승은 방사에게 옷과 밥을 보내고 자주 찾아와 안부를 물었다. 또한 그를 위하여 연단로를 가산(假山)에 설치해 주었다.

어느 날 방사를 찾아와 담소를 나누던 등승이 그의 이름을 다시 물어보았다.

「하하하, 예전에 세상 사람들은 나를 마선인(麻仙人)이라고 불렀지. 자네도 허명(虛名)을 흠모하거나 금전을 구하지 말고, 마음을 바쳐 남은 시간에 연단을 만들어 욕망에 물든 세상을 초탈하게나.」

등승은 빙그레 웃으며 마선인에게 가르침을 구했다.

「후후후, 오늘은 내가 평생을 기울여 터득한 기술을 가르쳐 주겠네.」

그러자 등승은 얼른 무릎을 꿇고 감사의 절을 올렸다.

「궁중의 방사(房事)는 은밀히 해야지. 오늘 그대에게 가르쳐 줄 기술은 고춘환(固春丸)을 만드는 비법으로, 이 환약을 먹으면 수백 명의 여자도 가슴에 품을 수가 있다네.」

마선인의 말에 등승은 고개를 가로저으며 그런 것은 배우지 않겠다고 말했다. 그러자 그는 품에서 붉은 환약을 꺼냈다.
「그러면 이 약을 만드는 비법을 배우게. 이 약은 취춘환(醉春丸)이라고, 여자가 이 환약의 향기를 맡으면 정신을 차릴 수가 없지. 어떤가?」
등승이 자리에서 벌떡 일어나며 소리쳤다.
「아니, 나에게 사람을 해치는 사술이나 백성을 그릇되게 만드는 방법을 배우라는 겁니까?」
마선인에게 실망한 등승은 한동안 그의 처소에 발길을 끊었다. 그로부터 반년의 세월이 지난 어느 날, 일전에 마선인을 발견했던 태감이 급히 등승을 찾아왔다.
「늙은 방사가 급히 시위장을 찾습니다.」
등승이 그의 방에 들어가 보니 마선인은 방 가운데에서 정좌를 하고 있었다. 여전히 동안의 얼굴에 은빛수염을 드리우고 있는 그였지만 숨소리는 아주 미미했다.
「임종을 눈앞에 둔 사람은 말을 잘해야지, 그렇지 않나?」
마선인이 조용히 등승에게 말했다.
「나는 내일 자시 삼각에 이승을 떠난다네. 자네는 위인됨이 충성스럽고 질박하여 가히 세상의 혼란을 평정할 위인이지. 자네에게 특별히 줄 것은 없고 두 가지 물건만 남기겠네.」
마선인이 품에서 무언가를 꺼냈다. 받아보니 그것은 평범하게 생긴 표주박과 새와 짐승이 그려진 비단 두루마리 한 폭이었다. 등승은 그것들을 세상에서 흔히 볼 수 있는 물건이려니 여겼다.
「보물은 알아보는 사람만이 알 수 있지. 이것들을 가볍게 여기지 말게나. 어려움을 당했을 때 필요할 걸세.」
마선인의 말에 등승은 공손하게 그것들을 품에 넣었다. 마선인이 등승의 손을 잡으며 조용히 말했다.
「먼저, 표주박에는 내가 평생에 걸쳐 만든 연단이 들어있으니 매일 한 알씩 복용하면 힘이 넘쳐흐를 걸세. 그리고 비단 두루마리에 있는 그림은 병서이니 하늘에 떠 있는 별과 대비하면서 연구해 보게. 그러다 보면 오묘한 이치를 깨달을 거야.」

마선인이 등승의 어깨를 가볍게 두드리며 미소를 지었다.

「허허허, 세상사 뜬구름과 같은데 무엇에 그리도 집착하는가. 명리는 부평초요, 부귀는 여름밤의 꿈이야. 오로지 죽지 않고 장생을 추구하여 등선(登仙)하는 게 가장 아름다운 일, 이제 나는 그 뜻을 이루었으니 여한이 없다네. 자네는 내일 이곳에 와서 나의 시신을 거두어 석림에 있는 동굴에 안치하고 영원히 입구를 봉해주게나.」

이튿날 등승은 마선인의 당부대로 그의 시신을 석림의 동굴에 안치하고 입구를 봉쇄하였다.

그러던 어느 날 화원을 거닐던 영정은 우연히 등승이 환약을 먹고 무술을 익히는 광경을 목격하였다.

「등 시위장, 방금 입에 넣은 환약이 무엇인가?」

등승은 성품이 강직하고 순진하여 거짓말을 할 줄 몰랐다. 그는 영정에게 그동안 마선인과 있었던 교분을 모두 털어놓았다.

「동방의 제나라와 연나라에 그런 방사들이 있었다는 얘기를 들은 적이 있소만 등 시위장이 그런 인연을 가졌다니 좋은 일이오. 그런데 어찌하여 고춘환과 취춘환을 만드는 비법을 배우지 않았소?」

「그런 것들은 사람을 미혹케 하고 백성을 그릇되게 이끄는 사술의 하나라 배울 수가 없었사옵니다.」

「그건 등 시위장이 몰라서 하는 말이오. 천지음양은 모두 하늘의 이치에 따라 만들어졌소. 일찍이 의서에 보면 황제는 하루에 백 명의 소녀를 상대하여 성인이 되었다고 했소. 참으로 아까운 보물을 잃었구려.」

「하지만 그림이 그려져 있는 두루마리를 한 폭 얻었사옵니다.」

등승은 품에서 비단 두루마리를 꺼내 바닥에 펼쳐 보였다. 거기에는 짐승과 새가 조화롭게 그려져 있고, 두루마리의 하단에는 고대에 쓰였던 어충문(魚蟲文)으로 그림을 설명하고 있었는데 영정 또한 해독하지는 못했다.

「과인이 가지고 있는 손오병서(孫吳兵書)나 태공망의 백진도(百陣圖)

와는 사뭇 다른 그림이지만, 사도(邪道)의 냄새가 나니 등 시위장이 연구해 보시오.」

등승에게 다시 두루마리를 건넨 영정은 서재로 걸음을 옮겼다. 서재에 들어온 그는 동해에서 유행하고 있다는 우화등선(羽化登仙)의 신선술에 대해 곰곰이 생각해 보았다.

한나라와 진나라의 경계에 위치한 남양군은 수차례나 진나라에 점령을 당했지만 사람이 거의 살지 않는 땅이라 황량하기 짝이없었다. 복우산(伏牛山) 주변에도 폐허가 된 몇 개의 성채만이 남아 있었다. 유월의 뙤약볕은 이곳 복우산에도 내리쬐었다. 전쟁의 참화가 스쳐 지나간 복우산에도 어김없이 봄이 지나가고 여름이 찾아온 것이다. 산록에는 푸릇푸릇한 풀들이 자라고 흰띠풀이 온 산을 덮었다. 복우산 한 골짜기에 나무로 엮어 만든 집 한 채가 있었다. 집의 주변에는 소담스런 꽃밭이 가꾸어져 있었는데 여러 꽃들 가운데 남양의 흰 국화꽃이 특히 눈에 띄었다. 그 꽃밭에서 한 노인이 꽃삽을 들고 김을 매고 있었다. 노인의 머리는 온통 백발이었고, 갈색 얼굴에 주름이 깊게 패인 것이 이미 고희를 넘어선 듯했다. 그러나 두 눈만큼은 예리한 빛을 발하고 있었다. 노인은 가끔씩 허리를 폈다가 다시 앉아 잡초를 뽑곤 했다.

「능매야, 능매야! 이리 와서 좀 쉬거라.」

「예, 알았어요. 할아버지.」

국화더미에 묻혀 있던 소녀가 벌떡 일어나며 대답했다. 그녀의 꾀꼬리 같은 목소리가 산마루에 울렸다. 소녀의 모습이 나타나자 노인은 빙그레 웃으며 다시 자리에 앉았다.

이제 능매는 예전의 어린 소녀가 아니었다. 허리춤에 차고 있던 피리가 그전에는 그녀의 어깨까지 올라갔었지만 지금은 허리에 대롱대롱 매달려 있었다. 능매는 꽃밭의 흰 국화처럼 건강하고 깨끗하고 맑은 아름다움을 지녔다. 비록 갈치마에 베옷을 걸쳤지만 눈부신 그녀의 아름다움은 숨길 수 없었다.

「에이, 할아버지, 나는 언제 처녀가 되지.」

능매의 투정에 이대퇴는 피식 웃으며 눈을 감았다.

등와가 영정을 따라 진나라 함양성으로 떠난 이후 그는 능매를 데리고 사방으로 떠돌아다니며 양을 치고 사냥을 하다 어느덧 남양까지 흘러오게 되었다. 그는 한벽한 남양의 복우산에서 장씨 성을 가진 사람의 배려로 이곳에서 국화를 심고 외참외를 키우며 조용히 능매와 지내고 있었다. 능매가 곁으로 다가오자 이대퇴는 야채죽을 준비하면서 중얼거렸다.

「흰 국화는 장씨가 남양성에 내다팔려고 심은 거지. 이곳 사람들은 흰 국화를 너무 좋아해. 하지만 우리는 상당 사람이란다, 알겠느냐?」

먼 산을 바라보는 그의 눈에 어느덧 이슬이 맺혔다.

「상당의 야산에는 노란 국화, 붉은 국화가 만발해 있겠지. 등와는 그걸 꺾어 너한테 화관을 만들어 주곤 했지. 등와만 떠나지 않았다면 네가 이렇게 외롭지는 않았을 텐데 말이다.」

이대퇴의 말에 죽을 먹던 능매는 목이 메였다. 그는 계속 중얼거렸다.

「상당에서는 국화를 양들이 좋아한다는 뜻에서 양환초(羊歡草)라고 한단다. 가을에 잎과 꽃을 따다 햇볕에 바싹 말려 비단 주머니에 싸서 술을 담그면 참으로 향기 좋은 국화주가 되지. 하지만 사람들은 아직 그런 걸 내다팔 생각은 못하고 있을 거야.」

「할아버지, 백성들은 그저 하루 먹을 걱정 때문에 잠 못 이루고 있는데, 어디 술을 만들어 내다팔 생각까지 할 수 있겠어요?」

「그래, 능매 말이 옳구나. 우리는 가난하고 힘없는 백성이지. 장씨의 말을 들으니 무슨 후라는 벼슬아치는 애첩이 좋아한다고 흰 국화를 무려 일백 금을 주고 산다지 뭐냐.」

「일백 금이나요? 우리가 이십 년은 쓸 수 있는 그런 큰 돈인데.」

능매가 벌린 입을 다물지 못했다.

「우리는 살기 힘들어 죽겠는데 그 사람들은 돈을 못 써서 안달이 났지.」

「둥 오빠도 그런 사람이 됐을까요?」

「아니다. 둥와는 심성이 곱고 정직해서 절대로 그렇지 않을 거야.」

능매가 동그란 눈을 굴리며 걱정스런 눈빛으로 이대퇴의 얼굴을 바라보았다.

「무슨 후니, 왕공이라 해서 모두 같은 사람은 아닐 거야. 국화도 흰 게 있고, 붉은 국화, 노란 국화도 있지 않니?」

그제서야 능매의 얼굴이 밝아졌다. 그녀는 얼른 죽을 비우고 바위에 올라앉아 피리를 불었다.

'쯧쯧, 둥와를 생각하고 있구나. 가여운 것. 둥와야, 너는 지금 어디에 있느냐?'

피리를 불던 능매가 갑자기 자리에서 일어났다. 멀리서 사냥개인 누렁이가 숲을 헤치며 짖어대고 있었다. 무슨 일이 일어났나 싶어 능매는 얼른 달려가 그 주위를 살폈다. 아니나다를까 누렁이가 미친 듯이 짖어대는 그 곁에 한 사내가 쓰러져 있었다.

「할아버지, 어떤 사람이 쓰러져 있어요. 옛날 우리가 구해준 만량이라는 사람처럼 말이에요.」

능매의 외침에 이대퇴가 급히 달려오자 인기척을 느꼈는지 쓰러져 있던 사내가 가까스로 고개를 들었다. 누렁이는 날카로운 이빨을 드러낸 채 주인의 명령을 기다리고 있었다. 여차하면 한입에 물어버리겠다는 기세였다.

「구…… 구해주십……시오.」

사내는 겨우 이렇게 한마디하더니 그만 혼절해 버렸다.

사내를 업고 집으로 돌아온 이대퇴는 우선 띠풀 뿌리를 달여 그의 입에 흘려넣은 다음 맥을 짚어 상태를 보았다.

「능매야, 너는 가서 쉬거라. 그리 심하진 않구나. 더위를 먹어서 그럴 뿐이다.」

능매가 밖으로 나가자 이대퇴는 그의 윗옷을 풀어헤치고 손으로 온몸을 주물렀다. 호흡이 점점 평온을 찾아가면서, 얼마 후 그는 눈을 떴다.

이대퇴는 물수건으로 그의 이마에 흐르는 땀을 훔치며 그의 행색을 자세히 뜯어보았다. 그는 쇠귀풀로 엮은 구멍난 신발에 해진 갈옷을 걸쳤고 작은 보퉁이를 하나 지니고 있었다. 나이는 대략 서른 정도로 얼굴빛이 부드럽고 손에 군살이 없는 것이 한눈에 가난한 서생(書生)임을 알 수 있었다. 그는 정신을 차리자 곧바로 자리에서 일어나 이대퇴에게 깊숙이 고개 숙여 고마움을 표시했다.

「목숨을 구해주신 은혜, 뭐라 감사를 드려야 할지 몸둘 바를 모르겠습니다.」

이대퇴가 황급히 손을 내저었다.

「어려움에 처한 사람을 당연히 도와야지요. 그런데 어느 지방에서 오신 분이오?」

「저는 조나라 장평 사람으로 이름은 사마공(司馬空)이라 합니다. 어려서부터 글을 배우고 익혀서 저를 알아주는 사람에게 몸을 의탁하고자 하였습니다. 저는 위나라의 신릉군에게 의탁하기 위해 대량으로 갔는데 뜻밖에도 그가 위왕의 총애를 잃어버리는 바람에 숱한 문객들이 뿔뿔이 흩어지는 것을 보았습니다. 하는 수 없이 다시 왔던 길로 돌아가던 중 이곳 복우산에 이르러 허기지고 지쳐서 쓰러지고 말았습니다.」

사마공의 사연에 이대퇴는 안쓰러운 표정을 지었다.

「장평도 전쟁의 참화로 부모님 모시고 평안하게 살 곳이 못 되지요?」

고향을 생각하자 사마공은 갑자기 가슴이 답답해졌다.

「부모님은 일찍 돌아가셨습니다. 고향에 가면 몇 뙈기 밭은 있지만 씨뿌리고 추수할 사람이 없습니다.」

「어쩐지 고향이 있는 북쪽으로 가지 않고 서쪽으로 간다 했더니. 지난해에도 초나라에서 도망온 만량이라는 농부를 구해준 적이 있는데, 그 사람도 고향으로 가지 않고 지금은 저기 뒷산에 정착해서 잘 살고 있지요. 그러면 서생께서는 앞으로 어떻게 할 작정이시오?」

이대퇴의 물음에 사마공은 주저없이 자기의 소신을 밝혔다.

「지금 천하는 매우 혼란합니다. 이런 때에는 인재가 필요하지요. 저라고 강태공이나 관중처럼 현왕(賢王)을 보좌하여 청사(靑史)에 길이 남을 사람이 되지 말라는 법이 있겠습니까? 저는 객지에서 죽으면 죽었지 한 곳에 머물며 정착하고 싶지는 않습니다.」

사마공은 제 말에 흥분하여 목소리까지 떨렸다.

「진나라로 가서 여불위에게 의탁할 생각입니다. 그는 이 시대에 가장 실력 있는 사람이지요. 제 생각에는 이전에 이름을 날렸던 4대 공자보다 뛰어난 사람인 것 같습니다. 아참, 그런데 이 방에서 나는 훈훈한 향내는 정말로 사람의 가슴을 맑게 해 주는군요.」

「하하하, 사람의 가슴을 맑게 해 준다? 사실이 그렇지요.」

이대퇴는 사마공이 방안의 향을 극구 칭찬하자 기분이 좋았다.

「이 향은 동백나무 잎에 송진과 여러 재료를 섞어 만들었지요. 비가 오거나 날씨가 구질거리면 이 향을 피워 습기를 없앤답니다.」

「정말로 훌륭한 향내입니다.」

「참, 서생께서는 곡기를 때워야 할 것이니 잠깐만 기다리시오.」

이대퇴는 부엌에 나가 죽을 가지고 들어왔다. 사마공은 상을 받자마자 바람이 구름을 거두어가듯 단숨에 죽 한 그릇을 비웠다.

그런 모습에 이대퇴는 안타까운 심정이 되었다.

「이곳은 워낙 살기가 궁해서 먹을 만한 음식이라고는 야채죽 뿐이라오. 몹시 시장하실 텐데 그런 것밖에 없어서 미안할 따름이오. 그리고 이건 심심해서 텃밭에 심은 외참외인데 달고 향기가 좋아요. 한번 드셔보시구려.」

이대퇴가 건네준 외참외를 먹으며 사마공이 말했다.

「어르신의 말씀을 들어보니 상당 분이시군요.」

「하하하, 그래요. 상당 사람입니다.」

「그런데?」

사마공은 이대퇴를 이해할 수 없었다.

'상당은 얼마나 좋은 지방인가? 물 맑고 인심 좋고 물산이 풍부한 곳인데, 어찌하여 그런 곳을 버리고 이렇게 궁벽한 곳에 초가를 짓고 살고

있을까?'

사마공의 마음을 읽은 듯 이대퇴가 쓴웃음을 지으며 말했다.

「상당 지방도 잦은 전쟁으로 황폐해졌다오. 이곳은 비록 한벽하고 가난한 산간 지방이지만 좋은 점이 하나 둘이 아니라오. 첫째는 한나라의 통치를 받지도 않고, 진나라도 거들떠보지 않으니 전쟁의 참화가 일어날 리 없소. 둘째는 그 어느 나라에도 적을 두지 않으니 세금낼 걱정이 없으며, 셋째는 지주들의 횡포가 심하지 않아 마음이 편하다오.」

「듣고 보니 그렇군요.」

사마공도 그의 말에 공감했다.

「저는 그동안 조나라, 한나라, 위나라를 돌아다니며 백성들이 어렵게 사는 모습을 보았습니다. 이곳 복우산도 전쟁의 참화는 없지만 가난하기는 마찬가지입니다. 학정(虐政)과 전쟁이 끝나야 백성들이 편안할 텐데……」

말끝을 흐린 사마공이 갑자기 이대퇴를 뚫어지게 바라보았다.

「어르신, 저를 따라 진나라로 가지 않으시겠습니까? 진나라에서는 도망온 농부들에게 약간의 밭을 나누어 주고 식량과 농기구도 보태주며 세금도 이 년동안 면제해 준다고 합니다.」

「국경을 넘어가는 일이 쉽다면 우리도 가겠지만……」

이대퇴는 사마공을 바라보며 생각했다.

'이 사람은 만량과는 전혀 달라. 말에 힘이 있고 언변이 뛰어나 사람을 끌어들이는구먼. 만일 능매가 이 사실을 알게 된다면 등와를 찾으러 함께 가자고 하겠지. 하지만 그 길이 얼마나 험난할까. 더욱이 이 사람은 용모가 준수하여 사람들의 이목이 금방 쏠릴 텐데. 가는 길에 많은 문제가 생길 수 있겠어.'

이때 갑자기 방문이 획 열리더니 능매가 뛰어들어왔다. 아마 문 밖에서 두 사람의 이야기를 엿들은 모양이었다.

「할아버지, 우리도 사마 선생을 따라 진나라로 가요. 등 오빠를 찾아가요.」

「능매야, 그곳까지 가는 길이 얼마나 힘들고 어려운지 아느냐?」

「아무리 힘들고 험하더라도 이 골짜기에 있는 한 언제 등 오빠를 다시 만날 수 있겠어요?」

능매는 눈물을 펑펑 쏟았다. 사마공은 두 사람의 대화에서 그간의 사연을 대충 짐작할 수 있었다.

「어르신, 아가씨, 우리는 모두 조나라 사람입니다. 그리고 두 분은 저의 생명을 구해주신 은인이고요. 만일 저를 믿으신다면 진나라에 가 있는 아가씨의 오라버니가 누구인지 알려주십시오. 제가 반드시 소식을 전해드리겠습니다. 어떻습니까?」

사마공의 제의에 이대퇴는 고개를 끄덕였다. 능매 또한 어쩔 수 없이 입술을 깨물며 동의했다.

며칠 후 몸을 추스린 사마공은 함양으로 떠났다. 복우산으로부터 함양까지는 한 달이 넘게 걸리는 거리였다. 사마공은 온갖 고생 끝에 한 달이 조금 지나서야 비로소 함양의 경계에 도착할 수 있었다.

「저, 어르신! 함양성은 어디에 있습니까?」

사마공이 밭에서 일하고 있는 늙은 농부에게 물었다.

「이 길을 따라 한 시간 정도만 가면 함양의 동문에 이른다오.」

사마공은 그에게 인사를 하고 다시 발걸음을 재촉했다. 마침내 멀리 함양성의 동문이 보이자 그는 날아갈 듯 그쪽으로 뛰어갔다.

「하하하, 함양성에 내가 왔다! 내가 왔다! 사마공이 왔다!」

진나라에 이르는 길목에서 사마공은 비옥한 대지에서 열심히 일하고 있는 수많은 농부들을 보았다. 또한 완전무장한 무사들이 질서 있게 요새를 지키는 모습도 눈에 들어왔다. 진나라의 성벽은 거의가 견고했고 백성들은 활기에 넘쳤다.

「백리해(百里奚)여, 상앙이여, 장의(張儀), 범수, 감무여, 내가 왔다!」

사마공은 가슴을 활짝 펴고 함양성으로 힘껏 달려갔다. 그런데 성 가까이 이르렀을 때 갑자기 어디에서 나타났는지 십여 마리의 개가 달려들더니 사마공의 팔과 다리를 마구 물어뜯기 시작했다. 먼 길에 지쳐 있던 사마공은 사나운 개들의 공격에 도저히 대항할 수가 없었다.

함양성은 어느덧 여름에 접어들고 있었다. 며칠 전까지 가랑비가 달포가량 줄기차게 내리더니 이날은 오랜만에 비가 그치고 하늘이 맑았다. 등승은 아침부터 기분이 좋아 정교하게 만들어진 목연을 물끄러미 바라보았다. 이 목연은 여불위가 영정에게 준 선물로, 여불위에게 반감을 가진 영정이 망가뜨렸던 목연을 본떠서 만든 모제품이었다. 영정은 이미 등승에게 화를 내며 목연을 망가뜨린 그때의 일을 사과했지만, 고장난 목연을 완벽하게 고치기는 어려웠다. 등승은 함양성에서 제일 솜씨가 좋은 목공을 불러 새 목연을 제작하게 하였다. 그러던 것이 어제 저녁에야 비로소 완성되었다. 등승은 마침 날이 개인 오늘, 녹류원(鹿菿苑)에서 이 연을 제일 처음 날리고 싶었다.

모든 준비를 마친 등승은 아침 일찍 영정을 찾아갔다. 그런데 서재에 있는 줄 알았던 영정이 어디로 갔는지 보이지 않았다. 서안(書案) 위에는 지난밤에 켜놓은 촛불이 아직 타내려 가고 있었다. 영정은 매일 아침마다 화원에 나가 무술을 연마하곤 했다. 이에 생각이 미친 등승이 급히 화원으로 달려가 보니 과연 영정이 홀로 패검을 휘두르고 있었다. 등승을 발견한 영정이 반갑게 그를 맞았다.

「등 시위장, 어서 오시게.」

영정은 등승의 손에 들려 있는 목연을 발견하였다.

「목연을 날릴 생각인가?.」

영정이 손을 내밀자 등승은 얼른 목연을 등 뒤로 숨겼다.

「대왕마마, 또 그전처럼 부수시면 아니 되옵니다.」

그 말에 영정은 빙그레 웃었다.

「누가 그걸 만지려고 손을 내민 줄 아는가? 저 하늘을 보게나. 등 시위장은 오랫동안 야산에서 양을 키웠으니 이런 말을 들어봤을 거야. '아침에 해가 일찍 뜨면 비가 올 징조다.' 하늘을 보니 늦어도 오후에는 비가 다시 내릴 것 같군. 그러니 목연을 날리기보다는 차라리 서재로 가서 바둑이나 두세.」

「예?」

등승은 영정의 바둑 상대가 되지 못했기 때문에 영정이 바둑을 두자는 제의는 거의 없었다.

'대왕마마는 지금 책더미 속에서 탈출해 쉬고 싶으신 거야. 승패를 떠나 나라도 대국을 해 드려야지.'

등와는 영정을 따라 다시 서재로 들어가 바둑판을 사이에 두고 마주앉았다. 바둑은 춘추(春秋) 시대 때부터 공경대부들 사이에 널리 전파되었다.

영정의 바둑판은 남전(藍田)의 미옥(美玉)으로 만들어 면이 거울처럼 깨끗했고, 날줄과 씨줄로 엮어진 선은 가느다랗게 파서 금실로 상감하였다. 또한 바둑돌은 남전의 박옥(璞玉)으로 만들었는데 돌면이 매우 반들거렸으며 검은 돌과 흰 돌 각각 180개가 칠갑(漆匣)에 가지런히 담겨져 있었다.

등승이 검은 돌을 잡고 영정이 흰 돌을 잡았다. 바둑은 무엇보다도 포석이 중요한데 전체의 국면을 고려하여 적당한 지역을 선점하고 중앙을 공격하는 전술이 필요했다. 두 사람은 단숨에 십여 수를 두었다. 등승의 기국이 힘차고 시원스러운 반면 영정의 바둑은 세밀하고 정확했다.

영정은 바둑을 두면서도 뭔가 깊은 생각에 빠진 듯했다. 등승은 그가 무슨 생각을 하는지 짐작이 갔다. 영정은 틀림없이 옹성의 대정궁에 잠입한 이사를 생각하고 있을 터였다.

「대왕마마, 오늘은 신이 예전같이 당하지만은 않을 것이옵니다. 일전에 왕전 군관으로부터 몇 수 지도를 받았거든요.」

딴 생각에 잠겨 있는 영정을 바둑판으로 이끌기 위해 등승이 농담을 시작했다.

「조그만 물오리가 입은 석 자구만. 등 시위장이 어떤 수를 쓴다 해도 중반이면 승부가 날걸.」

「마마, 너무 서두르지 마시옵소서. 신은 아직 수를 쓰지 않았사옵니다.」

등승이 웃으며 급소에 돌을 두자 그로 인해 영정은 한 번에 여덟 점을 잃게 되었다. 유리했던 국면이 단숨에 뒤바뀌었다. 그제서야 영정은 바둑판에 정신을 집중하고 묘수를 궁리하면서 중얼거렸다.

「즐거움에 시간 아까운 줄 모르고, 놀이에 밤 깊어가는 줄 모른다는 말이 있지. 바둑은 참으로 오묘한 놀이야.」

이미 정오가 되었는데도 두 사람은 승부를 내지 못했다.

「오, 바로 여기다!」

마침내 영정이 등승의 약점을 발견하고 돌을 놓았다.

「과연 묘수이시옵니다.」

등승은 낭패감에 얼굴을 찌푸렸다. 단숨에 승부가 결정날 판이었다.

「도저히 안 되겠사옵니다. 돌을 놓아야겠습니다.」

등승이 패배를 시인하자 영정이 밝게 웃었다.

「아직 돌을 놓으면 안 됩니다!」

이때 등승의 뒤에서 이사의 목소리가 들려왔다. 언제 들어왔는지 이사가 바둑판 옆에서 두 사람의 대국을 지켜보고 있었던 것이다. 이사를 본 영정이 자리에서 벌떡 일어났다.

「등 시위장, 속히 주연을 마련하도록 하시오. 오늘은 군신이 함께 밤새워 술에 취해 봅시다.」

과연 오후부터 비가 내리기 시작했다. 소나기도 아니고 장마비도 아닌 띄엄띄엄 내리는 가랑비는 사람의 심사를 짜증스럽게 했지만 영정은 아랑곳없이 마냥 즐거워 했다. 그즈음 등승은 그렇게 밝은 영정의 얼굴을 보지 못했었다.

「이 시위, 어서 정탐한 사실을 과인에게 알려주시오.」

이사는 대정궁에서 벌어지고 있는 음란한 기풍을 하나도 빠짐없이 영정에게 보고했다. 대정궁에서는 매일 음란한 주연이 벌어지고, 사당(私黨)을 지어 조정을 비방하는 일이 비일비재하였다. 더욱이 노애는 왕태후의 총애를 발판삼아 임금의 가부(假父)로 행세하며 횡포를 부렸다.

이사의 보고에 영정은 분노를 참지 못하고 부들부들 떨었다.

「당장 옹성을 공격하여 대정궁을 쑥밭으로 만들고야 말겠노라.」

영정은 이사와 술잔을 주거니받거니하면서 대책을 의논하였다. 이때 태감이 급히 달려와 대정궁에서 특사가 왔음을 알렸다.

「대정궁?」

영정은 이글거리는 분노를 삭이며 특사를 맞이했다. 화려한 복장을 한 채 거들먹거리면서 들어온 특사는 노애의 곡예단 친구로 영정 앞에 누런 비단에 싸인 백서(帛書)를 바쳤다. 백서를 읽는 영정의 눈꼬리가 하늘로 치솟는가 싶더니 얼굴색이 시뻘게 달아오르고 숨소리가 거칠어지기 시작했다.

영정의 심기가 심상치 않음을 눈치챈 등승이 특사에게 빨리 물러가라는 손짓을 했다.

「짐승 같은 놈! 아니 짐승보다 못한 놈이 감히 후에 봉해 달라고 하다니! 등 시위장은 지금 당장 여 승상에게 달려가 십만 병력을 이끌고 대정궁으로 가 열흘 이내에 노애의 목을 과인에게 갖다바치라고 이르거라!」

등승은 영정의 명을 어떻게 받아들여야 할지 난감하여 우두커니 서 있었다. 평소 영정은 매사에 주도면밀하고 침착하게 일을 처리했으며, 만일 성급하게 일을 처리해서 잘못된 경우에는 자신의 잘못을 시인하고 즉시 사과하는 성격이었다. 언젠가 영정은 등승에게 〈손자병법〉을 내보이며 장수란 고요함(靜)으로 평온하고(幽), 바름으로(正) 다스린다(治)고 말한 적이 있었다.

「대왕마마, 부디 깊이 생각하신 후 결정해 주옵소서.」

등승이 영정에게 간곡히 간언하자 영정은 그제서야 겨우 화를 누그러뜨리고 연거푸 술 석 잔을 들이마셨다.

「군사를 움직일 때에는 조용하고 은밀하게 추진해야 적을 완전히 굴복시킬 수가 있사옵니다.」

묵묵히 사태를 지켜보던 이사의 말에 영정은 고개를 끄덕이며 수긍했다.

그로부터 얼마 후 노애는 봉작을 받으러 입궁하라는 왕의 성지를 받았다. 당시 후의 작위를 받는 사람은 함양궁에 입궁하여 임금으로부터 봉국의 지역을 나타내는 지여도(地輿圖)를 하사받았던 것이다.

성지를 받은 노애는 다음날 왕가(王家)의 사냥터로 사냥을 나갔다. 그는 그 기회에 후의 위엄을 드러내 보이면서, 동시에 연회에 쓰일 사냥감을 마련하기 위해 대대적으로 대정궁 사람들을 이끌고 밖으로 나갔다.

바로 이날 사마공은 자신도 모르게 노애의 사냥터로 발을 들여놓았던 것이다. 낯선 사람을 발견한 사냥개는 마치 그가 사냥감이기라도 한 양 달려들어 마구 물어뜯었다.

「사냥감을 발견했나 보다!」

개들이 짖어대자 사냥에 동원된 무사들이 쫓아왔다. 그들은 사마공이 피를 흘리며 숲에 쓰러져 있는 것을 발견하였다.

「좌익(佐弋) 대인, 짐승이 아니라 처음 보는 놈인데요.」

「비루한 농사꾼이 여기가 어디라고 감히 들어와. 그냥 버려두고 빨리 떠나자. 장신후마마께 어서 훌륭한 사냥감을 몰아주어야지.」

「대인, 혹시 적국의 첩자일지도 모르니 데려가서 심문을 하는 것이 어떻겠습니까? 그렇게 된다면 장신후마마의 이름도 널리 알려질 테고.」

그도 그럴 듯싶어 좌익은 고개를 끄덕였다. 그의 허락이 떨어지자 무사들은 사마공을 꽁꽁 묶어 어깨에 들쳐메고 노애 앞으로 달려갔다. 그 사이 정신을 잃었던 사마공이 시끄러운 소리에 깨어났다.

「마마, 적국의 첩자를 체포했습니다.」

「음, 네 공을 기억해 두겠다. 이 놈을 내사(內史) 사(肆) 대인에게 넘겨 죄상을 밝혀내고 참수하라 일러라. 함양의 저잣거리에 효수하여 진나라의 위엄이 어떤지를 보여주겠노라.」

사마공은 어렴풋이 저잣거리에 자신의 목을 효수하라는 소리를 들었다.

'천신만고 끝에 겨우 함양성에 이르렀는데 효수라니.'

사마공은 있는 힘을 다하여 억울하다고 소리쳤다. 하지만 연회에 쓰일 곰발바닥이 필요한 노애 장신후에게는 사마공이 억울한지 어떤지는 관심조차 없었다. 장신후는 자리에서 일어나 다시 사냥을 떠나려 했다.

「대인, 제 말을 한 마디만 들어주십시오!」

사마공의 애절한 호소에 노애가 겨우 발걸음을 멈추었다.

「소생은 학문에 뜻을 둔 서생으로 문신후 나으리께서 널리 문객을 불러들이신다는 소식을 듣고 온갖 어려움을 이겨내면서 이곳까지 왔습니다. 소생은 결코 적국의 첩자가 아니옵니다. 옛말에 장군은 술을 마시며 말을 타고, 재상의 뱃속에는 배가 다닌다고 했습니다. 장군은 기개가 뛰어나야 하고 재상은 도량이 넓어야 한다는 뜻입니다. 소생의 말씀을 부디 믿어주십시오.」

그때야 노애는 사마공이 첩자가 아님을 알았지만, 그가 자신을 찾아온 것이 아니라 문신후 여불위의 명성을 듣고 천길 먼 길을 달려왔다는 말에 기분이 몹시 상했다

「멍청한 놈, 나는 네가 천리가 멀다 않고 찾아온 문신후가 아니라 장신후이니라. 그런 너는 도대체 어디에서 굴러온 놈이더냐?」

노애의 말에 사마공은 아차 싶었다. 하지만 이미 엎질러진 물이었다.

「대인, 산이 높으면 흙먼지를 거부하지 않고, 물이 깊으면 빗방울을 마다하지 않는다고 하였습니다. 소생은 비록 조나라 사람이지만 진나라의 부강과 민풍을 흠모해 왔습니다. 진나라만이 지금 혼란하기 짝이없는 천하를 평정할 수 있습니다. 소생은 그래서 진나라에......」

노애는 사마공이 조나라 사람이라고 밝히자 더욱 분노가 끓었다. 노애는 자신의 모사인 제강이 주장하는 진인치진(秦人治秦)을 어느 누구보다도 신봉하는 사람이었다.

「네 이 놈, 진나라는 진나라 사람이 다스려야 한다. 감히 허튼 야망을 품고 이 땅에 들어오다니!」

노애는 소리를 버럭 질렀다. 그는 진인치진의 소신을 펼치기 위해 그동안 함양성에 여론을 확산시키고 사람을 모으는 등 여러 방면으로 준비를 해왔고, 때가 되면 단숨에 국정을 장악하리라 결심한 터였다.

「네 놈 같은 버러지들이 진나라를 망치고 있어. 우리 진나라에는 더러운 혓바닥을 가지고 있는 선비놈은 필요가 없다. 게다가 젖비린내도 안 가신 놈이 함양의 장신후를 몰라보고 이국(異國)의 쓰레기 같은 문신후를 들먹이다니!」

「대인이시여, 다시 한 번만 생각해 주십시오.」

사마공은 땅바닥에 엎드린 채 읍소했다.

「네 이놈, '뛰어난 사람은 두말 하지 않고, 두말 하는 사람은 뛰어난 사람이 아니다'라는 말도 못 들었느냐? 나는 두말 하지 않는 사람이다. 여봐라. 이 놈을 단단히 혼내주거라!」

노애의 명령이 떨어지자 무사들이 달려들어 사마공을 마구 두들겨 패기 시작했다. 그래도 노애는 여전히 화가 풀리지 않는지 사마공이 피를 철철 흘려도 상관하지 않았다. 곁에 있던 중대부(中大夫) 안설(顔泄)이 피투성이가 된 사마공을 안쓰럽게 바라보다 노애에게 말했다.

「대인, 〈관자〉에 이르길 '여러 사람이 힘을 합치면 이루지 못할 일이 없다'고 하였습니다. 대인에게는 지금 사람이 필요합니다. 혹여 저 자를 쓸 데가 있을지도 모르니 살려두시지요.」

그제서야 노애는 갈 대인에게 매를 멈추라고 명령했다.

사마공은 안설의 도움으로 겨우 목숨을 부지하고 대정궁으로 끌려가 상처를 치료받았다. 노애는 그에게 대정궁을 지키는 호위병직을 주어 그곳에 머물도록 하였다.

8

암내를 구하는 두 마리 여우

진나라 영정 8년(BC 239년)에 노애는 함양성에 들어가 영정에게 후의 작위를 받았다. 영정은 그에게 장신후라는 봉호(封號)를 내리고 산양(山陽)의 땅을 봉지로 떼어주었으며, 그 뒤 태후의 요청으로 다시 하서(河西), 태원(太元)의 땅을 분할하여 노국(嫪國)을 세우도록 허락하였다. 이런 일련의 일이 노애를 더욱 기쁘게 만들었던 것은 여타 봉국과 비교해 볼 때 노국은 명분만이 아닌 실질적인 권한을 마음껏 행사할 수 있었기 때문이었다.

그 당시 국력이 가장 강했던 진나라는 물론, 초, 제, 한, 조, 위, 연나라 또한 왕권이 공고히 다져져 있어 신하들의 봉국은 중앙의 엄격한 통제와 지배에서 벗어날 수 없었다. 봉국은 세습이 되지 않았으며 봉작을 받은 사람은 토지권과 봉국의 행정 관리를 임금으로부터 위임받아 통치하였을 뿐이었다.

그러나 영정이 노애에게 내린 노국은 궁실, 관복, 수레, 가마, 원(苑), 각에 이르기까지 모든 규칙을 왕실에 버금가게 시행할 수 있는 특권을 부여받았다. 심지어 봉국 내에서 자치 법령이 통용되었고 봉국에 필요한 관리를 마음대로 임명할 수 있으며 사신을 파견할 권리가 주어졌고 군

(軍)을 거느릴 권한까지 하사받았다.

이로써 노애의 지위는 단번에 시정잡배에서 최고의 권력자 자리에 오르게 되었다. 그는 왕태후를 품에 끼고 어린 영정을 마음대로 주무르며 진의 권력을 하나씩 차지해 나가기 시작했다. 왕태후의 치마 폭에서 태어난 그가 가슴에서 자라더니 어느덧 머리 꼭대기까지 올라앉게 된 것이었다.

그러던 어느 날 노애는 왕태후의 이름을 빌려 감천궁에서 주연을 마련하였다. 그는 진나라의 구신(舊臣)과 그들의 자제, 왕가의 혈족, 원로 중신을 모두 초청하고 영정에게 연회의 재가를 요청했다. 영정은 왕태후의 체면을 생각하여 부득불 허락하지 않을 수 없었다.

「왕태후마마가 마련한 연회를 어디서 감히 불허해!」

영정의 허락이 떨어지자 노애는 자만심에 가득차 큰소리를 쳐댔다. 그러나 그의 광망스럽고 경박한 언행은 점점 많은 사람들의 멸시를 받았고, 이에 반해 어머니 왕태후를 깍듯이 모시는 영정은 찬사를 듣기 시작했다.

「어린마마의 효심은 대단해. 어버이는 자식을 멸시하는데 아들은 어버이를 존경하니 말이야.」

연회가 열리는 감천궁은 아침부터 분주했다. 소나무, 동백나무, 홰나무, 자작나무 등에 오색 비단이 주렁주렁 걸리고 건물마다 등불이 대낮처럼 밝혀져 있었다. 이렇게 호화롭고 사치스러운 연회는 검소한 진나라의 도성에서는 전례가 없던 일이었다. 연회는 감천궁에서 제일 아름다운 승로대(承露臺)에서 펼쳐졌다. '대(臺)'란 산이나 언덕 꼭대기의 편평한 곳에 정자처럼 지은 건물을 말한다. 대를 지을 때에는 동서남북으로 기둥을 세우고 그 위에 지붕을 얹지만 벽은 두지 않아 사방을 볼 수 있도록 하였다.

승로대는 함양성의 명승으로 이곳에 오르면 함양성이 한눈에 보이고, 함양성을 굽어도는 위수의 아름다움을 시원하게 느낄 수 있었다. 대로 오르는 계단과 대의 바닥, 그리고 기둥은 남전의 미옥으로 만들어졌다.

함양성의 백성과 고관대작들은 평생에 한 번 이곳에 오르는 게 소원이지만, 승로대는 감천궁 내에 있었고 또 현재는 왕태후의 궁전이라 금지(禁地)나 다름없었다. 노애가 연회를 이곳에서 벌이는 이유 중에는 자신의 명성을 과시하려는 뜻도 있지만, 바로 이곳 승로대가 사람의 마음을 유혹하는 장소라는 것도 무시할 수 없었다.

유시가 되자 승로대의 동서남북 사면에 있는 커다란 향로에서 훈향이 은은하게 타올랐고, 대의 주변에는 조나라에서 바친 열두 대의 동수등(銅樹燈)이 빛을 발하였다. 이 등은 마치 나무처럼 생겼는데 한 등에 열두 개의 수지향촉(獸脂香燭)을 꽂을 수 있었으며, 등불은 바람에 꺼지지 않도록 꽂는 침마다 덮개가 크게 씌어졌고 덮개에는 구멍이 곳곳에 커다랗게 뚫려 있어 빛이 밖으로 쏟아지도록 되어 있었다.

서쪽 하늘이 어느덧 노을로 붉게 물들기 시작하자 바람이 시원하게 불어왔다. 대의 우측에는 궁중 악대가 영빈곡(迎賓曲)을 연주하고 있었다.

노애는 대의 남쪽에서 손님을 맞이하였다. 노애는 이미 자리를 잡은 손님들의 면면을 훑어보면서 매우 흡족한 표정을 지었다. 왕제인 성교(成嬌), 좌승상 창평군과 창문군의 얼굴도 보였고, 조정의 여러 대신들이 거의 빠짐없이 참석하였다.

영빈곡이 계속되면서 그 사이에 궁녀들이 음식과 술을 날라왔다. 잠깐만에 상 위에는 온갖 진미들이 가득찼다. 통오리구이, 통닭구이, 멧돼지통요리도 있었고 잉어와 이름을 알 수 없는 바다고기도 보였다. 잘고 길게 썰어 먹기에 좋도록 만든 장육과 각종 야채요리, 특식인 곰발바닥 요리도 뜨거운 김을 모락모락 피웠으며 향기로운 술이 사람들의 후각을 자극하였다. 노애는 얼굴 가득 웃음을 띄우며 술을 들어 건배를 하였다. 분위기가 무르익을 즈음 곁에 있던 내사 사 대인이 자리에서 일어나더니 큰소리로 외쳤다.

「진나라의 자랑, 함양성의 풍운아, 장신후 노 대인께 축주가언(祝酒嘉言)을 올립니다. 복여동해(福如東海), 수비남산(壽比南山)!」

「하하하, 훌륭한 축주가언이오. 동해 같은 복을 받으시고, 남산 같은 수를 누리시라……」

궁정위 대장 갈 대인이 맞장구를 쳤다. 그러자 또 한 사람이 일어나더니 노애의 복락을 기원했다.

「천신, 지신, 곡신, 주신, 해신, 달신, 산신께 청하오니 장신후 노 대인을 굽어살피소서!」

「고마우신 말씀이오. 마음 깊숙이 새겨두겠소이다.」

노애가 가볍게 고개를 숙이며 고마움을 표시했다. 처음 감천궁에 들어왔을 때 노애는 미천한 시정잡배로 가진 재주라고는 오로지 기예 하나뿐이었건만, 이제는 수많은 사람들이 우러러보는 진나라의 장신후가 된 것이다.

'하하하, 천명이 무엇이더냐. 나를 두고 하는 말이 아닌가? 천명의 굽어살피심이 없었다면 어떻게 내가 장신후가 될 수 있었을까?'

노애는 갑자기 자기 자신이 위대하게 느껴졌다. 그는 그런 기분을 못 이겨 자리에서 일어나 술잔을 높이 들었다.

「진나라는 우리 진나라 사람의 사직입니다. 그러므로 마땅히 진나라 사람이 진나라를 다스려야 합니다. 진인치진, 국태민안(國泰民安)!」

노애는 그동안 제강으로부터 배운 진인치진의 계책을 연회에서 주장하였다.

「진-인-치-진, 국-태-민-안!」

사람들이 박수를 치면서 한자한자 소리 높여 외쳤다. 그런 모습에 흡족한 표정을 짓던 노애는 문득 얼굴을 씰룩거리며 못마땅해 하는 창평군을 보았다. 노애는 갑자기 기분이 상했다. 그 옛날 노애는 창평군 형제에게 불려가 기예를 보여주고 그들이 던져주는 몇 푼의 돈에 허리를 굽히며 고마워 했었다. 하지만 그는 이제 지난날 기예를 팔던 시정잡배 노애가 아니었다. 가까이에서 많은 가르침을 주는 수많은 모사들 덕분에 그는 이미 권모술수에 뛰어난 실력자가 되어 있었다.

'너희들도 언젠가 나로 인해 고통을 받을 줄 알아라.'

노애는 억지웃음을 지으며 창평군에게 다가가 술잔을 건넸다.

「두 분 귀인께서 왕림하시니 연회가 더욱 빛납니다. 잠시 후 기예놀이가 있사오니 부디 즐겨 주십시오.」

「하하하, 이렇게 초청해 주셔서 고맙소이다.」

창평군과 창문군도 가까스로 미소를 지으며 그의 잔을 받았다. 하지만 그들의 얼굴에 깔리는 비웃음은 숨길 수가 없었다. 지금 노애가 아무리 지위 높은 장신후라 해도 그는 천박한 출신의 곡예사로 품행이 부정하기 짝이없었다. 창평군과 창문군, 두 사람은 지난날 아무때고 불러 기예를 살 수 있었던 노애와 선대부터 군(君)으로 대접받아온 자신들이 이렇게 같은 자리에서 술을 마신다는 것 자체가 역겨웠다. 초청을 받은 두 사람은 하는 수 없이 연회에 참석하기는 했지만, 승로대에 오르는 순간부터 연회의 비속한 분위기와 노애의 방자한 태도를 눈뜨고 볼 수가 없었다. 더욱이 진나라 사람이 진나라를 다스려야 한다는 그의 주장에는 더욱 화가 치밀었다.

마침내 우승상 창문군이 분을 참지 못하고 자리에서 일어나 노애에게 잔을 건네며 말했다.

「장신후 대인, 갑자기 재미있는 생각이 하나 떠올랐는데 말을 해야 좋을지 어떨지 모르겠소이다. 대인께서 남에게 얼굴을 드러내시는 걸 어떻게 생각하실지 몰라서.」

「무슨 일이신데 그렇게 말씀을 어렵게 하십니까?」

「받아주신다면 말씀드리지요. 장신후 대인께서는 '동목전(桐木轉)'이라고 하는 출중한 기예를 할 줄 안다고 들었는데, 안타깝게도 이 몸은 아직 그 재주를 본 적이 없습니다. 좋으시다면 빈객들에게 장신후 대인의 뛰어난 솜씨를 한번 보여주시는 게 어떨는지요?」

창문군이 노애에게 정중한 태도로 부탁을 해왔다. 그 순간 연회에 참석한 모든 사람들의 시선이 노애에게 집중되었다. 출신이 비천한 사람에게 가장 듣기 싫은 소리는 그의 출신을 거론하는 일이다. 하물며 노애는 가장 비천하다는 곡예사 출신이었다.

노애는 심한 모욕감에 두 손을 바르르 떨었다. 그 바람에 손에 쥐었던 술잔이 떨어져 산산조각이 났다. 조금이라도 건드리면 곧 폭발할 기세였다. 그때 노애 곁에 붙어 있던 제강이 안 되겠다 싶어 자리에서 벌떡 일어났다. 이 사태를 어떻게 처리해야 좋을지 고민하던 노애가 언뜻 제강을 바라보았다. 제강은 입을 꾹 다물면서 참으라는 표시로 가볍게 고개를 가로저었다. 노애는 제강을 강태공이나 관중처럼 아끼고 존경하였다. 제강의 행동과 표정에서 참으라는 뜻을 읽자 노애는 가까스로 큰숨을 들이키고는 창문군을 할끗 쏘아보더니 제자리로 돌아왔다.

자리에 앉아 연거푸 술 석 잔을 목에 들이부은 노애는 영정의 이복동생인 성교에게 속삭였다.

「듣자 하니 왕제께서는 조만간 병마를 이끌고 조나라를 치러 떠난다고 하는데, 어려서부터 쉴틈없이 전장을 누비셨으니 불공평해도 너무 불공평합니다. 도리어 초나라 출신의 공자들은 함양성에 남아 여자를 끼고 술이나 마시며 풍류에 빠져 있으니 말입니다.」

성교는 비록 열여섯 소년이었지만 체격이 어른처럼 건장하고 당당하였다. 그는 아무 말 없이 홀로 앉아 줄곧 술만 마시고 있었다. 그는 노애의 말에 더욱 울화가 치미는지 계속 술을 마셨다.

「왕태후마마께서는 공자께서 예의에 밝고 인의와 도덕이 고상하다 하시며 친아드님보다 더욱 아끼고 계십니다.」

성교의 곁에 있던 장군 번우기(樊于期)가 술잔을 탁자에 내려놓으며 끼어들었다.

「공자, 태사령(太史令)께서 말씀하시기를 금년에는 혜성이 네 차례 나타나므로 출병하면 절대로 우리에게 불리하다고 하였습니다.」

노애를 따라 한자리에 합석한 제강이 말을 거들었다.

「번 장군의 말씀이 지당하십니다. 왕제께서는 금지옥엽의 몸이시고 더욱이 진나라의 희망이십니다. 절대로 몸을 보중하셔야 하옵니다.」

제강은 고개를 돌려 번우기를 바라보았다.

「〈시경〉에 보면 뛰어나고 뛰어난 용장(勇將)이라는 말이 있는데 바로 번 장군을 두고 하는 말이 아니겠습니까?」

제강이 성교와 번우기에게 한창 찬사를 늘어놓고 있는데, 예쁘장한 가기 한 명이 무대에 올라가더니 춤을 추면서 노래를 부르기 시작했다.

부엉아, 부엉아,
내 자식 잡아먹었으니,
내 집은 허물지 마라

내 집은, 내 집은,
알뜰살뜰 가꾸어 왔는데,
우리 애가 불쌍하지 않니

장마비 오기 전에,
뽕나무 뿌리 캐다가,
창과 문을 엮었거늘,
이제 와서 네가 부수느냐

손과 발이 다 닳도록,
차잎 끓여주고 띠풀 모아,
집 하나 덩그라니 지어놓으니,
네가 와서 차지하느냐

내 날개짓 모지러지고,
내 꼬리 닳아빠지게 일했건만,
내 집은 네가 차지하고,
비바람에 나는 어디로 가니

무대에서 울려퍼지고 있는 노래는 〈시경〉의 '부엉이'라는 시로, 백성들이 그 내용을 조금씩 고쳐 부르고 있는 당대의 유행가였다. 이 노래의 유래는 이러했다.

은나라를 멸망시킨 주무왕(周武王)의 동생인 주공(周公)은 나이 어린 조카 성왕(成王)을 보좌하여 섭정을 하였다. 그러던 중 주공은 형제인 무경으로부터 왕위를 찬탈하려는 음모를 꾸민다는 모함을 받고 오해를 피하기 위해 동해로 떠난다. 그 후 마침내 오해가 풀리자 주공은 이 시를 지어 성왕에게 보내 자신의 우국(憂國) 충정을 노래했다고 한다.

이런 구슬픈 노래는 연회에서 부르지 않는 것이 관례였지만 노애는 의도적으로 이 노래를 무대에서 부르도록 시켰다. 이 노래를 듣고 가장 감동하는 사람은 바로 왕제 성교였다. 그는 자신의 신세와 운명이 이 노래와 다를 바 없다고 생각했다.

며칠 전 장군 번우기는 성교에게 충격적인 말을 전했다. 진나라의 임금인 영정이 여불위와 주희 사이에서 태어난 아이라는 얘기였다. 그렇다면 영정은 진나라 왕족이 아닐 뿐더러 그 말이 사실이라면 진나라의 진정한 왕위 계승자는 바로 성교 자신이었다. 하지만 성교는 그 사실을 입증할 증거도 힘도 사람도 없었다.

노래가 끝나자 성교는 비틀거리며 자리에서 일어났다. 그의 가슴에는 비통과 억울함이 가득차 있었다.

「부엉이가 누구이더냐? 집을 빼앗긴 사람은 누구이더냐?」

성교가 이렇게 중얼거리며 승로대를 빠져 나가자 그 뒤를 번우기와 몇 명의 장군들이 쫓았다. 노애는 자신의 목적이 달성되었다고 판단하면서 재빨리 성교를 따라가 그를 만류하며 가기에게 다른 노래를 부르도록 지시했다. 그러나 성교는 고개도 돌리지 않고 감천궁을 떠났다.

「노애, 너는 왕제를 능멸했다! 용서받지 못할 죄를 범했도다!」

좌중에서 고함소리가 터져나왔다. 창문군의 목소리였다. 사람들의 시선이 온통 우승상 창문군에게 쏠렸다. 창평군은 동생 창문군의 성격이 호방하고 불 같아 항상 걱정하고 있었는데 기어코 일을 터뜨린 것이었다. 그는 얼른 창문군의 옷을 잡아끌며 밖으로 나가려 하였다. 많은 사람들 앞에서 두 번씩이나 모욕을 당한 노애는 제정신이 아니었다. 그는 입술을 부들부들 떨며 창문군에게 소리쳤다.

「네가 한 번도 아니고 두 번씩이나 나를 능멸해! 오늘 너의 이빨을 뽑아버리고 혓바닥을 잘라버리겠다!」

창평군에게 끌려 연회를 빠져 나가던 창문군이 이 소리에 몸을 획 돌렸다.

「하하하, 네가 감히? 잡기나 팔아먹던 네가 갑자기 작위를 받더니 세상이 자기 마음대로 돌아가는 줄 착각하고 있구만!」

창문군은 그동안 감추고 있었던 노애에 대한 경멸을 한꺼번에 쏟아부었다.

「뭐야? 너는 이 자리에서 살아돌아갈 생각을 말아라. 여봐라, 저 놈의 살갗을 당장에 벗기지 않고 무엇하느냐!」

노애의 호통에 수십 명의 시위병들이 창문군을 둘러쌌다. 창평군은 사태가 위급해지자 얼른 뛰어와 노애에게 허리를 굽혔다.

「장신후 대인, 친제(親弟)가 뭘 모르고 대인께 죄를 범했습니다. 제 얼굴을 봐서라도 한 번만 용서해 주십시오.」

노애는 창평군이 비굴할 정도로 용서를 빌자 잠시 할 말을 잃었다.

'여기서 네 놈들의 기를 꺾지 못한다면 천하의 노애가 아니로다.'

다시금 마음을 다잡아먹은 노애가 시위병들에게 명령을 내리려는 순간, 제강이 그의 앞을 가로막으며 애원을 했다.

「대인, 참으십시오. 대업을 이루려면 왕실의 인척에게 해를 끼쳐서는 안 됩니다. 옛말에 작은 일을 참지 못하면 큰일을 그르친다고 했습니다. 이번 한 번만 제발 참아주십시오.」

제강의 간곡한 충고에 노애는 겨우 마음을 진정시켰다. 그사이 창평군은 창문군을 데리고 재빨리 승로대를 벗어났다. 그 뒤를 따라 승상부 도총관과 연 태자 단도 그 자리에서 일어났다.

이날 저녁 승상부에서 여불위는 〈여씨춘추〉 초고본을 읽고 있었다. 이해하기 어려운 몇 부분을 제외하고는 대체적으로 쉽게 쓰여진 글이었다. 유시가 끝나갈 무렵, 시위가 급히 달려와 여불위에게 알렸다.

「승상 대인, 우승상 형제분께서 찾아오셨습니다.」

여불위는 얼른 책을 덮고 서재로 자리를 옮겨 두 사람을 기다렸다. 먼저 문을 열고 우승상 창문군이 들어왔는데 그의 얼굴은 오후에 보았던 밝고 명랑한 표정이 아니었다. 그 뒤를 따라 창평군도 이마와 눈썹을 찡그린 채 들어왔다.

「아니, 연회가 벌써 끝났소이까?」

여불위의 말에 창문군이 씩씩거리며 소리를 질렀다.

「노애, 그 버러지 같은 놈! 승상 대인, 절대로 그 놈을 가만히 두어서는 아니 되겠습니다!」

여불위는 창문군의 분노에 어느 정도 사태를 짐작했다.

일찍이 여불위는 노애의 방자한 태도와 음란한 행동을 이사에게 보고받은 바 있었다. 그는 노애를 높이 평가하지도 그렇다고 조심스럽게 대하지도 않았다. 여전히 시정잡배에 불과한 소인이라고 치부했다. 그런데 창문군의 말을 들어보니 노애를 제거할 시점이 예상 외로 빨리 왔다는 생각이 들었다.

「우승상 대인, 참으시오. 노애, 그 인간이 후의 작위를 받더니 방자하기 그지없이 천방지축으로 날뛰고 있지만, 본래 위인됨이 용렬하고 천박하여 상대할 가치조차 없는 사람이오. 저까짓 것이 왕태후마마의 총애를 믿고 날뛰지만 제가 볼 때에는 사막의 누각에 불과하다오. 우선 마음을 가라앉히시오. 옛말에 하루의 수치를 참으면 백 일의 걱정을 던다고 하지 않았소?」

여불위와 창문군 형제가 담소하고 있는 중에 도 총관과 연 태자 단도 승상부로 돌아왔다. 서재로 달려와 합석한 두 사람은 감천궁에서 벌어진 연회의 정경을 자세히 설명했다. 단이 분노를 이기지 못하겠다는 듯 목소리를 높였다.

「십여 년 동안 여러 나라들이 문신후 대인이 진나라의 국정을 맡은 후 민심이 화평하고 병마가 강건하여 가히 천하의 맹주가 되었다고 말합니다. 그렇지만 장신후가 나타난 이후로 사람들은 '승상 대인은 떨어지는 유성이고 장신후는 승천하는 용이다' 라고 공공연히 말하고 있지요. 이런 이야기는 승상 대인께서도 들으신 적이 있을 겁니다. 하지만 진실한 언사는 아름답지 못하고, 아름다운 말은 진실하지 못한 법입니다. 너무 유념하지 마십시오.」

여불위는 자신을 염려해 주는 단을 바라보며 가볍게 고개를 끄덕였다. 하지만 그 뒤에 이어진 도 총관의 말은 여불위의 심사를 뒤흔들었다.

「승상 대인, 장신후가 무어라 말했는지 아십니까? 진나라는 진나라 사람이 다스려야 한다면서 우승상 대인까지 욕을 보였습니다.」

여불위는 피가 거꾸로 흐르는 것 같았다. 노애의 말은 결국 조나라 사람인 자신을 두고 하는 말이었다. 그사이 연회에 참석했던 대부장 왕관, 중대부 안설도 승상부로 달려왔다. 안설은 일전에 사마공이라는 현사가 여불위의 명성을 흠모하여 함양성에 왔는데 장신후의 사냥터에 잘못 들어 봉변을 당했다는 이야기를 늘어놓았다.

「승상 대인, 이는 바로 장신후가 승상 대인을 무시하고 업신여기고 있다는 증거이옵니다.」

그제서야 여불위는 노애를 그냥 두어서는 안 되겠다고 생각했다. 이대로 가다가는 자신의 체면은 물론이고 조정의 기강이 엉망이 될 게 자명했다. 여불위를 가장 분노케 만든 사건은 사마공의 봉변이었다. 안설의 말에 따르면 사마공은 분명 승상부에 몸을 의탁하고자 진나라의 함양성에 들어왔는데 노애는 이 사실을 알면서도 사마공을 첩자라고 몰아붙이면서 무참하게 두들겨 팼던 것이다. 이는 실상 사마공에 대한 폭행이 아니라 여불위를 겨냥해 그를 무시하고 도전하겠다는 행동이었다. 그리고 만일 이런 사실이 사람들에게 알려진다면 여불위는 자신의 문객이나 가신을 제대로 보호하지 못하는 용렬한 사람으로 낙인찍히기 십상이었다.

생각이 여기까지 미치자 여불위는 도저히 그대로 참고 지나칠 수가 없었다. 자칫하다가는 이제까지 힘들여 쌓아온 반석 같은 지위가 흔들리고 혁혁한 명성에 타격을 입을 위험이 있었다. 여불위는 안설에게 사마공의 행방을 알아내 보고하도록 지시하고, 자신은 친히 왕태후를 찾아가 여러

가지 일을 따지고 확인하기로 결심하였다.

늦은 시각에 승상부를 떠난 여불위는 감천궁에 이르는 동안 주희를 만나는 것이 약간 망설여지기도 했다. 주희와 노애는 이미 뒤집을 수 없는 사이가 되었다. 만일 여불위가 강압적으로 주희에게 노애와 자신 중에 한 명을 선택하라고 한다면, 그녀가 노애를 선택할 것은 불을 보듯 뻔한 일이었다. 영정 또한 왕태후의 요청이 있자 선뜻 노애를 장신후에 봉하고 많은 특권까지 내려주었다. 이로써 여불위는 그동안 자신의 힘의 근거였던 주희와 영정, 두 사람과 점차 멀어지고 있다는 것을 분명하게 느끼게 되었다.

'영정이 노애에게 많은 특권을 준 진정한 뜻은 무엇일까? 노애를 치기 위한 함정일까, 아니면 아무 생각없이 그냥 후에 봉한 걸까?'

감천궁으로 향하는 수레 안에서 여불위는 근간에 일어나는 여러 가지 정황을 생각하며 대책을 세우기에 여념이 없었다. 어느덧 수레가 감천궁에 도착하자 여불위는 궁위의 제지없이 곧바로 태후의 침소로 향했다. 왕태후 주희는 노애가 장신후에 봉해지자 곧바로 대정궁에서 감천궁으로 되돌아왔다. 여불위는 익숙한 걸음으로 은밀한 소롯길을 지나 월문에 당도했다.

「이랑, 어째서 이렇게 늦었어요? 얼마나 기다렸는데요.」

갑자기 들려오는 목소리에 여불위는 깜짝 놀랐다. 월문에서 누군가를 기다리고 있던 한 여인이 희미한 달빛 아래 나타난 여불위를 보고 깜짝 놀라 눈을 둥그렇게 떴다. 그 여인은 추아였다. 추아는 여불위에게 자신의 부정이 탄로나자 어쩔 줄 몰라했다. 궁녀가 사사로이 궁중에서 정을 통한 사실이 발각되면 절대로 용서받지 못했다. 추아의 약점을 발견한 여불위는 순간적으로 그녀를 이용할 가치가 있다는 생각이 들었다.

머리를 곱게 빗어 올리고 분홍빛 저고리에 비취색 치마를 입은 추아는 달빛 아래서 더욱 예쁘고 귀여웠다.

「추아, 네 이년! 태후마마가 그렇게도 애지중지하고 계시건만 궁중에서 감히 남정네와 정을 통해!」

추아는 여불위의 호통에 벌벌 떨었다. 도저히 이 난국을 빠져 나갈 방법이 생각나지 않았다. 그런데 무서운 얼굴을 하고 있던 여불위가 이마의 주름살을 펴더니 입가에 은근한 미소를 지었다.

「너에게 물어볼 말이 있다. 몇 마디만 사실대로 얘기하면 용서해 주겠노라. 하지만 그렇지 않으면 큰 벌을 받을 것이다.」

추아는 영리했다. 이제 모든 것이 끝장이라고 생각했는데 뜻밖에도 여불위가 새로운 제의를 해 오자 그녀는 얼른 고개를 끄덕이며 말했다.

「노비의 생명은 승상 대인의 손 안에 있습니다. 어찌 거짓을 아뢰겠습니까?」

「그래, 오늘 이 월문은 누가 시켜서 열어놓았느냐, 아니면 네가 스스로 했느냐?」

「태후마마께서 지시하셨습니다.」

여불위는 길게 숨을 들이마셨다.

「그럼 누가 들어갔다는 말이냐?」

「예.」

「그런데 어째서 문을 닫지 않았느냐?」

「노, 노비는.....」

추아가 차마 말하지 못하고 얼굴만 붉히고 있자, 여불위는 헛기침을 하며 대답을 재촉했다.

「노, 노비는 낭군을 기다리고 있었습니다. 그와 평생을 하겠다고 언약을.....승, 승상 대인, 제발.....」

여불위는 어쩔 줄 몰라하는 추아에게 다시 물었다.

「장신후 나으리가 들어갔더냐?」

「그렇습니다. 맹서하건대 장신후 대인이십니다.」

「틀림없는 사실이렷다?」

추아는 여불위가 자신의 말을 믿지 못하겠다는 표정으로 물어오자 단호하게 말했다.

「믿지 못하시겠다면 직접 들어가 확인하여 보십시오.」

여불위는 추아의 다급한 모습에 웃음을 지었다.

「그래, 내가 들어가서 확인을 할 터이니 너는 그 낭군과 이곳에 있다가 무슨 일이 발생하면 즉시 나에게 알리도록 하거라. 일이 잘 되면 너희 둘을 인정해 주겠노라.」

여불위는 추아의 어깨를 토닥거린 다음 안으로 성큼성큼 들어갔다. 주희의 침실 가까이 이르자 안에서 소곤거리는 말소리가 들려왔다. 창가로 다가가 안을 보니 침실의 주렴 사이로 남녀의 모습이 어렴풋이 나타났다. 여불위는 자신의 체취가 배어 있는 침실에 다른 남자의 손길이 머무르고 있다는 사실에 배신감과 질투가 동시에 일어났다. 그는 창문가에 자리를 잡고 앉아 안에서 흘러나오는 말소리에 귀를 기울였다.

「태후마마, 나 오늘 완전히 낭패를 당했다오. 정말 죽고 싶은 심정이야.」

노애가 왕태후 주희에게 어리광 섞인 짜증을 부렸다.

「에이, 바보! 하늘이 무너지지 않으니 진정하고 천천히 말해 봐. 그렇게 바보처럼 행동하면 신선이라도 어떻게 산꼭대기까지 올려줄 수 있겠어?」

주희가 노애의 머리를 쓰다듬으며 다독거렸다.

「그래도 걱정이 되는데?」

노애가 시무룩한 표정을 지었다.

「당당한 사내대장부가 째째하게 그러지 마.」

「나 오늘 창문군에게 죄를 지었다오. 그는 조정의 대신인데, 더욱이 태후마마와 선왕의 은인인데.」

「할 말이 있으면 속시원히 다 털어놔 보라니까.」

「그 자식 창문군말야, 승상의 허리를 꽉 부여잡고 거들먹거리고 있잖아. 거기다가 여불위는 어떻고? 교활하고 음흉한데다, 맨날 깊은 곳에 숨어서 나오지를 않으니 말없는 어린마마와 다를 바가 없어. 뭘 믿고 그러는지 모르겠어.」

노애의 말은 점점 욕설에 가까워졌다. 여불위는 부글부글 끓어오르는 분노를 겨우 참았다.

「잘 들어. 이건 알려주고 싶지 않았는데 어린마마와 승상은 본래 한 핏줄이야. 그러니 진나라 강산이 영씨의 손에 있건 여씨의 손에 있건 마찬가지라고 할 수 있지.」

「그, 그럴 수가?」

놀란 노애가 입을 다물지 못했다.

「태후마마, 그러면 대정궁에 있는 우리 보배가 앉을 자리는……」

그 소리에 주희가 갑자기 화를 냈다.

「바보, 조용히 해! 낮말은 새가 듣고 밤말은 쥐가 듣는다는 얘기도 몰라? 벽장에도 귀가 있는 법이야. 영정은 걱정하지 마. 병이 많아 매일 골골하는데 얼마나 살겠어. 우리 보배가 그 자리를 차지하는 날은 멀지 않아. 설마 여씨에게 가겠어?」

여불위는 이마의 땀을 조심스레 훔쳤다. 한 차례 악몽을 꾼 사람처럼 정신을 차릴 수 없었다. 그는 주희를 이용하여 대업을 이루고자 했던 일이나, 그녀의 품에서 벗어나기 위해 노애를 궁중으로 끌어들인 일 모두가 후회스러웠다. 노애가 감천궁에 들어서자 자신은 주희라는 유력한 발판을 잃었고, 그 대신 노애라는 강력한 원수를 얻은 것이다. 마치 돌을 들어 자신의 발등을 내리친 꼴이었다.

여불위는 자신의 오판을 탄식하며 다시 월문으로 돌아왔다. 그를 본 추아가 급히 달려와 입을 열었다.

「승상 대인, 장신후 나으리께서 곧 나오십니다. 빨리 떠나십시오.」

그 말에 여불위가 고개를 끄덕였다.

「그래, 너의 낭군님은 왔다갔느냐?」

「예, 왔다가 바로 떠났습니다.」

추아가 얼굴을 붉히며 대답했다.

「오, 그래. 그 사람의 이름은 무엇이더냐?」

「그, 그 사람은 아직 이름을…… 말해주지……」

추아가 머뭇거리자 여불위가 다그쳤다.

「내가 말했지 않았느냐. 나를 잘 따르면 상을 받고 거역하면 벌을 받는다고. 사실대로 말하지 않겠느냐!」

「승상 대인, 그, 그 사람은 이사라고 합니다.」

「이사, 어느 이사를 말하느냐?」

「그는 좋은 사람이에요. 그는 바로 왕궁의 어전 시위를 맡고 있는 이사입니다.」

추아의 대답은 너무도 뜻밖이었다.

'그는 똑똑하고 교활한 놈이지. 그런데 뭐가 아쉬워서 일개 궁녀와 사사로이 정을 통하고 있을까?'

「승상 대인, 그를 아십니까?」

「허허허, 이번에 새로 장사에 오른 그를 모르겠느냐? 잘하면 이제 너도……」

여불위는 말을 하다가 문 안에서 나는 발자국 소리에 움찔하였다.

「추아, 네 이년! 누구하고 재잘거리고 있는 게냐?」

노애의 목소리가 들렸다. 여불위가 황급히 나무 뒤로 몸을 숨기자 추아는 총총걸음으로 노애에게 달려갔다.

「아, 아니옵니다. 궁아 언니가 잠깐 다녀갔습니다.」

「허, 그래, 알았다. 빨리 길을 안내하거라.」

추아는 허리를 숙인 채 노애의 뒤를 따라 월문을 지나 감천궁을 벗어났다. 여불위는 나무 뒤에서 노애의 뒷모습을 바라보며 이를 부득부득 갈았다.

그 시각에 함양궁의 복룡전(伏龍殿) 앞뜰에서는 영정이 청년 문사, 무사들과 어울려 술을 마시고 있었다. 영정은 푸르스름한 달빛 아래에서 사방을 둘러보며 감탄사를 연발했다.

「오늘 천기는 푸른 빛이 천 리를 달리는 기세야. 〈시경〉에도 이런 기운을 두고 '마셔라, 마셔라, 밤새도록 마셔라. 그래도 취하지 않으면 집으로 돌아가지 않는다'라고 했지. 오늘 저녁에 그 못된 노애는 주연을 베풀고 떠들썩하게 놀고 먹었겠지만 과인은 이곳에서 저 달을 벗삼아 마음껏 취하겠노라.」

「마마, 무슨 일을 상의하시려고 신들을 부르셨사옵니까?」

성격이 불 같은 몽염이 앞으로 나서면서 말했다. 그는 노애의 일을 거론해서 이 기회에 나라를 좀먹는 역신을 단칼에 베어버려야겠다고 벼르고 있었다.

「과인은 그저 여러분을 초대하여 맘껏 달을 감상하고 싶었소. 오늘 밤만큼은 정사를 잊고 싶소. 자, 자, 오늘은 그저 달과 관련된 이야기나 느낌을 서로 얘기하는 게 어떻겠소?」

그 자리에 모인 사람들은 영정의 깊은 뜻을 제대로 읽지는 못했지만, 대체적으로 노애의 방자한 태도와 태후의 음란한 행위 때문에 마음이 상해서 저러고 있다고 생각했다. 한 나라의 임금으로 얼마나 고통스럽고 곤혹스러우면 달을 감상하며 정사를 잊으려고 하겠는가. 조용히 입을 다물고 있던 등승은 영정이 시무룩하게 자신을 바라보고 있자 자리에서 일어났다.

「마마께서 그렇게 말씀하시니 제가 먼저 이야기 한 가지를 들려드리겠사옵니다. 태행산 아래 반석촌이라는 마을에는 예부터 여우굴이 하나 있었습니다. 어느 해인가 중추절 밤이었습니다. 푸르른 보름달이 대지를 훤히 비추고 있었는데, 이날 늙은 여우가 어린 여우들을 소집하여 일장 연설을 하기 시작하였습니다. '우리가 살고 있는 굴은 무지무지 깊은데 일년 내내 빛이 들어오지 않는다. 누가 저 푸른 빛을 동굴 안으로 가지고 올 수 있겠느냐? 가지고 온다면 겨드랑이 암내를 선물로 나누어 주겠다'고 하였답니다.」

그의 말을 듣던 사람들이 모두들 등승을 비웃으며 소리쳤다.

「아니 겨드랑이 암내가 무슨 물건이길래 선물로 준다는 거야? 말도 안되는 소리 마라!」

그러자 등승도 지지 않고 눈을 부릅떴다.

「여러분들이 여우입니까? 아무것도 모르면서......」

등승은 사람들의 시선에는 아랑곳하지 않고 이야기를 계속했다.

「여우의 겨드랑이 암내는 기묘한 물건입니다. 그건 적을 막을 때도 필요하지만, 수컷들에게는 암컷을 유혹하는 데 없어서는 안 되는 매력 있는 물건이지요. 많으면 많을수록 좋기 때문에 아주 대단한 보물처럼 여깁니다. 늙은 여우가 말을 마치자 아주 젊은 숫여우 한 마리가 앞으로 나오더니 '어르신의 겨드랑이 암내를 먼저 주시면 푸른 빛을 가지고 들어오겠습니다' 하고 말했습니다. 늙은 여우가 반신반의하는 사이에 숫여우는 늙은 여우의 겨드랑이에서 암내를 빼앗아 가지고 밖으로 뛰어나가더니 잠시 후 동굴 밖에서 암여우 한 마리를 데리고 들어왔습니다. 그 여우는 들어오면서 '비켜, 비켜! 푸른 빛이 들어온다'고 외쳤습니다. 하하하, 바로 그 암여우의 이름이 '푸른 빛'이었습니다.」

사람들이 등승의 재치에 박수를 보냈지만 이사만은 몹시 화를 내었다.

「등 시위장은 벌을 받아야 합니다.」

「그게 무슨 말이오?」

몽염이 어리둥절해 하며 물었다.

「마마께서 말씀하시기를 오늘 밤에는 정사를 논하지 않겠다고 하셨는데, 등 시위장은 조정의 일을 은근히 빗대어 이야기했으니 벌을 받아야 마땅합니다.」

사람들은 이사의 말뜻을 미처 알아차리지 못하고 서로 얼굴만 쳐다보았다. 그러자 이사가 그 이유를 설명했다.

「옛날 진후(晉侯)에게 질병이 있어 진나라에 의원을 요청했습니다. 진나라의 명의가 도착하는 날, 진후는 꿈에서 두 아이를 만났습니다. 한 아이가 '명의가 왔으니 대책을 세우자'고 하자 다른 아이가 고개를 끄덕이며 '너는 지방질에 숨어, 나는 가름판으로 도망갈께. 그러면 우리를 찾을 수 없을 거야' 하고 대답했습니다. 결국 진나라의 명의는 진후의 질병을 고치지 못했습니다. 바로 〈좌전〉에 나오는 이야기로 이수위학(二竪爲虐)은 이를 두고 하는 말입니다.」

「아, 두 아이가 해를 끼친다는 이야기!」

몽염이 중얼거렸다. 사람들은 그제서야 이수위학이 암시하는 뜻을 헤아리고 모두들 고개를 끄덕였다. 이들의 이야기에 몽염은 급한 성격을 참지 못하고 영정에게 말했다.

「지금 우리 조정에는 여우 두 마리가 겨드랑이 암내를 탐내고, 두 아이가 해를 끼치고 있사옵니다. 마마, 언제까지 이대로 방치해 두시겠사옵니까? 이 자리에서 신 몽염은 죽음을 무릅쓰고 간언하겠사옵니다. 어찌하여 노애를 장신후로 봉하셨사옵니까?」

그러자 등승이 얼른 몽염의 말을 받았다.

「그 일은 마마의 본심이 아닙니다. 태후마마께서 워낙 간절하게 간청을 하시어서……」

「틀렸다. 그건 과인의 뜻이야.」

침묵을 지키고 있던 영정이 단호하게 대답했다.

「여러분들은 더 이상 그 일에 대해서 이러쿵저러쿵 떠들지 마시오.」

이 말에 사람들이 얼굴을 맞대고 수군거리기 시작하자 영정이 손을 들어 그들의 대화를 제지시켰다.

「이사는 이야기의 흐름을 끊었으니 벌로 다른 이야기를 하나 더 하라.」

영정의 명에 따라 이사가 자리에서 일어나 다른 이야기를 하려는 순간 늙은 태감이 다급하게 달려와 영정 앞에 엎드렸다.

「늦은 밤에 어인 일이오?」

「여 승상께서 마마의 알현을 요청하였사옵니다.」

영정은 태감에게 여불위를 데려오라고 이른 다음 급히 청년 문사와 무사들을 서재로 들여보내고 이사와 단둘이 승상을 기다렸다. 잠시 후 여불위가 영정 앞에 나타났다. 그런데 웬일인지 여불위는 그동안 영정 앞에서 보였던 중부의 위엄과 권위는 사라지고 다만 초조하고 무력한 모습뿐이었다.

「마마, 어인 일로 이곳에서 홀로 별들을 감상하고 계시옵니까?」

여불위가 그 특유의 공손하면서도 거만한 말투로 입을 열었다.

「하하하, 어찌 나홀로이겠습니까? 이 장사도 여기 있지 않소?」

여불위는 그제서야 영정의 곁에 서 있는 이사를 보았다.

「노신이 눈이 어두워 미처 알아보지 못했습니다. 이 장사도 방금 도착했나 보옵니다.」

여불위는 이사가 감천궁에서 추아를 만나고 이곳으로 온 지 얼마되지 않았다는 사실을 잘 알고 있었다. 그는 이사를 힐끗 바라보고는 다시 입을 열었다.

「감천궁은 생적의 소리로 시끌시끌한데, 이곳은 오히려 조용해서 좋사옵니다. 신이 수레를 타고 감천궁을 지나는데 은밀히 정랑을 만나려는 궁녀 하나를 보았습니다. 너무나 보기 좋은 광경이었사옵니다.」

여불위의 말에 이사는 가슴이 덜컥 내려앉았다. 영정 또한 이사의 표정을 보고 그가 감천궁의 추아를 만나고 왔음을 짐작했다.

「이 장사는 지금 과인의 문장을 평해 주고 있습니다. 이 때문에 그를 불렀지요.」

「문장을 평해 주다니, 역시 이 장사는 조정의 인재 중의 인재이옵니다.」

여불위의 칭찬에도 불구하고 이사의 표정은 딱딱하게 굳어 있었다.

「이 장사는 방금 전 과인에게 치국의 도리를 말했습니다. 그가 한 말 중에서 특히 '임금이 된 자는 마땅히 법에 의거해야 한다'는 구절과 '임금이 구(求)하지 않으면 조정이 부패하고, 신하가 법을 따르지 않으면 천하가 어지러워진다'라고 한 구절이 마음에 듭니다.」

「신은 아둔하여 잘은 모르겠으나, 임금의 도리는 마땅히 수제치평(修齊治平)에 의거하여 덕정(德政)을 쌓고 예악(禮樂)을 일으키며 시서(詩書)를 선양하고 다스리지 않는 듯 다스려야지, 절대로 엄한 형벌과 법치는 불가하다고......」

영정이 갑자기 여불위의 말을 끊었다.

「무위이치(無爲而治)라니, 어떻게 임금이 된 자로서 다스리지 않는 듯 다스릴 수가 있습니까? 나라의 권세는 임금이 홀로 누려야 부강해진다고 봅니다. 채찍이 둘이면 말을 부릴 수 없고, 더불어 금(琴)을 타면 가락을 이룰 수 없다는 말도 있지 않습니까? 임금이 신하와 더불어 권세를 나누어 갖고서는 제대로 나라를 다스릴 수가 없을 것입니다.」

영정의 말에 여불위는 흠칫 놀랐지만 그대로 물러서지는 않았다.

「저는 명가(名家)의 학설이나 경전에서 그런 말씀은 듣지도 보지도 못했습니다. 그 학설은?」

그 말에 영정이 가소롭다는 듯 웃었다.

「그러실 테지요. 이 학설은 한나라의 공자인 한비의 말입니다. 당연히 그는 명가 축에 끼지 않으니 모르시겠지요.」

여불위는 영정의 말에 할 말을 잃었다.

'어린 임금이 이렇게 독단이 심하니 장차 나라의 권세를 잡으면 하루도 편안한 날이 없겠구나.'

영정은 여불위가 생각에 잠겨 묵묵히 서 있자 화제를 바꾸었다.

「그런데 승상 대인, 이 늦은 밤에는 무슨 일로 오시었습니까?」

「예, 먼저 드릴 말씀은 신이 근래에 백여 명의 문객들을 모아 천하에 널리 흩어져 있는 제자백가(諸子百家)의 말을 하나로 묶어 대왕마마께 올릴 작정이옵니다. 그리고 또 다른 말씀은, 신이 알기에 장신후와 왕제마마 사이에 반목이 심하다고 하는데 왕제마마의 출정을 잠시만 뒤로 늦추었으면 하옵니다.」

「승상 대인께서 제자백가의 말을 하나로 묶는다니 참으로 경하할 일이군요. 하지만 제자의 말이라 해도 모두 마땅한 도리는 아닙니다. 우리 진나라는 어찌되었든 무소유제(武昭遺制)를 준수하고 상앙의 법제를 따르는데 이보다 앞서는 말이나 학설은 있을 수 없다고 생각합니다. 그리고 두번째로 말씀하신 장신후의 일은 승상께서 어떤 대책을 가지고 계신지 알고 싶습니다.」

여불위는 자신의 계획을 가볍게 생각하는 영정의 속마음을 제대로 파악하지 못한 채 그저 자신을 무시하는 듯한 태도에 기분이 언짢았다. 영정은 이미 여불위가 편집한 〈여씨춘추〉의 내용을 알고 있었다.

〈여씨춘추〉에는 일가천하(一家天下;임금이 나라를 혼자 다스리는 일)

를 반대하고, 유가의 수신제가치국평천하(修身齊家治國平天下)를 찬성하며, 겸유묵(兼儒墨)이라 해서 유가와 묵가를 겸병하고, 합법명(合法名)이라 하여 법가와 명가를 합해서 결국은 임금의 독정(獨政)을 막아내야 한다는 내용과, 어진 사람이 나오면 임금의 자리를 내주어야 한다는 선양(禪讓)은 물론 보위를 세습하는 데 따른 폐단을 설명한 문장도 들어 있었다.

한 나라의 임금으로서 영정은 이런 내용의 〈여씨춘추〉에 관심을 가질 이유도 없었고, 설사 여불위가 바친다 해도 어람(御覽)에는 신경도 쓰지 않을 생각이었다. 여불위는 영정이 〈여씨춘추〉에 관심을 기울이지 않는 모습에 적지 않게 실망했다.

「신이 알기에 성교 공자와 번우기 장군의 언행에는 모반의 흔적이 엿보이고 있사옵니다. 또한 장신후의 독설과 음행은 어사대부를 시켜 그 증거를 수집하고 있지요.」

영정은 여불위의 생각에 고개를 가로저었다.

「그렇지가 않습니다. 성교의 행동에는 반드시 이유가 있겠지만, 아침에 바뀌고 저녁에 웃는 변덕을 지닌 그가 어떻게 한 나라의 임금이 될 자격이 있겠습니까? 또한 장신후는 이보다 더욱 미천하고 혼음(昏陰)하여 누가 그를 존경하겠습니까? 우려할 일이 아니니 승상께서 더 이상 신경 쓰실 필요가 없습니다.」

이 말에 여불위의 얼굴빛이 변했다. 영정이 자신의 뜻을 따라 주지 않을 뿐 아니라 오히려 두 사람을 두둔하는 태도를 보이자 그는 화가 치밀었다.

「마마, 이 몸은 비록 승상의 자리에 있지만 주변에 적이 많고 몸도 늙어 더 이상 국정을 맡아 처리하기가 힘이 드옵니다. 굽어살피소서.」

승상 자리를 내놓겠다는 여불위의 말은 영정의 허를 찌르기에 충분했다. 그러나 영정은 여불위를 힐끗 보면서 아무렇지도 않은 듯 대답했다.

「그동안 승상께서 십여 년이 넘게 국사를 맡아 노심초사하시느나 고생이 많았습니다. 이 사실은 천하가 모두 알고 있습니다. 과인은 승상을 존경하며 중부로서의 공경 또한 예나 지금이나 변함이 없습니다. 그리고 과인은 아직 나이가 어려 정사를 돌볼 수가 없으니 승상께서 계속 힘을 써 주십시요.」

영정의 간곡한 부탁에 여불위는 다시 기운이 솟았다. 주희라는 후원자는 잃었지만 아직까지 영정의 신임과 기대는 살아 있다는 생각이 그의 마음을 밝게 하였다.

여불위가 사라지자 영정은 자신의 심복들을 다시 불렀다.

「대왕마마, 비가 오기 전에 먼저 우산을 준비하소서. 왕제와 장신후에게 모반할 징후가 있으면 당장에 뿌리를 뽑으시옵소서.」

교위(校尉) 왕전이 주청하자 몽염이 그 뒤를 이어 말했다.

「저에게 일만의 군사를 내어주시면 반역도들을 생포해 오겠사옵니다.」

「참으시오. 과인은 아직 친정을 할 수 있는 능력이 없소. 그러니 이럴 때는 오히려 으르렁거리는 호랑이 두 마리가 함께 있는 게 좋지 않겠소. 하하하!」

영정이 가볍게 웃으며 손가락으로 감천궁을 가리켰다.

「저쪽에서 벌어지는 연회는 얼마나 시끄럽소. 과인은 여기에서 조용히 아름다운 달이나 감상하고 싶소이다. 등와, 등와!」

영정이 갑자기 등승의 옛이름을 불렀다. 등승은 그가 무척 기분이 좋다는 것을 알았다. '등와'는 영정이 기분 좋거나 등승을 남다르게 느낄 때 이따금씩 부르는 이름이었다. 영정이 가까이 다가온 등승의 귀에 무어라 속닥거리자 등승은 배꼽이 빠져라 웃어제쳤다. 성질 급한 몽염은 답답한지 귀를 마구 후벼댔다. 번개처럼 어디론가 달려갔던 등승이 조금 뒤에 여자들이 쓰는 지분통과 치마 저고리를 가슴에 가득 안고 돌아왔다. 사람들은 더욱 아리송한 표정을 지으며 무슨 일인지 궁금해 했다.

「달과 관련된 이야기는 재미없으니 그만 그치고 승부 겨루기를 합시다.」

영정이 승부 겨루기를 제안하자 모두들 겨루기라는 말에 귀가 번쩍 뜨였다. 겨룬다는 말은 혈기왕성한 젊은이들의 관심을 끌어들이기에 충분했다.

「오늘의 승부 겨루기는 수수께끼 놀이와 말찾기요.」

「예? 마마, 그건 머리를 써야하는 게 아닙니까?」

몽염이 실망한 듯 영정에게 물었다. 그는 말타기나 활쏘기, 씨름 같은 겨루기는 물불을 가리지 않았지만 수수께끼 놀이나 말찾기에는 그다지 흥미가 없었다. 몽의가 영정의 기분을 깨지 않으려는 듯 몽염에게 말했다.

「바위를 들어올리고 멧돼지를 잡는 일은 필부의 용맹에 불과하지. 명장이라면 천문과 지리에도 통달해야 한다. 일찍이 진장공(秦庄公)께서도 말맞추기로 진(晉)에게 승리를 얻은 적이 있었어. 마마께서는 우리에게 미리 그런 훈련을 시키시려는 거야.」

영정이 웃으며 몽염과 몽의를 번갈아 쳐다보았다. 그러자 몽염이 머리를 긁적이며 씨익 웃었다.

「오늘 밤에는 등 시위장이 벌을 주관하도록 하오. 자, 말찾기 놀이는 옆 사람에게 문제를 내고 알아맞추는 식이오. 알아맞추면 영밀주(羸密酒) 한 잔이고 못 알아맞추면 오늘은 열주(烈酒) 대신에 등 시위장이 가지고 온 궁녀의 치마를 입고 비녀를 꽂은 다음 지분을 얼굴에 바르고 게걸음을 걸으며 닭울음 소리를 내는 거요. 어떻소?」

「하하하, 좋습니다!」

사람들이 모두 박수를 치며 재미있어 했다. 하지만 몽염만은 여전히 불안한지 바로 곁에 앉은 풍거병(馮去病)을 힐끗 쳐다보았다. 풍거병은 한나라 상당군의 군수였던 풍정(馮亭)의 적자였다. 풍정은 한나라에 등을 돌리고 상당군을 진나라에 바친 후 조정 대신이 되었고, 아들 풍거병은 학문이 깊은 아버지를 따라 각종 전적을 정리하고 국가의 문서를 작성하면서 그 벼슬이 중승(中丞)에 이르렀다.

「풍 중승! 풍 중승은 학문이 깊고 뛰어나니 조금만 봐주시오. 말찾기 문제를 좀 쉽게 내야지 나 같은 사람도 맞출 수 있지 않겠소.」

몽염이 풍거병에게 도움을 청했다. 그 말에 풍거병은 빙그레 미소를 지었다.

「'인재인정재(人在人情在)'라, 〈시경〉에 있는 구절에서 찾으시오.」

영정이 먼저 말찾기 문제를 시작했다. 그러자 곁에 있던 몽의가 얼른 말을 받았다.

「사람이 있고, 사람의 정이 있나니...... 음, 그렇다면 저는 '서불상호(逝不相好)', 떠나가면 가슴이 아프다. 어떻습니까?」

몽의는 재빨리 등승에게서 밀주를 한 잔 받으며 풍거병을 보고 말했다.

「'사가견월양면원(辭家見月兩面圓)', 집을 떠나며 달을 보니 두 얼굴이 둥글어라. 답은 〈유서(儒書)〉에서 찾으시오.」

「'망망연거지(望望然去之)', 그윽히 바라보며 그곳을 떠나다. 〈맹자〉에 있는 말입니다.」

등승에게 밀주를 받은 풍거병이 이번에는 몽염에게 고개를 돌렸다.

「몽 장군 차례입니다.」

「아, 풍 중승 같은 문사가 옆에 있으니 알고 있는 구절도 떠오르지 않소이다.」

몽염이 호랑이 같은 눈을 찡그리며 괴로운 표정을 지었다.

「이번 문제는 너무도 평이하니 걱정하실 것 없습니다. 백성들이 쓰는 말로 내겠습니다. '누구도 그것이 공평하다고 생각한다. 노소(老少)를 속이지 않고 빈천(貧賤)을 가리지 않는다. 누가 그것의 머리를 속이면 피 아니면 껍질을 바쳐야 한다.' 한 글자로 대답해 주십시오.」

「응?」

두 손으로 머리를 감싸고 생각에 골몰하는 몽염의 모습이 재미있는지 영정이 웃었다. 몽염은 이런 생각, 저런 생각을 하다가 언뜻 몽의가 검자루를 만지작거리는 모습을 보았다.

「아, 생각났다! 검(劍)! 맞소?」

이 말에 풍거병이 조용히 웃었다. 몽염은 등승에게서 밀주를 가득 받고는 단숨에 들이켰다.

「자, 그럼 내가 낼 차례인가? '발은 금덩이굴에 걸려 있고 머리는 봉황의 품 속에 안기고 다리는 용상에 걸치고 손은 계수나무를 들고 있다.' 하하하, 쉬운 문제이지요, 자, 이 장사 차례요!」

그때 이사는 추아를 생각하느라 몽염이 무슨 소리를 했는지 제대로 기억하지를 못했다. 몽염은 이사가 대답을 하지 못하고 어쩔 줄 몰라하자 탁자를 치며 웃어댔다. 벌칙을 주관하는 등승이 두 번이나 재촉해도 이사는 알아내지 못했다. 영정이 이사를 도와주려고 했지만 이미 그럴 기회는 지나가 버렸다. 등승이 이미 이사에게 벌칙을 선언했기 때문이었다. 이사는 꼼짝없이 벌칙을 받을 수밖에 없었다. 등승이 이사에게 궁녀의 옷을 입히고 얼굴에 분을 바르자 그는 어쩔 수 없이 장내로 나와 게걸음을 걸으며 닭울음 소리를 냈다. 그러자 몽염이 가장 큰 소리로 웃었다. 그는 자신이 바로 그런 꼴을 당하리라 여겼는데 뜻밖에도 재주가 뛰어나고 문장이 유창한 이사가 걸렸기 때문이었다.

영정과 그의 심복들이 한참 웃고 떠들고 있을 때 여불위를 전송하러 나갔던 태감이 다시 돌아왔다.

「왕태후마마와 장신후마마께서 다시 옹성으로 거처를 옮기셨다 하옵니다.」

이 말을 들은 영정이 자리에서 벌떡 일어났다. 아무 말도 하지 않았지만 그의 눈빛만 보아도 그가 얼마나 분노하고 있는지 알 수 있었다.

등승이 분을 참지 못하고 소리쳤다.

「대왕마마, 제가 쫓아가 잡아오겠사옵니다. 임금을 기만한 죄는 반드시 다스려야 하옵니다.」

몽염도 자리에서 일어나 떠날 채비를 갖추었다. 영정의 시선이 이사에게 쏠렸다.

「마마, 조개와 황새가 다투면 그 이득은 어부에게 돌아가옵니다. 조용히 지켜보시는 게 상책이라 사료되옵니다.」

다음날 영정은 후원을 산책하다 처마 밑에서 짹짹거리는 참새떼를 발견하였다. 참새들은 사방을 두리번거리며 날아올랐다 앉았다 정신없었다. 영정은 조용히 나무 뒤에서 참새들을 구경하였다. 크고 작은 30여 마리의 참새들은 지붕 위에 앉아 부리를 서로 부비기도 하고 나뭇가지 사이를 날아 하늘로 치솟기도 하였다. 그때 영정이 조그만 돌 하나를 주워 그 중 제일 몸집이 큰 회색 참새에게 던지자 참새들은 갑자기 나타난 침입자에 놀라 모두 먼 하늘로 날아가 버렸다.

영정은 나라를 좀먹는 도적들도 참새들처럼 주모자만 잡아들이면 오합지졸에 불과하다는 생각이 들었다. 영정이 후원을 거닐며 생각을 정리하고 있을 즈음, 함양성의 동쪽 교외(郊外)에서는 왕제 성교가 출정 준비를 하고 있었다.

이날 아침 일찍 일어난 성교는 갑옷을 걸치고 허리에는 보검을 찬 채 검정색 준마를 타고 언덕에 올라 함양성을 굽어보았다. 투구 아래에서 밝게 빛나는 그의 눈동자는 출정을 준비 중인 병사들을 바라보고 있었다. 그는 방진(方陣)을 구성하고 출정을 서두르는 병사들을 점검하였다. 진나라의 군대 편제는 일백 명을 단위로 한 개의 곡형진(曲形陣)이나 방진(方陣)을 형성하였다. 곡형진은 기병(騎兵), 전차(戰車), 보졸(步卒), 사졸(射卒)이 혼성된 편성을 말한다.

이때 출전 부대의 선봉장인 번우기가 말을 타고 급히 언덕으로 올라왔다.

「공자, 10만 병사에서 3만이 빠졌습니다!」

「3만?」

성교의 얼굴이 일그러졌다. 그는 자신도 모르게 침울한 표정을 지으며 중얼거렸다.

「관례도 치르지 않은 동생을 억지로 출정시키고 왕을 이을 혈통도 아닌 거짓 임금이 조서를 내려 출사일(出師日)도 정해주지 않으며 친히 교제(郊祭)를 올리고 전송하던 관례도 없어지고...... 이건 너무하지 않은가? 더욱이 처음에는 15만 병력을 내리고는 10만으로 줄였다가 이제 와서 다시 7만으로 깎다니!」

그러자 번우기가 이를 악물고 소리쳤다.

「공자, 묘 앞에 가시나무가 자라면 도끼로 잘라야 하는 것이 마땅합니다!」

성교가 씨근덕거리는 번우기에게 물었다.

「어떻게 하면 좋겠소, 번 장군?」

잠시 마음을 가라앉힌 번우기는 길게 한숨을 내쉬었다. 그는 성교의 심복이나 참모가 너무나도 적다는 사실을 잘 알고 있었다. 어떻게 보면 자신이 유일한 사람일지도 몰랐다. 그러나 자신 혼자의 힘으로 성교의 운명을 바꾸기에는 역부족이었다.

「공자, 우리는 지금 진퇴양난에 빠져 있습니다. 출사를 하여 조나라와 싸운다 해도 적군은 많고 우리 병력은 적으니 승리하기 어렵습니다. 그렇다고 명령을 거부하고 군대를 돌리면 곧바로 역모로 몰려 백성의 지탄을 면치 못할 것입니다. 공자, 돌아가 치욕을 당하느니 차라리 전장에서 죽는 게 떳떳합니다. 사내대장부라면 말발굽 아래 쓰러져 가는 주검이 된다 할지라도 물러나지 말아야 합니다.」

「옳은 말씀이오.」

성교가 고개를 끄덕였다.

「대장부는 한세상 살면서 구차하게 무릎을 꿇고 목숨을 부지하기보다는 떳떳하게 불길로 뛰어드는 용기가 필요하지요.」

번우기는 성교가 병법의 하책을 선택하자 어쩔 수 없다는 듯 한숨을 지으며 대답했다.

「미력하나마 공자와 함께 죽음을 맞이하겠습니다.」

두 사람은 비장한 얼굴로 서로를 바라보며 언덕 아래로 달려갔다.

그로부터 20일 후 성교는 둔류(屯留;섬서성 독장하)에 병마를 주둔시키고 조나라와 전쟁을 치렀다. 만반의 준비를 갖추고 대응하는 조나라의 반격에 맞서 성교의 군대는 이미 절반을 상실하였다. 피로에 지친 병사들은 땅바닥에 엎어져 잠들었고 초병들은 비록 일어섰다 할지라도 제 몸 하나 가누지를 못했다. 그런 와중에서 중군(中軍)의 군막에서는 성교가 마지막 결전을 선택하고 있었다.

「번 장군, 척후병의 보고에 의하면 후방 백여 리에 지원 부대가 뒤따르고 있다는데 아직 아무런 연락도 우리에게 보내지 않고 있소. 상황이 다급하므로 내가 달려가서 직접 구원을 요청할 테니 이곳의 지휘는 번 장군이 맡아주시오.」

성교는 몹시 초췌해 있었지만 두 눈동자만은 여전히 빛났다. 그는 번우기의 승낙을 기다렸다.

「공자!」

번우기는 얼굴이 샛노랗게 떠버린 성교의 얼굴을 바라보다 저도 모르게 한숨을 지었다. 성교는 비록 대장군의 신분으로 출전했지만 이제 겨우 열여섯의 소년이었다. 번우기의 아들도 성교보다 나이가 많았다. 번우기는 성교를 보면서 안타깝게 말했다.

「공자, 이제 기대를 버리십시오. 지금 영정은 차도살인(借刀殺人)의 계책을 쓰고 있는 것입니다. 조나라의 힘을 빌려 공자를 제거하려는 음모입니다. 게다가 우리의 7만 병력은 오합지졸이지만 조나라의 20만 대군은 정예 중의 정예로 결과는 불을 보듯 뻔한 일입니다. 우리는 둔류에서 겨우 적을 막아냈지만 조나라는 이미 포위망을 구축하고 내일이면 총공세를 펼칠 것입니다. 이제 빠져 나갈 구멍은 없습니다.」

「그렇지만 원군이 뒤에……」

「공자, 그건 원군이 아니라 감군(監軍)입니다. 우리를 감시하려는 군대입니다. 만일 원군이라면 부르지 않아도 마땅히 달려와야 할 것입니다.」

「영정이 미워하는 사람은 나 하나뿐인데 7만의 죄없는 생명을 희생하면서까지 나를 제거하려 들다니?」

성교가 괴로운 표정을 지었다.

「영정은 교활하고 빈틈이 없습니다. 왕권을 강화하기 위해서 그는 교묘하게 남의 눈을 속이고 있는 것이지요. 그는 공자를 제거하기 위해서 7만 병력을 전장에 내보냈습니다. 설사 70만이 죽어가더라도 보낼 위인입니다.」

성교는 번우기의 말을 들으며 길게 탄식했다.

「그럼 번 장군의 뜻은?」

「우리가 살 수 있는 길은 두 가지 있습니다. 첫째는 전군(全軍)이 조나라에 투항하여 그 힘을 빌려 영정을 토벌해서 기강을 바로 세우는 길이고, 다음은 공자께서 조나라와 화약을 맺고 전군을 둔류에 주둔시켜 이곳을 기반으로 병력을 모으고 때를 기다리는 것입니다.」

「그건 안 되오. 첫번째는 조국을 배신하고 백성을 저버리는 일이라 할 수가 없소. 어떻게 조상의 능묘에 얼굴을 들 수 있겠소. 두번째는 정세를 보건대 이미 성공할 수 없는 일이오.」

성교는 비록 나이는 어리지만 의와 인을 굳게 지키는 대장부였다. 그는 번우기의 제안을 한마디로 거절했다.

「이것도 안 되고 저것도 안 되신다면 도대체 어떻게 해야 좋겠습니까?」

번우기는 성교를 보며 답답한 듯 발을 굴렀다.

「보고합니다. 공자!」

이때 밖에서 청년 군관 한 명이 허겁지겁 뛰어들어와 무릎을 꿇었다. 성교가 후방에 있는 병력에 구원을 요청하러 보낸 전령이었다.

「공자께서 보낸 친서를 보지도 않고 찢어버렸습니다.」

성교는 그 말에 그만 눈물을 떨구었다. 번우기가 성교에게 마지막 결단을 촉구하였다.

「기병하십시오!」

성교는 고개를 끄덕이고 전군에게 명령을 하달했다.

「우리는 조나라와 강화한다. 그리고 원군조차 보내주지 않는 포악한 영정과 여불위를 다스리기 위해 함양을 공격한다!」

성교의 결정이 내려지자 간자(間者;간첩)가 급히 조나라 진영으로 달려가고 격문이 사방에 뿌려졌다. 성교의 병력을 뒤에서 쫓고 있던 감군은 곧바로 이를 반역이라 규정짓고 전투를 준비했다. 양군이 충돌하자 조나라 군대는 조용히 물러나 사태를 지켜보았다. 감군과 성교의 군대는 둔류를 중심으로 하루 동안에도 수차례 격돌하였다. 그러나 이미 전쟁에 지친 성교의 군대는 만반의 준비를 하고 있던 감군에게 무참히 패배하였다. 흩어진 성교의 병사들은 도망가고 숨고 투항하였다. 성교는 대세가 기울어지자 결국 칼을 품고 자살하였다.

9

영정, 여불위, 노애의 승부 겨루기

여불위는 성교가 자살하였다는 보고를 받고 영정의 주도면밀한 계책에 놀라지 않을 수 없었다. 그는 이제 영정을 견제하고 노애와 주희를 상대해야 하는 어려움에 처하게 되었다. 노애는 주희를 끌어안고 다시 옹성으로 거처를 옮겼고 영정은 이제 친정을 할 수 있는 관례길일(冠禮吉日)이 점점 다가오고 있었다.

여불위는 점점 자신을 위협해 오는 두 세력에 대처할 방도를 찾기 위해 몇날 며칠을 고심했다. 혼자 둘을 상대하기보다는 영정을 도와 우선 노애를 제거하고 다음에 주희를 묶어두는 계책도 생각했다. 아니면 상대를 바꾸어 주희를 앞세워서 영정의 관례를 계속 미루면서 승상의 지위를 이용하여 권력의 기반을 더욱 강화하는 방법도 모색해 보았다. 하지만 그는 이런 계획들이 모두 환상에 불과하다는 사실을 분명하게 깨닫고 있었다. 영정은 이제 옛날의 열세 살 꼬마가 아니었다. 관례를 치러야 할 스무 살 청년이 된 것이다. 여불위는 혈기왕성하고 결단력 있었던 지난날에 진작 자신의 목적을 결행하지 못한 스스로를 자책했지만 이제는 모든 것이 돌이킬 수 없는 현실로 다가오고 있었다. 그는 점점 영정이 무서워졌다.

하지만 이대로 쉽게 물러날 수는 없었다. 여불위는 수년 전부터 편집해 온 〈여씨춘추〉를 통해 자신의 이상과 야망을 확인하고 권력과 영화를 계속 유지할 수 있다는 확신을 가졌다.

이날 아침 조회를 마치고 승상부로 돌아온 여불위는 몇 명의 심복들을 불러 정사를 의논하였다. 그 전날 밤에 그는 노애가 보낸 특사를 맞이했는데 특사를 통해 노애는 지난날 감천궁에서 무례하고 방자하게 행동한 자신의 추태를 사과하고 아울러 함께 힘을 합쳐 영정이 친정을 하지 못하게 막자고 제의해 왔다. 여불위는 노애의 제의를 심복들에게 설명했다.

먼저 우승상 창평군이 안색을 바꾸며 반대를 표시했다.

「저는 결코 개인적인 원한이 있어 반대를 하는 게 아닙니다. 지금 우리 진나라의 국적(國賊)은 바로 노애입니다. 그는 사사로이 병력을 양성하고 궁내에서 음사를 자행하며 임금을 속이고 백성에게 해를 끼치고 있습니다. 그 죄는 결코 용서할 수 없습니다. 나무를 갉아먹는 좀벌레가 있으면 반드시 잡아죽여야 그 나무를 살릴 수가 있습니다. 노애는 나라를 갉아먹는 좀벌레입니다.」

그러자 대부장 왕관이 나섰다.

「〈노자〉에 이르기를 '곧음은 굽은 것처럼 하고 기교스러움은 고졸하게 하며 언변은 어눌하게 하라'고 하였습니다. 어린마마는 겉으로 활달하고 트인 사람처럼 보이지만 속은 교활하고 냉혹합니다. 그런 한편 노애는 군공도 없이 후의 작위를 받아 민심을 잃었고 또한 언젠가는 틀림없이 죄를 짓지 않고도 스스로 죽음을 당할 위인입니다. 그러므로 진실로 무서운 사람은 어린마마입니다. 만일 어린마마가 권세를 장악하게 된다면 우리 같은 신하는 설 땅을 잃고 말 것입니다. 옛말에 '천하는 바야흐로 고통을 이겨낼 수 없을 정도가 되리라'는 이야기가 있는데 앞으로 벌어질 일이 바로 그렇습니다.」

왕관의 생각은 여불위의 마음을 흔들어 놓았다. 사람들은 두 패로 나뉘어 창평군과 왕관의 의견을 두둔했다.

'왕관의 말이 옳아. 임금이 성탕(成湯), 문무(文武)와 같으면 천하가 태평하고 하걸, 은주와 같으면 천하는 대란에 빠져들겠지. 노애는 비록 지금 세상 무서운 줄 모르고 기고만장해 있지만 위인됨이 용렬하고 방자하여 패망이 멀지 않았어. 문제는 영정이야. 내가 중부이면 무엇해? 그는 임금이고 나는 신하인데. 할 수 있는 일이라고는 그에게 인의를 주청하며 성현(聖賢)의 거동을 본받게 하고 천하의 이익을 위해 행동하게 만드는 것뿐.'

여불위는 가슴이 들썩거릴 정도로 심호흡을 하였다. 여불위가 침묵을 지키고 있자 두 가지 의견을 놓고 떠들던 사람들 또한 하나 둘씩 입을 다물었다. 잠시 무거운 침묵이 흘렀다.

이때 밖에서 도 총관이 들어왔다.

「승상 대인, 이 장사가 찾아왔습니다.」

여불위는 이사라는 이름을 듣자 화가 머리 끝까지 치솟았다. 이사야말로 자신에게 가장 해를 끼치는 인물이라는 생각이 들었던 것이다.

「이사라고? 약속을 하루아침에 번복하는 소인배가 무슨 낯짝에 있어 나를 찾아와!」

여불위가 소리를 빽 지르자 도 총관이 낮은 목소리로 말했다.

「어린마마께서 보내셨다고 합니다.」

「오늘은 피곤하니 할 말이 있으면 도 총관, 자네한테 하라고 이르게.」

여불위는 심사가 몹시 뒤틀렸다. 임금이 보낸 사절을 만나지 않는 것은 죽을 죄에 해당되는 일이지만 지금 여불위의 마음은 그런 걸 따질 계제가 아니었다. 하는 수 없이 도 총관은 여불위의 말에 따라 홀로 이사를 만나러 나갔다.

잠시 후 도 총관이 돌아왔다.

「장신후 노애가 성교의 모반을 도왔다는 증거를 찾아 그 죄상을 밝히라는 내용의 성지가 내렸습니다. 대왕마마께서는 승상께 그 일을 맡기신다고 하셨답니다.」

성교가 둔류에서 자살한 이후 조정에서는 이 일을 모반이라 규정짓고 그 일당을 잡아들이고 있었다. 이 말에 창평군이 자신의 판단이 옳았다는 듯 빙그레 웃었다. 여불위는 노애를 제거하라는 영정의 성지에 고개를 설레설레 흔들었다.

「내 칼을 빌려 적을 치겠다는 심사로군.」

한편 옹성에서 주희와 노애를 염탐하던 추아는 마침내 노애에게 들키고 말았다. 평소 추아의 행동을 의심하고 있던 노애는 증거를 잡기 위해 여러 가지 함정을 파놓고 있었다. 그러던 어느 날 그는 태후와 은밀하게 얘기를 나누는 척하면서 문틈에서 이를 엿듣던 추아를 잡아내었다. 추아는 꼼짝없이 잡혀 혹독한 고문을 받았다.

그 한 달 동안 그녀는 이제까지 경험해 보지 못한 세계를 처음으로 알게 되었다. 추아는 공포와 고통과 처절한 인내가 필요한 세계가 이 세상에 있다는 것을 몸으로 느꼈다. 피가 마르고 몸이 뒤틀리는 고문을 받으면서도 그녀를 지탱시킨 유일한 힘은 사랑이었다. 죽음의 공포가 한발짝씩 가까이 다가왔지만 추아는 결코 기대와 희망을 버리지 않았다. 그녀는 자신이 사랑하는 이사의 힘과 능력을 믿었다. 그는 임금의 측근이며 장사라는 벼슬에 올라 있었다. 만일 이사가 자신이 이렇게 견딜 수 없는 어려움에 빠져 있다는 사실을 안다면 곧바로 달려와 구출해 주리라 굳게 믿었다. 또한 추아는 여불위가 그녀의 안전과 행복을 보장해 주겠다고 한 말도 잊지 않았다. 그녀에게 이사와 여불위는 기적의 주인공이었고 희망이었다. 그녀는 지하방에서 온갖 고문과 수치를 당하면서도 그런 기적과 희망으로 하루하루를 버텨나갔다.

노애는 매일 저녁 한 차례씩 찾아와 그녀를 고문했다. 단지 때리고 윽박지르는 정도가 아니라 그녀의 몸까지 능욕했다. 그녀는 부끄럽고 억울하여 마구 소리치고 몸부림쳤다. 추아의 울부짖는 소리는 듣는 이의 간담을 서늘하게 만들 정도였다. 아침 저녁으로 밥을 날라다 주는 궁아가 추아를 달래고 얼르고 어루만지며 비밀을 캐려 했지만 그녀는 막무가내로 입을 다물었다. 그렇게 밀실에 갇혀 있는 동안 추아의 몸과 마음은 점점 황폐해져만 갔다.

왕태후의 처소에서 주희와 노애는 곧 닥쳐올 영정의 관례에 대해 상의

하고 있었다. 노애는 가슴을 치며 주희에게 관례를 일 년만 뒤로 미루어 달라고 애원했다. 자신의 기반을 튼튼하게 세우는 데 그 정도의 시간이 꼭 필요했던 것이다.

두 사람이 한참 심각하게 의논을 하고 있을 때 궁아가 들어왔다.

「추아가 이제는 완전히 미쳐 버렸사옵니다.」

노애는 당장 추아를 끌고 오라고 명령했다. 잠시 후, 추아가 손발이 묶인 채 내전 마당에 대령하자 주희는 괴물처럼 변한 그녀의 모습에 너무나도 놀랐다. 달덩이처럼 예뻤던 지난날의 모습은 눈씻고도 찾아볼 수 없었다. 노애가 자리에서 일어나 추아에게 소리쳤다.

「네 이년! 네가 아무리 미쳐 버리거나 설사 귀신이 되더라도 나는 네 입에서 정을 통한 사내가 누구인지 밝혀내고 말겠다. 그 놈이 누구이더냐?」

땅바닥에 주저앉아 있던 추아가 가까스로 머리를 들고 노애를 바라보았다. 엉망이 된 얼굴에서 두 눈조차 제대로 떠지지가 않았다. 그러나 노애의 시퍼런 얼굴이 희미하게 눈에 들어오자 그녀는 빙그레 웃음을 지었다. 그녀의 웃음은 괴기스럽기조차 했다. 그 모습에 내전에 있던 사람들이 모두 몸을 움찔하였다. 노애는 그런 모습에 더욱 화가 나 다시 소리를 지르며 그녀를 심문했지만 추아는 노애의 협박에는 전혀 아랑곳없이 아기처럼 밝게 웃을 뿐이었다. 그녀는 자신의 몸 속에 남아 있는 모든 생명력을 동원해 웃음을 지어보이는 듯했다.

'독한 년!'

노애는 하는 수 없이 표정을 바꾸어 부드럽게 말을 꺼냈다.

「자, 추아야 말해 보거라. 그럼 너를 그 사람에게 보내주마.」

추아는 그 말을 듣자 미친 듯이 웃어댔다. 그녀의 웃음은 어떠한 압력과 회유에도 절대로 굴복하지 않겠다는 의지를 보여주는 것 같았다. 곁에 서 있던 사람들이 고개를 숙인 채 그녀의 눈빛과 마주치지 않으려 애썼다.

「그가 누구냐고? 그는 죽었어. 나도 곧 그를 따라 죽을 거야. 너희들 모두를 끌고 죽을 거야. 이 궁전이 무너지라고 저주할 거야!」

「네 이년! 헛소리를 하면 목을 베겠다!」

그러나 추아는 노애의 협박에 개의치 않고 더욱 소리 높여 울부짖었다.

「그는 죽었어! 나는 그를 따라가면서 너희들 모두를 끌고 죽을 거야. 이 궁전이 무너지라고 저주할 거야!」

주희는 추아의 저주를 더 이상 들을 수 없어 귀를 막아 버렸다. 노애가 이를 갈며 추아에게 달려들더니 그녀의 목을 움켜잡고 바닥에 세차게 내동댕이쳤다. 그 순간 추아는 정신이 번쩍 들었다. 초췌하고 참혹했던 그녀의 얼굴에서 갑자기 생기가 돌았다. 추아가 엉금엉금 기며 다가오자 노애는 그녀의 눈빛에 압도되어 그 자리에서 엉덩방아를 찧고 말았다.

「내 낭군이 누구냐고? 똑바로 들어. 이사라고 한다. 대왕마마의 곁에서 장사를 맡고 있는 이사라고! 조만간 그가 이곳으로 쳐들어와 너희들의 목을 벨 거야. 쥐새끼 한 마리도 남기지 않고 모두 도륙을 낼 것이다!」

추아의 말은 주희와 노애, 두 사람을 충격으로 몰아넣었다. 이사는 바로 주희와 노애가 두려워 하는 영정의 측근이었다. 노애가 놀라 멍청하게 서 있는 사이 바닥에서 일어난 추아가 그에게 달려들었다. 당황한 노애는 허리에 찬 검을 뽑으려 했지만 잘 뽑히지가 않았다. 어디에서 그런 힘이 솟는지 추아가 마구 달려들자 노애는 아무런 대항도 못하고 계속 뒷걸음질을 쳤다.

「아악!」

추아가 최후의 발악을 하자 주희는 공포에 떨며 비명을 질렀다. 그 소리에 내전 시위들이 뛰어들어와 추아를 붙잡았다. 추아는 계속 발광하며 두 사람을 저주하였다. 겨우 정신을 차린 노애가 소리쳤다.

「저 년을 후원에다 생매장시켜라!」

추아가 밖으로 끌려나가자 노애는 식은땀을 흘리며 의자에 털썩 주저앉았다.

「그게 뭐야, 사내대장부가 도망이나 다니구!」
잠시 후 정신을 가다듬은 주희가 노애를 비웃었다.
「큰일났군!」
노애가 이마에 주름살을 지었다.
「영정과 이사의 손에 내 목이 달아날 거야. 우리의 비밀을 모두 알고 있으니 이를 어쩌지?」
추아의 정체를 알고 난 주희는 얼마 전 궁을 다녀갔던 초나라 분갑장수가 이사였음을 깨달았다. 그가 이사임에 틀림없다면 보통 심각한 문제가 아니었다.
「태후마마, 달아납시다. 몰래 달아나면 되잖아?」
노애가 생각만 해도 겁이 나는지 덜덜 떨었다.
「가만히 있어. 〈시경〉에 보면 '떨지도 말고 움직이지도 말고 겁내지도 말고 두려워 하지도 말라'는 구절이 있어. 그렇게 당황하고 위축돼서 무얼 하겠다는 거야!」
주희의 질책에 노애는 그제서야 겁부터 낸 자신이 부끄러워 얼굴을 붉혔다. 주희는 그런 노애를 바라보며 혀를 찼다.
「태후마마, 이제 우리 두 사람의 비밀이 이사에게 모두 들통이 났으니 우리가 먼저 영정을 공격합시다.」
마음을 겨우 진정시킨 노애가 주희에게 제의했다.
「어찌 그렇게 생각이 짧아? 아무런 생각 없이 무턱대고 덤볐다가는 대업은커녕 집안조차 지키기가 어려운 법. 내가 늘 경고했지, 벽장에도 귀가 있으니 조심하라구. 비밀을 지키지 못하면 어떤 일도 이룰 수가 없어. 아직도 기억 못해?」
주희는 멍청한 표정을 짓고 있는 노애를 밀실로 끌고 들어가 대책을 마련하기 시작했다.
그즈음 연 태자 단은 여 승상부에서 돌아오자 곧바로 서재로 들어가 여불위와 맺은 밀약에 대해 생각해 보았다. 여불위는 단에게 연나라가 진나라에 대항하는 열국들과 동맹을 맺지 않으면, 진나라는 여불위가 있는 동안에 연나라를 침략하지 않고 연나라 국왕의 지위를 보장하겠다는 조건을 제시했다. 그러나 단은 여불위의 정치적 지위가 염려되었다. 밀약이 지켜지려면 우선 여불위의 세력 기반이 든든해야 하는데 노애와 영정이 새로운 세력으로 등장해 여불위와 다투고 있는 형편이었다. 만일 여불위가 이들에게 밀려나기라도 한다면 단은 언제 연나라로 돌아갈지 기약할 수 없었다.

자시가 넘자 서늘한 바람이 불어와 으스스한 기운에 온몸이 오싹해졌다. 단은 서재에서 나와 뜰을 거닐었다. 극성스런 벌레울음 소리에 묻혀 사람의 발자국 소리가 들릴 듯 말 듯 바람을 타고 단의 귀에 들려왔다. 뜰의 한구석에서 사람 그림자인 듯한 것이 어른거리자 단은 재빨리 그쪽으로 걸어갔다. 나무 사이에 놓여 있는 바위가 달빛에 반사되어 밝게 빛나고 있었다. 조심스럽게 다가가 보니 검은 그림자는 작은 나무로 바람에 흔들려 마치 사람의 움직임처럼 보였을 뿐이었다. 단은 자신이 잘못 보았다고 생각하며 발길을 돌렸다.

「공자, 공자, 가지 마십시오. 나 좀 구해주십시오!」

키 작은 나무 뒤에서 다급한 목소리가 들려왔다. 깜짝 놀란 단이 달려가 보니 나무 뒤에서 피투성이가 된 한 사내가 나타났다.

「공자, 지난날의 교분을 생각하여 구해 주십시오!」

「당신은 도대체 누구요?」

「공자, 번우기입니다. 죽지 않고 이렇게 살아돌아왔습니다.」

「아니?」

단이 얼른 손바닥으로 번우기의 입을 막았다.

「큰소리 내지 마시오. 지금 도성에서는 현상금을 걸고 번 장군을 찾고 있습니다. 그런데 어떻게 이곳까지 오시게 되었습니까?」

「낮에는 숨고 밤에만 움직여서 왔습니다. 우리 7만 병력은 하룻만에 모두 무너졌습니다. 나만 겨우 살아남았지요. 아, 하늘은 어찌도 이렇게 가혹합니까?」

「우리 인간이 하늘의 이치를 어떻게 알 수 있겠습니까? 그런데 장군은 장차 어떻게 하실 작정이오?」

「이제 어디 갈 데도 없습니다. 차라리 몰래 궁으로 들어가 영정의 목을 벨까 생각하고 있습니다.」

「그건 안 되오! 절대로 안 되오!」

단이 목소리에 힘을 주며 반대했다.

「함양궁에는 왕전과 등승 같은 무예에 뛰어난 청년 군관이 여럿 있소. 혼자의 몸으로는 그들의 용맹을 당해낼 수가 없소이다. 헛되게 목숨만 잃고 말아요.」

「그럼, 공자께서 저에게 살 길을 안내해 주십시오.」

번우기는 온몸에 상처를 입고 있었다. 그대로 더 이상 지탱할 수 있는 몸이 아니었다. 단은 잠시 궁리를 한 끝에 한 가지 방책을 떠올렸다.

「옛말에 '푸른 산이 그대로 있으면 단풍이' 들지 않을 걱정은 없다'고 했소. 오늘 오경에 우리 연나라 화물 수레가 본국으로 돌아가는데 그때 번 장군은 하인으로 변장해 성문을 빠져 나가시오. 일단 호랑이굴을 벗어난 뒤에 후일을 기약하시지요.」

「알겠습니다, 공자!」

번우기는 단의 손을 붙잡으며 감사의 눈물을 흘렸다.

「공자, 목숨을 구해준 은혜, 반드시 보답하겠습니다.」

단은 고개를 끄덕이며 번우기를 자기 방으로 안내했다. 간단히 요기를 마친 번우기는 오경이 되자 하인으로 변장하고 무사히 함양성을 빠져 나갔다.

한편 주희와 노애는 추아가 죽는 순간까지 애타게 부른 이사라는 이름이 마음에 걸려 제대로 잠을 이루지 못하였다. 노애는 매일 군영에 나가 영정의 공격을 막을 만반의 준비를 하기 시작했다. 해가 서산으로 넘어갈 즈음 노애는 군영에서 급히 대정궁으로 돌아왔다. 노애를 만난 주희가 입을 비쭉이며 투덜거렸다.

「이 태평한 사람아, 매일 어디를 그렇게 돌아다니며 놀고 있어?」

노애는 아무 말 없이 그저 피식 웃었다. 그의 웃음에는 장신후 노애가 얼마나 철저하고 무서운 사람인지 두고 보라는 의미가 들어 있었다. 주희는 궁녀에게 음식을 준비토록 지시하고 노애와 함께 대청으로 자리를 옮겼다. 식탁에는 벌써 온갖 음식과 술이 가득했다. 그제서야 노애는 주희에게 자신이 준비 중인 계책을 설명하면서 득의만만한 미소를 지었다.

「태후마마, 대왕마마께서 왕림하셨사옵니다.」

주희와 노애가 한참 밀담을 나누고 있는데 영정이 대정궁을 방문했다. 두 사람은 당황하여 어찌할 바를 몰랐다.

「그 아이가 갑자기 이곳에는 왜 나타났지? 우리의 비밀을 추궁하러 오는 게 아닐까?」

주희가 노애에게 말했다. 노애 또한 긴장이 되는지 침묵만 지킬 뿐이었다.

「혹시 추아의 일을 알고 찾아오지는 않았을까?」

노애는 그렇지는 않을 거라며 고개를 가로저었다.

「알 수가 없어.」

주희는 영정의 돌발적인 출현에 가슴이 써늘해져 왔다. 그녀는 영정의 성격을 잘 알고 있었다. 영정이 점점 나이를 먹을수록 그에 대한 두려움과 초조감도 그만큼 커져 갔다.

「정말 이건 예기치 않은 습격이야. 태후마마의 측근들은 영정 하나만도 못하니 있으나마나한 것들뿐이라구.」

노애가 괜한 주희를 붙들고 화를 냈다. 그러자 주희는 한심하다는 듯 노애를 아래 위로 훑어보았다.

「오는 자는 착한 사람이 아니고, 착한 사람은 오지 않는다는 말도 몰라. 얼른 가서 준비하지 않고 뭘 해? 옹성의 대정궁은 함양성의 감천궁과는 다르다구. 여기서는 우리 두 사람 마음대로잖아. 이번에 영정을 다시 보내준다면 다 잡은 호랑이를 숲으로 보내고 그 숲에 맨손으로 다시 들어가는 꼴을 당하게 되는 거라구. 알았어?」

노애는 그제서야 주희의 말뜻을 알아차리고 부리나케 밖으로 나갔다. 그사이 주희는 대청을 나와 내전으로 발걸음을 옮겼다.

잠시 후 영정이 몇 명 시위들의 호위를 받으며 이사와 등승을 이끌고 내전으로 들어왔다. 주희는 원한이 가득찬 눈빛으로 영정을 쏘아봤다. 그러나 영정은 태연하게 행동했다. 영정은 철갑 투구에 보라색 장포(長袍)를 걸치고 표피화(豹皮靴)에 허리에는 보검을 찼다. 그의 눈매는 밝고 빛이 났으며 허우대가 멀쑥하고 건장해 보였다.

「많이 컸구나!」

영정은 아무 대답 없이 내전을 이리저리 훑어보았다. 마치 잃어버린 물건을 찾는 듯한 모습이었다. 주희는 이처럼 냉담한 영정을 본 적이 없었다. 비밀을 캐내려는 것 같은 영정의 눈빛에 그녀는 불안과 두려움으로 가슴이 두근거렸지만 내색하지 않으려고 애썼다.

「어린마마는 왕법에 의해 규정을 제대로 지켜야지 사람들의 비웃음을 받지 않습니다. 오늘 이렇게 갑자기 옹성을 방문한 이유는 무엇입니까?」

「규정? 사람들의 비웃음? 하하하, 좋습니다. 어마마마.」

영정이 차갑게 웃으며 '어마마마'라는 말을 강조했다. 그 말투에는 비웃음과 멸시가 가득 들어 있었다. 주희는 듣기 거북해 얼굴빛이 새하얗게 변했다.

「과인이 왜 왔는지 어마마마께서는 진정 모르신다는 말씀입니까? 백서에 자세히 적혀 있을 텐데요?」

「오!」

그제서야 주희는 영정이 관례 때문에 온 것임을 알았다.

「관례를 말하는군. 그 일이라면 일 년 후에 다시 이야기합시다. 어린마마는 아직 국정을 제대로 파악하고 있지 못하고 게다가 병도 깊어 고통이 심하지 않습니까? 그런 몸으로 보위에 오르시면 더욱 괴로우실 텐데요.」

「흥!」

영정이 코웃음을 쳤다.

「그런 말이라면 이미 수차례나 들었습니다. 일 년, 그 다음에 다시 일 년, 그렇게 미루다가는...... 오늘은 과인도 분명히 말을 해야겠어요. 어마마마께서 고개를 끄덕이시면 모든 일이 돛단배가 순풍을 타는 격일 테고 그렇지 않으면 모자의 정은 단숨에 무너질 겁니다.」

영정은 조용조용한 목소리로 또박또박 자신의 의사를 밝혔다. 영정의 협박에 가까운 요구에 주희는 충격을 받았다.

'아예 나를 협박하는군. 저 아이가 언제 저렇게 컸을까? 정말 무섭구나.'

주희는 갑작스런 영정의 요구에 어떤 대책도 떠오르지 않았다. 그녀는 한동안 영정을 바라보다가 끝내 울음을 터뜨렸다.

「하늘이시여, 저의 운명은 어찌 이다지도 가혹합니까? 자식은 불효하고...... 이인, 이인, 나보고 어쩌란 말입니까?」

주희는 왕태후의 신분을 잊은 듯 여염집 아낙처럼 넋두리를 늘어놓았다. 그런 주희를 영정은 경멸이 가득한 눈으로 바라보았다.

「어마마마, 그 입술이나 깨끗이 하시고 선왕을 부르십시오. 구천지하에 계신 아바마마를 더 이상 더럽히지 마십시오. 과인의 불효한 행동이나 어마마마의 난행(亂行)이 어디가 다르다고 그러십니까. 옳고 그름은 각자의 마음에 있으니 어마마마와 시시비비를 따지고 싶지 않습니다.」

영정의 말에 주희는 할 말을 잃고 고개를 푹 숙였다. 자식 앞에서 부정이 그대로 드러난 것이었다. 이제 어찌해 볼 도리가 없었다. 그녀는 이런 어려운 상황에서 아무런 역할도 하지 못하는 노애가 원망스러웠다. 주희의 얼굴에는 식은땀이 쉴새없이 흘러내렸다.

밖에서 안의 동정을 살피던 노애가 드디어 영정 앞에 나타났다. 영정은 고개를 돌려 노애를 한 번 힐끗 바라봤을 뿐 주희 앞에 꼿꼿한 자세로 서 있었다.

「마마, 어인 일로 옹성에 나들이를 오셨사옵니까? 신이 모시고 이곳의 아름다움을 보여드리겠사옵니다. 왕태후마마께서는 지금 몹시 편찮으시니 하실 말씀이 있으시면 다음날을 기약하시옵소서.」

영정은 노애의 건방지기 짝이없는 말에 분노를 참지 못하고 허리에 찬 칼에 손이 갔다. 먼저 일을 터뜨린 다음 뒤에 수습을 하겠다는 생각이었다. 그러자 곁에서 불안하게 영정을 지켜보고 있던 이사가 계속 눈짓을 보내고, 등승도 영정 앞으로 한 걸음 나와 노애를 뚫어지게 바라보았다. 두 사람의 제지에 영정은 겨우 마음을 가라앉히고 주희에게 소리쳤다.

「어마마마, 이전에는 추아가 어마마마를 모시더니 어찌하여 이제는 장신후가 어마마마를 받들고 있습니까?」

이 말에 노애가 갑자기 미친 듯이 웃어댔다.

「마마, 정말로 기억력이 좋으시옵니다. 추아라는 계집애는 태후마마를 모시면서 부정한 일을 저질렀사옵니다. 이씨 성을 가진 사내와 정분을 나누다가 들켜서 유폐(幽閉;여성의 생식기를 제거하는 형벌)의 벌을 받았지요. 마마께서는 그 이씨 성을 가진 바람둥이가 누구인지 알고 싶지 않으시옵니까?」

노애가 음흉하게 웃으며 이사를 힐끗 쳐다보았다. 노애의 말에 이사는 추아가 걱정돼 그대로 서 있을 수가 없었다. 염탐을 하다 들킨 게 틀림없었다.

이사의 굳어진 얼굴을 일별한 영정이 노애를 질책했다.

「일개 시비가 누구누구와 정분을 나누었다는 게 무어 그리 중요하겠소. 문제는 딴 데 있소. 시비의 성품이 그러하면 주인의 성품도 알만 하지 않겠소?」

영정이 은근히 노애의 가슴에 비수를 던졌다. 영정에게 모욕을 당한 노애는 분한 마음에 두 주먹을 불끈 쥐었다. 그러나 주희는 노애보다 더욱 안절부절한 모습이었다. 그녀는 사태를 더 이상 방관하다가는 무슨 일이 터질지도 모른다는 생각이 들었다. 영정의 마음을 달래는 것이 무엇보다 시급했다.

「모두들 물러가고 관례는 네 마음대로 치르거라. 그리고 다시는 어미를 찾아오지 말아라.」

마침내 주희가 손을 들었다. 그러자 이사와 등승은 마주보며 의미심장한 미소를 주고받았다.

「어마마마의 배려에 감사드리오며 빠른 시일 내에 관례를 치르고 친정을 시작하겠습니다. 우선 진율(秦律)을 점검하고 위반자는 엄단하여 국가의 기강을 세우는 데 힘을 쓰겠습니다. 바라건대 어마마마께서도 자중자애하시길 빌겠습니다.」

할 말을 마친 영정은 주희에게 눈길 한 번 주지 않고 밖으로 나갔다. 주희는 애초에 영정의 관례를 늦추어 노애가 권력을 충분히 장악하도록 계획했지만 추아의 밀고로 더 이상 지연시킬 수 없게 되었음을 깨달았다. 게다가 조금 전 갑자기 들이닥친 영정의 기세를 보니 도저히 허락하지 않을 수 없었다.

영정이 밖으로 나가자 노애는 재빨리 무장한 병사들에게 신호를 보냈다. 병사들은 일제히 영정이 지나가는 길 양쪽으로 줄지어 서서 그를 기다렸다. 이윽고 영정이 나타났다. 그러나 영정은 조금도 위축됨이 없이 병사들 사이를 유유히 걸어나갔다. 이때 영정의 뒤를 따르던 이사가 걸음을 멈추더니 등승에게 귀엣말을 했다. 병사들이 서 있는 제일 끝자리에 노애가 버티고 서서 영정을 기다리고 있는 모습이 보였다. 영정이 노애의 곁을 스쳐 지나려는 순간 등승이 갑자기 노애에게 달려들었다. 느긋하게 공격할 기회를 엿보던 노애는 등승의 기습에 뒤로 벌렁 나자빠졌다. 등승이 재빨리 허리에서 검을 뽑아 노애의 목을 겨누었다. 등승의 공격은 너무나도 빠르고 완벽해 노애는 손 한 번 쓰지 못한 채 그대로 당할 수밖에 없었다. 등승은 노애의 가슴을 발로 짓누르며 목에 겨눈 검에 힘을 주었다. 노애는 목에 섬짓한 검기(劍氣)를 느끼며 두려움에 떨기 시작했다.

그 광경을 본 영정이 빙그레 웃으며 계속 앞으로 걸어나가자 등승은 노애를 일으켜 세운 후 그를 앞세워 영정을 뒤좇았다. 대정궁 밖에서는 몽염과 왕전이 초조하게 영정을 기다리고 있었다. 그들은 영정이 노애를 인질로 삼고 유유히 궁문을 빠져 나오자 일제히 수레에 올라타고 대정궁을 벗어났다.

영정으로부터 풀려난 노애는 너무도 분해 땅을 치고 통곡했다. 영정을 공격하려던 것이 오히려 역습을 당하자 그는 자신의 시위들을 불러 질책하고 주희에게는 쉽게 관례를 허락한 일을 따지고 들었다. 주희는 그런 노애를 기막히다는 듯 바라보았다.

「정말 부끄러운 줄을 모르는군. 제 무예만 믿고 날뛰더니 겨우 양치기 바보에게 당하기나 하고. 따라와요, 이제 진짜 대책을 세워야 하니까.」

주희의 말에 노애는 얼굴을 붉히며 순한 양처럼 그녀를 따라갔다.

영정은 대정궁을 기습하여 관례친정(冠禮親政)의 목적을 달성하자 곧바로 전례(典禮)를 준비하였다. 이번 관례는 영정에게만 중요한 사건이 아니었다. 국내의 모든 세력들이 자신들에게 닥칠 영향과 앞으로 벌어질 사태에 예민하게 반응하였다.

이날 아침에 경거(輕車:국가의 중요 문서를 전달하는 벼슬)가 알려온 서신에 의하면 옹성에 속속 병마가 집결하고 있으며, 그 전날에는 태사가 별자리를 관찰하고서 '서방에 혜성이 나타났으니 곧 국내에 전쟁이 일어날 징조입니다'라고 말했다는 것이었다.

승상부의 움직임은 영정을 더욱 불안하게 만들었다. 영정은 여불위에게 노애를 잡아들일 방안을 마련해 보고하라는 지시를 내렸지만 여불위는 모른 척하고 아직까지 그 문제에 대해 어떤 말도 꺼내지 않고 있었다. 그뿐 아니라 여불위는 〈여씨춘추〉의 내용을 요약하여 함양성의 곳곳에 써붙여 여론을 확산시켰다. 그 내용 가운데에는 '임금의 일인 지배체제를 반대한다(反對一家天下)'는 내용도 있었고, '임금은 있는 듯 없는 듯 정치를 해야 한다(君主無爲)'라는 구절도 있었다. 더욱이 '수제치평을 받침으로 하는 철인정치(修齊治平哲人政治)'를 찬양하고, '덕이 있는 사람에게 왕위를 물려주는 정치를 해야 한다'는 선양정치(禪讓政治)를 소리 높여 외쳤다.

여불위는 이에 그치지 않고 〈여씨춘추〉에서 한 글자라도 고칠 수 있는 내용을 발견하면 천 금을 내리겠다고 공표했다. 이 일로 도성인 함양성은 물론이고 진나라 전체가 크게 술렁거렸다.

영정은 처음부터 여불위의 그런 학설을 극도로 싫어했다. 더욱이 그것이 자신이 친정을 하려는 시점에서 나왔다는 데에 기분이 무척 상했다.

그는 여불위가 두 개의 얼굴을 가지고 자신과 노애를 대하고 있다는 생각이 들자 배신감이 들었다.

「내가 살아난 다음에 백 가지 걱정을 하라는 말이 실감나는군.」

영정은 기분 같아서는 당장에 여불위의 죄를 따지고 싶었지만 그의 정치적인 영향력과 세력을 무시할 수 없었다. 그는 백성들에게 절대적인 지지와 존경을 받는 인물이며 문객만 해도 3천이 넘었다. 쉽게 공격할 만한 상대가 아니었다. 영정은 오랫동안 고민한 끝에 결국 관례를 잠시 뒤로 미루기로 결심했다. 등승은 영정의 뜻을 조정의 대신들에게 전달했다.

「과인은 몸이 불편하여 조회에 참석할 수 없느니라.」

영정이 병을 핑계로 관례를 미루고 조회까지 참석하지 않자 많은 사람들이 이를 두고 입방아를 찧어댔다. 사람들은 영정과 여불위와 노애의 세력 사이에서 나름대로 유리한 국면을 차지하기 위해 동분서주했다.

몽염과 함께 늘 궁중에서 영정을 호위하던 몽의는 영정의 병이 하루 빨리 낫기를 바라는 마음에 몽씨 집안 대대로 전해내려오는 비방을 영정에게 건네주었다. 영정은 자신의 건강에 조바심을 내는 몽의를 바라보며 빙긋이 웃었다.

「아침에는 저녁을 걱정하지 않는 법, 그런 건 필요없소.」

몽의는 눈치가 빠른 사람이었다. 그는 영정에게 얼른 자신의 의견을 말했다.

「옹성은 매우 위험한 지역이옵니다. 함양성에서 관례를 치르셔야 안전하옵니다.」

그러나 영정은 몽의의 말에 아무런 대꾸도 하지 않았다. 잠시 후 왕전, 풍거병, 왕흘이 내전으로 들어와 영정에게 예를 올리고 제자리를 찾아 정좌했다. 한동안 침묵이 흐른 뒤, 마침내 풍거병이 배에 힘을 주며 입을 열었다.

「마마, 박이 익으면 꼭지가 떨어지고 물이 차면 해자가 되옵니다. 관례는 중요한 일이옵니다. 어려움이 있으시다면 신들을 불러 의견을 구하도록 하옵소서.」

그 말에 영정이 고개를 끄덕이며 빙그레 웃었다. 그러나 영정은 그 다음날도 조회에 참석하지 않은 채 하루 종일 서재에서 홀로 생각에 잠겨 있었다.

매일 각지에서 올라오는 간서는 그 수가 헤아릴 수 없을 정도로 많았고 급히 처리할 일도 적지 않았다. 하지만 영정은 조회에 참석하지도 않을 뿐더러 그 어떤 일도 거들떠보지 않았다. 가장 답답한 사람은 등승이었다. 그는 더 이상 답답증을 참을 수 없어 이사를 찾아가 궁금한 것들을 물어보았지만 그는 빙그레 웃기만 할 뿐 아무 대답도 하지 않았다. 그런 그에게 등승이 화를 내며 소리쳤다.

「마마께서 지금 어려운 문제에 부딪쳤는데 신하된 도리로 손을 써야 하거늘 그렇게 모른 척하고 있으면 되겠소? 글 읽었던 사람들이 말도 없이 행동하고 계획없이 지내서야 무슨 일을 할 수 있겠소?」

그제서야 이사는 품에 안고 있던 털이 긴 강아지를 등승에게 건넸다.

「이 강아지를 마마에게 갖다드리시오. 이 강아지는 내가 방금 북지에서 가져온 거요.」

강아지를 받은 등승이 고개를 갸우뚱거리며 궁으로 돌아왔다.

영정은 강아지를 보자 이사를 궁으로 불러들였다. 이날 저녁 영정은 옷을 입은 채 침대에 비스듬히 누워 이사를 맞이했다.

「마마께서는 저렇게 사흘 동안 누워만 계셨다오.」

등승이 이사에게 속삭였다. 등승은 이사가 영정의 고민을 해결해 줄 수 있으리라 굳게 믿었다.

이사가 묵묵히 소매에서 죽간을 꺼내 영정의 눈 앞에 내밀자 영정은 조용히 그것을 읽었다. 죽간에는 '일국삼공 오수적종(一國三公吾誰適從)'이라는 여덟 글자가 쓰여져 있었다. 이는 〈좌전〉의 노희공(魯僖公) 5년에 나오는 기사였다.

'한 나라에 세 명의 실력자가 있으면 신은 누구를 따라야 하옵니까?'

이사는 죽간을 통해 자신의 심정을 표현했던 것이다. 영정의 얼굴에 점점 생기가 돌기 시작하자, 이사가 다시 소매에서 두번째 죽간을 꺼내 영정에 바쳤다. 그 죽간에는 〈노자〉의 말을 빌려 '승리하는 사람은 힘이 있다. 스스로 이기는 사람은 강한 사람이다' 라고 적혀 있었다. 비로소 영정은 침상에서 몸을 일으켜 이사의 손을 잡았다.

「이 장사, 고견이 있으면 말씀해 주시오. 귀를 씻고 듣겠소.」

이사는 영정이 자신의 의견을 존중해 주자 너무도 기뻤다. 그는 치솟는 기쁨을 억누르며 담담하게 말했다.

「〈손자〉에 이르기를 '나를 알고 적을 알면 백 번 싸워도 위태롭지 않다' 고 하였사옵니다. 지금 이 나라에는 두 마리의 호랑이가 있으니 서로 싸우게 만들어야 하옵니다. 두 마리의 호랑이가 다투어서 서로 상처를 입으면 모두 때려잡을 수 있을 것이옵니다. 하지만 지금 두 마리 호랑이는 서로 싸우지 않고 있으니, 신이 생각하기에 싸우지 않으면 세력을 나누어서 하나하나 때려잡는 것이 좋을 듯하옵니다. 이런 계책이 바로 강점은 드러내고 약점은 피하여 적을 이기는 방법이옵니다. 결코 두 마리 호랑이가 힘을 합치게 두어서는 아니 되옵니다.」

「나누어서 치려면 어떻게 해야 좋겠소?」

「신의 생각으로는……」

이사가 갑자기 앞으로 나아가 영정의 귀에 속닥거렸다. 한 차례 이사의 열변이 끝나자 영정의 얼굴에는 화사한 빛이 흘러넘쳤다. 조금 전까지의 우울하고 답답한 표정은 눈을 씻고 찾아도 보이지 않았다.

영정이 갑자기 얼굴을 펴고 좋아하는 모습에 등승이 이사에게 물었다.

「도대체 무어라 말씀드렸기에 마마께서 저렇게 좋아하십니까?」

「하하하, 마마께서는 걱정이 많아 우리가 말을 많이 할수록 번잡도 그만큼 늘어나시지요. 그래서 일부러 강아지를 먼저 보냈던 겁니다. 사냥개도 처음에는 강아지처럼 온순하지만 얼마 후 자라면 무서운 사냥개가 된다는 걸 암시했습니다.

첫번째 보여드린 죽간은 마마께서 가장 걱정하는 부분이지요. 그래서 우리 신하들이 그 고충을 익히 알고 있다는 사실을 넌지시 알려드렸습니다. 두번째 죽간은 마마에게 용기를 불러일으키기 위해서 준비했지요. 적을 때려잡으려면 힘이 있어야 하고 먼저 자신을 이겨야 남을 이길 수 있다는 사실을 말씀드렸습니다. 자신감을 세우고 적의 머리를 자르기 위해서는 절대로 기회를 놓치지 말아야 한다고 아뢰었지요.」

이사의 설명을 들은 등승은 그저 그의 지혜에 탄복할 뿐이었다.

한편 노애는 영정을 놓치고 나서야 비로소 하늘 밖에 하늘 있고 뛰는 놈 위에 나는 놈이 있다는 사실을 깨달았다. 그날 이후로 노애는 몸을 단련하고, 기마술, 궁술, 검술을 익히며 병마를 조련했다. 주희 또한 이제는 영정과 생사를 건 싸움을 하지 않으면 안 된다고 생각하여 더욱더 열정적으로 노애를 도왔다. 하지만 왕태후의 옥새를 요구하며 병력을 움직이겠다는 노애의 제안에는 한마디로 거절하였다. 노애는 자신이 세운 모든 계획이 그런 주희 앞에서 제동이 걸리자 매우 불쾌했다. 당시 진나라의 병권(兵權)은 국왕에게 있었지만 영정이 아직 관례를 치르지 않은 상태라 왕태후의 옥새만 있으면 병력을 움직일 수 있었다. 만일 노애가 진의 병력을 장악하지 못한다면 그는 겨우 사병 일이만으로 영정을 상대할 수밖에 없었다. 설사 사병을 이끌고 대항한다 해도 진나라의 정병을 이길 확률은 전무했다. 노애는 몇 차례에 걸쳐 주희에게 옥새를 요구했지만 번번이 거절당했다.

주희는 그녀 나름대로 계산이 있었다. 옥새를 자신이 가지고 있어야 활로가 보장되고 또한 노애를 통제할 수 있다는 생각 때문이었다.

제강은 그즈음 노애의 안색이 창백하고 안절부절하며 밥도 제대로 먹지 못하고 있는 모습에 그 까닭을 물었다. 그 모든 것이 왕태후의 옥새 때문임을 안 제강은 빙긋이 웃으며 노애에게 한 가지 계책을 은밀히 알려주었다.

옹성은 바야흐로 서리가 내리는 가을로 접어들고 있었다. 이즈음 노애는 한동안 대정궁 출입을 하지 않았다. 주희는 답답하고 불안하여 몇 번이나 심부름꾼을 보내 노애를 찾았으나 한결같이 장신후의 모습이 보이지 않는다는 대답이었다. 보름이 지나도 노애의 소식은 알 수 없었다. 주희는 노애가 영정이 보낸 자객에게 해를 입거나 잡혀 가지는 않았는지 무척 걱정이 되었다. 다른 한편으로는 자신이 옥새를 내주지 않아 화가 난 김에 술집에 처박혀 계집질을 하고 있지는 않을까 하는 생각도 들었다. 그녀는 궁녀와 태감들을 모두 풀어 노애의 행적을 찾도록 하였다.

이날 오후 드디어 늙은 태감이 노애의 행방을 알아냈다. 태감의 말에 의하면 노애는 옹성 밖의 어느 한적한 장원 구석에 자리한 띠집에서 살고 있는데 그곳에서 무엇을 하고 있는지는 모른다고 하였다. 주희는 궁금증이 일어나 도저히 그대로 앉아 소식을 기다릴 수가 없었다. 그녀는 수레를 타고 곧바로 장원의 띠집으로 노애를 찾아나섰다. 주희가 바람처럼 달려 노애가 살고 있는 집으로 들어가자 집을 지키고 있던 태감이 황급히 달려나왔다.

「장신후께서는 어디에 계시느냐?」

「이곳 정원은 등룡채(騰龍寨)이며 장신후마마의 저택이옵니다. 그러나 마마께서 지금 어디에 계신지는 소신도 잘 모르겠사옵니다. 이곳은 워낙 넓어 찾기가 수월치 않사옵니다.」

과연 태감의 말대로 노애의 장원은 매우 넓었다. 그녀는 직접 띠집을 찾기로 결심하고 수레를 이끌고 이곳저곳을 돌아다녔다. 그러나 띠집은 쉽게 눈에 띄지 않았다. 동쪽, 남쪽, 서쪽을 지나 북쪽에 이르렀을 때 주희는 숲속 한적한 곳에서 흘러나오는 고함소리를 들었다.

수레가 숲을 헤치고 천천히 앞으로 나아가자 멀리 여러 채의 띠집이 눈에 들어왔다. 띠집의 가운데에는 넓은 마당이 있었으며 그곳에서 십여 명의 청년들이 바위 들어올리기와 주먹 다지기를 연습하고 있었다. 주먹 다지기는 커다란 솥에 모래를 가득 담고 밑에 섶을 태워 모래가 점점 뜨거워지면 그곳에다 주먹을 쳐서 단련하는 훈련이었다. 노애는 주먹 다지기를 하는 중이었는데 얼굴은 열기로 시뻘겋게 달아올랐고 맨등은 온통 땀뿐이었다. 주희는 나무 밑에 몸을 기대고 조용히 노애의 모습을 지켜보았다.

잠시 후 노애는 훈련을 끝내고 청년들을 불러 일장 연설을 하기 시작했다. 주희는 그가 무슨 말을 하는지는 들리지 않아 알 수가 없었지만 그 어조로 보아서 심각한 이야기인 것만은 틀림없었다. 노애의 연설이 끝나자 청년들은 서로 머리를 맞대고 손을 잡으며 소리쳤다.

「'욕창국운(欲昌國運)', 나라를 일으켜 세우려면, '당축외민(當逐外民)', 마땅히 다른 나라 사람을 내쫓아야 한다. '아등진인(我等秦人)', 우리 진나라 사람은, '동심서립(同心誓立)', 한 마음으로 맹세한다. '탕소구적(蕩消仇敵)', 원수를 무찌르고, '효충태후(效忠太后)', 태후마마께 충성을 다한다!」

주희는 그 한마디한마디를 모두 또박또박 들을 수 있었다. 가슴에서 알 수 없는 감동이 일어나기 시작했다. 아무리 달콤한 음악도 이처럼 그녀를 취하게 하지는 못했다. 주희는 노애를 의심한 자신이 부끄러워 고개를 떨군 채 천천히 앞으로 걸어갔다. 인기척에 놀란 노애가 주희를 발견하고는 황급히 허리를 굽혔다.

「태후마마, 어떻게 이곳에...... 신이 죄를 범했사옵니다.」

주희는 그저 흐뭇한 표정으로 노애를 바라보았다.

「신이 미리 알려드려야 했는데......」

주희는 떨리는 가슴을 진정시키며 고개를 끄덕였다.

「신은 이곳에서 훈련을 하며 때를 기다렸사옵니다. 이제 그때가 되었기에 태후마마께 부탁을 하나 드릴까 하옵니다.」

노애는 얼마 전까지 태후에게 쓰던 어리광스러운 말투를 버리고 의젓하고 공손하게 그녀를 대했다.

「장신후, 무엇이든 말해요. 다 들어주겠어요.」

주희도 위엄을 갖추고 말했다.

「태후마마의 옥새를 잠시 빌려 한 차례만 썼으면 하옵니다.」

「옥새를?」

주희는 깜짝 놀라며 노애를 뚫어지게 바라보았다.

노애는 끈질기게 태후의 옥새를 요구했다. 주희는 대답을 미룬 채 노애에게 궁으로 돌아가자고 말했지만 그는 옥새를 주지 않으면 돌아가지 않겠다고 버텼다.

「태후마마, 영정은 모든 준비를 마치고 공격할 기회만 기다리고 있사옵니다. 아무런 대책없이 궁으로 돌아가면 신은 죽사옵니다. 제게는 옥새가 있어야만이 영정의 공격을 막을 수 있습니다.」

주희는 그 요구를 들어주지 않으면 노애가 절대로 궁으로 돌아가지 않을 것이라고 판단했다. 하는 수 없이 그녀는 한 번도 몸에서 떠나본 적이 없는 옥새를 노애에게 건네주고 말았다.

10

영정, 친정(親政)을 시작하다

여불위는 주희가 영정의 관례를 허용했다는 말을 전해듣고 그 까닭을 곰곰이 생각해 보았지만 도무지 알 수가 없었다. 그는 영정이 병을 핑계로 조회에도 나오지 않고 관례도 미루면서 아예 칩거에 들어가자 직접 영정을 찾아가 보기로 결심했다. 하지만 복룡전에는 어느 누구도 허락없이 출입할 수 없었다.

도 총관은 며칠 사이에 여불위의 심기가 불편하고 안색이 초췌해지자 직접 이사를 찾아갔다. 이사는 도 총관에게 영정이 친정을 하더라도 여불위를 승상으로 삼아 계속 국정을 맡기려 한다는 뜻을 전달했다.

이날도 여불위는 피로하다며 탕약을 마시고 곧바로 실내로 들어가 휴식을 취하였다. 도 총관이 조용히 여불위 곁을 물러나 중당에 이르렀을 때 여불위를 만나러 온 우승상 창평군과 맞닥뜨렸다. 도 총관은 그에게 지금 여불위가 몸이 불편하여 아무도 만날 수 없다고 설명했다. 창평군은 하는 수 없이 도 총관에게 자신이 온 이유를 말했다.

「방금 마마의 성지를 받고 궁으로 들어갔는데 머지않아 여 승상 대인을 수행하고 옹성으로 들어가 관례를 치르겠다고 하시었소. 그리고 이 몸을 유수국도(留守國都) 겸 함양유수령(咸陽留守令)으로 임명하셨소.

빨리 여 승상 대인께 이 사실을 전해주기 바라오.」

도 총관은 창평군의 말에 깜짝 놀랐다. 조만간 커다란 변화의 폭풍이 불어올 듯한 예감이 퍼뜩 들었다. 창평군이 떠나고 얼마 지나지 않아 이번에는 중대부 안설이 급히 여불위를 찾아왔다. 안설은 도 총관에게 급한 소식을 전했다.

「오늘 장신후 대인께서 함양성으로 잠입했는데 나에게 밀보(密報)를 건네주며 여 승상 대인께 전달하라고 하였소. 그런데 도 총관, 이번 나의 행동은 결코 장신후 대인을 위해 일하는 게 아니오. 내 마음은 여 승상에게 충성을 바치고 있다는 사실을 알아주시오.」

도 총관은 고개를 끄덕이며 안설을 배웅했다. 중당으로 돌아오는 그의 머리 속에는 20년에 걸친 시대의 변화가 두루마리에 그린 그림처럼 연이어 떠올랐다.

도 총관은 수많은 어려움을 겪은 사람이었다. 그는 열 살 때 부모를 잃었다. 벼락이 치고 폭우가 내리던 어느 날 밤 대추나무가 부러지면서 집을 덮쳤다. 이때 그의 부모는 비명에 갔다. 이에 사람들은 박수를 치면서 '장사꾼으로 나쁜 짓을 많이 해서 하늘의 재앙이 미쳤다'고 좋아했다. 마침 이때 여불위를 만나지 않았다면 그는 걸인이 되었을 것이다. 여불위를 따르면서 그는 많은 어려움과 고비를 무사히 넘기고 승상부의 총관이 되었지만 정말 중요한 순간은 이제부터라는 생각이 들었다.

중당에 이르러 그날 있었던 일을 정리하는데 이사가 찾아왔다. 그는 갈삼에 마로 엮은 신발을 신고 있었다. 7, 8년 전 진나라에 처음 들어와 도 총관을 만났을 때에도 그런 복장이었다. 이사는 계단에 오르지도 않고 중당 앞뜰에 선 채로 도 총관을 불렀다. 도 총관은 그런 이사의 건방진 태도에 기분이 나빴지만 어쩔 수 없이 그와 함께 뜰을 거닐었다.

「승상 대인께서는 쉬고 계신다고요? 내일 마마께서는 옹성으로 가셔서 관례를 치르십니다. 승상 대인께서 수행하셨으면 좋겠다는 마마의 분부이시니 번거롭지만 승상 대인께 전해주십시오. 시간이 얼마 남아 있지 않으니 서둘러 주시도록 꼭 말씀드리십시오.」

「내일이라고요?」

도 총관은 시일이 너무 급박하다는 뜻을 비쳤다.

「장신후 일당이 모두 함양에 들어와 있는데 마마께서는 여전히 옹성으로 가신다는 말이오?」

도 총관은 순간 자신의 실수를 깨달았다. 하지만 이미 엎질러진 물이었다. 이 말을 들은 이사는 도 총관을 뚫어지게 바라보며 아주 낮은 목소리로 위협했다.

「도 총관, 그 소식은 어디에서 들었소? 만일 제대로 알려주지 않는다면 도 총관은 감라의 말로처럼 될 것이오.」

「감라의 말로?」

이번에는 도 총관이 깜짝 놀랐다. 감라의 말로라는 한마디 말이 그의 뇌리에 천둥번개처럼 내리쳤다. 일 년 전 신동 감라는 어느 주연에서 영정이 공자 성교를 핍박하여 전장에서 교활하게 죽였다는 말을 한 일이 있고 난 후 머지 않아 자신의 열네번째 생일날 저녁에 비하각에서 폭사하였다. 조정에서 그 진상을 조사했지만 끝내 폭사한 원인은 밝혀내지 못했다. 여 승상의 지휘 아래 어사대부가 샅샅이 진상을 파헤쳤지만 원인을 도저히 알아내지 못했던 것이다. 여 승상은 감라를 잃는 것이 가슴아파 한동안 한숨으로 나날을 보냈었다.

그런데 조금 전 이사는 감라가 영정에게 살해되었음을 암시하였다. 이사는 눈동자를 굴리는 도 총관을 바라보며 빙긋이 웃었다. 그런 여유작작한 이사의 모습이 도 총관에게는 마치 염라대왕의 사자처럼 비쳐졌다. 도 총관은 자신도 모르게 두어 걸음 뒤로 물러났다.

결국 이사는 도 총관을 몰아붙인 끝에 노애의 서신을 가로챌 수 있었다. 의외의 수확을 거둔 그는 득의만만한 미소를 지으며 승상부를 떠났다.

영정은 길일을 택한 다음 옹성에서 관례를 치르기 위해 만반의 준비를 하였다. 수많은 수레가 서북풍을 맞으며 함양의 서문을 빠져 나가고 있을 무렵 노애는 감천궁에 잠입해 있었다. 노애는 이날 왠지 기분이 우울하고 짜증이 났다. 그는 목욕물을 준비시키고 의자에 깊이 몸을 뉘였다. 실내의 은은한 향내가 코를 간지럽혔다.

「마마, 더운 물이 준비되었습니다.」

이 말에 노애는 퍼뜩 정신을 차리고 김이 모락모락 피어오르는 욕실로 들어갔다. 탕 속으로 들어가 몸을 담그니 마치 주희의 따스한 체온이 느껴지는 듯했다. 목욕을 마친 노애는 의사당으로 발길을 옮겼다. 그는 의사당의 존좌에 앉아 내전을 굽어보았다. 노애는 영정이 옹성에 왔을 때 잡아들이지 못한 일을 두고두고 후회했다. 좀더 치밀한 준비를 했다면 이처럼 고민할 필요가 없었을 터였다. 그는 의자에 조용히 앉아 측근이 오기를 기다렸다.

곧 내사 사 대인과 좌익 원대인이 숨을 헐떡거리며 의사당으로 들어왔다. 그들의 표정은 매우 어두웠다.

「도대체 무슨 일이 일어났기에 얼굴이 그리 죽어가는 모습들이오?」

노애의 물음에 사 대인이 우물쭈물하며 대답을 하지 못했다. 그때 마침 제강이 도착하여 안으로 들어오면서 이들을 다그쳤다.

「이번에 일이 심히 꼬였는데 어떻게 된 일인지 말씀해 보시오.」

그러자 사 대인이 기어들어가는 목소리로 상황을 설명했다.

「일이 묘하게 되었습니다. 함양성의 실권은 이미 제 손에서 벗어났습니다. 뜻밖에도 어제 대왕마마께서 우승상 창평군과 장군 왕전에게 함양성의 문무 실권을 넘겼습니다. 이제 소인은 그저 실권없는 내사일 뿐입니다.」

그 말에 노애는 초조한 기색을 감추지 못했다.

「그런 일이 발생했으면 빨리 나에게 통보했어야 착오가 없지 않소?」

「문신후 여 승상은?」

제강이 급히 물었다.

「그는 마마를 수행하고 옹성으로 떠났소.」

제강과 함께 온 갈 대인이 대신 대답했다. 조정의 대신들을 감시하는 임무를 맡은 갈 대인은 자신의 재간을 자랑하기 위해 가슴을 활짝 펴고 말했다.

「여 승상은 기분이 썩 내키지 않은 표정이었습니다.」

「흥, 그 늙은이가 기분이 좋을 리 있겠소? 어린마마가 관례를 치르고 친정을 시작하면 거들떠나 보겠소?」

노애는 답답한 마음에 여불위에게 화풀이를 했다.

「그럼 우리는 어떻게 해야 합니까, 장신후 대인?」

사 대인이 침울하게 물었다.

노애가 아무 말도 못한 채 우울한 표정을 짓자 제강이 앞으로 나섰다.

「대인, 너무 걱정마십시오. 지금 이 상황이 오히려 우리에게 가장 좋은 기회입니다. 백성들에게 덕망을 얻고 있는 여 승상이 현재 함양을 떠난 것이 우리에게는 첫째로 좋은 일입니다. 두번째로 여기 있는 사 대인은 여전히 함양성의 내사로서 행동 반경이 넓고 안에서 활동하는 데 불편이 없으며, 세번째로 지금 도성이 텅텅 비어 있는데다 금위군을 지휘하는 왕전은 아직 나이가 어리고 경험이 부족한 시골뜨기 장군에 불과하니 우리에게 유리합니다. 또한 네번째로 어린마마는 왕제를 핍박하여 죽게 했으니 인륜을 저버렸다는 지탄을 면치 못하고, 왕태후마마께서 중부와 더불어 친정을 견제하시니 어린마마가 마음대로 할 수가 없으며, 다섯째로 장신후마마의 무예가 출중하고 게다가 사문(師門)의 어르신 사숙 세 분이 이번 거사에 참여하시니 이 모든 것이 우리를 도와주고 있는 셈입니다. 여기에다 '진나라는 진나라 사람이 다스려야 한다'는 우리의 주장이 백성들의 호응을 받고 있습니다. 모든 분위기가 우리에게 유리하게 조성되어 있는데 무엇이 그리 두렵겠습니까?」

노애는 제강의 말에 걱정이 모두 달아나는 듯했다.

「하하하. 제 대인, 과연 정확한 분석이오.」

내사 사 대인도 활짝 웃었다.

「하하하, 예전에도 삼가분진(三家分晉)이 있었는데, 우리라고 양가분진(兩家分秦)을 하지 말라는 법이 있습니까?」

제강이 그렇게 말하는 사 대인을 힐끗 보았다.

「동방의 6국은 모두 우리의 거사가 성공하기를 원합니다. 우리는 천시(天時), 지리, 인화, 이 세 가지를 두루 갖추었습니다. 이보다 더한 기회가 또다시 있을 수 있겠습니까?」

노애도 제강의 말을 듣고 흥분에 들떠 소리쳤다.

「하하하, 먼저 제 대인께 경의를 표하오. 우리의 거사가 성공하면 모두 제 대인의 공인 줄 알겠소.」

제강은 노애의 칭찬에 기분이 날아갈 듯 좋아졌다.

「대인, 옛말에 '갈대씨도 바람을 타면 천리를 날아가 뿌리를 내린다'고 했습니다. 처음에는 대인의 세력이 미미했지만 지금은 그렇지 않습니다. 마마의 관례가 시작되는 그 순간에 대인의 거사는 틀림없이 성공할 것입니다.」

제강은 자신이 미천한 출신의 노애를 마음대로 주무르고 있다는 생각에 더욱 기고만장해졌다. 노애는 연신 제강을 추켜세우며 벌린 입을 다물지 못했다. 그때 계속 침묵만 지키던 안설이 말을 꺼냈다.

「대인, 소인이 몇 마디 올리겠습니다. 이런 말을 해야 할지는 모르겠지만......」

안설은 잠시 말을 끊고 주위를 둘러보았다. 사람들의 시선이 모두 안설에게 쏠렸다.

「교활한 토끼는 세 개의 굴을 판다고 하였습니다. 그래야 위험에 빠졌을 때 피할 수가 있지요. 지금 우리의 거사는 더욱 치밀할 필요가 있습니다. 현재 나라 안에는 상비 병력이 30만이며 외곽 지역에 수비병이 30만이 있습니다. 어린마마는 그들을 움직이는 병부(兵符)와 병권으로 적어도 20만 병력을 장악하고 있는데 비해 우리는 겨우 사병 2만에 지나지 않습니다. 설사 대인께서 일부의 병력을 끌어들일 수 있다 해도 오합지졸에 불과합니다. 이런 급조된 병력으로 어떻게 20만 정병을 막아낼 수 있겠습니까? 게다가 필요하다면 마마는 마음대로 백성을 병사로 소집할 수 있습니다. 이 때문에 성교 공자도 단 한 번에 패하지 않았습니까? 여승상이 수차례 치욕을 당하고도 선불리 거사를 하지 않는 이유도 이와 같습니다. 신의 말을 삼가 귀담아 들어주셨으면 합니다.」

방금 전까지 반드시 이길 수 있다는 자신감에 충만했던 노애는 안설의 말을 들으면서 갑자기 모든 것이 걱정되기 시작했다.

「중대부의 말대로라면 우리는 반드시 패한다 그거요?」

제강이 냉소적으로 물었다.

「안 대부는 하나만 알고 둘은 모르오. 어린마마가 비록 교활하고 영리하다지만 민심은 그에게서 떠나 있습니다. 장신후께서 태후마마를 모시고 거사를 하면 천하의 민심은 우리에게 돌아옵니다. 그들에게 20만, 30만이 있다한들 그게 무슨 소용이 있겠습니까. 비록 우리는 적은 수이지만 하늘과 땅의 흐름을 바꿀 수가 있습니다. 조나라에서 평원군의 식객으로 있던 모수(毛遂)도 단신으로 초나라에 가서 병력을 움직인 예가 있지 않습니까. 장신후마마의 무공과 담력이 모수보다 못한 데가 어디 있습니까. 하늘의 운세를 보건대 우리 진나라는 사직을 연 지 3백 년이 지나 이제 노쇠한 지경에 이르렀습니다. 그러므로 마땅히 여씨와 노씨가 나누어 다스려야 합니다. 어린마마가 어찌 이런 천명을 거스를 수 있겠습니까? 안 대부는 우리의 기세를 꺾는 말은 삼가도록 하시오!」

제강의 주장에 노애의 얼굴이 다시금 밝아졌다. 그는 안설을 흘겨보며 소리쳤다.

「이제 화살은 시위를 떠났소. 다시 돌이킬 수가 없소이다. 제 대인의 말처럼 천명은 이제 우리에게 돌아와 있소.」

노애는 흥분된 목소리로 말을 이었다.

「이제 나는 마음을 결정했소. 더 이상 왈가왈부는 하지 마오.」

제강이 얼른 노애에게 다가가 귀엣말로 몇 마디 속삭이자 노애가 고개를 끄덕이며 안설에게 말했다.

「안 대부의 말씀은 나에게 소중한 충고가 되었소. 지금 여 승상은 어려운 처지에 놓여 있으니 우리가 도와줍시다. 지난번 여 승상에게 귀부하러 조나라에서 왔다는 사마공이라는 이를 데리고 오시오. 안 대부께서는 그를 여 승상에게 보내 화해를 청하고 함께 힘을 합쳐 마마를 물리칠 수 있도록 일을 꾸며주시오.」

「예, 곧바로 시행하겠습니다.」

안설은 대답을 하기는 했지만 불안한 마음을 떨구어 내지는 못했다. 노애는 그런 안설의 모습에 화를 냈다.

「모두들 똑똑히 들으시오. 태후마마의 옥새는 이미 내 손 안에 있소. 이제 병부만 손에 쥐면 끝이오.」

「정말입니까, 대인?」

안설이 깜짝 놀라 소리쳤다. 안설의 반응에 제강은 만족한 미소를 지었다. 이때 밖에서 군관 한 명이 뛰어들어왔다.

「대인, 성내에 검열이 시작되었습니다. 집안을 뒤져 호패(戶牌)를 지니고 있지 않은 외지인은 모두 잡아들이고 있습니다!」

갑자기 실내의 공기가 무거워졌다. 제강이 노애에게 다시 몇 마디 속삭이자 노애는 알겠다는 듯이 머리를 흔들며 측근들에게 다음 행동을 지시하였다.

함양성에 삼엄한 경비가 펼쳐지자 내사 사 대인은 사람들에게 통행증을 발급하고 몸조심을 당부하였다. 그리고 노애는 감천궁을 빠져 나와 성 밖의 어느 한적한 장원에 몸을 숨겼다.

한편 중대부 안설은 노애의 명령에 따라 사마공을 찾아나섰으나 좀처럼 그의 종적을 발견할 수 없었다. 이날은 아침부터 날씨가 춥고 하늘에 먹구름이 끼어 안설은 아무 데도 나가고 싶지 않았지만 사마공을 찾는 일을 뒤로 미룰 수는 없었다. 그는 성을 나가 위수 쪽으로 말을 달렸다. 날은 더욱 어두컴컴해져 갔다. 검은 구름이 하늘을 덮었고 가는 눈발이 갈대꽃처럼 펄럭였다. 위수의 북쪽은 안설이 아직 발을 들이지 않은 지역으로 그곳에서도 사마공을 만나지 못하면 찾는 일을 포기할 수밖에 없었다.

안설은 눈 앞에 나타난 장원으로 말을 몰았다. 장원 안에는 네댓 명의 무사들이 큰소리로 떠들고 있었는데 안설이 그들 앞에 노애가 친히 발급한 증명서를 보이자 공손하게 고개를 숙였다. 장원으로 들어간 안설은 이곳저곳을 샅샅이 뒤지며 사마공을 찾았다. 그러나 장원의 무사들은 사마공이란 이름을 들어본 적이 없다며 모두들 머리를 가로저었다. 어느덧 안설은 장원의 서북쪽 끝에까지 다다르게 되었다. 그쪽으로 약간 높은 언덕이 나타났는데 그곳에서 호통소리와 신음소리가 함께 들려왔다. 무슨 일인가 싶어 안설은 언덕 위로 말을 몰았다.

언덕 뒤에서는 백부장 한 사람이 눈밭에 쓰러져 있는 수졸(囚卒)에게 채찍으로 가혹하게 매질을 하고 있던 참이었다. 채찍은 하늘 높이 뱀처럼 춤을 추다가 내려지면서 수졸의 몸에 모기처럼 달라붙었다.

「이런 죽일 놈, 빨리 일어나지 못하겠느냐?」

백부장은 더욱 심하게 채찍을 휘둘렀다.

피투성이가 된 수졸은 지팡이로 몸을 지탱하며 겨우 땅바닥에서 일어났다. 그는 바람에도 금방 날아갈 듯 비쩍 말랐고 얼굴은 가죽만 남아 있었다. 가까스로 일어나기는 했지만 서 있기조차 힘들어 보였다.

「지난번에도 그렇게 주의를 주었건만 노부마저도 이제는 안중에 없군! 도저히 용서 못하겠다! 썩어빠진 돼지 같은 놈, 시마공(尸馬空)!」

수졸은 눈을 부릅뜨고 백부장을 노려보았는데 비록 몸은 허약했지만 눈빛은 너무나도 강렬했다. 안설의 귀에 시마공이라는 이름이 언뜻 들려왔다.

'사마공이라는 이름과 비슷하군.'

이런 생각이 들자 안설은 가슴이 두근거리기 시작하며 혹시 자신이 찾고 있는 사마공이 아닐까 하는 기대가 생겼다.

「백부장, 잠깐 손을 내려놓으시오! 장신후 대인의 명을 가지고 왔소이다.」

안설의 모습을 본 백부장이 들어올렸던 채찍을 내렸다.

안설은 그 수졸에게 다가가 작은 목소리로 몇 가지 질문을 던졌다. 조금 뒤 수졸의 대답에 얼굴이 밝아진 안설은 곧바로 백부장에게 그를 치료하고 깨끗한 옷으로 갈아입히라고 지시했다. 무슨 영문인지는 몰랐지만 백부장은 장신후 노애의 명령을 따르지 않을 수 없었다.

안설이 짐작한 대로 그 수졸은 역시 사마공이었다. 잠시 후 사마공이 목욕을 마치고 깨끗한 관복으로 갈아입자 안설은 그제서야 두 달 전에 보았던 그의 모습을 발견할 수 있었다. 그러나 예전에 검었던 머리는 어느덧 반백이 되었고 보기 좋았던 체구는 비쩍 말라 추위에 덜덜 떠는 미루나무 가지 같았다. 하지만 눈초리만은 그전과 마찬가지로 예리했다.

백부장은 사마공이 바로 노애가 긴급히 찾고 있는 중요 인물이란 사실을 알고 안절부절못하며 안설의 눈치를 살폈다. 안설은 내당에 간단한 주연을 준비하게 한 후 사마공에게 대접하였다. 앞뒤 사정을 모르는 사마공은 한참을 멍하니 안설을 바라보다가 허겁지겁 음식을 입에 넣기 시작했다. 평소 늑대 같았던 백부장은 조용히 곁에 앉아 아무런 말도 꺼내지 않고 조용히 두 사람을 지켜보았다. 어느 정도 허기가 가시자 사마공은 안설을 천천히 살펴보았다. 흰 얼굴에 가느다란 눈매가 인상적인 안설은 우아한 관모와 화려한 관복을 걸치고 있어 높은 벼슬에 있는 사람임을 한눈에 알 수 있었다. 정오가 지나자 먹구름이 걷히고 눈이 그쳤다. 그제야 안설은 술에 약간 취한 사마공을 수레에 태우고 장원을 빠져나왔다. 백부장은 여전히 불안한 표정을 지은 채 사마공과 안설을 배웅하였다.

그 다음날 사마공은 아침을 배불리 먹고 다시 잠을 청했다. 쇠약해진 몸도 몸이려니와 무엇보다 잠이 부족했던 것이다. 안 대부는 몇 차례나 사마공이 제대로 쉬고 있는지를 살펴보다가 사시가 되자 그를 깨웠다. 사마공을 내당으로 불러낸 안설은 그에게 몇 마디 당부의 말과 함께 노애의 뜻을 전달했다. 그런데 뜻밖에도 사마공은 노애라는 말을 듣자 안색을 붉히며 마구 화를 냈다.

「저는 여 승상을 위해 일을 하고자 진나라에 들어왔지 노 대인을 위해 온 게 아닙니다. 대부께서 그렇게 말씀하시려거든 소생을 다시 장원으로 돌려보내 주십시오.」

사마공이 이를 갈며 안설에게 말했다.

「장원으로 돌아가도 여전히 노 대인의 수졸인데 어디에서든 그를 위해 목숨을 바치기는 마찬가지가 아닌가?」

사마공은 세차게 고개를 가로저었다. 그는 함양성에 처음 들어온 날 자신이 당했던 수모를 떠올리며 울부짖었다.

「대부, 〈시경〉에 '약삭빠른 토끼도 개를 만나면 잡히고 만다'는 말이 있습니다. 노 대인의 모반은 반드시 실패하고 맙니다. 지금 그는 왕태후를 끼고 병사들을 움직이려 하지만 그 진상이 백일하에 드러날 것이며, 병사들은 나라를 위해 목숨을 바치지 그를 위해 사사로이 목숨을 바치려 들지 않을 겁니다. 개천에서 놀던 물고기가 어찌 황하에서 노니는 잉어가 될 수 있겠습니까?」

이 말에 안설은 벌컥 화를 냈지만 속으로는 그의 말이 지당하다고 생각했다.

「백부장은 자네를 심히 못 살게 굴고 있던데, 그도 노 대인의 일을 알고 있는가?」

「흥, 백부장!」

사마공은 주먹으로 힘껏 탁상을 내리쳤다.

「만일 그 자의 입에서 노 대인을 위해 역모를 하자는 말이 나온다면 병사들 대부분이 달아날 것입니다. 누가 그런 자를 위해 소중한 목숨을 바치려 들겠습니까?」

사마공의 말에 안설은 식은땀을 흘렸다. 가만히 생각하니 그의 말은 너무도 옳았다. 안설은 재빨리 자신이 어떤 길로 나서야 할지 생각해 보면서 그렇게 극한 상황에서도 자신의 의지를 굽히지 않는 사마공이 존경스러웠다. 그는 사마공을 그대로 풀어주기로 결심했다. 이에 사마공은 자리에서 일어나 안설에게 큰절을 올리며 은혜에 감사했다.

한편 여불위는 창평군만이 함양에 남고 자신과 조정의 대신들 모두 옹성으로 가는 일에 대해 깊이 생각해 보았다. 틀림없이 거기에는 영정의 음흉한 속셈이 있는 것 같은데 그걸 헤아릴 수가 없었다. 옹성으로 떠나는 날 영정은 여불위에게 매우 공손하였다. 영정과 여불위, 두 사람은 각자 다른 마음을 품고 함께 옹성으로 떠났다.

「과인이 관례를 치르면 승상께서 권력을 잃는다는 소문이 함양성에 자자한데 승상께서는 그런 말에는 신경쓰지 마십시오. 이처럼 크고 많은 천하의 백성으로 요순 시대를 만들기가 어디 그리 쉬운 일이겠습니까? 맹자께서 말씀하시기를 '천하를 남에게 주기는 쉬워도 천하를 위하여 사람을 얻기는 어렵다'고 하였습니다. 과인에게는 지금 현사가 매우 부족합니다. 묵자께서도 '보물을 받는 것이 어진 선비를 추천하는 일보다 못하다'고 하였습니다. 제가 어찌 승상과 같은 중신들을 박껍데기로 여겨 홀대할 수 있겠습니까?」

여불위는 영정의 말뜻을 모두 알아들었다. 그는 영정의 날카롭고 교활한 언사에 내심 놀랐다.

여불위의 표정을 살피며 영정은 계속 미소를 지었다. 영정은 옹성으로 가는 길에 몇 차례나 여불위의 속마음을 떠보려고 했지만 여불위는 움직이지 않는 바위처럼 아무런 동요도 보이지 않았다.

'틀림없이 이 늙은이는 노애와 연합하여 나에게 대항할 거야. 내가 친정을 하게 되면 반드시 수를 쓸 테지.'

결국 영정은 이사가 도 총관에게서 가로챈 서신을 여불위에게 보여 줄 수밖에 없었다. 서신을 받아본 여불위는 안색이 창백하게 변했다. 거기에는 두 사람이 함께 영정에게 대항하자는 노애의 제안이 적혀 있었던 것이다.

「대왕마마, 신은 억울할 뿐이옵니다. 진상을 밝혀 주시옵소서.」

여불위는 당황하여 일단 발뺌부터 하였다.

「이 서신이 노애의 측근으로부터 나온 것으로 과인도 생각하고 있습니다. 승상께서는 십여 년이 넘도록 국사에 매진하셨습니다. 결코 두 마음을 품고 이런 일을 하실 분이 아니지요. 하지만 과인이 일찍이 승상께 노애의 죄상을 밝히라고 부탁드렸는데 승상께서는 어찌 그리 머뭇거리시기만 합니까. 혹시 어려운 점이 있으시면 과인에게 말씀을 해주십시오.」

여불위는 영정의 이런 여유 있는 태도에 더욱 두려움을 느꼈다.

'영정은 오늘 매우 자신만만한 표정이다. 이미 내 계획을 꿰뚫어보고 있을지도 모르겠어. 잘못하다가는 큰일나겠군.'

이렇게 생각한 여불위는 얼른 표정을 바꾸며 말했다.

「신이 죽을 죄를 지었사옵니다. 장신후 노애의 죄상은 이미 낱낱이 드러나 있지만 왕태후마마의 비호를 받고 있어 잘못 공격하면 국난이 일어날까 두려워 손을 쓰지 못하였사옵니다. 노신은 마마의 뜻을 제대로 받들지 못하고 걱정만 끼쳐드리고 있으니 승상직과 병부를 반납하고 조용히 산림에 은거하고 싶사옵니다.」

여불위는 이렇게 말하면서 관대와 금인(金印)을 영정에게 건넸다. 그러자 영정은 그것들을 뿌리치며 엄한 표정을 지었다.

「승상에 대한 의심은 이미 풀어졌소. 과인은 이제 승상을 더욱 가까이 두어 중요한 임무를 맡길 생각인데 물러나다니 그 어인 말씀이오? 병부와 금인은 승상에게 돌려드리니 어서 노애를 잡아들일 방법이나 강구해 보시오. 그래야 과인이 편안하게 관례를 치를 수가 있겠습니다.」

여불위는 어쩔 수 없이 관대와 금인을 다시 받았다. 그는 노애의 경거망동에 울화통이 터졌다.

이날 밤 여불위는 영정의 명에 따라 다시 함양성의 승상부로 돌아왔다. 하지만 불안한 마음은 가실 줄 몰랐다.

'어떻게든 노애를 잡아들여야 내가 산다. 노애만 제거하면 이 강산은 나와 영정이 양분할 수가 있지 않은가?'

여불위가 고심하고 있는 사이 왕관이 급히 승상부에 도착했다. 그의 표정을 보니 무슨 중대한 사태가 발생한 게 틀림없었다. 눈 내리는 깊은 밤 승상부에 도착한 왕관은 과연 놀라운 소식을 전해 주었다.

「지금 노 대인이 함양성 서쪽 근교에 잠입해 있습니다. 그리고 대왕마마께서는 금위군을 옹성으로 파견하시고 각지에 주둔하고 있는 수비병을 이동시키셨습니다.」

승상부에 있던 여불위는 이날의 사태를 전혀 모르고 있었다.

「마마의 심계는 대단하십니다. 겉으로는 승상 대인을 중용하시겠다고 말씀하지만 속마음은 다를 것입니다. 승상 대인께서는 지금 가장 어려운 처지에 놓여 있습니다. 이렇게 물러나시면 어느 때 다시 일어나실 수 있겠습니까?」

이 말에 여불위는 더욱 불안해지기 시작했다. 그는 한참을 생각한 끝에 겨우 입을 열었다.

「하지만 지금은 그럴 시기가 아니오. 다시 기회를 봅시다.」

여불위의 미적지근한 태도에 왕관은 답답한 듯 탄식을 하며 승상부를 물러갔다.

옹성에서는 영정의 관례식이 성대하게 치러지고 있었다. 엄동설한인데도 엄청난 인파가 거리에 쏟아져 나왔다. 영정이 위험을 무릅쓰고 함양성을 떠나 옹성에서 관례를 치르는 데에는 나름대로 이유가 있었다.

옹성에는 당시 진나라의 거의 모든 사당이 자리하고 있었다. 진양공(秦襄公)이 기원전 771년부터 옹성에 신전을 건립하기 시작한 지 4백여 년의 역사가 흘렀다. 그 기간 동안 진문공은 부치(鄜畤)를 중수했고, 진목공(秦穆公)은 오양상(吳陽上)과 하치에서 각각 황제(黃帝)와 염제(炎帝)를 제사지낸 바 있었다. 그리고 진덕공(秦德公)은 기원전 677년에 국도를 옹성으로 옮겼으며 이때부터 이곳은 진나라의 정치, 경제, 문화, 신전의 중심지로 발전하였다.

그 후 진나라는 도성을 함양으로 옮겼지만 옹성은 여전히 진나라의 가장 중요한 구역이었다. 역대로 진나라의 왕들은 친히 옹성에 들러 신전과 사묘에 예를 올리고 나라의 번영과 백성의 평안을 기원했는데, 특히 매년 임금이 직접 옹성의 조상 사당에서 제례를 올리는 풍습은 왕실의 연례 행사가 되었다. 영정이 관례를 치르기 위해 옹성에 왔던 기원전 238년에는 이미 사묘가 백여 채가 넘었으며 성내에는 일신(日神), 월신(月神), 토지신(土地神), 풍백(風伯), 우사(雨師), 삼수(參宿), 진수(辰宿), 북두칠성에 제례를 올리는 신전도 있었다. 진나라 사람들이 섬기는 신령들은 옹성 어디에서도 쉽게 볼 수 있었고 향불은 일 년 내내 꺼지지 않았다.

진나라의 종묘에 위치한 덕공대묘(德公大廟)는 영정이 관례를 치르게 될 장소였다. 덕공대묘는 일찍이 진목공, 진환공(秦桓公), 진효공(秦孝公), 혜문왕(惠文王), 소양왕이 관례를 치렀던 곳이기도 하였다. 이 때문에 덕공대묘는 언제부터인가 관례를 치르는 명소로 자리잡았으며 거기에는 조상의 보우를 기원하는 의미도 담겨 있었다.

영정이 이곳에 다다랐을 즈음 덕공대묘는 이미 소부(少府;진대 황실의 수공업을 관리하는 벼슬)에 의해 깨끗하고 기품 있게 꾸며져 있었다. 관례의 길일은 무사(巫師)가 춘분으로 정해 주었다. 사람들은 이날을 전후해 속속들이 옹성으로 모여들어 일시에 객잔(客棧), 사묘(寺廟), 거리에는 인파로 넘실댔다. 이에 따라 성내의 주요 건물 요소요소마다 창을 든 위사들이 삼엄한 경계를 펼쳤다.

춘분일 바로 전날에 영정은 문무백관을 이끌고 옹성에 들어와 성의 서쪽에 위치한 참년궁(蘄年宮)에 여장을 풀었다. 이곳은 왕태후가 머물고 있는 대정궁과 백여 리 정도 떨어졌고, 관례를 치를 덕공대묘는 참년궁과 대정궁의 중간쯤에 위치하고 있었다.

진왕 영정 9년(BC 238년) 춘분일의 아침이 밝아오자 사람들은 모두 일찍 일어나 목욕 재계하고 의관을 정제하였다. 오경이 되자 모든 문무대신들이 참년궁의 상방(廂房)에서 영정을 기다렸다.

마침내 진시를 알리는 종소리가 성내에 울려퍼지면서 관례 의식이 시작되었다. 이 시각이 되자 참년궁에서는 봉상(奉常;종묘 제례를 담당하는 벼슬)의 인도 아래 문무백관들이 작위와 품계에 따라 덕공의 사당 앞에 줄지어 섰다. 또한 참년궁에서 덕공대묘에 이르는 길목에는 금의 무사들이 양쪽으로 극(戟)을 높이 들고 나란히 서 있었다.

영정의 관례 의식은 고례(古禮)를 약간 변경하여 진나라의 습속에 맞도록 치러졌다. 관례는 통상 세 부분으로 나뉘어 진행되는데, 첫번째는 서일(筮日)과 서빈(筮賓)으로 이미 봉상과 옹성달재(雍城達宰), 대축령승(大祝令丞)이 주재하여 종결되었다. 그들은 여강(廬江)에서 잡아온 자라의 껍데기와 톱풀로 복서(卜筮)를 하고 길일과 주요한 빈객(賓客)을 선정하였다.

두번째 부분이 바로 관례로 가장 중요한 예식이었다. 진왕의 어가가 덕공대묘에 들어가자 참년궁에서 이곳까지 이르는 길목의 통행 금지가 비로소 해제되었다.

「저 안에서 뭘 하는지 알 수가 있어야지.」

백성들은 덕공대묘에서의 관례 의식을 직접 볼 수 없자 무척 안타까워했다.

「갓을 쓰고 제례악을 들을 수 있는 건 군왕의 특권이야. 또한 녹피(鹿皮)를 걸치고 구슬로 만든 고깔을 덧쓰면 곧바로 수자리에 나가지만 대왕마마는 면제가 되지. 마지막으로 관면을 쓰면 관례는 끝이 난다네.」

한 노인이 덕공대묘를 기웃거리는 젊은이에게 말했다.

「대왕마마의 관면은 매우 아름답고 귀하겠지요?」

「그렇지. 마마께서 쓰시는 면은 금관인데, 마마께서는 그것을 쓰시고 사람들에게 선포를 하시지. 관례를 마치면 선비는 제사를 주관할 수가 있고 마마는 병권을 쥐실 수가 있어.」

노인은 관례에 대하여 많이 알고 있는 선비였다. 곁에 있던 청년이 다시 물었다.

「귀족의 자제는 보통 스무 살에 관례를 치르는데 마마께서는 어째서 스물두 살이 되어서야 관례를 치르십니까?」

「그걸 우리가 어떻게 알겠는가?」

「어르신, 어째서 마마의 관례는 이렇게도 시끌벅적합니까?」

노인은 자꾸 물어오는 청년이 답답한지 한숨을 쉬었다.

「봉상 대인이 보검을 마마께 올리고 친정을 선포한 다음 곧 이어서 문무백관들이 마마께 경하를 드린다네. 마지막으로 대왕마마께서 경하주를 세 번 받아마시면 덕공대묘에서의 관례는 끝을 맺지.」

「마마께서는 대정궁의 왕태후마마를 찾아뵈어야 하고 저녁에는 주연에도 참석하셔야 한다던데요?」

「그래, 그렇다네.」

노인이 좀더 설명을 하려는데 덕공대묘에서 수많은 병사들이 쏟아져 나왔다. 병사들이 극(戟), 월(鉞), 과(戈), 도(刀)를 쥐고 위풍당당하게 양쪽으로 도열하자 그 사이를 뚫고 여섯 필의 말이 이끄는 수레가 미끄러지듯 빠져 나왔다. 여섯 필의 말은 모두 비단자락을 몸에 걸쳤고, 수레의 사방에는 용기(龍旗)가 꽂혔으며 비단실로 주렴을 드리우고 옥이 곳곳에 주렁주렁 매달려 있었다. 수레의 가운데에는 머리에 아홉 갈래의 가지가 있는 금관을 쓰고 허리에는 태가보검(太柯寶劍)을 찬 영정이 앉아 있었다.

영정은 덕공대묘에서 관례를 막 마치고 밖으로 나오는 중이었다. 영정이 타고 있는 수레 뒤로 120여 필의 백마가 대열을 짓고 따랐으며 수레를 호위하는 무사들은 세 명에 하나씩 검은 깃발을 높이 들었고, 창과 검을 쥔 보갑병이 그 뒤를 좇았다. 그리고 문무백관의 수레는 호위병의 뒤를 따랐다.

영정의 수레는 곧바로 대정궁으로 향했다. 대정궁에 들어서던 영정은 모후와 노애를 상대로 싸웠던 지난 일이 떠올랐다. 궁내의 제단에서 영정을 기다리고 있던 주희는 영정이 다가오자 그의 표정을 유심히 살펴보았다. 그녀의 마음 속에는 오로지 영정의 허리에 있는 병부를 어떻게 빼앗아 노애를 살리는 구명부(救命符)로 만들까 하는 생각뿐이었다. 영정은 주희가 물끄러미 자신을 바라보고만 있자 먼저 허리를 굽혀 인사를 했다. 주희가 다시 한 번 영정의 눈치를 살폈다.

「마마, 마침내 병권을 장악하고 친정을 하게 되셨으니 감개무량하시겠네요. 우리 모자는 한단에 있을 때부터 이런 날이 언제 오나 학수고대했는데 드디어 그날이 오고야 말았습니다.」

주희가 한단의 일을 들먹이며 영정의 심사를 자극했지만 영정은 무표정할 뿐이었다.

「어마마마, 물이 맑기를 기다리다 늙어죽는다는 말이 있듯이 과인은 친정에 박차를 가할 생각이옵니다. 과인에게는 할 일이 너무나 많습니다. 기다리십시오. 과인은 반드시 천하를 평정하고 원수를 쳐부수겠습니다.」

「대왕마마, 나라를 다스리는 도리는 사유(四維)를 갖추는 데 있다고 들었어요. 〈관자〉에 이르기를 예(禮), 의(義), 염(廉), 치(恥)를 갖추어야 올바르게 나라를 다스릴 수 있다고 하지 않습니까. 그런데 어찌하여 살육과 정벌을 그토록 좋아하시나요? 그건 군주의 바른 도리가 아니에요.」

주희가 영정을 힐난했다.

「어마마마, 천하가 소란하면 전쟁을 통하지 않고서는 평정할 수 없습니다. 난리를 다스리려면 반드시 독에는 독, 이에는 이, 전쟁에는 전쟁으로 대응해야 합니다. 세상의 모든 이치가 여기에서 벗어나지 않습니다.」

「대왕마마는 자중하세요. 힘을 쓰는 자는 망하고, 덕을 품는 자는 흥한다는 말도 모르세요? 한 가지 생각의 잘못으로 백성을 도탄에 빠지게 해서는 안 됩니다. 차라리 병부를 잠시 저에게 맡기시는 게 어때요?」

주희의 말이 끝나기가 무섭게 영정이 웃어대기 시작했다. 그 눈에서 붉은빛이 마구 쏟아졌다.

'열 달이나 나를 뱃속에 품어 기른 어머니가 어찌하여 나를 사지로 몰아넣으려 하는가?'

주희는 영정의 눈빛에 가슴이 섬짓했다.

「어찌하여 웃기만 합니까? 할 말이 있으면 빨리 하세요.」

웃음을 멈춘 영정이 이를 갈며 말했다.

「어마마마는 이전에 수렴청정을 하시면서도 정사에 관심이 없으시더니 오늘은 어째서 병부에 그토록 관심이 많으십니까? 입으로는 연신 과인에게 예의염치를 갖추라고 하시는데 과인이 보기에는 우선 대정궁에서 사유를 갖추어야 하겠습니다. 또한 과인에게 덕을 품으라고 하시는데 그러시는 어마마마께서는 얼마나 덕을 쌓으셨습니까? 우리 진나라는 역대 이래로 여자가 정치에 간섭하는 걸 금지했습니다. 어마마마께서도 이 일을 아실 테니 이후로 자중하십시오. 과인이 관례를 마쳤으니 이제 어마마마의 옥새로는 병졸 한 명도 움직일 수가 없습니다. 향후 과인은 진율을 좀더 보강하여 여자가 정치에 간섭하는 일은 왕후에서부터 여염집 여자에 이르기까지 일체 용서하지 않겠습니다.」

영정의 말에 주희는 더욱 충격을 받았다. 영정은 곧 옥새를 내놓으라고 할 판이었다. 그러나 그것은 이미 그녀의 손을 떠나 노애에게 가 있었다. 주희는 영정이 다른 말을 더 못하게 머리가 어지러운 척 하면서 궁아의 품에 쓰러졌다. 할 말을 마친 영정은 주희가 어떻게 되든 아무런 관심도 기울이지 않고 궁문을 빠져나가며 크게 웃었다.

'나는 오늘을 위하여 그동안 숨을 죽이며 살아왔다. 얼마나 많은 위험과 고비를 넘겼던가. 이제 무엇이 나의 앞길을 막을 수 있겠느냐? 이제는 더 이상 태후나 중부의 이름 아래 통제를 받지 않는다. 하하하.'

대정궁 문을 나서자 바로 옆에 덕공 시대에 심어 놓은 동백나무가 의연하게 버티고 서 있었다. 동백나무의 푸른 나뭇잎이 추위를 이기며 꿋꿋한 생기를 뿜어냈다.

「하하하, 좋은 나무야. 낙락장송에 부끄럽지 않은 나무로군!」

그때였다. 영정의 머리 위에서 세 줄기 은빛이 눈깜짝할 사이에 지나갔다. 영정은 본능적으로 몸을 엎드려 그것을 피하였다. 영정에게 쏟아져 내린 빛줄기는 자객이 던진 단도였다. 영정의 비명소리에 놀란 등승이 재빨리 달려와 그를 호위하였다. 등승이 고개를 들어보니 동백나무 위에서 양가죽을 뒤집어쓴 사내가 웅크리고 앉아 영정을 노려보고 있었다. 등승이 검을 뽑아 자객을 겨냥하자 그제서야 영정은 안도의 숨을 내쉬었다.

기습이 실패하자 자객은 크게 당황하는 기색이었다. 등승은 영정을 호위하며 시위병을 불렀다. 시위병이 몰려들자 자객은 불안한지 마구 단도를 내던졌다. 달려오던 일곱 명의 시위 중 세 명이 그 칼에 맞고 쓰러졌다.

'보통 솜씨가 아니군.'

자객의 기예에 등승은 혀를 내둘렀다. 잘못하다가는 시위병들이 모두 당할 판국이었다. 등승은 직접 자객을 처치하고 싶었지만 영정이 걱정되어 움직일 수가 없었다. 그러자 영정이 머뭇거리는 등승에게 소리쳤다.

「등와, 빨리 저 놈을 잡아! 나는 여기서 지켜보고 있을 테니!」

영정이 허리에 차고 있던 태가보검을 등승에게 건네주었다. 등승은 그즈음에 영정으로부터 등와라는 이름을 처음 들었다. 게다가 태가보검까지 건네주니 힘과 용기가 치솟았다. 등승의 손에 쥐어진 태가보검의 날이 햇빛을 받아 푸른 빛을 발하였다. 등승이 보검을 앞으로 쭈욱 뻗으며 자객을 향해 뛰어가자 나무 주위를 둘러싸고 있던 시위병들이 얼른 뒤로 물러났다. 이를 본 자객은 음험하게 웃으며 나무에서 뛰어내리더니 등승에게 대항했다.

영정이 등승에게 준 태가보검은 진나라 왕실에서 대대로 전해내려 오는 보검 중의 보검이었다. 등승이 휘두르는 태가보검에 자신의 검이 그대로 두동강나자 자객은 당황하여 두어 발자국 뒤로 물러났다. 이때 기회를 엿보던 시위병들이 몰려와 순식간에 그 주변을 둘러싸자 자객은 눈알을 굴리며 달아날 궁리를 하였다. 납작하게 웅크렸던 그가 갑자기 몸을 뻗더니 동백나무 기둥에 매달려 위로 올라가기 시작했다. 이를 지켜보던 영정이 바닥에 떨어진 등승의 검을 주워 자객에게 힘차게 내던졌지만 자객은 재빨리 몸을 비틀어 이를 피했다. 이 틈을 타 등승이 나무 위로 뛰어올라 가며 가지를 내리쳤다. 자객이 이리저리 나뭇가지로 몸을 옮기며 공격을 피하는 것을 본 등승은 기회다 싶어 품에서 철환(鐵丸)을 꺼내 자객에게 던졌다.

「네 놈만 검에 뛰어난 줄 아는가 본데, 어림없지.」

등승은 철환에 이어 검을 내던졌다. 위기일발의 순간, 자객은 비명을 지르며 바위 위로 몸을 내던졌다. 눈깜짝할 사이에 바위에 머리를 부딪쳐 자살하고 만 것이었다. 시체 앞으로 다가간 영정이 그것을 물끄러미 내려다보았다.

「마마, 이제 더욱 조심하셔야겠사옵니다.」

등승의 염려에 영정은 고개를 끄덕이며 다시 수레에 올랐다.

영정이 참년궁에 이르자 함양으로부터 긴급한 전령이 날아왔다. 서신에는 붉은 글씨로 '밀(密)' 자가 적혀 있었다. 영정은 마음을 가라앉히고 밀봉된 서신을 뜯었다.

11

노애의 반란

노애는 함양성 서쪽 근교에 위치한 이궁(離宮)에서 거사를 준비하였다. 며칠 동안 그는 눈코 뜰 새 없이 여러 곳을 돌아다니며 상황을 점검하였다. 하지만 주회에게서 오기로 한 영정의 병부는 감감 무소식이었다. 노애는 원래 영정이 관례를 치르기 이틀 전에 거사하기로 계획했지만 병부로 인해 거사일을 연기할 수밖에 없었다.

노애의 사병들은 무장을 갖추고 거사 6일 전에 집결지를 떠나 서쪽 근교의 눈밭에 숨어 있었다. 그들은 거사가 성공할 경우 자신들에게 돌아올 전공을 생각하며 추위에도 아랑곳하지 않고 끈질기게 버텼다. 노애 일당은 이곳으로 떠나올 때 마초와 식량은 물론, 가축까지도 군량으로 가지고 왔었다.

춘분일 전날 늦은 밤에 거사의 주모자들이 이궁의 의사청으로 모였다. 위위 갈이 좌익 원이와 함께 야영지에서 .의사청으로 들어오며 노애에게 소리쳤다.

「대인께 보고합니다. 밖의 상황이 아주 좋지 않습니다. 병사들은 이제 추위를 이겨내기가 정말 어려운 형편입니다. 군마도 상당량이 얼어죽었습니다. 그리고 병사들의 사기 또한 갈수록 떨어져 가기만 합니다. 이번 싸움은 힘들게 생겼습니다.」

노애는 믿었던 심복이 불평을 늘어놓자 화를 벌컥 냈다.

「감히 군심(軍心)을 동요시키다니, 당장 이 자의 목을 베거라!」

노애와 곡예단에 같이 있던 도제들이 달려들어 갈을 끌고 밖으로 나갔다. 그러나 노애는 애당초 그를 죽일 생각은 없었다. 좌익 원이와 다른 문객들이 갈의 구명을 애원하자 노애는 마지못한 척 고개를 끄덕였다.

「알았소. 그대들의 청을 들어주리다. 여봐라, 그 자에게 곤장 백 대를 때려 군율의 엄격함을 보여주어라!」

노애의 명령에 사람들은 겨우 안도했지만 얼굴 표정은 여전히 어두웠다. 이때 제강이 자리에서 일어나더니 노애에게 자신감 넘치는 목소리로 말했다.

「대인, 무엇을 걱정하십니까?」

노애는 제강의 말에 힘없이 머리를 떨구었다.

「그 약삭빠른 영정, 쥐새끼 같은 놈! 죽일 놈!」

노애가 영정을 저주하자 제강이 그의 마음을 부추겼다.

「옛날 오자서는 홀로 몸을 피해 달아났다가 끝내는 초왕의 시체에 채찍을 가하는 복수를 하였습니다. 대인의 병력은 무려 수만에 이르는데 무엇을 그리 두려워 하십니까? 아직 우리는 깃발을 들지도 않았습니다. 때문에 사기가 조금 처져 있을 뿐입니다.」

그 말에 노애는 겨우 힘을 얻은 듯 자세를 바로했다. 이때 내사 사 대인이 다급하게 의사청으로 들어왔다.

「대인, 마침내 좋은 기회가 왔습니다. 이 기회를 절대로 놓쳐서는 아니 됩니다. 지금 바로 공격하십시오!」

사 대인의 한마디는 의사청의 분위기를 단번에 바꾸어 놓았다. 그들은 주먹을 불끈 쥐고 사 대인의 다음 말을 기다렸다.

「어젯밤 성을 지키고 있던 창평군과 왕전이 마마의 관례를 축하한답시고 밤새워 술을 마신 뒤 지금 깊은 잠에 빠져 있습니다. 방금 전에도 그들의 침소에 들렀는데 아직도 코를 드르렁거리며 자고 있었습니다.」

이 말에 노애가 기쁨을 감추지 못하고 사 대인에게 말했다.

「사 대인, 내 그대의 공을 기억하고 있다가 거사가 끝나면 후로 봉하겠소.」

「감사합니다, 대인!」

사 대인은 당장 후작을 받기라도 한 양 들뜬 표정을 감추지 못했다. 그때 밖에서 급한 첩보가 또 들어왔다.

「장신후마마, 주(周) 좌경(左卿;13급의 작위 벼슬)께서 5만의 병력을 이끌고 오셨습니다.」

「5만이라, 주 좌경을 안으로 모셔라.」

노애는 모든 일이 자기 뜻대로 되는 것 같아 기쁘기 한량없었다.

「장신후마마, 이 도위(都尉)께서 3만의 병력을 이끌고 도착하셨습니다.」

지원 병력이 속속 들어오자 노애는 왕태후 옥새의 위력을 새삼 실감했다.

「13만이라, 이는 하늘이 우리를 돕고 있다는 증거다, 하하하.」

노애는 자리에서 벌떡 일어나 소리쳤다.

「모두 출전 준비를 하라! 조상과 하늘에 이를 고하고 날이 밝기 전에 공격한다!」

제강이 노애의 곁으로 다가가 몇 가지 책략을 말하자 노애는 고개를 끄덕이며 그가 제시한 하책, 중책, 상책을 모두 받아들였다. 노애는 잠시 들뜬 기분을 가라앉힌 후 큰소리로 입을 열었다.

「우리는 현재 13만 대군이지만 함양성의 조정군은 10만도 못 되오. 게다가 장수가 술에 취해 인사불성이니 일격에 함양성을 점령해야 할 것이오. 성공하면 그곳의 재화와 미녀는 마음껏 골라가지시오.」

말을 마친 노애가 안설에게 물었다.

「사마공은 어떻게 되었소?」

「대인의 명령만 기다리고 있을 뿐입니다.」

안설이 짐짓 자신 있게 대답했다.

「잘하였소. 중대부는 그를 도와 후한 예물을 가지고 승상을 찾아가도록 하시오.」

안설이 인사를 하고 그 자리를 떠나려 하자 제강이 그를 붙잡았다.

「여 승상부 쪽은 안 대부께서 늘 따라다니시며 여 승상이 병마를 움직이지 못하도록만 해 주시면 되오. 대부께서는 '의심스런 행동으로는 뜻을 이루지 못하고, 의심스러운 일로는 공을 쌓을 수 없다'는 말을 명심하시고 부끄럼없이 처리해 주시오.」

자신을 의심하는 듯한 제강의 말에 안설은 얼굴을 붉히며 고개를 끄덕였다.

관례 의식의 마지막 행사는 이날 저녁 참년궁에서 열리는 연회였다. 저녁이 되자 문무백관과 초청된 귀빈들이 눈발을 헤치며 연회에 참석하였다. 참년궁은 휘황찬란한 등불로 대낮처럼 밝아 멀리서 보면 마치 하얀 눈밭에 떠오르는 달덩이 같았다. 여러 전각들이 나무처럼 뾰족뾰족 솟아올라 위용을 자랑하고 건물의 처마마다 붉은 구슬이 주렁주렁 달려 불빛에 아롱거렸다. 궁중 곳곳에는 청룡, 주작, 현무, 백호의 사신도가 그려진 깃발이 싸늘한 북풍에 휘날리고 있었다.

태감들과 궁녀들도 자기 자리를 찾아 서서 연회가 시작되기를 기다렸다. 유시가 되어 조천락(釣天樂)이 울리자 주빈 자리에 앉아 있던 영정이 주연이 시작되었음을 알렸다. 곧이어 연회장 앞에 마련된 조그마한 무대에서 무희들이 춤을 추고 노래를 부르기 시작했다. 영정은 잔을 높이 들어올리고 건배를 외쳤다.

용 무늬, 산 무늬, 화충 무늬 아홉 개가 수놓아진 관포를 걸친 여불위는 은빛수염을 길게 늘어뜨리고 여유 있는 표정으로 앉아 무희들의 춤과 노래를 감상하였다. 하지만 마음 속에서는 온갖 생각이 끊임없이 떠올랐다.

'영정, 정말 교활하구나. 나에게 병권을 그대로 위임한다 해놓고는 제 마음대로 병력을 이동시키고 노애를 잡을 방안을 올리라고 하면서 전혀 신경도 쓰지 않는군.'

여불위는 대부장 왕관이 소리치던 얼마 전 일이 떠올랐다.

「결단을 내릴 때에는 바로 내려야지 그렇지 않으면 영원히 후회를 하게 됩니다!」

왕관의 말이 옳았다. 노련한 정치가이자 전략가인 여불위가 한낱 어린 아이라고 깔보았던 영정에게 보기 좋게 당하고 있는 것이었다. 여불위는 생각하면 할수록 분통이 터졌다.

「퉷!」

여불위는 바닥에 침을 뱉고 영정을 바라보았다. 영정은 무엇이 그리 좋은지 얼굴 가득 웃음을 담고 연신 술을 마셨다. 여불위는 더 이상 그대로 앉아 있을 수가 없어 측간에 가는 척하면서 연회장을 빠져 나왔다.

저녁 무렵에 내리던 눈이 멈춘 지는 이미 오래 전이었다. 눈을 들어 하늘을 보니 어둠 속에서도 간간이 달의 모습이 나타났다. 순간 멀리서 유성 하나가 떨어졌다. 여불위는 왠지 예감이 좋지 않았다.

'이는 왕손에게 무슨 일이 벌어진다는 징조이다. 무슨 일일까?'

그가 밖으로 나서려는데 궁 밖에서 요란한 말발굽 소리가 들려왔다. 말은 어디론가 급히 달려가고 있었다.

「그만 돌아가야겠군.」

여불위가 밖으로 나가기 위해 궁문 앞으로 가려는데 위사 한 명이 나타나 그를 가로막았다.

「승상 대인, 마마의 명령입니다. 어느 누구도 연회장을 나갈 수가 없습니다.」

여불위는 어쩔 수 없이 다시 연회장으로 돌아온 후 무슨 생각이 들었는지 무표정했던 얼굴을 지우고 이따금씩 미소를 흘렸다. 사람들은 실로 오랜만에 여불위의 웃는 얼굴을 보았다. 조금 뒤 여불위가 갑자기 자리에서 일어나더니 소리쳤다.

「여러분, 이 궁의 이름이 무엇인지 아십니까?」

「참년궁이 아닙니까?」

사람들이 대답했다.

「그러면 무엇 때문에 참년궁이라고 했는지 아십니까?」
아무도 대답하는 사람이 없자 여불위는 빙긋 웃었다.
「참년의 뜻은 풍년을 기원한다는 의미이지요. 이 궁은 진혜공께서 지으셨는데 이미 4백 년이 넘은 건물입니다. 사실 진혜공께서도 왜 이곳을 참년궁이라 명명했는지 본인도 모르셨으니 우리 같은 평범한 사람이야 천명을 어떻게 헤아릴 수 있겠습니까?」
「승상 대인, 그 말씀은 무슨 뜻입니까?」
「이 궁전은 하늘의 상(象)과 성도(星圖)에 따라 지은 건물입니다. 여러분 가운데에서 이 의미를 아는 사람이 있습니까?」
모두들 입을 다물자 여불위는 씁쓸하게 웃으며 중얼거렸다.
「이 궁전의 의미를 아는 사람은 아무도 없을 거야. 있다면......」
여불위는 신동 감라를 생각하며 한숨을 쉬었다.
「스스로 똑똑하다고 생각하는 여우가 자기 무덤을 파지.」
여불위는 남들이 알아듣지 못하는 말만 계속 중얼거렸다. 그러자 사람들은 여불위의 존재를 금방 잊고 다시 잡담을 하기 시작했다. 여불위는 좀전에 본 유성을 떠올리며 영정의 운명을 생각했다.
참년궁에서 연회가 한창 열리고 있을 무렵 도 총관은 옹성 남쪽의 한 사묘에서 사람을 기다리고 있었다. 밤이 깊어질수록 온몸을 파고드는 추위가 더욱 기승을 부렸지만 그가 기다리는 사람은 아직 도착하지 않았다. 그 사람은 함양에서 오는 중이었다. 기다리다 지친 도 총관은 잠시 사묘에서 나와 거리의 가게를 둘러보다 음식점에 들러 술을 한잔했다. 날은 점점 어두워지고 거리의 가게는 하나 둘씩 문을 닫기 시작했다. 이제는 싫어도 바람과 추위를 피할 곳은 사묘뿐이었다. 거리에는 발길을 재촉하는 사람들을 붙잡는 점장이들만이 나와 있었다.
도 총관은 커다란 사묘에서 나와 남쪽 구석에 있는 조그마한 사묘를 찾아 안으로 들어갔다. 우두커니 사람을 기다리고 있으려니 지난 일들이 자꾸 머리에 떠올랐다. 특히 노애가 여불위에게 전달하라고 준 서신을 이사에게 빼앗긴 일은 그를 초조하고 불안하게 만들었다. 자신에게 잘해

주기만 한 여불위에게 양심을 속였다는 자책감 때문에 도 총관은 괴로웠다.

조그만 사묘에는 그 말고도 몇 사람이 바람과 추위를 피하고 있었다. 도 총관은 곁에 서 있는 노인에게 사묘의 이름을 물었다.

「옹성에 처음 오신 모양이군요. 이 사묘는 비록 작지만 그 이름만큼은 널리 알려졌다오. 이 사묘의 신주(神主)는 두백(杜伯)이라고 주나라 선왕 때의 유명한 장군이었는데 억울하게 죽음을 당하자 사람들이 그의 충절과 용맹을 기리기 위해서 이 사묘를 세웠다오.」

노인의 말이 끝났을 때 두 사람이 또 안으로 들어왔다.

사묘 안은 함께 있는 열대여섯 명의 어깨가 서로 닿을 정도로 비좁았다. 향로에는 몇 대의 향이 타고 있어 은은한 향내가 실내를 진동시켰다. 벽면에 그려진 신주를 보니 검붉은 책(責)을 쓰고 새빨간 포(袍)를 걸친 사람이 활을 손에 쥐고 어깨에 검을 찬 채 흉흉하게 서 있었다.

잠깐 사이에 사묘는 사람들로 꽉 들어차 발디딜 틈이 없어졌다. 그런데 그렇게 비좁은 공간에서도 점장이 하나가 사람들에게 둘러싸여 복을 구하고 있었다. 누런 포를 걸친 점장이 도사는 수염이 길었고 얼굴은 어린애처럼 맑고 순진해 보였다. 도 총관은 호기심이 발동하여 사람들 틈을 비집고 들어가 도사 앞에 섰다. 도 총관이 몸에 지니고 있던 5백 냥의 원폐(圓幣;당시의 화폐 모양)를 바가지 위에 던지자 사람들의 눈이 일제히 그에게 쏠렸다. 늙은 도사가 도 총관을 힐끗 보며 물었다.

「이렇게 많은 돈을 내고 무엇을 보시려우?」

도 총관이 대답했다.

「우리 은상의 미래를 보고 싶소이다. 사주팔자는 모르지만 그것은 도사께서 알아서 보아주시오.」

도사는 빙그레 웃으며 건(巾)으로 죽통을 가렸다. 죽통을 한참 흔들어대던 도사가 건 속으로 손을 넣더니 이상한 쪽지 한 장을 꺼내 도 총관에게 보여 주었다. 쪽지에는 알 수 없는 전자(篆字)가 쓰여져 있었다. 조금 뒤 도사가 목에 힘을 주며 말했다.

「천기현묘(天機玄妙)하여 빈도는 감히 입을 열 수가 없지만, 위의 그림에서 입 두 개가 무엇을 구하는지 벌리고 있으니 점복을 구하는 사람은 여(呂)이고, 아래 그림의 뜻은 어려움은 있지만 자리는 지킨다라고 풀이할 수 있겠소.」

그 말에 도 총관은 자리에서 일어나 고맙다고 인사하고는 뒤로 물러났다. 그는 도사가 점복을 구하는 사람이 여라고 하는 말에 그의 실력을 믿지 않을 수 없었다.

도 총관이 사묘의 입구로 나가려는데 마침 낯선 선비 하나가 안으로 들어오고 있었다. 그는 사슴가죽으로 만든 자루를 메었는데 오른손으로 자루의 끝을 쥐고 있었다. 도 총관은 얼른 그 앞으로 걸어나가 자신의 오른쪽 소매를 쥐었다. 이 표시는 두 사람이 약속한 암호로 도 총관은 함양에서 온 밀사와 서로 신분을 확인하였다. 함양에서 온 사람은 자루의 끝을 잡고 옹성의 도 총관은 소매의 끝을 잡아 서로를 확인하기로 사전에 약속이 되어 있었던 것이다. 두 사람은 사람의 눈에 띄지 않는 장소로 옮겨 인사를 나누었다.

「하하하, 저는 도선이라고 합니다.」

「저는 조나라 사람으로 사마공이라고 합니다.」

도 총관은 사마공이라는 이름을 듣는 순간 바로 그가 여불위에게 의탁하고자 찾아왔다가 노애에게 욕을 당한 선비임을 알았다.

옹성에서 영정의 관례가 준비되고 있을 즈음에 노애는 반군을 세 부대로 나누어 함양의 동, 남, 북쪽을 공격하도록 명령했다. 반군의 주력군은 그동안 각지의 산장과 숲에 숨어 있느라 지치고 고생이 심했지만 마침내 함양성의 공격 명령이 떨어지자 의기양양하게 전진하기 시작했다. 그들의 눈 앞에는 함양성의 재물과 아름다운 미녀들이 어른거렸다. 그들에게 함양성은 널따란 사냥터였다.

드디어 춘분일의 아침이 밝아오기 시작했다. 반군들은 어둠에 묻힌 야산처럼 아주 고요한 함양성으로 살금살금 접근했다. 간간이 개들이 짖어

대곤 했지만 매서운 바람소리에 묻히고 말았다. 빠른 속도로 함양성에 접근하던 반군의 주력 부대가 어느덧 공격 지점에 도달했다. 반군의 우두머리 노애는 서문을 공격하는 부대를 지휘하고 있었다.

함양성의 내사를 맡고 있는 사 대인이 성문 앞으로 걸어나가 자신이 심어놓은 측근을 불렀으나 안에서는 아무런 대답도 들리지 않았다. 하는 수 없이 노애는 사다리를 성벽에 걸치고 성 안으로 들어가라고 지시했다. 명령이 떨어지기가 무섭게 일부 날렵한 반군 병사들이 사다리를 성벽에 걸치고 올라가기 시작했다. 이때 갑자기 사방에서 고함소리가 터져 나왔다.

수많은 금위군들이 성루(城樓)에서 반군을 기다리고 있다 이들이 나타나자 빗발 같은 화살이 쉴새없이 날렸다. 아무런 방비없이 성으로 접근하던 반군은 예상치 못한 공격에 순식간에 수백 명이 바닥으로 쓰러졌다. 이렇게 해서 손쉽게 성을 공략하리라는 노애의 꿈은 일거에 좌절되고 말았다.

이때부터 성을 사이에 두고 반군과 금위군의 밀고 밀리는 공방전이 치열하게 벌어졌다. 그러나 성을 수비하는 금위군이 방어를 철저히 준비한데 비해 반군은 급조된 병력에다 승리를 지나치게 낙관하고 있던 터라 승패가 금방 결정날 수밖에 없었다.

도발적인 사태에 얼굴이 시뻘겋게 달아오른 노애는 선두에 서서 반군을 지휘하였다. 그는 친히 과거 자신의 도제였던 35명의 군사를 이끌고 성을 공격하기 위해 앞으로 나아갔다. 노애의 측근들이 그를 붙잡고 말렸지만 그는 오히려 호통을 치면서 갑옷을 걸친 채 반군을 독려하며 성으로 달려갔다. 이를 본 반군의 많은 병사들이 용기를 얻어 일제히 함성을 지르며 다시 공격을 시작했다.

노애는 다른 병사들과 함께 사다리를 타고 성벽을 기어올라갔다. 그러나 금위군의 반격도 만만치 않았다. 그들은 갈쿠리로 사다리를 걷어내고 뜨거운 물과 화살을 소나기처럼 퍼부었다. 노애와 함께 공격에 나선 반군 병사들이 쏟아지는 화살에 비명을 지르며 성벽 아래로 떨어졌다. 이를 본 노애의 눈에서 불똥이 뚝뚝 떨어졌다.

마침내 성에 올라간 노애가 성가퀴에서 화살을 날리던 금위군 한 명을 단칼에 베어버리자 반군들이 환호성을 지르며 벌떼처럼 성벽을 기어오르기 시작했다. 함양성의 서문은 위기일발의 상황으로 몰렸다. 노애가 날렵한 칼솜씨로 금위군들의 목을 베었고 성벽을 무사히 오른 그의 부하들도 사기 충천하여 금위군과 싸웠다. 서문의 상황이 위급해지자 금위군의 병력이 모두 서문에 집중되었다. 양군의 전력은 백중세였다. 일단 성문을 장악하는 편에 전세가 기울어질 것은 뻔한 이치였다.

이때 호각소리가 요란하게 울리며 서문에 수천의 병력이 일시에 나타나 반군을 몰아치기 시작했다. 이번에는 금위군의 사기가 하늘에 치솟는 듯했다.

「대장군이시다!」

함양성의 수비 대장 왕전이 나타난 것이다. 왕전의 등장과 함께 전세는 완전히 역전되었다. 왕전을 본 노애가 이를 갈며 달려들었지만 수백 명의 금위군이 창과 극을 세우며 오히려 노애 쪽으로 몰려왔다. 왕전이 지휘하는 금위군은 정예 중의 정예로 노애의 부하 십여 명이 눈깜짝할 사이에 이들의 화살을 맞고 쓰러졌다. 그런 광경에 노애는 눈에서 불꽃이 튀었지만 어쩔 수 없이 뒤로 물러설 수밖에 없었다.

함양성의 전투는 오경에 시작해서 정오에 끝났다. 반군은 세 방향에서 함양성을 공격했지만 어느 한 곳도 점거하지 못했다. 가장 막강한 공격력을 자랑하던 서문의 반군도 왕전의 치밀한 수비에 막혀 겨우 뚫리는가 싶었던 성문을 포기하고 후퇴하고 말았다.

반군은 공격 실패로 그 기세가 한풀 꺾이고 노애는 오른쪽 어깨를 부상당했다. 이궁으로 돌아온 제강은 몇몇 부장들을 불러 병력의 재배치를 지시하였다.

한편 왕태후의 병부를 받고 반군에 합류하는 병력들이 각지에서 속속 모여들었다. 수만 명의 사상자를 낸 함양성 전투에도 불구하고 병사의 숫자가 17만여 명에 이르자 반군의 사기가 다시 올라갔다.

함양성 전투를 분석하던 제강이 내사 사 대인을 쏘아보며 소리쳤다.
「이게 무슨 꼴이오? 하마터면 첫판에 크게 당할 뻔하지 않았소?」
그러자 노애가 그런 제강을 만류했다.
「이미 사태는 벌어졌으니 그만하시오. 하지만 그 놈의 왕전을 죽일 수 있는 좋은 기회였는데......」
뜻밖에 노애는 그다지 화를 내지 않았다. 단지 기회를 놓친 것이 아까워 혀를 찰 뿐이었다.
「어찌하여 후퇴를 명령했소? 이번 싸움은 전체의 승패를 가늠하는 열쇠였는데. 실제로 금위군은 그다지 많지 않았소. 끝까지 밀어붙였으면 뒤집기를 할 수도 있었단 말이오.」
제강이 다시 사 대인을 책망했다. 이번 함양성의 서문 공격 작전은 사 대인이 지휘했기 때문이었다.
「재차 전열을 정비해서 기습적으로 공격하면 좀더 쉽게 성을 무너뜨릴 수 있으리라 생각했습니다.」
사 대인이 다급하게 변명하자 노애는 어깨의 통증으로 얼굴을 찡그리면서도 그의 말에 고개를 끄덕였다. 곁에서 조용히 이들의 말을 듣고 있던 안설이 입을 열었다.
「기습 공격은 성을 무너뜨리는 데 상책입니다만 이제 우리의 계획이 드러났으니 영정은 틀림없이 옹성에 있는 대군을 이끌고 협공을 시도할 것입니다. 20만 대군이 그의 손아귀에 있으므로 차라리 진용을 새로 갖춰 참년궁을 치는 게 어떻습니까?」
「그건 안 됩니다.」
제강이 앞으로 나서며 반대했다.
「천하의 명장도 백 리를 달리면 피로에 지치는 법이오. 지금 우리는 함양성을 공략할 수 있는 절호의 기회를 맞고 있소. 이 기회를 놓치면 패배는 의심할 여지없이 우리 몫이 될 거요. 현재 함양성은 왕전 혼자서 지키고 있으니 이곳을 함락시켜 우리의 기반으로 삼아야 하오.」
그러자 사람들의 의견이 안설과 제강, 두 편으로 갈라졌다. 노애는 안설의 의견에 찬동했다. 함양성은 공격하기가 쉽지 않지만 옹성은 어렵지 않게 공격할 수 있을 것 같았기 때문이었다. 이에 제강이 입에 거품을 물고 반대하고 나섰다. 노애는 갑자기 오만스러운 제강의 언사가 불쾌했다. 이미 대장인 자신이 결정한 바가 아닌가.

「여러분, 안 대부의 의견에 따라 옹성을 공격하기로 결정했소!」

그러자 제강이 고함을 치며 반대했다.

「안 됩니다! 절대로 그렇게 해서는 안 됩니다!」

하지만 대세는 이미 옹성을 공격하는 쪽으로 기울어졌다.

노애가 함양성을 공격하고 있을 즈음, 이사는 북문을 빠져 나와 옹성으로 내달렸다. 옹성의 동문에 도착했을 때 참년궁에서는 연회가 시작되고 있었다. 이사는 관례를 축하하기 위해 모여든 사람들의 흥취를 깨지 않으려 등승을 조용히 불러내 함양성 사태를 설명했다. 잠시 후 등승에게 보고를 받은 영정이 이사를 급히 오도록 일렀다.

영정의 명을 받아 연회장으로 들어서던 이사는 상석에 앉아 있는 영정의 모습에 말할 수 없는 감동을 받았다. 관례를 치른 영정에게는 품위와 위엄과 범접할 수 없는 기(氣)가 물씬 풍겨졌다. 영정 앞에 선 이사는 노애에게 공격받고 있는 함양성의 상황을 자세히 보고하였다.

이사의 보고를 듣고 난 영정이 침착하게 말했다.

「이 장사는 내전으로 가서 상황 설명을 준비하시오.」

이사가 내전으로 들어가자 영정은 자리에서 일어나 여불위 곁으로 다가갔다.

「여 승상, 함께 상의할 일이 있으니 내전으로 드시지요.」

내전에 먼저 도착한 대신들은 아직 취기가 가시지 않은 듯 시끄럽게 이야기를 나누고 있었다. 그러나 영정은 그런 것에는 전혀 개의치 않으며 여불위에게 말했다.

「승상, 과인이 이전에 '관례를 치르는 동안에 발호하는 악은 모두 제거하겠습니다'라고 하였지요. 그런데 노애가 지금 감히 반란을 일으켰으니 이를 어떻게 하면 좋겠소?」

여불위는 영정의 말에 가슴이 뜨끔했다. 그는 영정의 눈치를 살피며 조용히 입을 열었다.

「노애의 17만 병력은 오합지졸로 어찌 정병을 당해낼 수 있겠사옵니까? 반군이 피로에 지치기를 기다렸다가 제압하는 것이 좋을 듯하옵니다. 노신은 비록 늙었지만 노적(嫪賊)을 잡는 데 앞장서겠사옵니다.」

「승상께서는 몸이 불편하여 말을 탈 수가 없지 않소? 과인은 노적을 잡아들이는 방법만이 알고 싶을 뿐이오.」

영정의 말은 또다시 날카로운 비수가 되어 여불위의 가슴을 찔렀다.

「지난번 노신이 노애를 잡아들일 계책을 올렸을 때 마마께서는 아무런 회답도 하지 않으셨사옵니다. 게다가 이 몸은 사실 옹성에 병력이 얼마나 배치되었는지도 모르는 형편이옵니다.」

여불위가 은근히 불평을 털어놓자 영정은 속으로 웃었다.

「아무려면 어떻소? 지금은 노애가 역모를 일으켰으니 그를 잡는 게 우선이지요. 다행히도 이곳 옹성에는 20만 병력이 있소이다.」

「반군은 적고 정병이 많다면 충천한 사기를 바탕으로 반군을 정면에서 치는 게 상책일 것으로 생각하옵니다.」

하지만 영정은 여불위의 제안에는 아무런 대꾸없이 고개를 돌려 이사의 의견을 물었다.

「병가에 이르기를 숫자가 두 배면 병력을 둘로 나누라고 하였사옵니다. 금위군은 반군보다 두 배가 많으니 10만은 정면에서 치고 나머지 10만은 우회하여 후방을 치도록 하면 반군은 반드시 패하고 말 것이옵니다. 만일 20만 전부가 반군의 정면을 치면 그들에게 퇴로를 열어주게 되옵니다. 이 점 승상께서도 납득하시리라 믿습니다.」

이사가 한마디로 자신의 계책을 부정하자 여불위는 기분이 몹시 상했다. 그는 영정을 감시하기 위해 이사를 궁중으로 보낸 것이 후회스러웠다. 여불위는 이사를 차가운 눈으로 노려보며 다시 자신의 의견을 말했다.

「노애의 군대는 오합지졸이니 일거에 몰아붙여야 하옵니다. 함양성에 있는 금위군과 협공을 하면 쉽게 이길 수 있을 것이옵니다.」
이 말에 영정은 못마땅한 얼굴로 여불위를 쳐다보았다.
「함양성은 나라의 국도입니다. 어찌 왕 장군이 성을 비우고 반군을 추격하겠소? 만일 반군의 일부가 우회하여 성을 공격한다면 국도는 반군의 수중에 떨어지고 전세는 다시 뒤집히게 될 것이오.」
영정이 고개를 돌려 창문군과 몽염에게 눈길을 주었다.
「창문군과 몽염 장군은 각각 10만의 병력을 이끌고 옹성의 북쪽 20리 지점에서 매복하고 있다가 노애의 반군이 도착하면 몽염 장군이 우회하여 반군의 후미를 공격하시오.」
명을 받고 떠나려는 두 사람을 영정이 다시 불렀다.
「두 분 장군은 기억해 두시오. 노애의 반군들은 대부분 억지로 끌려온 자들이니 노애의 진영에서 이탈하는 자는 모두 용서한다는 과인의 성지를 전하시오. 그리고 투항하는 자는 죄과를 묻지 말고 모두 풀어주도록 하시오.」
두 사람이 물러가자 영정은 등승에게 옹성의 치안을 맡기고 몽의와 풍거병에게는 장수들의 공적을 맡아 상벌을 집행하도록 일렀다.
여불위는 영정이 모든 일을 정확하게 집행하는 모습에 놀라움을 금치 못했다. 사태의 긴박함을 깨달은 그가 급히 영정에게 말했다.
「노신이 생각하기에 반군을 섬멸하기 위해서는 두 장군에게 북쪽의 퇴로를 막게 하고 아울러 동방의 여러 나라들과 교통하는 효산의 길목을 장악해야 하옵니다. 또한 만일을 위해 함곡관만은 반드시 막아야 하옵니오. 그러면 반군은 자루 안에 든 쥐새끼에 불과할 것이옵니다.」
「좋은 계책이오, 승상!」
영정은 곧바로 근강(近强;특급 문서를 전달하는 관리)에게 조서를 내려 효산과 함곡관으로 보냈다.
참년궁에서 영정이 반군의 토벌 작전을 세우고 있을 즈음 함양성에서 연락이 왔다. 노애의 첫번째 공격을 막아냈다는 보고와 함께 노애가 사대인을 통해 창평군과 왕전에게 보낸 격문이 전해졌다. 격문은 영정을 비방하는 문장과 만약 항복하면 최고의 대우를 보장하겠다는 내용으로 가득차 있었다. 격문을 받아본 영정이 치를 떨며 소리쳤다.

「노애를 생포하고 삼족을 멸하리라!」

노애는 안설의 계책을 받아들여 옹성으로 공격 방향을 바꾸었다. 그러자 제강은 시무룩한 표정으로 아무 말도 꺼내지 않고 아무런 행동도 하지 않았다. 제강이 그저 뒷짐만 지고 있자 병력을 조절하고 군량을 비축하며 무기를 점검하는 일이 엉망이 되어갔다. 노애는 그때야 비로소 제강의 소중함을 절실히 느꼈다. 그가 관여할 때에는 모든 일이 질서가 잡히고 순조롭게 진행되었는데 손을 놓은 이후에는 매사가 삐걱거렸다.

제강의 입장에서도 이제는 노애와 죽어도 같이 죽고 살아도 같이 살아야 할 공동 운명체였다. 하지만 아무리 생각해 봐도 옹성을 공격하는 계책은 잘못된 선택으로 그것은 모든 사람을 사지(死地)로 이끄는 지름길이었다.

반군의 옹성 공격 작전이 마무리되고 있을 무렵 급한 보고가 들어왔다.

「창문군과 몽염이 이끄는 20만 병력이 옹성을 출발했다고 합니다!」

제강은 그 소리에 정신이 퍼뜩 들었다. 노애는 제강을 힐끗 쳐다보았다. 얼굴이 새파랗게 변한 제강은 이맛살을 찌푸리며 무언가 골똘히 생각하더니 잠시 후 입가에 웃음을 띠며 머리를 들었다. 조용히 제강을 훔쳐보던 노애는 그가 무슨 계책을 세웠음을 알았다. 제강이 다시 예전의 말투로 입을 열었다.

「〈손자〉에 이르기를 '물은 높은 곳을 피하고 흐르는 대로 따라간다. 싸움도 이와 마찬가지로 실(實)을 피하고 허(虛)를 쳐야 한다' 고 하였습니다.」

노애는 제강의 다음 말을 기다리며 그의 눈동자를 뚫어지게 바라보았다. 제강이 일어나 노애의 귀에 무어라 속닥거리자 비로소 노애는 고개를 끄덕이며 크게 웃음을 터뜨렸다.

한편 몽염은 농서의 산지에 매복하고 반군을 기다렸으나 사흘이 지나도 반군은 그림자조차 보이지 않았다. 급히 첩보병을 사방으로 보내 상황을 알아보도록 지시한 결과 오후가 되어서야 몽염은 겨우 반군의 진격 방향을 알 수 있었다.

「장군, 반군은 공격로를 급히 바꾸어 옹성으로 달려가고 있습니다.」

「아뿔싸!」

몽염은 뒷통수를 얻어맞은 듯 눈 앞이 아찔했다. 옹성에는 금위군이 많지 않기 때문에 성을 지키기가 어려운 형편이었다. 그는 급히 병력을 이동시켰다.

그로부터 사흘 후 반군은 옹성 북쪽 20리 지점에서 매복하고 있던 창문군의 진영에 이르자 진격을 멈추고 군영을 설치했다. 창문군은 반군의 군영이 질서 있고 배치가 엄정한 것을 보고는 곧바로 공격하지 않고 일단 기회를 엿보기로 하였다. 그런데 정오 무렵 옹성으로부터 급보가 날아왔다. 10만 병력을 이끌고 옹성으로 후퇴하라는 명령이었다.

「어떻게 하죠?」

부장들이 난처한 얼굴로 창문군에게 물었다.

「10만 병력을 갑자기 돌리면 큰 혼란이 일어날 테니 먼저 내가 일부 병력을 이끌고 옹성으로 가겠다.」

이날 오후 창문군은 일부 정예병을 이끌고 옹성으로 회군하였다. 이들 병력이 옹성에서 10여 리 떨어진 지점에 이르렀을 때 갑자기 노애의 반군이 기습을 해 왔다. 노애는 사전에 이미 3만의 병력을 이곳에 매복시켜 놓고 있었던 것이다. 양군은 협곡과 소로에서 물러설 수 없는 한판을 벌였다. 창문군은 출로를 뚫고 어서 빨리 전진하라고 명령했지만 말처럼 쉬운 일이 아니었다. 이때 갑자기 요란한 북소리가 울리더니 반군들이 공격을 멈추고 협곡으로 물러났다. 협곡을 장악하여 창문군의 병력과 옹성의 연결을 끊겠다는 심사였다. 그런 상태에서는 도저히 혈로를 뚫기 어렵다고 판단한 창문군은 다시 본영으로 돌아올 수밖에 없었다.

한편 옹성 참년궁에 있던 영정은 자신의 계책이 빈틈없다고 생각했지만 다음날 일어나 보니 옹성의 민심이 갑자기 흉흉해져 있었다. 성 안팎에서 혼란이 일어나기 시작했던 것이다.

「노애가 보낸 난민들이 성내에서 난동을 일으키고 성 밖에는 반군이 몰려들어 고함을 치며 민심을 흔들고 있습니다. 그러나 성내의 난민은 현재 잡아들이고 있는 중이오며, 성문에는 정예병을 배치하여 어느 누구도 얼씬거리지 못하게 하고 있으니 심려를 놓으십시오.」

영정에게 그 시각까지의 사태를 보고한 등승은 급히 동문으로 달려왔다. 반군들이 곳곳에서 소리를 지르며 민심을 교란하고 있었다.

등승이 병사들에게 소리쳤다.

「반군은 그 숫자가 많아 보이지만 실은 모두 허수아비에 불과하니 두려워 하지 마라. 그리고 섣불리 성을 공격할 수도 없으니 당황하지 말고 침착하게 대응하라. 성내에는 금위군이 5만으로 모두 진나라의 정예병들이다. 또한 반군의 후방에는 몽염 장군과 창문군의 20만 병력이 있다!」

등승의 말에 옹성의 금위군들은 용기백배하여 고함을 질렀다.

노애가 옹성을 포위하자 여불위는 걱정이 태산 같았다. 노애가 만일 옹성을 무너뜨리고 반란에 성공하면 자신은 곧바로 죽음을 당할 터였다. 그는 서둘러 문무대신들을 불러들여 성내의 상황을 점검하고 각자의 위치에서 동요하지 말고 방어에 치중하도록 지시하였다.

등승의 지휘 아래 백성들이 동요함 없이 질서를 잡아가자 노애는 곧바로 공격을 명령했다. 17만 반군은 5만의 금위군을 상대로 절대 우세한 수만를 믿고 집중적으로 동문을 공격하기 시작했다. 이렇게 양군은 치열한 전투를 하루에도 수번 반복하였다.

왕태후 주희는 반군이 몰려오면 대정궁이 쑥밭이 될까 두려워 영정에게 급히 사절을 보내 대정궁을 보호해 달라고 요청했다. 영정의 곁에 있던 이사는 대정궁이라는 말에 한 가지 묘책이 떠올랐다. 이사가 급히 영정에게 자신의 계책을 설명하자 영정은 곧바로 그를 대정궁으로 보냈다.

이사는 일천여 명의 금위군을 이끌고 대정궁으로 내달렸다. 주희는 대정궁을 호위하러 병마가 온다는 보고에 입궁은 허락하지 않고 궁 밖에서 호위하도록 명령했지만 이사는 그 명령을 거부하고 곧바로 궁으로 들어갔다. 이에 주희는 노발대발하며 내전을 뛰어나왔다.

이사가 궁문을 열고 안으로 들어가자 왕태후 주희가 내전 앞에 버티고 서서 이사를 노려보았다. 이사는 팔짱을 낀 채 주희를 보며 빙긋이 웃었다. 이사의 무례한 태도에 주희의 입술이 파르르 떨렸다.

「네 놈이 누구인데 감히 태후에게 이렇게도 무례하냐?」

이사가 무표정하게 대답했다.

「태후마마, 건망증이 심하시옵니다. 이 사람을 몰라보시옵니까? 지난해 한 번 이곳을 찾은 적이 있는 분갑파는 장사꾼이올습니다.」

주희는 깜짝 놀랐다. 어디선가 낯이 익었다고 생각했는데 바로 이사였던 것이다. 그녀는 얼른 표정을 바꾸었다.

「아, 이 장사였구려. 자, 이 장사는 귀인이시니 어서 안으로 들어갑시다.」

「하하하, 저를 그렇게 생각해 주시니 태후마마께 감사를 드리옵니다.」

이사는 주희를 따라 성큼성큼 안으로 들어갔다.

'음부! 얼굴 표정을 바꾼다고 성품도 바뀌더냐?'

이사는 내전으로 들어가자 주희에게 공손하게 허리 굽혀 절을 하였다.

「신은 태후마마께 죄를 범하러 왔사옵니다. 대왕마마의 명을 받들어 이곳을 수색해야겠사옵니다.」

「무어라고, 수색?」

이 말에 주희의 얼굴이 다시 시뻘겋게 변했다. 태후의 궁전을 수색하다니 너무도 무엄한 짓이었다.

「감히 태후의 궁전을 수색해? 이 어미를 능욕하고 가문을 더럽히고, 이런 짐승 같은 놈!」

이사는 주희의 호통에 소리를 버럭 질렀다.

「임금을 욕하는 말씀은 삼가십시오! 오늘 신이 이곳을 수색하는 까닭은 모두 노애라는 놈 때문입니다. 그 놈은 지금 장신후라는 지위를 이용해 함양에서 역모를 일으키고 옹성을 공격하고 있습니다. 소신은 이곳 대정궁에서 그의 죄상을 밝히는 물증을 찾고자 왔습니다. 태후마마께서는 은연자중하시어 대왕마마의 효경스런 마음을 더럽히지 마시옵소서.」
말을 마친 이사는 몸을 일으켜 세우며 문 밖에 있던 금위군들에게 명령을 내렸다.
「자, 어서 궁 안을 수색하라! 특히 어린아이가 있으면 가차없이 체포하라!」
금위군들은 시퍼런 칼날을 앞세우고 궁전의 곳곳을 뒤졌다. 이사는 금위군 몇 명을 불러 특별히 밀실의 벽장을 수색하라고 일렀다. 아니나다를까 금위군들은 밀실의 벽장에서 사내아이 두 명을 잡아들였다. 아이들이 잡혀오자 주희는 그만 혼절을 하고 말았다. 그 아이들은 주희와 노애가 음사를 자행하여 낳은 아들들이었다.
한편 노애는 제강의 계책을 받아들여 정병은 가장 약한 부분을 공격하고, 노병과 소년병은 깃발을 휘날리며 위력시위를 시켰다. 또한 병력을 여러 단계로 나누어 시간별로 공격하게 만들었다. 때문에 성내의 금위군들은 하루 종일 방어에 지쳐 있었지만 반군들은 돌아가며 휴식을 취해 사기가 높아 있었다. 노애는 동문을 지키는 금위군들의 기세가 수그러들기 시작하자 총공세를 명령했다. 이때 이사의 전언이 노애의 군영에 도착했다.
「하하하, 이사라고? 추아라는 계집의 사내였던 놈. 할 말이 있으면 영정과 함께 나와 내 앞에서 무릎을 꿇으라고 해!」
「말을 전하면서 도련님의 생명 운운하였습니다.」
「뭐라고? 도련님?」
노애는 그제서야 대정궁에 있는 두 아이가 생각났다.
「제기랄, 깜빡했구나!」
노애는 공격을 일단 멈추게 하고 동문을 바라보았다. 이사가 성가퀴에서 포승줄에 묶인 두 아이를 노애에게 내보였다. 바로 주희와의 사이에서 낳은 아들들이었다.
「반란군의 수괴, 장신후! 용서를 빌고 군사를 돌린다면 대왕마마께서 봉읍을 그대로 유지할 수 있도록 해 주신다는 성지를 내리셨다. 어서 빨리 병력을 10리 밖으로 후퇴시켜라. 그렇지 않으면 두 아이의 생명은 보장할 수 없도다!」

노애가 초조한 마음을 억누르며 소리쳤다.

「하하하, 누구를 속이려고. 내게 어디 아이가 있다고 그러느냐?」

「무엇 때문에 당신을 속이겠느냐. 여기 태후마마의 친서가 있으니 보내겠다.」

이사의 곁에 있던 금위병이 화살에 서신을 끼워 노애에게 날렸다. 서신에는 주희의 서명이 들어 있었다.

'장신후 전,

우리 모자 세 사람의 목숨은 후의 결정에 달려 있으니 심사숙고해 주십시오.

왕태후 서.'

노애는 주희의 서신을 받자 어찌할 바를 몰랐다. 그러자 곁에 있던 제강이 속삭였다.

「마마, 적의 간계에 속아서는 아니 되옵니다. 공격 명령을 내리십시오.」

「하지만, 저 아이들은......」

「마마, 정말 필요한 보물을 버리고 쓸모없는 나뭇가지만 주워오면 세상 사람들이 웃습니다. 지금은 오로지 공격만이 상책입니다.」

제강은 계속 노애를 재촉했다. 결국 노애는 눈물을 머금고 소리쳤다.

「공성하라!」

노애의 명령이 떨어지자 반군들은 서서히 공격할 진용을 갖추기 시작했다. 이를 본 이사가 검으로 두 아이의 엉덩이를 세게 찔렀다.

「아악!」

아이들의 참혹한 비명소리에 노애가 다시 소리쳤다.

「공격을 중단하라! 중단하라!.」

이 소리에 앞으로 나아가려던 반군이 멈칫했다.

「장신후! 이제 누구를 따라야 하는지 결정하라. 뒤로 물러나면 모든 죄를 용서하시겠다는 성지가 내렸다.」

노애는 고개를 숙이고 입을 다물었다. 혈육의 정이냐, 야망의 실현이냐, 두 가지 길이 그를 괴롭혔다. 하지만 노애는 근본부터 야망과는 거리가 먼 인물이었다. 우연히 왕태후의 눈에 들어 그의 정부가 되었고 점점 지위가 올라 장신후에 오르면서 권력에 눈이 떴을 뿐이었다. 선택의 기로에서 고민하던 노애는 결국 곡예단의 도제를 특사로 삼아 이사에게 파견하였다. 그런 노애의 모습에 제강이 울먹이며 소리쳤다.

「아, 이번 거사는 여자 때문에 실패하는구나!」

노애의 특사는 옹성의 동문을 지나 이사와 마주했다. 이사는 성루에 마련된 회담용 탁자에 앉아 특사에게 술을 권했다. 그리고 노애는 약정에 따라 병력을 뒤로 물리도록 명령했다.

하지만 제강은 도저히 노애의 결정을 받아들일 수가 없었다. 그는 위위 갈과 함께 성내로 간자를 잠입시켜 혼란을 조성하고 곧바로 공격하는 방안을 숙의하였다. 그때 성루에 있던 이사가 돌연 특사의 목을 베더니 노애에게 소리쳤다.

「더불어 협상을 할 수 있다고 생각했는데 먼저 약속을 어기느냐? 그대는 도대체 어찌하여 우리를 속이느냐?」

이사는 위사에게 특사의 머리를 성 밖으로 내던지도록 명했다. 이를 본 노애가 측근들을 크게 꾸짖었다.

「어째서 나의 결정에 따르지 않는 거요?」

그러자 제강이 무릎을 꿇고 읍소했다.

「기회를 잃으면 때는 다시 오지 않습니다. 지금이야말로 성을 공격해야 할 시점입니다.」

노애의 마음은 동요하기 시작했다. 이때 이사의 목소리가 또다시 들려왔다.

「약속을 어기는 자가 결과에 책임을 지도록 하라!」

어쩔 수 없이 노애는 입술을 깨물며 결심을 굳혔다.

「모든 병력을 뒤로 물리시오!」

노애의 명령에 반군은 옹성에서부터 10여 리 뒤로 물러나기 시작했다.

노애의 병력이 후퇴하는 것을 지켜보던 이사와 등승의 입가에 승리의 미소가 떠올랐다. 노애의 병력이 10여 리 뒤로 물러나는 데에는 두 시간 정도가 소요됐다. 이사는 눈을 들어 그들이 물러가는 모습을 바라보았다. 마치 작은 구름이 산 너머로 흘러가는 것 같았다. 반군의 모습이 시야에서 사라지자 이사는 만족스런 웃음을 지으며 등승의 손을 잡았다.

옹성에서 물러나 아이들이 풀려나기를 기다리던 노애는 후미에서 영정의 원병이 몰려온다는 보고를 받고서야 자신이 속았다는 것을 깨달았다. 노애는 곧바로 공격을 명령했다.

이때 다시 성루에 오른 이사가 노애에게 들릴 만큼 큰소리로 외쳤다.

「역적 노애를 잡아오는 사람에게는 은전 백만 냥을, 죽이는 자에게는 50만 냥을 내리겠다!」

12

한겨울에 피는 국화

몽염과 창문군이 이끄는 금위군은 반군이 지키는 길목을 우회하여 옹성으로 내달렸다. 노애의 반군은 후방에서 금위군의 기습적인 공격을 받자 가을 바람에 날리는 낙엽처럼 일순간에 쓰러져 갔다. 17만에 이르는 반군은 제대로 싸우지도 못하고 뿔뿔이 흩어지기 시작했고, 노애와 그 측근들은 병사들을 버리고 함곡관 방향으로 달아났다.

서쪽의 동진(潼津)에서 시작하여 동쪽의 효산에서 끝나는 함곡관의 산세는 무척 험했는데, 수많은 산들이 파도처럼 물결치며 이곳을 에워쌌기 때문에 함곡관을 통과하려면 작은 협곡을 따라 한 사람씩 지나가야 할 정도였다. 때문에 진나라는 중원으로 통하는 이곳에 관문을 설치하여 경계를 철저히 하였다. 후세에 황정견(黃庭堅)은 '모래는 황하에 실려 흐르지만, 먼지는 함곡에 걸려 가라앉는다'는 시를 지어 함곡관의 험한 지세를 노래한 바 있었다. 풍진(風塵)을 주유한 장군들도 이곳을 두고 '사나이 대장부 혼자 일만의 군대를 막을 수 있다'고 할 만큼 천혜의 요새였다.

가까스로 옹성을 빠져 나온 노애 일행은 동쪽으로 방향을 잡았다. 당시 북연(北燕), 동제(東齊), 조, 위, 한나라 땅과 연결되는 유일한 통로는 함곡관뿐이기 때문이었다. 노애 일행은 백여 필의 말과 십여 대의 수레를 이끌고 함곡관으로 길을 재촉했다. 울퉁불퉁한 길바닥 때문에 수레는 마구 덜컹거리고 말이 숨차 씩씩거렸다. 주변을 둘러보니 그곳은 하늘에 걸린 절벽뿐이었다. 더 이상 많은 짐을 가지고 길을 걸을 수가 없었다.

「이제 어쩌지?」

노애가 절망적으로 중얼거렸다. 이마의 땀을 훔치던 제강이 얼굴을 찡그리며 대답했다.

「이곳은 옛날 진의 대부였던 건숙(蹇叔)이 눈물로써 진(晉)의 매복을 조심하라고 외치던 험지입니다. 남쪽 산마루에는 하왕(夏王) 고(皐)가 묻힌 곳이 있고 북쪽 산록에는 주무왕이 비를 피하던 곳이 있습니다. 대인, 망명을 하는 판에 말과 수레가 무슨 소용이 있습니까? 모두 버리고 빨리 산길로 피해야 합니다.」

「모두 버리고 떠나야 한다고?」

노애가 길게 탄식했다.

「할 수 없습니다. 옛말에도 복(福)과 화(禍)는 눈이 없어 스스로 끌고 들어온다고 하지 않았습니까. 자, 수레와 말을 버리고 빨리 이곳을 벗어납시다.」

제강이 제일 먼저 수레에서 내렸다. 노애가 머뭇거리자 제강이 다시 말했다.

「멀지 않은 곳에 함곡관이 있습니다. 그곳만 벗어나면 우리는 권토중래(捲土重來)할 수 있을 것입니다.」

「권토중래라!」

노애는 그 말에 힘이 났다. 노애가 수레에서 내리려 하자 사 대인이 이를 제지하며 제강의 말에 반박했다.

「장신후마마, 함곡관을 벗어나려면 반 년의 식량이 필요하다고 했습니다.」

사 대인은 제강에게 고개를 돌리더니 계속 말을 이었다.

「제 대인, 그렇게 박학다식한 분이 '설사 들이 아니더라도 수레와 말은 버리지 마라'고 한 관자의 말은 어찌 모르시오?」

그러자 제강이 사 대인의 말을 맞받아쳤다.

「사 대인, 이곳은 함양 내사의 관할이 아니오. 잠자코 있으시오.」

제강은 그동안 사사건건 자신의 계획을 어그러뜨려 이런 지경에까지 이르게 한 사 대인을 마구 공격하기 시작했다.

「처음에 왕전이 술에 취해 인사불성이니 빨리 함양성을 공격하자고 사 대인이 말했소. 그리고 유리했던 함양성 전투에서 후퇴를 지시한 사람도 그대, 사 대인이요. 또한 안 대인이 옹성으로 공격의 방향을 바꾸자고 했을 때 제일 먼저 찬동한 사람이 누구요? 아, 동종(銅鐘)이 부서지니 기와가 울리는 꼴이 이 아니고 무엇이더냐!」

제강의 질책과 한탄에 사 대인은 할 말을 잃고 그만 입을 다물어 버렸다. 노애는 그의 말이 바로 자신을 질책하는 것이라고 생각했다.

「그때 제강의 말만 따랐어도 이처럼 처참하게 당하지는 않았을 텐데......」

노애는 가슴을 치며 후회했다. 하지만 막상 제강의 말을 좇아 수레와 말을 버리고 산을 오른다고 생각하자 도무지 엄두가 나지 않았다. 노애가 다시 제강에게 의견을 구했다.

「우리는 태후마마의 옥쇄를 가지고 있으니 이를 이용해 함곡관을 벗어납시다. 함곡관은 함양에서 너무나 멀리 떨어져 있어 아마 우리 소식이 아직 들어가지 않았을 거요.」

그러자 제강이 한심하다는 듯 노애를 바라보았다.

「답답합니다, 대인. 영정이 바보입니까? 관문을 뚫고 간다는 생각은 아예 하지도 마십시오.」

그래도 노애는 여전히 마음의 결정을 내리지 못하고 머뭇거렸다.

「제 대인, 이렇게 의견이 분분하니 이를 어쩌면 좋겠소?」

「정 그렇다면 두 갈래로 나누어 가면 되지 않겠습니까? 저는 뭐라 해도 산을 타고 이곳을 벗어나겠습니다.」

좌익 원이와 위위 갈이 제강의 뜻에 찬동했다. 사대인은 눈치를 보다 노애를 따르기로 하였다. 제강이 노애에게 작별을 고하고 산길로 걸음을 옮기자 뒤에 남은 노애는 처참한 심정으로 그들을 바라보았다. 제강을 따르는 사람은 60여 명이 넘었다. 그들이 산 속으로 사라진 후 노애는 수레를 끌고 관문으로 향했다.

관문을 지키는 장수는 이신(李信)이라는 청년 군관이었다. 그는 문루에서 급히 내려와 공손하게 노애를 맞이하였다. 수십 명의 병사들도 관문의 좌우에 기립하고 정중하게 노애를 반겼다.

이들의 태도에 노애는 아무런 의심없이 유유히 관문을 빠져 나갔다. 그런데 노애의 일행이 관문을 벗어날 즈음에 갑자기 이신이 소리쳤다.

「역적을 모두 잡아들여라!」

노애가 깜짝 놀라 내달리기 시작하자 병사들 수십 명이 길 양쪽에서 나와 앞길을 막아섰다. 노애는 대항 한 번 못해 보고 꼼짝없이 체포당해 함곡관 산 속에 있는 지하 뇌옥에 갇혔다. 그로부터 며칠이 지난 어느 날 감옥문이 열리더니 수십 명의 병사들이 잡혀 들어왔다. 그들은 산길로 도망치던 제강 일행이었다. 이신은 이들을 죄수용 수레에 싣고 수백 명의 호위병을 딸려 함양성으로 압송시켰다.

한편 영정과 함께 함양성으로 돌아온 여불위는 영정이 무사히 관례를 치르고 반란을 일사천리로 평정하는 모습을 보면서 두려움을 느꼈다. 특히 옹성에서 함양으로 오는 길목에서 백성들이 열광적으로 환호하는 모습에는 그만 할 말을 잃었다. 자신이 심어놓은 싹이 이제 스스로 뿌리를 내리고 가지를 뻗어 마침내 열매를 맺으려 하자 여불위는 시기심에 도저히 잠을 이룰 수가 없었다.

가을로 접어든 어느 날 영정은 노애와 그의 삼족을 수레에 묶어 찢어 죽이는 거열(車裂)이라는 형벌로 처형하고 위위 갈, 내사 진, 중대부 제강, 좌익 원이와 대정궁에서 체포한 노애의 두 아들을 교수형에 처했다. 아울러 반란에 가담한 노애의 일당 중에서 죄과가 무거운 4천 명은 촉지(蜀地)에 유배시키고, 왕태후 주희는 대정궁에 유폐시켜 일체의 출입을 금하였다. 영정은 여불위에게도 죄를 물으려 했으나 주위의 만류로 그만두었다. 이번 일로 영정은 구신의 세력을 누르고 친정을 더 한층 강화시킬 수 있었다.

그럴 즈음 여불위는 하루 날을 잡아 승상부로 측근들 몇 명을 불러들였다. 승상부는 옛날과 같이 문전성시를 이루지는 않았지만 여불위는 그런 것에 개의치 않고 이들과 조용히 서로의 근황을 물으며 앞으로의 사태를 논의하면서 가볍게 담소를 나누었다.

왕관이 얼굴을 씰룩거리며 입을 열었다.

「소신이 걱정하는 바는 버러지 같은 놈들이 우리 진나라의 국정을 좀먹는다는 데 있습니다.」

「'소인은 물에 빠져 죽고 군자는 입에 빠져 죽는다'고 했습니다.」

여불위는 이렇게 말하며 화제를 다른 곳으로 돌렸다.

「마마의 친정을 조용히 지켜만 보아주시오. 다음부터는 결코 조정의 일을 입에 올리지 마십시다. 옛날의 우의를 생각하며 가벼운 이야기나 바둑을 두는 시간을 갖든지 아니면 밖에 나가 투호나 활쏘기를 해서 술내는 놀이는 어떻습니까?」

사람들은 여불위의 마음을 읽고 모두 입을 다물었다. 도 총관이 분위기를 파악하고 밖에 나가 술단지 네 개와 화살 한 묶음을 가지고 들어왔다. 사람들은 넓은 대청에 앉아 즐겁게 술을 마시며 투호를 하기 위해 조를 짰다. 여불위는 창평군, 왕관, 연 태자 단, 상장군 장당과 한 조를 이루어 투호를 겨루었다. 그 가운데 연 태자 단과 장당은 함양에서 소문난 투호의 명인이었다. 그러나 이날은 여불위와 창평군이 세 개를 던져서 세 개를 모두 넣었고 왕관은 두 개, 단과 장당은 겨우 하나씩만 넣었을 뿐이었다. 여불위는 기분이 좋은지 연거푸 축주를 마시며 즐겁게 웃었다.

이날 저녁 모두들 물러가자 여불위는 의자에 앉아 조용히 침묵에 빠져들었다. 영정을 생각하자 한숨이 절로 튀어나왔다.

「배를 삼킬 수 있는 물고기도 육지에서는 사마귀를 당하지 못하는 법이야. 십여 년에 걸친 나의 대업이 오늘에서야 끝을 맺다니……」

여불위는 〈여씨춘추〉를 손에 들고 표지를 물끄러미 바라보았다. 글자 하나하나가 힘이 넘치고 아름다웠다.

「유법(儒法)의 도(道)를 널리 펼치고 군주(君主)의 다스림을 바르게 하려는 나의 길은 진정 여기에서 멈추려는가?」

여불위는 갑자기 며칠 전에 도 총관이 하던 말이 떠올랐다.

옹성에서 함양성으로 돌아오는 길에 여불위의 표정이 어둡자 도 총관은 그 며칠 전 사마공을 만나기 위해 사묘에 들렀을 때 그곳에서 늙은 도사가 말한 점괘를 얘기해 주었다. 비록 만족스러운 점괘는 아니었지만 제자리는 지킨다는 내용이었다.

「후후후, 세월이 무상하구나. 겨우 자리 하나 지키려고 내가 이렇게 수십 년을 뛰어다녔던가. 참으로 인생에서 진정으로 남는 게 무엇이더냐!」

여불위는 지난날의 기개와 야망을 생각하며 도 총관을 불러 내실에 숨겨놓은 금갑(錦匣)을 가져오라고 일렀다. 도 총관이 공손히 바치는 금갑을 받아 조심스레 뚜껑을 열어젖히자 그 속에서 찬란한 빛이 쏟아져 나왔다.

금갑에서 나오는 빛을 보던 여불위가 그 안에서 금과(金戈)를 끄집어 냈다. 금과의 수(授;날 부분을 말함) 앞쪽은 달 모양으로 굽어져 삼각형을 이루었고 수의 가운데에 자루를 꽂는 척(脊)이 있었으며, 뒤에 호랑이 머리가 달려 있었다. 자루를 꽂는 내(內)에는 몇 자의 명문이 새겨져 있었다.

「'오년상방여불위조(五年相幇呂不偉造)' 라.....」

순금으로 만들어진 금과는 수에서 내까지 7촌의 길이였다. 도 총관은 금과의 아름다움에 감탄했다.

「참으로 훌륭한 금과입니다.」

여불위가 빙그레 웃었다.

「이 금과는 마마께서 왕위에 오른 지 5년째 되던 해 내가 만든 거라네.」

「대인, 저는 결코 지난 시절을 잊을 수가 없습니다. 마마께서 왕위에 오르시던 해 승상께서는 중부의 자격으로 국정을 맡아 다스리셨고, 후에 문신후에 봉해져 하남의 10만 호를 식읍으로 받으셨습니다. 그때는 얼마나 길상이셨습니까? 마치 달처럼 영원하고 해처럼 떠올랐던 승상이셨습니다.」

지난날을 회상하며 탄식하던 도 총관은 무슨 이유로 여불위가 갑자기 금과를 가져오라고 했는지 궁금했다.

「이 금과를 만들 때 사용된 금괴는 연 태자가 보내주었지. 그런데 이제는 이 물건을 바라보며 옛일을 그리워 하게 되었으니……」

여불위는 마음이 아픈지 말을 맺지 못했다.

「승상께서 보내신 선물도 많지 않습니까?」

「그렇지. 그 중에는 내가 가장 아끼던 물건도 있었다네.」

「위나라의 여희(如姬)께 보내신 구슬옷 아닙니까?」

「아니네.」

여불위가 고개를 가로저었다.

「그럼 후익(后羿)이 해를 쏘았다는 이야기가 새겨진 상아로 만든 둥근 공입니까?」

「그것도 아니라네.」

「그럼 조나라 서부인의 손에서 놀고 있었던 비수(匕首)를 말씀하시는 겁니까?」

「응? 자네는 기억력도 좋네. 그때는 몰랐는데 지금 생각해 보니 모두 귀한 물건들이었어.」

여불위는 한숨을 푹 내리쉬었다. 옛날의 영화를 그리워 하는 눈치였다. 도 총관은 자신의 은인이기도 한 여불위에게 용기를 북돋아 주고 싶었다.

「대인께서는 하늘이 보살피시는 귀인이십니다. 그런데……」

「달도 차면 기울 듯이 사람에게도 때가 있는 법이야. 하늘이 시키는 일을 어찌 인간이 거역할 수 있겠는가?」

여불위가 시무룩하게 대꾸하자 도 총관이 얼른 그의 손을 꼭 잡았다.

「대인, 때가 아니라면. 새로운 기회를 찾으시는 게 어떻겠습니까? 오나라의 오자서도 일단 몸을 피하고서 후에 뜻을 이루지 않았습니까?」

「도 총관, 나는 당당한 진나라의 좌승상이야. 죄도 없는데 어디로 도망을 간다는 말인가? 그건 내 스스로 불구덩이에 뛰어드는 격이야.」

「아닙니다, 대인. 다른 곳으로 가셔서 다시 기회를 엿보십시오.」

「복과 화는 항상 함께 따르는 법, 나는 더 이상 화를 피하고 복만 구하러 다니지는 아니할 거야. 도 총관, 있는 곳에서 최선을 다하면 하늘의 뜻이 미칠 것이네. 억지로 구한다고 모두 이루어지지는 않아. 혹여 나를 두고 너 혼자 떠나겠다는 뜻은 아니겠지?」

여불위의 말에 도 총관은 그 자리에서 무릎을 꿇고 울먹였다.

「대인, 저는 대인을 떠날 수 없습니다. 차라리 함께 초나라로 떠나는 게 어떠십니까?」

「초나라로?」

뜻밖의 제안에 여불위는 깜짝 놀랐다.

「네가 미리 대비책을 세워 놓았다는 말이냐?」

여불위는 숨을 크게 내쉬며 도 총관에게 조용히 말했다.

「너는 고향으로 떠나거라. 나는 이곳에 남겠다.」

「대인, 소인의 목숨은 대인께서 내려주셨습니다. 저 홀로 대인의 곁을 떠날 수는 없습니다. 이 장사도 소인이 초나라 땅으로 가면 현승(縣丞)으로 천거하겠다고 하였습니다. 몇 년 이름을 숨기고 사시면서 힘을 키우시는 게 어떻습니까?」

도 총관의 입에서 이사의 이름이 나오자 여불위는 더 이상 대꾸하고 싶은 생각이 없어졌다.

「너마저도 이사에게 넘어갔더냐?」

여불위의 마음을 읽은 도 총관이 고개를 숙이고 눈물을 떨구었다. 여불위는 한동안 조용히 그를 바라보았다.

「이사가 너에게 무엇을 주었기에...... 내가 바보였구나. 아, 내가 바보였어. 십여 년에 걸친 꿈이 바로 내 자신의 실수로 하루아침에 무너지다니……」
도 총관은 여불위의 발 아래 엎드려 눈물을 흘렸다. 여불위는 도 총관을 일으켜 세우고 물러가라 지시했다. 도 총관이 나가자 그는 의자에 몸을 기대고 지난 수십 년의 삶을 되돌아보았다.
「아, 감라를 잃지만 않았어도, 아니 이사를 내 수하로만 두었다면……」
여불위는 눈을 감고 비통한 심정으로 시를 한 수 읊었다.

둥실둥실 잣나무배, 하염없이 떠내려가네
밤새도록 잠못 이룸은 뼈저린 시름 때문인가
술 마시며 나가 노닐지 못하는 신세도 아닐진대

내 마음 거울 아니어서 누가 알아줄 리 없고
형제가 있다고 한들 아무도 믿을 수가 없구나
가서 하소연해 보았자 그의 노여움만 살 터이고

내 마음 돌이 아니어서 굴릴 수도 없고
내 마음 돗자리 아니어서 말 수도 없네
의젓한 그의 용모, 아무것도 아닌 것을

시름은 그지없이 뭇사람의 미움을 사고
근심 걱정에 시달리니 수모도 적지 않구나
가만히 생각하면 가슴만 두드리는 일

해야 달아, 어째서 번갈아 이지러지냐
마음의 시름은 빨지 않은 옷을 입은 듯
가만히 생각하니 훨훨 날고만 싶어

그 다음날 여불위는 매일 그랬던 것처럼 도 총관이 가져다 주는 삼탕

(蔘湯)을 기다렸다. 하지만 아무리 기다려도 도 총관은 오지 않았다. 여불위는 불길한 예감이 들어 급히 그의 행방을 수소문했다. 잠시 후 그는 도 총관이 오경쯤에 남쪽으로 길을 떠났다는 사실을 알았다. 여불위는 얼마 전부터 승상부에서 생활하고 있는 사마공을 불렀다. 사마공은 옹성에서 도 총관과 만난 이후 줄곧 여불위 곁에서 시중을 들고 있었다.

여불위는 사마공이 교활하거나 약삭빠름이 없이 중후하고 충실하여 마음에 들었다. 그는 사마공을 승상부의 소리(小吏)로 삼고 내부(內府)의 살림을 맡게 하였다. 사마공은 그동안 너무 많은 고생을 해서인지 여불위의 환대에 충성을 다해 보답했다. 도선이 떠나자 여불위는 곧바로 총관의 자리를 사마공에게 주었다.

이날도 사마공은 여불위가 자리에서 일어나자 수레를 준비하고 조회에 참석할 수 있도록 시중을 들었다. 그리고 조회를 마치고 돌아온 여불위가 몹시 피곤해 하자 사마공은 그를 얼른 침소로 인도해 휴식을 취하도록 하였다. 잠시 후 창평군과 창문군이 여불위를 찾아왔다.

「오늘 마마께서 발표하신 조정의 인사는 고심한 흔적이 엿보이니 대인께서 너그럽게 이해하시고 신하로서의 충성심을 드러내어 마마의 노여움을 푸십시오.」

창평군이 여불위에게 간곡히 부탁하였다. 그날 조회에서 영정은 창평군을 좌승상에, 왕관을 우승상에 임명하고 거기다가 문무백관을 대표하여 여불위에게 충성을 서약하는 글을 올리라고 지시하였다.

「아, 십 년의 공이 너무나도 허무하게 끝나는군!」

여불위의 한탄에 창문군은 오히려 속으로 욕을 했다.

'흥, 지난날 내가 노애에게 욕을 당할 때 그냥 지켜만 보았지. 하지만 마마께서는 옹성의 전투가 치열할 때 나를 도위에 임명하시고 병권을 주셨어.'

창문군이 곱지 않은 눈으로 여불위를 바라보며 말했다.

「승상, 소신의 직언을 용서하십시오. 노애의 입궁을 천거한 사람은 바로 대인이십니다. 게다가 노애가 반역을 일으켰을 때 승상께서는 제대로 대응을 하지 않았습니다. 그러나 대왕마마께서는 이를 문제삼지 않으시고 여전히 문신후의 작위와 식읍 10만 호를 유지시켜 드렸습니다. 이보다 더한 은혜와 관용이 어디에 있겠습니까? 그러니 승상께서 신하들의 충성을 서약하는 글을 올리시면 마마께서는 더욱 승상을 아끼실 겁니다.」

「지나치구나. 조용히 있거라!」

창문군의 직설적인 언사에 창평군이 소리치며 나무랐다. 그러자 여불위가 냉담하게 웃으며 말했다.

「충성을 맹세하는 글월을 내가 대표로 올리라고? 나는 한평생을 진나라에 살면서 두 마음을 가져본 적이 없이 오로지 나라에 충성을 다했는데 내가 어찌 그런 글을 올릴 수 있겠소?」

여불위의 말에 두 사람은 그만 입을 다물었다. 이때 우승상이 된 왕관이 뛰어들어왔다.

「승상 대인, 저는 아무런 공도 없이 우승상이 되어 불안하기 그지없습니다. 이사나 왕전 같은 젊은 아이들이 저만 보면 눈을 흘기며 아는 체도 하지 않습니다.」

이 말을 들은 창문군이 왕관에게 호통을 쳤다.

「대부장, 그걸 일컬어 임금의 은총이라는 거요. 마마께서는 가슴을 열어놓고 대부장을 우승상으로 제수하시었는데 소인처럼 그게 무슨 행동입니까? 이사는 초나라 하채에서 창고지기를 한 시골뜨기이고, 왕전은 들판에서 씨를 뿌리던 농사꾼에 불과하거늘 대부장이 그들에게 꿀릴 게 뭐가 있다고 그렇게 겁을 집어먹고 있습니까? 대부장은 명문대가의 후예이시고 경륜 또한 깊어 대왕마마께서 국정의 부흥이라는 대임을 맡기신 게 아닙니까.」

그러자 창평군이 창문군의 말을 다시 제지했다.

「중요한 일을 상의하는데 나서지 마라.」

형인 창평군의 말에 창문군은 입을 삐죽이며 불만 섞인 표정을 지었다. 창평군이 여불위와 왕관에게 말했다.

「마마께서는 처음부터 우리의 힘을 필요로 하시어 대임을 맡기셨으니 그 영명함에 찬사를 보내야 할 것이오. 그런데 어찌 우리가 있는 힘을 다해 충성을 바치지 않을 수 있겠소?」

왕관은 마음 속으로 그런 말을 하는 창평군을 욕했다.

'초나라의 오랑캐들 같으니라구. 배알도 자존심도 없는 놈들이야. 뭐, 있는 힘을 다해 충성을 바치자고?'

왕관과 여불위가 기분 나쁜 표정으로 창문군과 창평군을 노려보았다.

「승상 대인, 오늘 마마께서 갑자기 소신이 꽃을 좋아한다는 사실을 아시고 국화 두 그루를 바치라고 하셨는데 이는 어떤 의미일까요?」

왕관이 근심 어린 표정으로 여불위에게 물었다.

「대부장, 너무 걱정하지 마오. 그대는 오랫동안 나라에 충성을 바쳤고, 또한 명문가의 후손이니 대왕마마께서 중용하셨습니다. 또한 국화 두 그루를 바치라고 하신 일은.....」

이때 창문군이 참지 못하고 끼어들었다.

「대부장은 공이 없는데도 대임을 맡았다고 하시는데 바로 국화를 바치는 일도 공을 쌓는 일이 아니고 무엇이겠습니까? 마마의 뜻을 곡해하지 않으시기를 바랍니다.」

창문군의 말에 왕관은 언짢음을 감출 수 없었다.

「국화가 피지도 않는 계절에 어디에서 그걸 구한단 말이오. 봄에 피는 도화꽃을 가을에 보고 싶다는 말과 무엇이 다르오?」

그때 곁에서 조용히 시중을 들고 있던 사마공이 입을 열었다.

「어르신, 제 방에 있는 국화가 오늘 아침에 꽃망울을 맺었습니다」

이 말에 왕관의 눈이 갑자기 커졌다. 사마공은 사람들을 자기 방으로 안내했다. 과연 방 안에는 노란 국화 몇 그루가 꽃망울을 틔우고 만개할 준비를 하고 있었다.

창문군이 왕관을 향해 크게 웃음을 터뜨렸다.

「하하하, 대부장! 참으로 운이 좋으십니다. 어디에서 이런 멋진 국화를 이 계절에 얻을 수 있겠습니까?」

「그렇습니다. 신하된 도리로서 군주의 기쁨을 보면 마땅히 즐거워 해야 되지 않겠습니까?」

걱정했던 일이 의외로 잘 풀리자 왕관은 무척 기쁜 모양이었다. 여불위는 이 모든 일에 심사가 무거웠지만 가만히 고개를 끄덕이며 사마공에게 국화를 옮기라고 지시했다. 그런데 화분을 들고 나가던 사마공이 갑자기 무슨 생각이 났는지 걸음을 멈추고 여불위에게 소리쳤다.

「이건 절대로 안 됩니다!」

난데없는 사마공의 외침에 모두들 깜짝 놀랐다.

「대인, 국화는 원래 9월의 꽃입니다. 지금은 추위가 몰아쳐 오는 계절인데 귀한 국화를 놓고 감상하고 있다면 틀림없이 임금을 속인 죄를 면치 못할 것입니다.」

사마공의 말에 여불위가 고개를 끄덕였다. 왕관이 어떻게 해야 좋을지 몰라 여불위를 바라보자 사마공이 얼른 나서서 여불위의 귀에 무어라 속삭였다. 그제서야 여불위는 왕관에게 국화의 출처를 절대로 말하지 말라는 조건을 달아 궁으로 옮길 것을 허락하였다.

영정은 노애를 제거한 뒤 곧바로 국정을 장악하는 작업에 들어갔다. 진왕 영정10년(BC 237년) 10월에 그는 여불위의 승상직을 폐하고 그 자리에 창평군을, 우승상에 왕관을 임명했다. 또한 자신의 측근들을 주요 직책에 앉혀놓아 친정을 강화해 나갔다. 특히 이사는 단번에 몇 계단을 뛰어넘어 벼슬이 객경(客卿)에 이르고 작위는 18급 대서장(大庶長)에 제수되었다. 이사는 자신이 목표로 하고 있는 이상을 향해 더욱 한 걸음 다가선 셈이었다. 그의 출신을 거론하며 거만을 떨던 왕공제후나 고관대작의 자제들도 그의 앞에서는 예의를 지켰다.

이날 아침 이사는 함양성의 소남문으로 나아가 그 옛날 자신이 묵었던 광현객사를 찾았다. 이곳에서 그는 여불위의 천거로 함양궁의 시위가 되었던 것이다. 소남문에 이르니 처음 도 총관을 만났던 그릇가게가 눈에 들어왔다. 하지만 이제는 입장이 바뀌어 며칠 전 이곳에서 이사는 도선에게 형초지방으로 갈 수 있는 신분증을 건네주었다.

이사는 소남문을 둘러보고 곧바로 궁전으로 발길을 돌렸다. 궁전에 가까이 이르렀을 때 화려한 수레가 그의 앞을 지나갔다. 거리의 사람들이 모두 허리를 굽히고 수레에 탄 사람에게 예를 올렸다. 이사는 걸음을 멈추고 수레 안을 살펴보았다.

「함양성에서 저렇게 화려한 수레를 타고 다니는 자가 누구일까?」

이사는 중얼거리며 주렴 사이로 드러난 얼굴을 보았다. 여불위였다.

「여불위로군. 호랑이는 쓰러져도 위엄을 잃지 않고 지네는 죽어도 엎어지지 않는다고 하더니, 역시......」

이사가 다시 발걸음을 옮기려는데 수레가 갑자기 멈춰섰다. 이사를 발견한 여불위가 주렴을 걷고 그에게 인사를 하였다.

「잘 지냈소?」

이사가 깊이 허리를 굽히고 대답했다.

「문신후 대인, 그동안 안녕하셨습니까? 조금 전 소신은 광현객사에 들렀다가 도 총관마저 떠났다는 가슴 아픈 소식을 들었습니다.」

자신을 놀리는 듯한 이사의 말에 여불위는 화를 꾹꾹 눌러 참아야 했다.

「본인은 그저 거리를 구경하고 있소만, 성에는 온통 여우와 들쥐가 나라의 곳간에 구멍을 뚫고 있구려. 이 객경은 어떻게 생각하시오?」

비아냥거리는 여불위의 말에 이사는 순간 얼굴이 벌개졌지만 지지 않고 대답했다.

「문신후 대인, 나랏일에 손을 떼시고도 곳간의 쌀을 걱정하시니 참으로 감격스럽습니다. 하지만 곳간은 튼튼하니 걱정을 놓으십시오.」

여불위는 이사의 말에 입을 다물 수밖에 없었다. 비록 그가 10만 호의 식읍을 가지고 있는 문신후라지만 실상은 조정의 실권을 잃은 허수아비에 불과했던 것이다. 지금 이런 상황에서는 말을 해서 화를 입기보다 조용히 물러나는 게 상책이었다. 여불위가 떠나자 이사는 관부에 들러 일을 보고 집으로 돌아와 자신의 심복들을 불렀다.

「그래, 문신후 대인의 집에서 알아낸 게 무엇이더냐?」

얼굴이 예쁘장하고 똑똑해 보이는 심복이 대답했다.
「어젯밤 세 사람이 문신후 댁을 방문했습니다.」
「그래, 누구더냐?」
「창평군, 창문군 대인과 왕관 나으리입니다.」
「음, 끼리끼리 모여드는군!」
그 심복의 보고는 별로 중요한 정보가 아니었다. 이사가 실망했다는 듯이 중얼거렸다.
「별로 뛰어난 인물이 보이지 않는군.」
이때 그 곁에 있던 다른 심복이 나섰다.
「어젯밤 창평군 형제분이 돌아가고 나서 한참 후에 왕관 나으리가 나오셨는데 수레에 노란 국화 두 그루를 싣고 있었습니다. 제 철도 아닌데 웬 국화인가 이상했습니다.」
그제서야 이사는 만족한 웃음을 흘리며 그 심복의 어깨를 토닥거려 주었다. 심복들을 물리친 이사는 조용히 생각을 정리한 뒤 저녁 늦게 함양궁으로 들어갔다. 위위가 이사를 보더니 상림원에 영정이 머물고 있다고 전했다. 이사는 상림원으로 발길을 재촉했다.
그날 아침부터 영정은 상림원에서 온갖 꽃들과 풀의 향기를 맡으며 유쾌하게 지냈다. 그는 등승과 측근 몇 명만 대동하고 뜰의 곳곳을 거닐며 하늘을 보기도 하고 호수에 손을 담그기도 하면서 쾌활한 웃음을 터뜨렸다. 이사가 상림원에 이르렀을 때 영정은 영춘관(迎春館)에 있었다. 그는 호수에 노닐고 있는 물고기를 바라보며 젓가락으로 물고기밥을 떼어 던졌다. 고기밥을 향해 달려드는 물고기떼를 보던 영정이 중얼거렸다.
「천하가 밝고 아름다워도 모두 자신의 이익을 위해 달려드는구나. 또한 천하가 어둡고 추하더라도 역시 모두들 이익만을 위해 달려들겠지.」
영춘각에 도착한 이사가 누각으로 뛰어올라갔다. 그 발자국 소리에 놀란 영정이 손을 내저었다.
「멈추어라. 과인은 오늘 강태공보다 백 배는 멋진 낚시를 하고 있단 말이다.」

영정의 몸에서는 군왕의 기세보다는 천진난만한 귀공자의 냄새가 풍겼다. 등승도 영정이 이렇게 즐겁고 온화하고 담백하게 지내는 모습을 본 적이 없었다. 등승이 얼른 이사의 앞을 가로막고 나서자 이사는 마구 화를 냈다.

「이런, 일의 가벼움과 무거움도 모르다니. 돌기둥도 등 시위장 같지는 않을 거요.」

이사가 춘각에 올라오자 영정이 빙그레 웃으며 소리쳤다.

「왜 그리 떠드오? 이리 와서 고기들이 다투는 모습이나 봅시다.」

이사는 물고기가 먹이를 찾아 몰려드는 모습을 신기해 하는 영정이 어처구니없는지 그 자리에 우뚝 서 버렸다. 영정이 등승과 이사에게 말했다.

「고기들이 모이고 흩어지는 모습이 마치 들판에 뛰놀고 있는 말과 같소. 고기밥을 달라고 입을 쩍 벌리는 소리는 오나라의 부차(夫差)가 들었던 서시(西施)의 발자국 소리 같구려.」

「서시의 발자국 소리라는 게 무엇이오?」

등승이 무슨 뜻인지 몰라 이사에게 물었다.

「애기하면 길어지지만, 간단히 말하겠소. 옛날 월나라에서 서시라는 미녀를 오왕 부차에게 헌상했는데, 그녀에게 홀딱 반한 부차는 서시를 위해 커다란 건물을 지어 주었소. 그런데 서시가 건물의 긴 회랑을 걸을 때마다 정말로 아름다운 발자국 소리를 냈다고 하오. 오왕 부차는 그녀의 발자국 소리만 들어도 좋아했는데, 마마께서는 물고기가 밥을 달라고 입을 뻥긋하는 소리가 서시의 발자국 소리와 같다고 말씀하시는 것이오.」

등승은 그제서야 고개를 끄덕였다. 하지만 영정이 진정으로 말하고 싶은 속뜻은 알지 못했다. 그러나 이사만큼은 영정의 마음을 읽을 수 있었다. 영정은 그 말을 통해 서시를 위해 건물을 짓고, 그녀의 발자국 소리에 빠져 나라까지 망친 오왕 부차와 같은 군주를 경계하고, 물고기처럼 이익만을 좇아 달려드는 사람들을 주의하라고 했던 것이다. 영정은 자신의 생각을 금세 이해하는 이사를 보자 마음이 흡족했다. 비로소 영정은 이사가 온 이유가 궁금해졌다.

「경은 이 시각에 어인 일로 왔소?」

「마마, 은주는 주지육림에 빠져 나라를 망치게 만들었사옵니다. 황음(荒淫)을 미로 삼고 주악(酒樂)을 덕으로 삼아 흥한 나라는 하나도 없사옵니다. 이는 모두 간언하는 신하가 없었기 때문이옵니다.」

이사는 영정의 표정을 힐끗 살펴보더니 계속 말을 이어갔다.

「초나라 소왕(昭王) 28년 겨울에 동화(桐花)가 일찍 피었다 하옵니다. 군신들은 모두 길조라고 하면서 임금의 성명을 흐렸지만 오직 신포서(申包胥)만이 불길한 징조이니 따르지 말라고 간언하였사옵니다. 그러나 이를 따르지 않은 소왕은 오나라의 침략을 받아 곤경에 빠지고 말았사옵니다. 대왕마마, 혹시 이 이야기를 들어보시었는지요?」

영정은 순간 흠칫했다.

이틀 전 영정은 꿈 속에서 활짝 핀 노란 국화 두 그루를 보았다. 신하들은 이 얘기를 들으며 길조라고 말했고, 그는 왕관에게 당장 구해 오라고 일렀다. 그러자 시절이 한겨울인데도 불과하고 뜻밖에 왕관이 노란 국화 두 그루를 가지고 왔던 것이다.

영정은 이사가 그 일을 두고 비난하자 기분이 좋지 않았다. 그런 영정의 마음을 간파한 이사가 다시 입을 열었다.

「마마, 국화는 9월의 꽃이온대 어째서 이런 추위에 필 수가 있겠사옵니까? 이는 바로 반상(反常)의 징조이옵니다. 다른 마음을 갖고 있기 때문에 천리에 순응하지 않는 것이옵니다. 소신이 알아본 바로는 노란 국화의 출처는 여 승상부라고 하옵니다.」

「뭐라고? 여 승상부?」

영정이 깜짝 놀라 소리쳤다. 그는 자신에게 반대하는 세력을 모두 제거했다고 생각했었다. 그런데 지금 이사는 아직도 그 세력이 남아 있다고 말하는 게 아닌가. 영정이 그 자세한 내막을 캐묻자 이사는 두 시간에 걸쳐 함양성과 옹성의 분위기를 보고했다.

「지금 당장 옛 승상부를 수색하여 노란 국화를 찾으셔야 하옵니다.」

이사는 영정이 동요하는 빛을 보이자 더욱 다그쳤다.

「마마, 우승상 왕관은 그다지 경계해야 할 인물이 못 되지만 문신후 대인은 지금 초야에 묻혀 있으면서 세력을 키우고 틈틈이 기회를 엿보고 있사옵니다. 미리 방비하지 않으시면 그 화가 대왕마마께 미치게 될 것이옵니다.」

그래도 영정은 여전히 마음의 결정을 내리지 못했다.

「경의 주청은 과인에게 많은 깨우침을 주었소. 경의 충성심을 기억하고 있겠소.」

이사는 영정이 이 말을 들으면 대노하여 당장에 여불위를 잡아들일 것으로 생각했었다. 하지만 영정은 매우 침착하고 사려깊게 그 결정을 뒤로 미루었다. 이사가 영춘관을 떠나자 영정은 무엇이 그리도 통쾌한지 등승을 바라보며 호탕하게 웃었다. 그날 밤 영정은 여불위를 어떻게 처리해야 좋을지 밤새워 고민했다.

이튿날 영정은 임금을 기만한 죄명으로 여불위를 함양성에서 축출하고 식읍으로 내려준 낙양에서 노년을 보내라고 명을 내렸다. 아울러 등승을 그에게 딸려보내 감시케 했다. 영정은 이렇게 여불위를 제거한 후 친정을 더욱 강화하고 모든 국정을 총괄하였다.

소설 진시황제(1) (전3권)

2018년 11월 15일 인쇄
2018년 11월 20일 발행

지은이 | 유홍택
옮긴이 | 오정윤
펴낸이 | 김용성
펴낸곳 | 지성문화사
등 록 | 제5-14호(1976.10.21)
주 소 | 서울시 동대문구 신설동 117-8 예일빌딩
전 화 | 02)2236-0654
팩 스 | 02)2236-0655, 2952

정가 15,000원